还可以这样吗？
不用去纠结棋势死活，棋子厮杀
而是让黑白两子亲密无间地
依偎在一起
因为白色太过浅淡虚无
所以以黑色为底，烘云托月
烘托出一个工整的字
这个字是……
薛琼楼怔然出神
眼底轻轻泛起一阵涟漪
她摸了摸这个字，居然是……
琼。

郭怡君著

阿梨
躺春茶 著
江苏凤凰文艺出版社
JIANGSU PHOENIX LITERATURE AND ART PUBLISHING

薛琼楼怔然出神，眼底轻轻泛起一阵涟漪。
她摆的这个字，居然是……琼。

她摆的这个字，居然是……琼。

薛琼楼
XUE QIONG LOU

她说自己是一道默默无闻的影子，但其实，她应该是一面明亮的镜子。
白梨
BAI LI

她压低了的嗓音，像一把空灵的烟，吹散在耳际：
『其实我……』
『喜——欢——你——啊！』
她气壮山河地吼了出来。

彩云遥追铺夜色，

琉璃漫天缀星斗。

请君入棋局。

魅丽文化

图书在版编目（CIP）数据

惊梨 / 躺春茶著. — 南京：江苏凤凰文艺出版社，2023.4（2024.6 重印）

ISBN 978-7-5594-6991-5

Ⅰ. ①惊… Ⅱ. ①躺… Ⅲ. ①长篇小说 - 中国 - 当代 Ⅳ. ① I247.5

中国版本图书馆 CIP 数据核字 (2022) 第 171841 号

惊梨

躺春茶 著

责任编辑 张 倩

出版统筹 曾英姿

选题策划 喻 戎

特约编辑 RONG

装帧设计 吴思龙 @4666 啊

出版发行 江苏凤凰文艺出版社

南京市中央路 165 号，邮编：210009

网 址 http://www.jswenyi.com

印 刷 湖南天闻新华印务有限公司

开 本 880mm × 1230mm 1/32

印 张 9.75

字 数 290 千字

版 次 2023 年 4 月第 1 版

印 次 2024 年 6 月第 3 次印刷

书 号 ISBN 978-7-5594-6991-5

定 价 49.80 元

目录 Contents

目录 Contents

第 1 章 掩月坊（一）

大概是上一个周末，白梨捡到一本书。

说是捡，其实也不准确。

那天已经很晚了，时钟指向十一点，已经开始打瞌睡的她终于拖着身体准备回家。因为太困，眼前都产生了虚影，她迷迷糊糊得不管三七二十一就把书桌扫荡一空。

第二天打开书包一看，她才发现里面多了一本陌生的书。

糟糕，不会把旁边那位同学的书顺过来了吧？

这是白梨的第一反应。

她有些心虚。期末考试的资料被人拿走了，那位同学一定很着急吧？

不过很快她就松了口气，因为这根本就不是考试资料，而是一本……玄幻小说？

等等——考试周在图书馆不务正业看小说？！这是哪位离经叛道的学霸？

不过捡到别人的东西就该物归原主，白梨当晚就私信校园表白墙发出寻人启事。原本她不抱希望，毕竟大家都在焦头烂额地忙着应付考试，谁会有空去关注一本无关紧要的书。没想到才发出没几分钟，她就收到了一条私信回复。

“16 号晚上，老位置。”

老位置？难道她自习的时候旁边一直坐着同一个人吗？

白梨困惑地抓了抓头发。

三天后。

白梨走到那张熟悉的自习桌前，拿出书包里的小说发呆。

墙上的时钟滴滴答答走向四点半。

反正还早着，要不看一会儿书吧。

鬼使神差地，她翻开了眼前的小说。

这本书实在有些另类——没有书皮，也没有作者介绍，扉页破破烂烂，好像遭受过一番蹂躏，只能勉强辨认出三个字：白玉京。

或许是李白或者古龙的粉丝。白梨默默地猜测着。

巨大的落地窗外，橘红色的夕阳一寸寸将光芒收进藏蓝的云层后，暮色慢慢地降临了，楼下林荫道两侧的路灯依次点亮。

隔壁研讨小组的声音低了下去，头顶苍白的日光灯发出低频率的电流声。寂静的黑夜带着一股神秘的气息，悄然席卷了空荡荡的自习室。

嘀——刷卡的声音。

手里的书掉在桌上，砰咚一声巨响吓了她一跳。原来她刚刚睡着了。

她揉着眼睛打了一个哈欠，余光看到门禁处那一道高高瘦瘦的影子。苍白的灯光将整个人照得只剩下黑白两色的线条，身上是空空荡荡的白色，头发与斜背的书包是浓烈的黑色，好像打着大面积阴影的黑白漫画。

一眨眼的工夫，人就消失了。

不是这本书的失主啊……白梨正准备站起来打招呼呢，只好又失望地坐下去。她又看了一眼时钟，已经八点了，看来这位同学不怎么守时。

她拿出手机在聊天框发了句“什么时候到呀”，附带一个笑脸，等了一会儿，对方果然没回。

白梨趴在桌上叹一口气。再等一个小时吧，一个小时之后再不来，她就把书上交给看门大爷了。

她打了个哈欠，接着刚才的内容看下去，可是越看越困。

黑色方正的铅字笼罩着一层梦境般虚幻的光，纸页扭曲了起来，好像要把人吸入一汪无形的旋涡。

“同学，图书馆该关门啦！你要在这里过夜吗？”看门大爷极具穿透力的大嗓门在耳边炸响。

旋涡更加扭曲了，一圈一圈的，像蚊香一样，都要把人的灵魂吸进去。

白梨知道自己又睡着了，潜意识告诉自己要醒过来，可是眼皮沉重得黏在一起，怎么都睁不开。

“同学，醒一醒！”

她驱赶蚊子一样挥了挥手，还嘟囔了一句什么，大概是让大爷别再吵了。

“同学！

“同学？

“同学……”

“醒一醒。”黑暗里的声音，一次又一次地呼唤她。

大爷你怎么还在啊？话说回来大爷的嗓门好像变温柔了好多，也年轻了好多……不对，不是大爷嗓门变了，而是这个声音她从来没听过！

“醒一醒……”

一种陌生的尖锐的寒冷，突然席卷了全身每一个角落。

“不然……我们恐怕都得死。”

不知何处而来的火光在眼前一闪，仿佛一道雷霆撕裂黑暗，白梨终于从漫长的酣眠中惊醒。衣衫被冷汗浸湿了，夜的凉意像蛇一样顺着脊背爬上来，她打了个寒战。

黑暗。目之所及只有黑暗。

猝然间的惊悸让大脑供血不足，视线模糊一片，慢慢地她才看清四周的一切。

封闭式的黑暗空间，两侧有窗户的形状，昏黄的火光从缝隙中照进来，在地面投射出窗格的影子。

头顶惨白色的日光灯不见了，看门大爷洪亮的大嗓门也消失了，取而代之的，是一个完全陌生的环境。

是在做梦吧？她难道还没醒来吗？

白梨想站起身打开窗户好看看自己在哪儿，但很快发现两只手都被紧紧绑住了，而且她似乎在这里跪了很久，浑身如被战车辗轧般疼痛起来。

她只能像电影里那样用力挣着绳子，但无济于事，绳子甚至自动搅紧，勒进了皮肉里。

“如果不想自己的手被绞断，那就别轻举妄动。”

梦里那个声音在身后响起，白梨这才察觉到背后有人，而且能听出来那是青涩的少年音。

“绞断？”她缓缓打了个寒战。

“这种绳子越动只会收得越紧，如果届时我们的手断了，那我们——”那轻巧的语调把人的心高高悬起，仿佛在顽劣地故意卖关子，他轻声说出后半句，“就没有活下去的价值了。”

“开、开玩笑的吧？”白梨不得不强迫自己开始接受现在的处境，但这着实太荒唐了。

“听过笼州闻氏的名号吗？我们现下就在他们的地盘上。”

笼州……闻氏？

等一下，这个名字……不就是那本叫作《白玉京》的小说里出现过的专有名词吗？

白梨终于知道这是怎样的世界了。

因为睡觉之前看了一本书，对这本书又有一股未了的执念，所以她连做梦都梦到了小说的世界。

有点荒唐，又有点新奇。

幸好记忆还是新鲜出炉的，白梨没费多大劲，就回想起了这段剧情的来龙去脉。

这个笼州闻氏，在书里还算个有头有脸的龙套。它是掩月坊的一大股东，表面上做的是丹药秘籍的生意，暗地里却多行不义，从各处搜罗如花似玉的少年少女，作为炉鼎在坊中花市拍卖。

书中的女主角绫烟烟和男主角姜别寒所在的师门乃是天下仙宗之首，得知闻氏暗地里的勾当后立刻派出弟子讨伐，途中绫烟烟被闻氏抓走，好在姜别寒及时赶到将她救下，上演了一出有惊无险的英雄救美戏码。

不过这都不是重点。

重点是，至少在眼下这段剧情里，绫烟烟有姜别寒相救，而炮灰白梨……她什么都没有。

是的，她又想起来了，书中的白梨是一名药宗子弟，只有一句话的戏份，好比在漫威电影里给英雄男女主角充当背景板的路人龙套，男女主角负责在晨曦中拥吻，而她负责热泪盈眶地鼓掌。

这种炮灰角色之所以能被她记住，完全是因为和自己重名了吧！

果然弗洛伊德说得没错，梦是有逻辑的，所以做梦的主视角也是一个和自己同名同姓的姑娘。

但还是好不甘心啊，既然是做梦，就不能大胆一些吗？比如体验一把逢凶化吉的主角光环。

火的影子张牙舞爪地在窗纸上燃烧，夜风吹来肆无忌惮的谈笑声，押解他们的闻氏弟子正在外面饮酒作乐，讨论着马车里两个“新货”这回能卖多少钱，然后又能用这些钱买来多少个姑娘的拥吻。

迅速进入角色的白梨暗自思忖：既然是梦的话，那她会不会拥有金手指？比如不费吹灰之力就能挣开手上这条绳索，或者弹指之间让那些坏人灰飞烟灭？

“最高原则一，世界观不能崩坏；最高原则二，剧情走向不能崩坏；最高原则三，人物设定不能崩坏。其余请自由发挥。”

脑海深处的黑暗中，突然亮起一点红光。

这是什么？ AI ？

“想要醒来的话，那就找到反派，然后，攻略他。”毫无情感的电子音莫名透出一股语重心长的意味，说完这句，黑暗中的红点一闪一闪，然后熄灭了。

找到反派攻略他？这是给她的任务吗？但是……她现在能否活命都还是未知数，哪有工夫找反派大佬？白梨一头雾水。

“你还醒着吗？”背后的少年轻声问。

“啊？怎么了？”白梨打了个激灵回过神来。

“我需要你帮忙，这样我们两个……或许都能活命。”

希望的火花一跳，白梨打起精神：“你有办法逃跑？”

“只能试一试，前提是，你得相信我。”

白梨微微一愣。她不认识背后这个素未谋面的人，甚至看不到他长什么模样，但这个异世界的陌生感让她不得不相信对方。比起无头无脑地自乱阵脚，土生土长的异世界人的意见或许更值得参考。

“你说吧，我做什么都可以。”她声音绷紧。

“我袖子里藏着一把短剑，不过我现在这个样子没办法拿到它，如果有人能帮我——”

“我可以帮你拿！”白梨闻弦知意，立刻自告奋勇，“这么重要的事情，你不早说。”

他轻轻笑了一声，像一线清冽的冰泉从九天而下。

“你笑什么呀？”白梨疑惑。

“我倒是也想一开始就告诉你，不过——”

“不过？”

“不过你一直在睡觉，怎么样都喊不醒。”

白梨脸都热了。好丢脸，还是第一次睡得那么死，一定是泡了太久的图书馆，报复性地补觉。

“好了，不要说这个了。”她转移话题，“你的剑藏在哪里？我想办法帮你拿出来。”

“就藏在我手臂上的束袖里，他们搜身的时候没有发现。”他高高束起的头发有一缕落在白梨脖子上，柔柔的没有半点攻击性，“把剑拿稳，这是最后的机会了。”

这是最后的机会。

白梨紧张地吸一口气，照着他的指示摸到箍紧的束袖。里面有不寻常的突起，是一柄短剑的形状，约莫手掌大小，尾端又是一寸来长的剑柄，刻着半圆形的纹路，摸上去像排列整齐的鱼鳞。

鳞……她依稀记得是个挺重要的设定。

可脑中闪过的念头如流星般又滑入黑暗，白梨找不到头绪，只好先把那柄短剑抽出来。

不过好奇怪，他为什么会把剑藏这种地方，仿佛是……有备而来。

“有人来了。”安静得有些反常的少年突然一把抓住她手腕，浑身气势凛然，方才漫不经心的懒散一下变作剑拔弩张的机警。

脚步声在靠近，一步、两步、三步……已经近在咫尺了。

白梨正在割绳子，这下猝不及防，捏着剑呆若木鸡。

怎么办？那些人快要过来了，这是最后的逃生机会，搞砸了他们都得死。

对、对了，她应该先把剑藏起来。

一不小心戳到了手心，白梨疼得一口冷气入肺腑，短剑将要脱手，千钧一发之际却被稳稳接住。

“别慌，我帮你藏好了。”少年手指一转将它顺进袖子。

“谢、谢谢。”白梨眼睛睁得大大的，等待脚步声步步逼近。

帘栊“哗”地掀开，大片大片的月光争先恐后涌进马车。草木在夜风中俯首，萧瑟的枯叶打着卷儿簌簌作响，夜空中挂着一轮阴冷的下弦月，宛若见血封喉的钩子。

那两个闻氏弟子法衣乌沉沉的，腰间一柄泛着寒铁光泽的长剑，像黑白无常手中索命的铁链。

“你们两个，别打什么小主意。”其中一个拿剑鞘敲了敲车壁恐吓，“否则先在半路砍了你们手脚！”

白梨正对着车门，首当其冲，那剑鞘快敲到她脑门上了，她像只缩着翅膀瑟瑟发抖的小鸡。

那人正欲放下帘栊，他的同伴忽然拦住他：“慢着，不对劲！”

白梨心跳都漏了一拍。

那人阴冷的目光扫了一圈，一脚踩上马车凑近打量：“别掉以轻心，我刚刚听到这里面有说话声，让他们都下来，我们再搜身！”

“不用那么麻烦吧？”

“这是师叔祖钦点的货，绝不能让他们半路跑了，否则我们拿脑袋相抵！”

如果再搜身的话，那柄短剑岂不是……白梨心里一凉。

那名疑心最重的闻氏弟子已经拔剑，寒芒如水流出：“下来。”

这年头龙套的剧情都这么波折的吗？！这都赶得上主角的待遇了！白梨缩起身体小声说：“怎么办？”

身后的少年没有回答。

完了，难友也没有主意，只能任人鱼肉了吗？

“再说一遍，下来。”长剑已然出鞘，远处火堆上还未熄灭的余烬在剑刃上跳动着赤红的光，那闻氏弟子用剑挑开帘栊，剑光照亮了黑暗。

夜色死一般沉寂，一时间连呼吸声也没有了。冷汗浸透了衣衫，白梨慢慢打了个寒噤。

死寂之中，手上的绳子被轻轻扯动，白梨心跳骤然加速。他不要命了吗？居然当着两个弟子的面解开了绳子，他现在就算挣脱束缚也逃不了，反而会给两人带来杀身之祸！

她看不到具体的情形，只感觉背后寒意袭来，整辆马车都充斥着冷酷的威势。两个弟子目光缓缓抬高，瞳孔中倒映着一点皎白，像是月光，又像是那人的身影。

烈烈狂风横扫而过，在万顷山原间发出回响，仿佛大海的浪涛。

“该死！他什么时候……”

两名闻氏弟子甚至还没有所动作，不知何处而来的剑光已然掠出，喷涌的血液在昏黄的火光下犹如晚来的急雨。

深色的血泊在地上慢慢地扩大了。刚刚还活蹦乱跳的两个人，此刻躺在地上宛如两块僵硬的石头，沐浴在月光明亮的银辉中。

死人了？

白梨僵在寒风中，哆嗦着抬起眼。血液喷洒的同时少年也轻巧落地，他站在马车高高的横梁上，长剑低垂，浓稠的血液聚成一线沿着剑锋滴落。

他微笑着回头：“谢谢你帮忙。可以出来了。”

刚刚到底发生了什么？

白梨呆呆地坐在原地，明亮的月光让她暂时不能适应，过了片刻视线才清晰起来。

星垂平野阔，汹涌的月色笼罩在荒原之上，一卷黑白反色的白描舒展开来，借着明亮的月光，白梨终于看清少年的样貌。

白色。

一眼望去只有白色。

大概是因为他手里还拿着剑，这样锋芒毕露的白好似刀锋上的雪，他的眼瞳却是截然相反的黑，仿佛栖息着古寒的长夜。

他拿着剑随意一挥，飞洒的血弧在草地上溅开半径数丈的红色扇面，那簌簌泼洒的声音犹如雨打竹林。

“这位姑娘，你可以解开绳子了。”他说话的时候会认真地盯着对方，那双漆黑眼瞳中仿佛有万里星河流转，向着天的尽头汇聚。

干净剔透，和血腥两字相去千里。

白梨颤抖着指了指地上两具尸体。他们被一刀封喉，泉涌般的血液染红了附近大片草地。

血的腥气在夜色中泡发了，死亡的气息离得那么近，已经开始僵硬的尸体告诉她，这一切都是真的。

真的……真的死人了。

“他、他们……”因为惊惧，她舌头都打结了。

“嗯？”少年歪头看着她，他的黑眸微微睁大了一点。

“他……”

“姑娘想说什么？”

“我、我是想说……”白梨战战兢兢地指指地上两人，“把、把他们打晕不可以吗？”然后交给执法部门也行啊。

“打晕？”他轻轻笑了笑，轻巧的语气里一片刀光剑影呼之欲出，“斩草不除根，后患无穷，这点道理不明白吗？”

白梨打了个寒噤。说得没错，这里可不是什么法制社会，而是弱肉强食的修真世界，像这样的漫漫长夜中处处皆是险境，黑暗森林才是至高无上的生存法则。

她看向少年。他正咬着纱布给自己受伤的手臂潦草包扎，忽略方才眨眼封喉的一刀，他现在看上去半点杀气也无，像个温柔可亲的邻家竹马。

应该……是可靠的战友吧。在这种充满刀光剑影的架空修真世界里，或许不会杀人的人才是少数。

一把长剑递过来，剑光如雪。

“拿着，虽然不是上品，护身用绰绰有余了。”少年又将手放上马背，有些失望地蹙眉，“果然只是普通的马，用不上……”

白梨抱着剑呆若木鸡。

和竹马少年还是有点不同的地方，至少竹马少年杀人捡装备不会这么熟练。

“再不跟上来，我就不等你了。”他不知何时已经准备启程，捎带着喊了声白梨。

白梨连忙跟上去。她不认识这里的路，大腿要抱紧。

夜已经很深了，长空湛湛，秋虫唧唧，鞋履被草叶上的露水浸湿。少年只顾着赶路，一言不发，白梨甚至需要小跑几步才能吃力地跟上他的步伐。她开始没话找话：“那个，敢问这位……”

“我姓薛，薛玉，波州薛氏。”他偏了偏头，一簇纤长浓密的眼睫在交错的光影中横斜出来。

等会儿，姓薛？

白梨终于想起了自己的攻略任务。

原著中有个大反派，叫薛琼楼，是她这次要攻略的对象。

他出身仙门豪阀，是钟鸣鼎食之家、诗书簪缨之族的翩翩公子，出场时像雕栏玉砌上落着的白雪，纤尘不染，又胸罗锦绣。他于半道和姜别寒一行人结伴而行，假意施以援手，实则心怀鬼胎。

以往作为反派的恶役大都退居幕后，让手下小弟出去给主角团送经验。这位却反其道而行，伪装得滴水不漏，看着让人如沐春风，出手却是见血封喉。

设置这样一个身负反转的角色很是别出心裁，但不代表白梨认同他的三观，桩桩件件的罪状抖搂出来，堪称恶贯满盈，罄竹难书，结局时他落得个万箭穿心的下场，罪有应得。

——而她之所以知道这些，还多亏中途没忍住好奇翻了下这本书后面的内容。

只不过薛琼楼出身金鳞古城薛氏，但这个少年说自己是波州薛氏……而且，这个时候薛琼楼好像应该在掩月坊和主角一行人相遇了。

“话说回来，你又是——”

她这才反应过来，光问了人家名字，自己的还没报上。

“我叫白——”白梨开始逐渐适应这个弱肉强食的修真世界，理智回笼，话锋生生转了个弯，“我叫白林。”

这是原主下山历练时给自己伪造的假身份，白梨摸了摸脸，上面覆着一层秘术，能隔绝下境修士的窥探，算是她安身立命的一个马甲。

“白林是吗？我记住了。”名叫薛玉的少年郑重其事地说，那认真的模样倒叫方才心生疑窦还报上假名的白梨有些不好意思。

“我们现在要去哪儿？”

“找个地方躲一下。这样漫无目的地走下去，碰到邪修就完了。”他解释，“你也知道的吧，今晚掩月坊会有多热闹，又有多少人会去参加这场百年一遇的盛会。”

原著里这一段堪称群魔乱舞，盘踞南方的地头蛇闻氏其实已经和魔门差不多了。白梨觉得自己现在避开这场盛会是个十分明智的举动。

两人运气很好，约莫走了半盏茶工夫，一座驿站在月色下显露出来。这种地方一般供千里跋涉的修士歇脚休憩，但不知为何已经废旧弃置了。

大门被虫蠹得千疮百孔，窗户索性不翼而飞，驿站像位衣不蔽体、风烛残年的老人，孤零零地立在这荒原之上。

两人找了个不漏风的地，靠墙并排坐了下来。

冷。

白梨抱着手臂瑟瑟发抖，整个人仿佛泡在冰水之中，她把脑袋埋进膝盖间长嗟短叹。这个攻略的任务简直是个大写的难，她怕是还没找到任务对象就一命呜呼了。

“我们……要在这里躲一整晚吗？”她想跟难友说说话，却没有得到回应，偏头才发现，他不知何时睡着了。

在这种地方也能睡着，心好大。

少年睡觉的时候还抱着剑，两排细密的眼睫虚掩着苍白的脸色，仿佛是栖息在雪地里的两只黑蝴蝶。

他看上去好淡定，淡定得仿佛……确认自己不会死。

这年头龙套的实力也这么强了吗？那男主角姜别寒岂不逆天？他这么强到底为什么被抓啊？

白梨满脑子都是疑问，但夜色渐渐深了，她架不住浓烈的困意睡了过去。似乎只是过了须臾工夫，她又被冻醒，迷迷糊糊地睁开眼睛。

——身边空空如也。

靠在墙角的两柄剑还在，说明人并没有走远。

孤独带来的恐惧感再次攥住心脏，白梨在一团漆黑中打了个冷战，把剑抱在怀里，摸索着走到窗边，试探着喊了声：“薛、薛玉？”

只有呼号的夜风在回应她，树影宛若破土而出的狰狞巨爪，连星光都黯淡了下去。

他受着伤怎么还悄无声息地消失了？连护身的佩剑也不带上。

空气里出现细微波动，狂风起于青萍之末，白梨本能地躲到窗后，可惜为时已晚，陌生的气息瞬间逼近。

一道符篆砸过来，将本就行将就木的窗台劈得四分五裂，熊熊烈火点燃了浓稠的夜色。

“原来还有条杂鱼在这里。”

三道人影浮现出来，清一色黄底镶绿边的法袍，其中一个还是女弟子，方才那道符便是她出的手。

是闻氏弟子？

不可能，原著里他们这时候应当在掩月坊举办拍卖，再说那两个弟子死得悄无声息，甚至来不及与同门取得联络，他们不可能赶来得如此迅速。

火光照亮三人面容。女子身材高挑，发冠上还垂着两条绦带，夜风吹拂，飘飘欲仙。待看清白梨的面貌，她有些讶异地挑了挑眉：“哦？还以为有两个人呢，居然只是条落单的杂鱼。”

另外两个则是二十出头的男修，其中一个已经急不可耐地迈步欺近，道：“师姐，不用废话，这种余孽直接杀了便是，大师兄还等着我们呢。”

什么余孽？她是清清白白的受害者！白梨焦急地解释：“你们是不是搞错了，我和闻氏的人没有半点关系！”

“狡辩！你不是闻氏余孽，为何拿着他们的剑！”

白梨：你是不是傻！那是我拿来护身的！

可那女修根本不听解释，眼底杀意昂扬，道：“杀了她！”

方才那显得最急迫的弟子率先上前一步，显然想抢这头功，奈何另外一人也当仁不让，两人“金风玉露一相逢”，“砰”一声撞在一块，各自狼狈地往两边踉跄了一下。

白梨：这届反派好像不大聪明的样子。

女修捂着脸看不下去：“算了，我亲自上。”

白梨心念电转，忽然朝着三人背后望去，眼睛一亮：“你终于来了！”

三人面色一变，齐齐往后看，只见得一片夜幕辽阔，人迹杳然，什么人都没有。

趁他们分神，白梨一瞬间没了影。

女修最先知觉，紧追而上，低喝道：“被耍了，追！”

耳畔风声呼啸，脚下碎石嶙峋，随时随地有崴伤脚的危险。白梨肺腔里灌满了夜风，眼眶灼热异常，两条腿跑得毫无知觉。不时有符箓并剑光擦身而过，衣服被割开无数道口子，她冷不防被石头绊倒，狠狠地摔了一跤，膝盖都磨破了皮。

寒风乍起，伴随着杀意兜头罩下，白梨避之不及，这会儿终于想到自己怀里还抱着剑。

可是她不会挥剑。

火光暴涨，越逼越近。

管不了了。

她不能死在这种凶残的地方啊，至少……至少让她把攻略对象找到。

白梨双手紧紧握住剑，像大字不识的白丁满手抓着毛笔，明显是门外汉的姿势，看得那女修冷嗤不止。

锵。

剑锋与符箓铿然相撞，擦出一片璀璨夺目的火树银花，剑气占了上风，符箓成了一张废纸，乘着风飘然落地。

成功了？

她来不及多想，趔趄着想爬起来，那女修一击不成，面露恼怒，不知何时已经堵在对面，冠带当风，裙摆猎猎作响，杀气腾腾地一挥衣袖。

“余孽，还想逃跑！”

白梨整个人撞上树干。

好疼。头昏脑涨，眼前阵阵发黑，手里的剑也快握不住了。

女修步步走来，纤长的五指凝聚着月色冷意。白梨绝望地闭上眼睛，不去看那手起刀落的场景。

“师姐当心！”

骤然间一声撕心裂肺，风声骤停，眼前漆黑一片，好似有只手抓着天幕往下一扯，漫天星光霎时坠落如雨，周围陷入一片寂静的旋涡。

“剑不是这样握的哦。”

无边暗境，因这一句话，绽放出一朵光。团团血花在空中飞溅，像画师笔下肆意挥洒的墨水，在黑夜中呈现出艳丽逼人的明媚。

少年蹲下身，伸出干净的手，在她脸上擦了擦，乌黑如墨的眼里盛着笑意：“别哭了，你做得很好。”

月华满地，如霜似霭。

驿站后有片峡谷，深不见底，老树参天，白梨蹲在树根旁，看着少年将这三人的尸首踹到坡底，两柄沾满血污的剑也一并扔了下去，峡谷像怪兽漆黑的血盆大口，鲸吞而入。

薛玉又抱着一堆木柴往地上一扔，坐在她身边，屈起两条长腿，歪头看着她：“你怎么不说话？吓傻了？”

白梨确实吓傻了，半张脸埋进膝盖间：“我感觉自己在这里活不过三天。”

薛玉将一根已经点着的木柴扔过去，一簇火苗蓬勃升起，将两人周身烘得暖意洋洋。他疑惑道：“难道你是第一次出来吗？”

白梨哭丧着脸点点头。

少年敛起脸上的笑意：“既然害怕，为何要下山？”

白梨想了想。原主是为了去秘境找寻草药，至于她……她得找到薛琼楼然后攻略他。

对了，这个少年或许知道薛琼楼在哪儿。

白梨委婉地问：“你是波州薛氏族人对吧？那你知道薛琼楼吗？”

黑亮如珠的双眸淹没在月光里，一瞬由缀满繁星密斗的夜空变作朔风呼啸的冰河，他不动声色地笑道：“为什么问起他？”

“就是问问啊，你认识他吗？”

“有所耳闻罢了，不过你这辈子还是别认识他了。”

“为什么？”

“我不大喜欢他。”

“啊？”

白梨心道：不对啊，这沽名钓誉的反派此时风头正盛，离他身败名裂还早着，谁不知道光风霁月的金鳞薛氏。

少年淡淡道：“因为我与他同姓不同族，天下知他不知我，所以我讨厌他。”

“呃……”话题半途毙命，她打了个哈哈，“话说回来，你方才去哪儿了啊？”

他指了指燃烧的柴火：“我看你睡觉的时候冷得发抖，就去外面找点柴火取暖。”

白梨赧然偏过脸：“劳烦你了，就这一个晚上我还是可以熬过去的。”

“唔……我只是不喜欢欠人情，你帮了我，我也得帮回来。”

白梨心道她这是哪门子帮，明明一直是被救。

“等这堆柴火烧完了，我们就走吧，这里不安全了。”他向后倒去，靠在树干上，闭目养神起来。

白梨点头如小鸡啄米。

他睁开眼睛，眼里闪着零零星星的笑意：“你不担心一下我们分开之后，你该怎么一个人继续走下去？”

对哦，她一个人岂不是分分钟被人刷经验？

白梨赶紧凑过去，殷勤道：“你教教我。”没等少年回答，她连忙摆手，“杀人就算了，只要能保命就可以。”

“不想学杀人，碰到有人想杀你怎么办？”

“那我就避开他们啊。”

他闭眼靠上树干，笑道：“天真。”

“啊，你说什么？”恰好火堆哔啵一声，掩盖了他这句轻飘飘的低语，白梨没听清。

“我说，很简单。”他长睫覆下来，半阖着眼，“用腿啊。”

白梨恍然大悟：“踹裤裆？好主意欸！”

薛玉被呛了一口，沉默片刻，无奈道：“我是说，用腿逃跑。”

白梨：感觉有被冒犯到。

他拿树枝戳着火堆：“该逃的时候不逃，只有死路一条，不该逃的时候却想逃，连怎么死都不知道。”

“说来说去都是死，我可真难。”白梨嘟囔。

薛玉笑而不答，将树枝一扔：“等火烧完了就走吧。”

她心不在焉地点了点头，想到这个人一直在不遗余力地照顾自己，自己却连个真名都不告诉对方，未免谨慎得太不够义气了。

火光葳蕤，细碎如沫的火星腾旋飞舞，宛若夏夜流萤，拂树生花。

白梨鼓足勇气，字斟句酌地说：“那个，有件事我想对你说，我其实不叫……”

“有什么待会儿再说吧。”他忽然站了起来，打断白梨的话，“我离开一会儿。”

“欸？”白梨猝不及防，心里有点慌，“你又要去哪儿啊？”

他有些无奈：“五谷轮回。”

白梨闹了个大红脸，复又抱着膝盖坐下来，尴尬地朝他挥挥手：“那你早去早回啊。”

他看上去很是哭笑不得：“知道了。”

夜色像墨汁泼在他身上，一笔一笔地浸染了少年的背影，直至将整个人吞没。

火苗将白梨蜷缩成小小一团的身影投射到墙壁上，渐渐的，她的身影越来越小，越来越淡。

火势小了，寒意刺骨侵袭，白梨抱紧手臂，盯着眼前那一簇奄奄一息的火苗在冷风中摇曳挣扎，彻底归于一缕灰烟。

好像过去很久了。

白梨终于开始感到慌张，在原地兜兜转转片刻，下定决心要去找少年。

她只顾着享受对方的庇护，却忘了他也是重伤在身，独自一人出去，说不定又遇上了什么危险。

“该逃的时候不逃，只有死路一条。不该逃的时候却想逃，连怎么死都不知道。”

脑中蓦然响起少年警告自己的话，白梨走到门口的脚步生生一顿，又开始犹豫起来。

她现在也是手无缚鸡之力，别说能不能帮上忙，连找不找得到人都说不准，说不定还会把自己也搭进去。

那些傻白甜电视剧里的女主角救人害己的情节她还记得清清楚楚呢！

她一定得想个万无一失的方法。

白梨趴在门口往外看，此刻云破月出，积水空明，满地的狰狞树影中，又出现一道人影，贴着墙根移过来，呼吸被压抑得很浅。

回来了？

人影一闪，一个陌生少女从墙角跑了出来，一袭鹅黄色留仙裙，明媚夺目，猫着腰踮着脚，鬼鬼祟祟，十分可疑。

四目相对，两人皆是一怔，少女先反应过来，上前一步捂住她的嘴，比着噤声的手势：“别、别、别、别怕，我不是坏人，我是来逃命的。”

白梨震惊得睁大眼。

全书中喜欢穿鹅黄色留仙裙的只有一个。

——这人，是女主角绫烟烟啊！

“你听我解释，是这样的，有人在追我……”

少女比着手势，混乱地描述了一遍事情经过，因为惊惧恐慌，话都说不顺畅，若非白梨知晓剧情，此刻压根听不懂她在说什么。

绫烟烟就是普通小白甜宠文的女主角人设，心地善良，温柔可亲，能让钢铁化为绕指柔。一路上姜别寒负责出力打怪，她负责被男主角宠爱以及跑路。

所以若要指望她能一拳打倒敌人，那是不可能的事情。

绫烟烟一口气说完，殷殷地看着白梨，雪白小巧的鼻尖上凝着一点汗珠：“我师弟也被抓了，我一个人逃出来就是想帮他搬救兵，你知道就近的传信驿站在哪儿吗？”

好问题，她也想知道呢。白梨心想。

两个弱不禁风的逃难者面面相觑，无语凝噎。

绫烟烟眼睫眨了眨：“怎么了？”

“我也和你一样，是逃出来的。”白梨叹了口气，“我还有个难友，可是他出去后就没再回来。”

“啊？”绫烟烟惊恐地捧住脸颊，“外面这么危险，该不会……”

“不会的，他很厉害。”白梨一本正经地反驳道，“他不会遇难的。”

绫烟烟很识相地没在这个问题上继续纠结下去，拉着她在墙角蹲下来：“我们小声点，我怕会有人追过来。”

这尿尿的模样竟让白梨感到几分亲切。

自过来这里一个多时辰，她所遇到的角色，要么是像薛玉那样能一手捏断一人的脖子，要么就像那几个闻氏弟子一样成为一撮炮灰身死道消。

绫烟烟不就是她的翻版吗？！

两只新手村的小菜鸟挨在一起瑟瑟发抖。

“这、这位难友，你逃到这儿来的时候，应该没人发现吧？”

“不、不知道啊。”

“……”

鉴于女主角有着和柯南一样的体质，白梨提出了十分有远见的建议：“我觉得这里不能继续待下去了。我们应该造一些人为的蛛丝马迹，让他们误认为我们来过这里。”

“说得有道理！”绫烟烟深以为然。

两人一拍即合。

白梨在自己身上摸了摸，考虑着该留下哪些蛛丝马迹才能显得神不知鬼不觉，不至于过犹不及得让人心生疑窦。

绫烟烟紧紧挨着她，突然抓紧了她的胳膊，蜷缩起两条腿，目光慌乱地在黑暗里游移：“刚刚好像有东西碰了我的腿，凉凉的，好恶心。”

淡淡的月光铺散在脚边，一条小蛇的脑袋颤颤巍巍地昂了起来，半条身子却隐没在墙角处的洞穴中，很显然这蛇是从外面爬进来的。

两人如惊弓之鸟弹跳起来。

绫烟烟的脸色比月光还白：“这、这好像不是普通的蛇……”

白梨声线颤颤：“那、那是什么？”

没等绫烟烟回答，有道含笑的声音在窗外响起，尾音愉悦上扬，慢条斯理道："是用来追踪的寸蛇。"

站在窗边的男人着一袭玄黑华袍，头束高冠，脸色有些病态的苍白。月光在他面上落下深深浅浅的荫翳，显出几分森然的危险感。

他随意瞥了眼绫烟烟，视线反而在白梨脸上停顿许久，咧嘴一笑："没想到走丢了一只兔子，又给我附送一只过来。"

绫烟烟如临大敌地护着白梨，紧紧贴着墙根。

男人往前迈了一步，不知使了何种神通，竟直接穿墙而过。他欺近白梨，捏起她下颌，目光扫来扫去，好似要揭掉她一层脸皮。

"障目术？"

白梨眼皮一跳：被、被发现了？！

男人伸出手掌，在她面前一抹，一层微妙的涟漪浮动，貌不惊人的少女像一枚青涩的野果，剥掉了那一层饱经风霜摧残、细皴横生的外皮，露出鲜嫩可口、皓质呈露的果肉，灿如春华，皎如秋月。

他眼底立时浮现一抹惊艳之色和几许迷离之意，抬手吩咐道："把两人都带回去。"

白梨被他压着肩膀，无法动弹。他吩咐完毕，便有两名着墨色法袍的弟子现身，恭恭敬敬行了个稽首礼，喊他"师叔祖"，才朝着两人走过来，一脸公事公办的漠然与司空见惯的麻木。

两人又被绑了。

白梨："……"

她果然是被屠的新手村。

同为天涯沦落人，绫烟烟苦中作乐地赞叹起她的新面孔："原来难友长这模样，真是不看不知道，一看吓一跳……呸呸，我在说什么，我是说惊艳绝伦，太好看了！"

白梨：现在不是关注这个的时候啊姐姐！

这位师叔祖是倚红偎翠的常客，也是这次掩月坊盛会的东家，最出名的便是他豢养的这条宠物寸蛇。

他曾让寸蛇钻入冰灯玉酿中，喝得酩酊大醉，而后放蛇入林。恰好遇上宗门女弟子结伴踏春，经过此地，醉醺醺的寸蛇一连咬伤好几人，环肥燕瘦，皆是倾城绝色，此后这品种的寸蛇便被用在了寻蜂觅蝶一事上。

闻氏不以为耻，反以为荣，换了一任家主后，掩月坊也逐渐成了浮花浪蕊之地。

臭味相投者夜夜觥筹交错，名门正派眼里却容不下一粒沙子，恨不得将这派烟柳繁花的温柔乡斩草除根。

绫烟烟之所以出现在这里，便是因为其代表自家宗门随同姜别寒讨伐闻氏。

结果因为学艺不精，办事不慎，她被抓了个正着，赔了夫人又折兵。

绫烟烟将来龙去脉一一道来，委屈地叹了口气："怪我太大意，给姜师兄添麻烦了。"

白梨："……"

"师姐你别提那个姓姜的了，过那么久他都不来救我们，说不定在那温柔乡乐不思蜀呢！"马车里还被绑着一人，是绫烟烟的同门师弟夏轩，这精神小伙还处在变声期，一把破铜锣公鸭嗓，愤愤然道，"那家伙压根就没把师姐你放在心上，巨阙剑宗的剑修都这样！"

三个人各自被反绑了手，背靠背坐在马车里，一开始生无可恋，后来看开了这作弄人的命运，有一句没一句闲谈起来，分享着各自惨痛的被绑经历。

白梨装作好奇的模样问："巨阙剑宗的剑修都哪样啊？"

夏轩不屑地翻一个白眼："哼，你一定没见过他们的男生宿舍，他们居然把内裤和袜子放在一起；你也没看过他们睡觉，他们不仅鼾声震天，还抱着把剑一起睡！那个天霄峰的大师兄，居然还放言全天下，此生不娶，他的碧游剑就是他的妻。"

"姜师兄不是这样的……"绫烟烟理不直气不壮地辩解了一句。

"近朱者赤近墨者黑，我觉得他不行，我们都被绑这么久了，他连个影都没有。男人都不是好东西，哼！"

白梨：你忘了你也是男人吧？

夏轩看上去只有十四五岁，是个青葱少年，脸蛋白里透红，圆嘟嘟的，带着婴儿肥，玉粉可爱，让人忍不住想上去捏一把。

玉浮宫的法袍是淡淡的鸭卵青，越往下颜色越浅，宛如清晨东方露白，云卷云舒，有那么几分羽衣鹤氅的缥缈仙气。

但这个小少年穿上这身法袍，就像一棵青翠欲滴的小白菜。

夏轩为着姜别寒和绫烟烟赌气不说话，奈何改不了话痨的性子，这会儿十分自来熟地开始和白梨聊天："这位小姐姐，你一个人逃出来的吗？"

白梨连连摇头："不不不，是有人帮着我一起出来的。"

"那他人呢？"

"我也不知道啊。"

"哼，果然！"

白梨：果然什么？

"果然男人都不是好东西！"少年在今夜对男人的本质有了深刻的认知，言之凿凿地盖棺论定。

白梨："……"

她长长地叹了口气，叹自己时运不济、命途多舛，还有点担心薛玉现在的处境。

白梨探过头去，低声问："你知道波州薛氏吗？"

"波州薛氏？"夏轩愣了愣，继而摇头晃脑道，"知道啊，三百年前就没落啦，五百多岁的老祖也就只有六境洞虚，没多少年可活了，族里的子孙个个也不争气，不好好修炼，竟学些剑走偏锋的歪门邪道，现在基本已经与世隔绝，没那个底气和大宗门打交道了。"

白梨仰头望天。

这描述和薛玉好像不太符合。难道那人和自己一样，也隐姓埋名了？

披马甲并不是什么罕见的事，就跟狡兔三窟一样，特别是那些独行于世间的散修，有两三个身份的不在少数。

敢落落大方报上真名的，要么真名如雷贯耳，没人敢犯大不韪正面挑衅；要么后台强硬，没人敢惹大佬的亲儿子。

白梨坐在一步三晃的马车里，开始整理思路。

先前那个念头，又像花火似的在脑海里哔啵一声炸响。

等等，好像有哪里不大对劲。

她先侧头看了眼夏轩的法袍，同时回想了一下闻氏弟子的校服，脑海中的那个念头越发清晰起来。

夏轩见她一眨不眨地盯着自己，狐疑道："看、看我干什么啊？"

白梨缓缓问："你知道哪家弟子的法衣，是黄底镶绿边，头冠上还有飘带的吗？"

"咦，你见过陈师伯他们了？"一直默默不言的绫烟烟接过话，有些欣喜，"那是陈师伯带来的师兄师姐们……啊，你不知道陈师伯是谁吧？他是首阳宗宗主，也是我师父的至交，今次联同我们玉浮宫，以及姜师兄的巨阙剑宗，亲自出马，就是冲着掩月坊去的。奇怪了，你见到首阳宗的前辈们，怎么不向他们求救？他们也很厉害的，肯定不会见死不救。"

"没、没有，我没有见过啊。"白梨感觉自己背后浮起一片冷汗，"我只是听说过，顺便问问而已。"

"这样啊。"绫烟烟失落下来，"陈师伯这次是铁了心要讨伐闻氏掩月坊，将对方的底细调查得一清二楚，哪怕只有一把剑，也能知道剑的主人是谁呢。"

白梨已经冷汗涔涔了。

首阳宗与玉浮宫同出一教，修的是符箓道。闻氏则是剑修，个个剑不离身。

她脑海中突然浮现一个很可怕的想法，先前遇到的那三个不由分说便想杀她灭口的修士，是首阳宗弟子。

而她怀里抱着闻氏弟子的剑，身上又无任何能表明身份的信物，理所当然地便被当成了闻氏余孽。

当时两柄剑都被留在了原地，所以他们才说以为有两人。

而且，从那三人谈话内容可以知晓，与他们同行的还有他们的大师兄，负责押送人质。

白梨是读过原著的，顺水推舟想下去，这人质估计就是闻家一对无辜的姐弟。首阳宗宗主陈礼为一雪前耻，意图当着闻家主的面将两人凌迟。

再往深一点想，闻氏满门被灭后，两个余孽成了谁的走狗？

金鳞薛氏。

原著着重描写了姜别寒如何英雄救美、惊艳四方，对这对姐弟的去向则是一笔带过，两人在中途却又突然冒了出来。

当时白梨读着就觉得很疑惑，感觉好像少了一段关键剧情，现在想来，原著中没有交代的东西，其实都悄无声息地发生了，只是发生在反派身上，作者便没有详细描述，保留了一分神秘感，为的就是后面的大反转。

这既是偷天换日，也是调虎离山，那三人被白梨引走，只剩下他们大师兄在原地看守着那对姐弟。

成群结队的绵羊尚可殊死搏斗，离群落单便只剩下任人鱼肉的份。

所以少年回来的时候，手臂上的旧伤有崩裂的迹象，便是在之前经历了一场恶战。

他根本没有那么好心救她，只是把她当作调虎离山的诱饵罢了。

至于之前身陷囹圄，自然也是逢场作戏。本着做戏做全套的原则，他还真乖乖让人绑了起来，束袖里又未雨绸缪地藏了把小剑。因为是有备而来，他才显得那么玩世不恭。

被恐惧冲昏头脑的白梨傻傻地以为那是巧合，还以为自己能避开这段剧情，其实早就身在局中了。

她居然还当着薛琼楼的面问他认不认识薛琼楼。

可恶啊，那应该是她离死亡最近的一次吧。

至于他之后说的那些话，现在想来也是细思恐极。

“别哭了，你做得很好。”

——你帮我拖住了三人，还能撑到我回来，确实做得很好哦。

“我只是不喜欢欠人情，你帮了我，我也得帮回来。”

——我救你出鬼门关，你帮我祸水东引，咱俩扯平了。

“该逃的时候不逃，只有死路一条。”

——既然扯平了，那我就不管你了，你自己看着办逃跑吧。

“等火烧完了就走。”

——唉，这句话我都强调两遍了，不用等我，火烧完就走。听不懂的话，你后果自负。

对嘛，这种语气才符合那个表里不一、口蜜腹剑的白切黑大反派。

笑里藏刀，让人心甘情愿地溺毙在这片风华霁月的梦幻泡影中——

真是一把……杀人不见血的温柔刀。

第2章 掩月坊（二）

马车从伸手不见五指的漆黑巷道拐出来，迎来的是前方霓虹一般的流光溢彩。

缀满繁灯的河流从坊市直穿而过，岸旁停靠着的几艘楼船里隐隐约约地飘出管弦笙歌，楼船上白玉栏杆旁立满翠彩蛾眉的女修，好比凡尘花街中的歌伎，掠水而起时肆意伸展的长袖如同敦煌壁画中的飞天，翩然降落时旋转着收敛的裙摆犹如合拢的花朵。

笼州掩月坊，就是一片寻欢作乐的不夜天。

不知从何处传来一阵清越的金属碰撞声，白梨透过半掩的窗帘，看到岸边几位兴致高涨的土豪在往河里洒着金光闪闪的钱币，河水也扑通扑通溅出被灯光染成金色的水花。

原来修真世界里也有夜总会，白梨感到很新奇。然而马车里另外两位正道人士脸色很难看，大概是觉得这样的场景太过腐败。

马车辚辚往前，经过了街边贩卖玉石法器的摊位，也经过了摆满糖炒栗子、藕花糕的小推车，最后挤过围墙一般水泄不通的人群，来到尽头一座高耸入云的楼阁前。

它完完全全由白玉筑成，是真正意义上的精雕玉琢，像一块剔透莹润的玉碑矗立在流动的繁光和错乱的人影中，好似暴发户画风的油彩中一块漏上颜料的地方。

这座白玉楼太过瞩目，以至于身旁簇拥着的鳞次栉比的酒楼商肆、点点莹灯都好似众星捧月的萤虫，在皎洁的月光下黯然失色。

“闻氏的白玉楼，”黑暗中夏轩低声说，“我们快要到了。”

白玉楼？这名字也很耳熟。白梨想起来了，大反派费尽心机从首阳宗手里救走闻氏的两个俘虏姐弟，就是为了白玉楼的图纸。与其说是救人，不如说是另一种意义上的利用。

马车拐进一条暗巷，停住不动了。紧接着车帘被人掀开，白梨还没来得及看清到了个什么地方，就见一个打扮得花枝招展的美妇扭着腰肢迎面走来，带着一阵甜腻的香风。

“啊呀，好可爱的小弟弟，我舍不得把你卖了，跟着我好不好？”妇人一眼瞧上夏轩，捏捏他的脸，活脱脱一个对清秀少年情有独钟的怪阿姨。

夏轩别过脸避如蛇蝎，咬牙切齿：“妖妇！邪修！我告诉你，你这回惹上麻烦了，我们是玉浮宫的嫡传弟子，抓了我们，你就等着吃不了兜着走！”

妇人挑起细而浓的眉毛，捏着他的脸左看右看，巧笑嫣然：“你要真这么厉害，怎么还给我们抓住？”

夏轩无法反驳。

红底黑绣的裙摆在白梨眼前绽放，下一瞬她的脸被捏了起来，妇人一双狐狸般妖媚的眼睛惊讶地闪了闪：“咦，这个小姑娘，体质怎么乱七八糟……”

仆从解释：“这是师叔祖挑来的，据说是极为罕见的通玉凤髓体。”

“原来是那孩子挑的人啊，他眼光向来不错的。”

妇人拿绣帕揩着手指，转过身低声说了句什么，白梨只隐隐约约听到几个字眼，都是些语焉不详的圈内术语，听得人一头雾水，更别提她这个涉世未深的冒牌货。

“小妹妹别怕。”妇人弯下腰来，纤长如玉笋的手指抵在她唇上，慵懒地眯起眼，低沉的嗓音像一团魅惑的烟，“你要去的那个地方，可以让你脱离苦海，也可以让你痛不欲生。”

白梨身下一空，整个人像在一部通往无底洞的电梯里失控下坠，眼前的光影几度闪烁，她一屁股坐在了地上。

妇人不见了，绫烟烟和夏轩也不见了，她被传送到了一个空无一人的陌生地方。

雾气缭绕，看不清五步以外的景象，脚下铺着光洁照人的白玉瓷砖，一朵朵灵犀花开在鞋底，以皑皑素白为底，堆银砌玉，又勾了几笔海棠红和松花绿，再远处有绀青和黛紫铺散，越远颜色越暗沉，层层叠叠，竞相争艳，一路怒放至浓雾尽处。

这貌似是浴房。掩月坊作为一个合格的夜总会，浴房都装饰得金碧辉煌。

叮叮当当的铃铛声靠近了。两名粉雕玉琢的女童毕恭毕敬地立在不远处，着紫色深衣，手腕上各自系着一枚铃铛。女童朝她行了一礼，动作僵硬，眼神空洞无物，全身上下好似只有清凌凌响动的铃铛才是活物。

这两个女童，是灵傀。

“请姑娘沐浴更衣。”她们声音也是清清冷冷、冰冰凉凉。

白梨呆若木鸡。

见她久久没有反应，两个女童歪了歪脖子，对视一眼，身影突然凭空消失。一阵紫烟在原地弥散，片刻内在白梨身后聚起，塑成女童娇小玲珑的模样。她们面无表情地伸出惨白手掌，将她一推。

白梨真没想到两个小孩子力道这么大，直接被推得“扑通”一声掉下水池。还好水不深，她扑腾几下咳出几口水。

浓雾也被打散了，解开面纱露出真容，面前是一座白玉池，池水温热，云蒸雾绕。

她脑子有点蒙，这是……温泉水滑洗凝脂？

等会儿，这不是女主角的戏份吗？！怎么就莫名其妙加到她身上了？！

白梨悲愤了。自从遇到姓薛的大反派，她简直一路衰到底。要知道原主这个时候压根没有出场，而她现在不仅被迫改写了剧情线，还像砧板上的咸鱼，被两个还没她腰际高的女童搓圆捏扁。被从池里捞起来后，她又直接被裹上了一件凉爽的大袖裙，像一件雕琢完毕的工艺品被推出去展览。

她现在只能期待主角团在行侠仗义时还能记得有个龙套需要拯救。

朱帘翠屏依次推开，露出一条挂着长明灯的九曲回廊。能培养出寸蛇的闻华同样喜好附庸风雅，两侧移植了玉白的梨树，深秋时节仍是千枝万朵，擦身而过之时，梨花纷纷而落，像下了一场琼冰碎雪。

白玉楼拔地凌空，越高处灯光也越黯淡，楼顶消失在一片黑幕中。四周如巨大的多宝阁一样，设置了许多雅间，每一扇梨花木房门都紧紧合上，偶有门窗洞开的，外面也遮了一层轻纱，以隔绝窥探。但若有闲情逸致，彼此之间仍然可以靠传音术交谈。

白玉楼将隐私保护得很好，进来时无须交奉表明身份的牙牌，而是将客人直接引领至对应的房间，这样便能隐瞒身份，避免传出丑闻。

无数道令人不适的目光压在身上，白梨一下子成了镁光灯下的聚焦点，她站在楼梯口，死活不想下去了。

两个女童则再次对视一眼，伸出雪白的手掌，想将她直接推下去。

两人还未出手，四周的琉璃窗砰一声碎为齑粉，噼里啪啦砸在地面，宛如月下光可鉴人的水泊。

道道劲猛的罡风袭了进来，小鸟依人的女孩瞬间被打飞出去，直接撞碎对面一扇门。这两个灵傀变成了原本的模样，像两截打磨精细的木棍，关节四分五裂，惨不忍睹。

“怎么回事？！”

里面正安静品茶的修士被吓一跳，跳脚怒骂。

“谁在外面打架？！”

“没人出来管一下吗？！”

“何人擅闯我白玉楼？！”闻华人未至，声音已在夜幕中震颤。

话音未落，数道剑光以千钧之势将整个楼层一斩为二，鳞次栉比的雅间全部遭殃，设了禁制的梨花木门被依次炸开，烟雾四起，无论是正在装模作样喝茶抚琴的，还是偎香倚玉风月旖旎的，全都暴露无遗。

所有人都惊呆了，仿佛没穿裤子暴露在众目睽睽之下。

众人气急败坏，脸皮薄的跳窗而逃，脸皮厚的破罐破摔地站出来，破口怒骂：“谁？谁来扰我们雅兴！我是 ×× 宗的嫡传弟子！”

“我是 × 州 × 家的！”

“我师父是 ×× 真君！”

“哦？是吗？”冷峻的嗓音被夜风送了进来，让这片鼎沸的滚水霎时归于平静，“名门正派的弟子，竟如此腐蠹。”

外面黑漆漆一片，并非月光被乌云遮蔽，而是密密麻麻站满了人。

最左侧清一色黄底镶绿边、冠带飘扬的法袍，右侧则是疏淡的水青色，高冠博带，仙风道骨，中间人数最少，一袭紧腰束袖的劲装，背着剑匣，锋芒毕露。

众人背后灵光大作，早已在白玉楼四周祭起了法阵。

为首的年轻男子正是方才出声之人，手持一柄凝聚夜色寒意的长剑，冷冷地说：“今夜在此处的都报上名号来。”

方才叫嚣得最猖狂的几人一看这有备而来的阵仗，顿时㞞了，纷纷拔腿就跑，结果又被法阵拍了回来，墙上贴满一片鬼哭狼嚎的人。

“让你们逃了吗？”男人手里的剑光直指这群乌合之众，“报上名号。”

白梨：“……”

扫黄打非，绝对是扫黄打非！

她提起裙角想趁乱逃跑，冷不防有只手从背后抓住她衣领，将她拎了起来。

闻华不知何时在她身后现身，脸色比初见时更加苍白，且带着不正常的红晕。

他身旁也聚了一众墨袍弟子，正护着他逃出重围，见他特意折返捞一个少女，急得都快吐血：“师叔祖，都这时候了，您怎么还想着……”

“啰唆！”闻华挥掌将那人打进墙里，运起灵力，强行撞破法阵，掠了出去。

通玉凤髓体有多稀贵，旁人不知，但专好此道的闻华再清楚不过。哪怕今夜他境界直跌云根，只需采补三月，甚至能助他破开五境瓶颈。

耳畔风声呼啸，白梨的身体也随之腾空而起，从高空可以看到那条灯河成了条金银交错的玉带，船上丝竹管弦声远远传来，人群渺小如蚁。

法阵内地动山摇，法阵外岁月静好，谁都没有察觉到这里的异象。

白玉楼后有一片森然连绵的屋脊，是闻氏师祖堂所在，闻华却直奔大街而去，显然是想壮士断腕，舍了大本营不要直接脚底抹油。

下一瞬，白梨衣领上的力道骤然间消失，她被另外一人拦腰抱住。

两道剑光交错着斩向天幕，如同雪白的雷电霹雳，撕开夜色。

“姜别寒，掩月坊与你何怨何仇，你一定要将我们赶尽杀绝？！”闻华捂着半截手臂上狰狞的断口，眼眶充血，另外半截手臂也顾不上捡了。

姜别寒充耳不闻，抱着少女缓缓落至地面。他皱了皱眉头，不知此言从何而起，毕竟他从师父那儿收到的指示，只是讨伐罪大恶极之徒，至于其余不相干的弟子，得饶人处且饶人。

当然了，这个姓闻的头头，肯定是要杀的，毕竟还捉了他绫师妹，罪上加罪。

姜别寒没搭理他，伸出一臂护住那个瑟瑟发抖的少女，自己面朝前方以一敌众，大义凛然：“姑娘，你不用管我，赶紧逃，逃得越远越好……”

他认真说着言情男女主角生离死别时的经典台词，回头一看，那姑娘真的没管他，早没影了。

姜别寒：“……”

夜风吹得袖子如蝶翅般鼓起，衣摆早在地上拖脏了，大袖衫裙束手束脚，白梨好几次差点被绊倒。

头顶时不时有剑光掠过，她猫着腰贴着墙，准备从后面溜出去。

前面肯定打得昏天暗地，她敢去蹚浑水就是送人头。

虽然不知道这地方在哪儿，但好在还没遭受池鱼之殃。白梨正准备从墙角绕过去，两名弟子御剑而过，看法袍形制，是巨阙剑宗的弟子。

“你有没有听说，首阳宗陈师伯门下四个徒弟死得可惨，还是死在半道上，白玉楼大门都没摸着，连他们押送的两个人质都被掳走了。”

“你是说被姓闻的小喽啰杀了？这怎么可能？值此多事之秋，吾辈当同舟共济，你别说这些耸人听闻的话吓唬我。”

“我说的是事实啊。恕我直言，陈师伯不过洞虚境符修，连咱们大师兄的鞋底都摸不着，他门下四位嫡传，勉强入得了眼的也就是那个赵铭锐，其他三个还真不怎么样，也就只能跑跑后勤，冲锋陷阵自然由我们来。”

躲在暗处的白梨默默回想了下那三个想杀自己的修士，好像还真比较弱。

那语气有些自负的剑宗弟子又道：“而且这回咱们来笼州征讨闻氏，追根究底是陈师伯的主意，你别忘了，五十年前他一双儿女都夭折在……”他指了指高耸入云的白玉楼，给了对方一个“你懂的”的眼神。

“公事是为儿女报仇，私事嘛，未尝没有将这座掩月坊归入他囊中的意思。我猜他想借此一役在中域立威，结果没想到出师不利，反而折了自己四个徒弟。你是没看到陈师伯得知消息后的脸色，比猪肝还紫，叫嚣着要把那贼人碎尸万段以祭爱徒在天之灵。哈哈，自不量力，这浑水也是这些小宗小派妄想蹚得的？”他双手抱住脑袋打了个哈欠，“不知道前面打成了什么模样，咱们老是在这里闲逛也太无聊了。”

“既然觉得无聊，那两位何不去白玉楼看看热闹？”

两个弟子吃了一惊。那张灯结彩的长廊下多了道玉树皎皎的背影，长发如黑色的绸缎，用一枚小巧的白玉蝉扣束起，两条长长的冠带垂落在肩侧。

他声音如昆山玉碎，可白梨听得膝盖一软，狠狠倒抽一口冷气：这不是……这不是……这简直冤家路窄啊！

“原来是薛少主。”两名剑宗弟子很快认出来人身份，放下戒备朝那方向打了个稽首，“少主有所不知，大师兄已经带着人围剿白玉楼了，我们负责巡视师祖堂……话说回来，方才不见少主人影，您去哪儿了？”

来人声音依旧含笑：“谁要找我？”

“不、不，没人要找您。”两个弟子有些局促地摆着手，抢着回答，“我们方才巡逻，四处找不到您，眼下局面杂乱，怕您孤身遇险，这才急着 问。”

“原来是你们在巡逻啊。”

那两人不明所以：什么叫他们在巡逻？他们在巡逻不是很正常吗？这里本就是他们负责管辖的地方。

但鉴于对方的身份，两名弟子没敢多问。

“我来的路上，正好遇到断岳师叔，他缺点人手，你们要不过去帮帮忙？这地方荒无人烟，没什么好看的，若是有漏网之鱼撞进来，有我在也逃不出去。”

这位东域来的薛少主意外地平易近人，从不摆世家子那趾高气扬的架子，在此次三宗联盟中，也是守望相助，广结人缘。

两名弟子巡逻巡得无聊，早就想去前线凑凑热闹，这会儿不疑有他，运起两道剑光，朝着彤云密布的西天飞驰而去。

下一瞬，那两道剑光如断线风筝，笔直栽下来，化成两道消失在茫茫夜色中的血光。

“真可惜。”少年玉润含笑的嗓音明明饱含恣睢恶劣，说出来却是一片清风朗月，“飞错方向了。”

就这样……被灭口了？还有没有人道啊！

白梨连滚带爬地躲进一旁的屋子里，不忘把门紧紧关上。

这间屋子十分广阔，正中摆着几十座牌位，墙上又挂着三张画像，宝相庄严，两盏灯树在两侧幽幽燃烧——她阴差阳错进了师祖堂。

如果她没记错，这里面也藏着许多秘密，有秘密的地方就少不了反派搞事情的身影，过不了多久，外面那位刚杀了人的魔头就会进来和她同处一屋，说不定还会来个面对面的死亡交流。

搞什么！她还能再衰一点吗？为什么找个藏身之处都能自投罗网？！

白梨没有退路了，只能硬着头皮爬上最里侧一座高高的香台，将自己整个人藏在帘栊后面。

刚阖上的大门被轰然撞开，刺着细密金线的白鞠靴刻意绕过门槛上的血迹迈了进来。

白梨的心怦怦直跳，透过帘栊的缝隙，她恰好能看清站在几步外的少年。

和初见时有很大的不同，他在劲装外又穿了一件纯白的雪丝长衣，衣摆上用金线绣着繁复的纹路，这是金鳞薛氏的图腾。他静静地站在那里，体态优雅，墨玉般的眼在柔软的烛光中显得温润，白皙得近乎透明的皮肤有冰晶的质感。

如果说初见时他锋芒毕露，那么现在他就是一把被收入精致的白金刀鞘中的刀，不会让人感到任何危险。

他好似没有察觉这屋子里有个不速之客，正背着手打量墙上的画像，像个因好奇心而驻足片刻的过客。

看不见我，他看不见我。白梨悄悄把帘栊放了下来遮蔽视线。只要把自己当块石头，静悄悄地不出声，他应该就不会发现自己。

“躲在帘后的那位，为何不出来一见？”

凝滞的寂静中，少年弦乐般悦耳的声音响起，他甚至都没有移动目光。

白梨瞬间僵硬，不只是心脏，她感觉自己的瞳孔都在夸张地震颤。

被发现了。

“还不露面吗？”他慢悠悠地将目光移过来，那双乌沉沉的眸子像水中晶亮的黑曜石，比月光还明亮。

在对上他视线的前一刻，白梨唰地把帘栊合得死紧。但这无济于事，脚步声在靠近，而且靠得太近了，她根本来不及再找个地方躲起来。

白梨看着衣服上被喷溅的血迹，犹豫再三，咬着牙将血沾了满手。

脚步声戛然而止，一只骨节分明的手轻轻撩开帘栊。

一股血腥味溢出，一袭红底黑绣的花裙滚了出来。

那是一个昏迷的女孩，额头有着明显的血污。

白衣如雪的大反派显然有不轻的洁癖，在她滚出来的时候他便往后退了一步，并没有伸手捞一把的意思——要知道，这座香台有七八尺高，就这么直接坠下去，不摔死也得摔残。

他故意的！白梨泪流满面地在心里骂了一声。

可是在即将触到地面的最后一刻，她的肩背和腿弯被轻轻勾了一下，像被一朵轻飘飘的云托了起来。

“你醒了？刚刚好险。”少年屈膝半跪在地，虽是在千钧一发之际接住了她，但双手没有接触她身体任何一寸地方。若非白梨知道他的心性，还会以为眼前是位恪守礼节的儒家君子。

险……险你个头！最后一刻才出手，不就是为了试探我到底是真晕还是装晕吗？要是忍不住睁开眼睛是不是就死定了？

“这位……姑娘，你怎么一个人在这里？”少年黑润的眸中藏着碎光，如果说透过眼睛能看到人心底最澄澈的地方，那他无疑将这片凶险的鬼蜮伪装得像浪漫的星空。

白梨觉得他垫在自己肩下的手随时都能将她的脖子捏断。她该庆幸自己先前易了容，不然现在被直接认出来，她是不是和那两人一样，连狡辩的机会都没有，就被送去了西天？

她正要辩解："其实我……"

"其实你被人追杀，在这里摔破额头，一直晕到现在才醒。"少年冰凉的手指擦过她额头上不存在的伤口，轻轻一抹，将满指殷红给她看，"你是不是想这么说？"

白梨：你怎么连我的台词都抢！

"真的是摔破了额头吗？可我为什么没有找到任何伤口？"他俯身逼近，冰凉的手放上她的脖子，慢慢地收紧，"还是说，其实是这里流血了？"

他明明没有用力，甚至眼里也没有杀意，笑意还如此温柔，但白梨快要不能呼吸了。她真的太天真了，既然已经发现了反派杀人的秘密，怎么可能还逃得了一死。

现在能救她的只有奇迹。

刹那之间，一道雪亮的剑光如同飞射的流矢，电闪而来。少年眼底一沉，微微松了手。

那样灼眼的剑光……姜别寒？

白梨终于能呼吸了，来不及思考，她抢住这一瞬间的机会大声喊："姜公子，你来得好巧！"

"是你。"姜别寒愣了一下，认出了白梨，毕竟危难关头扔下救命恩人就跑的他还真没见过几个。

"是我是我！姜公子！谢谢你刚刚救了我！"白梨差点忍不住想跳起来给他一个熊抱。

薛琼楼缓缓收回目光："原来你认识他。"

"是啊，我们可是患难之交！"白梨把"患难之交"四个字咬得格外重。

这个伪君子，再怎么想杀人灭口，总不能当着男主角的面动手。

薛琼楼沉默着盯她半晌，松了手上的力道。

姜别寒一边收起剑光一边瞧了过来，露出惊喜的神色，朝着薛琼楼走过来："原来你在这儿，怪不得刚刚怎么都找不到你。"

听那语气，两人已经很熟了。

薛琼楼若无其事地站起身，说：“方才处理了几条漏网之鱼，恰巧又在这里找到了这位受伤的姑娘，我怕她遇难，又多留了一会儿。”

白梨震惊地看过去。这家伙撒谎都不打草稿的吗？

“原来如此。”姜别寒不疑有他，对白梨笑了笑，像是真心替她捏了一把汗，“姑娘你刚刚跑那么快，我还怕你跑错了地方。不过你能遇到他，真是不幸中的万幸。”

白梨：“……”

“阿梨阿梨！”姜别寒身后又出现一道亮丽的鹅黄，快步走到白梨身边将她扶起来，眼里尽是劫后余生、难友相逢的欣慰，“你果然在这里啊！吓死我了，我还以为你被那姓闻的抓走了！幸好你遇上的是薛公子！”

绫烟烟感激涕零地看了少年一眼：“对了，你还不认识他吧，这位是金鳞薛氏的少主，也是我们自己人，这回帮了我们许多呢。”

不是的！你们快擦亮眼睛好好看看这个人的真面目啊！

白梨脱口而出：“薛……”薛琼楼他是大坏人！

想当场拆穿他的念头刚冒出来，系统便疯狂地在脑海拉响警报：“请宿主遵守剧情规则！请宿主遵守剧情规则！”

白梨霎时头痛欲裂，脸都白了一瞬。

绫烟烟忙扶住她，关切道：“你怎么了？是不是哪里不舒服？”

“姑娘头上的伤，很严重吗？”薛琼楼侧身看过来，恰好挡住屋子里微弱的烛火。他一字一句说得极慢，带着危险的暗示，眼里的关怀在烛光的一明一灭中显出威胁的本色来。

“没、我没事。”白梨扶着额头，撕心裂肺的疼痛逐渐平息。

薛琼楼乌黑的眼还在盯着她，平缓的语气暗含咄咄逼人的质问：“那姑娘刚刚是想说什么？”

白梨闭着眼睛扯谎：“我想说，薛公子真是大好人！若是没碰上你，我肯定活不成！”你这个大坏人，碰上你一定花光了我一辈子吃双黄蛋的运气！

少年微微一愣，温文尔雅地轻笑：“举手之劳而已，不足挂齿。”

你这家伙怎么还有这个脸说这话啊！

“现在没事了。”绫烟烟拍拍她的肩，“我带你去前厅休息，那里很安全，你不用怕。——姜师兄，我先带她回去，你们在这儿慢慢查看。”

“万事小心。”姜别寒不忘嘱咐一句，再转过头时，他的面色便有些凝重。

“白玉楼那边已经没大问题了，剩下的都是些不成气候的杂鱼，不过可惜的是……”姜别寒蹙起眉毛，“首阳宗赵铭锐带队的四人无故死在半途，连那对姐弟也不见了。”

薛琼楼站在一棵奄奄一息的灯树旁，昏黄的灯光在他的眉间打下大片阴影。他低头沉吟：“真是奇怪，赵铭锐走的是官道，且有三人同行，就算与闻氏弟子狭路相逢，也应当不会落了下风，怎么会——”

他思索了片刻，忽然说：“对了，今天怎么没看到闻华的蛇？”

蛇？是那条臭名昭著的寸蛇？

姜别寒愣了一下，立刻反应过来。

这条以觅寻美人闻名的寸蛇，劳顿一回过后便会耗尽灵力，需在主人怀中睡一整天。他方才和闻华交手，并没有看见那条蛇出来偷袭，说明闻华已经出去了。

这么说来，绫师妹当时遇上他，很有可能正是在他杀了赵铭锐之后。

让这种人漏跑出去为祸四方，姜别寒不免有些懊恼。如果他早一步发觉，首阳宗的师兄师姐们或许还能活下来。

“怎么了？”

姜别寒别过脸，想到那一屋子残花败柳般的少男少女，强抑着满腔怒火，冷冷地说：“我知道是谁了，就是闻华没错了，这种罪大恶极之人，已经死于我剑下。”

“死了啊……”薛琼楼十分惋惜似的，“那就什么都问不到了。”

姜别寒心说，不用问也知道，一定是那变态动的手。

他深深吸一口气，攥紧的拳头松开了，忽然又想起什么，扭头看向身旁的少年：“薛……少主。”两人虽然有过数面之交，但还没熟悉到称兄道弟的份上，他言辞间显得有些疏远，“这次还得多谢你出手相助。”

“姜剑主真客气。”薛琼楼微微一笑，“中洲有难，东域自然也不能作壁上观，若是父亲在这里，定然也会这样做。”

东域的金鳞薛氏与中洲各大仙门隔了整整一片白浪海，如同与世隔绝的蓬莱仙岛。每每谈起东域，总是萦绕着一股神秘之感。

姜别寒还记得自己第一次见到这少年的情景。彼时他负家族之命游历中域中洲，途经斜阳山顺道拜访首阳宗。一开始他并未表明自己身份，被一些势利眼的弟子晾在护山法阵外等了好一会儿。后来误会解除了，那个将他拒之门外的弟子以为自己要倒大霉，做好了接受惩罚的准备，但出人意料的是，这位世家公子没有露出任何愠怒之色，反而怪自己没有表明身份，徒惹误会了。这样谦逊的态度，以及一身儒门弟子的风雅蕴藉，赢得了宗门内很多人的好感，甚至那些天生对世族带有偏见的老顽固也一改往日的刻薄，看他就像在看自己乖巧的徒儿。

首阳宗宗主陈礼有意与东域薛氏结交，便以地主之礼相待，薛琼楼投桃报李，献上从自家带来的几份阵法结构图。

几日下来，宾主尽欢。

一直被当作“别人家孩子”的姜别寒，终于也见识了一回“别人家的孩子”。

其实若论渊源，姜别寒的师父断岳真人和薛氏家主年轻时就是倾盖如故的至交，私下常有书信往来。江湖上的牵扯一脉相传，前辈们一旦有些交情，晚辈们见面，也就一见如故、再见交心了。

“对了，说起那对姐弟，如果真是被闻华半途劫走，现在应该还藏在白玉楼，不如我们……”薛琼楼的声音打断了他的冥思。

“算了，放他们走吧。”姜别寒摇了摇头，“不瞒你说，陈师伯想当着闻老祖的面将两人凌迟，我并不赞成，师父和师伯们也不赞成。闻家造的孽再多，这对姐弟也是无辜的。”

说完他又转头征求意见：“你觉得呢？”

薛琼楼微微一笑：“我也正有此意。”

“我就知道你不会赞成这种残忍的事情。”找到共鸣的姜别寒露出一个欣慰的笑。

两人边谈边离开。经过灯树旁时，姜别寒被火光晃了下眼，头一低恰巧看到地上一道豁口。

薛琼楼在他身旁驻足，循着他视线望过去：“姜剑主，怎么了？”

姜别寒怔然出神，半晌抬起目光，退后几步，好让蛛网绽放得更加明显，语气犹疑："这是什么？"

豁口是用兵器强行砸出来的，如同一张巨大的蛛网铺散在脚下。薛琼楼饶有兴味地打量着，眸色转深，语气却漫不经心："这个嘛，我方才来的时候就看见了……估计是打斗的痕迹吧。"

"扫黄打非"接近尾声，前厅里都是伤员，现在又多了一个白梨。

穿着一身水青色鹤氅的夏轩静静坐在角落里，像只拔了毛的公鸡，全无之前泰山崩于前而左右横跳的气焰。

白梨看了看，空位都被伤员坐满了，便小心翼翼挨着他坐下。

"欸欸欸痛！"白梨还没坐下，夏轩突然间一蹦三尺高，面色惨白地捂住手臂，因为嘴里还含着养气丹，说话有些大舌头，"你别挨着我坐，蹭到我伤了。"

白梨手足无措地站在一旁："那我站着？"

"不就挨了一刀吗？矫情什么，去，给人家让个座。"绫烟烟给了自己师弟一记栗暴。

自家大师姐说话，那就不好不从了。夏轩挪开屁股，委屈兮兮地嘟囔："姜别寒受伤的时候，师姐你可不是这个反应。我要告诉师父去了，说你搞差别待遇，还胳膊肘往外拐。"

绫烟烟撸起袖子。

"师姐我刚刚什么都没说！"夏轩如丧考妣地跳上一旁的桌子，这张桌子瞬间被一掌劈得粉碎。

他一下子窜到白梨身后，像只被老鹰追逐的小鸡仔："小姐姐救我！"

白梨眼界大开。

在男主角面前娇柔软糯的女主角，原来可以空手劈铁桌。你们娇软系女主角的套路什么时候这么深了？

"你们别打了，别打了！"她伸开双臂挡在这对同门中间，痛心疾首，"这样是打不死人的啊！"

夏轩：我可能不是人，但你真的是狗。

绫烟烟总算有些冷静下来，搓了搓自己带着红晕的脸，把凳子搬过来，擦了擦上面的灰尘，放到她身后，羞赧地一笑："让你见笑了，坐吧。"

白梨道了声谢，歪过头去看夏轩的手臂，试探着说：“我是医修，不介意的话，我可以替你上点药。”

“那太好了，等师兄们带药过来，伤口说不定会恶化。”绫烟烟回头，“把袖子撩开给阿梨看看。”

夏轩这小男生起初还扭扭捏捏，被绫烟烟不轻不重踢了一脚，才捋起袖子。只见果然有道伤口一路从手腕爬到臂弯，被潦草包扎了一下，还在往外汩汩渗着血，因为剑气残留，皮肉都翻卷了出来。

白梨的芥子袋里装了很多草药，以备不时之需，这会儿果真派上了用场。

待胳膊上打了个蝴蝶结，夏轩看她的眼神都变了：“原来这位姑娘并非一无是处……哎呀！”

绫烟烟收回拳头：“礼貌点。”

夏轩揩了把辛酸泪：“姑娘真是妙手回春，华佗再世，比我师姐有用多了……啊！师姐，伤口要迸开了，它迸开了！！！”

这里的动静吸引了其他伤员的注意，伤员们纷纷来请求白梨医治，白梨自然来者不拒，一瓶养气丹分了个底朝天。

以至于姜别寒拿着药进屋的时候，大家都已经恢复了先前的生龙活虎。他一头雾水地站在那里，抓了抓后脑勺。

“师兄你来得太慢啦，阿梨已经替大家上了药。”绫烟烟替她邀功。

“原来是这样。”姜别寒特意走上前，一板一眼地道谢，“劳姑娘费心了，今日用掉的药材，我明日必托人替姑娘补上。”

白梨连连摆手：“用掉一点点丹药而已，不算什么的，姜剑主客气了。”

“这话应该由我说才对。”他笑了笑，又想起什么，“对了，那位薛公子也受了伤，能否麻烦你去他那儿看看呢？”

白梨：“……”

是了，他在马车里那会儿就受了伤。

她动了动脖子，侧头看一眼便迅速收回目光，呵呵笑了两声：“我能拒绝吗？”

姜别寒吃了一惊，虚心求教：“为什么？”

不等白梨回答，他好似恍然大悟，郑重其事地朝她行了一礼：“今晚实在纷乱不堪，若有什么照顾不周之处，还请姑娘多多包涵。”

你在脑补些什么啊！

白梨捂住脸，一脸悲痛：“开玩笑的啦，我怎么可能见死……呸呸，见伤不救。”

“姑娘真是爽快人。”姜别寒爽朗地笑了起来，露出八颗白牙，“若非姑娘是女儿身，我便与姑娘结为异姓兄弟了。”

白梨：“不……你更适合跟一个叫鲁智深的花和尚结为兄弟。”

姜别寒一头雾水。

第3章 掩月坊（三）

薛琼楼坐的位置很偏僻。

烛光暗淡的角落宛若一片黑漆漆的山谷，但他本人如玉天成，玉在山而木润，玉韫石而山辉，像海面与夜空交界处的一轮皎洁的月，将黑暗烫出一个明晃晃的洞来。

白梨和姜别寒找到他的时候，他膝上放着一本书，正心无旁骛地低头翻看。他一袭质地精良、手工考究的雪丝长袍，精雕细琢的羊脂玉佩服帖地垂在腰际，金相玉质，如飞雾流烟。

——真是无时无刻不在装。白梨觉得他这一身更像黏在黑锅底部的芝麻馅汤圆。

“薛少主。”姜别寒像个卖保险的，拍拍白梨的肩膀，无师自通地推销她的医术，“你之前不是受了伤吗？这位姑娘正好修的是医道，让她给你瞧瞧，怎么样？”

薛琼楼抬起头，很给面子地站起身。

“劳剑主费心。”他目光移过来，和白梨不期而遇，弯起眉眼，笑得温润如玉，翩翩有礼的态度挑不出任何瑕疵，“那就麻烦这位医修了。”

真想在他脸上揍一拳，看看能不能把这只汤圆打出芝麻馅来。

白梨硬着头皮，扯出一个身不由己的僵笑：“不麻烦。”

角落里摆着一张香案，案旁十分细致地安置了两张椅子，在这嘈杂的厅堂中开辟出一角静谧的小天地。姜别寒站在一旁，白梨在对面坐了下来，不出片刻，就有个剑宗弟子把姜别寒喊走了。

这下只剩了两人。

等会儿，姜大兄弟你别走啊！我不要一个人扛下所有啊！

白梨如坐针毡，一抬头恰好对上薛琼楼关切的目光："姑娘，你很热吗？"

话音方落，一阵萧萧夜风穿堂而过，白梨冷得浑身发抖，打了好几个喷嚏。他满怀歉意地一收手，风乍停，扑簌簌翻动的书页静止不动，暖意扑面而来。

"原来姑娘很冷啊。"

原来你眼瞎啊。

白梨深深吸了口气，心平气和地将他的袖子撩起来，宽大的袖口下是一层护腕束袖，污血将雪缎染得通红，布料与皮肉黏在一起，整只小臂几乎已经溃烂，触目惊心。

果然是剑伤。她之前猜得一点都没错。

"白姑娘？"

白梨回过神，对上他含笑的目光："姑娘看什么这么入神？"

看你的伤啊。

"没看什么啊。"白梨敷衍地回答，手腕一翻拿出一只丹青色小瓷瓶，捻了几粒药丸进去，捏着根小杵细细研磨。

薛琼楼一面翻书，一面心不在焉地跟她聊天："姑娘也姓白？恰好和我一个萍水相逢的熟人是一个姓。"

"萍水相逢的熟人"是什么鬼？试探她吗？

"是吗？撞姓很正常啊。"白梨坐直了些，装作漫不经心的模样，"你那位萍水相逢的熟人，现在在哪儿啊？"

薛琼楼瞥了她一眼。

白梨义正词严道："如果她受了伤，我正好一并医治。"

"白姑娘真是医者仁心。不过可惜了，"他手臂撑在椅把手上，姿态懒散，"她可能被狼吃了。"

白梨：失算了，这家伙根本没什么良心的。

她扯起一个笑："你怎么知道啊？"

“那地方常有狼群出没，还有会吃人的蛇。”薛琼楼翻书的动作一顿，“这么一说，突然有点担心她。”

白梨暗暗有点期待：“你要不去找找她，现在还来得及。”

“我倒是想去找她，不过——”

“不过什么啊？”

“不过我忘记她长什么样了。”薛琼楼歉然一笑，“除非是貌若天仙，或是丑若无盐，对一般人我脸盲。”

白梨：“……”

她紧紧闭上嘴，低头将药泥挖出来，风卷残云般替他敷上，下手带着报复性的狠意。薛琼楼一缩手，手里的书掉到桌上。

“白姑娘，你真的钻研过医道？”

“钻研”二字他特意强调了一下。

“没有，我实习的呢。”白梨挺起胸膛，一点也不妄自菲薄，“对人品好的人来讲，大概率不会死，薛公子你尽可放心。”

“……”

白梨扳回一局，自鸣得意地翘着嘴角，无意间瞥见那本书扉页上的字——三刻拍案奇谈。

“这是凡间的话本子？”

薛琼楼将袖子放下来，修长如玉的手指按住书页，勾起嘴角：“没错，我现在正在看的一话，讲的就是一个倒霉鬼的故事。他喝醉了酒躲在柜子里，却被他偷情的妻子和情夫发现，然后被残忍杀害，毁尸灭迹。”

他说到这里顿了顿，语气微微一缓：“失礼了，白姑娘还没有道侣，不该当着你的面说这个。”

说都说了，装什么君子呢！

白梨大咧咧一挥手：“没关系，我见过猪跑的，不止一次呢。”

“……”

“所以，薛公子想问什么？”

他手指蹭着书页，发出细微的沙沙声，一扫方才散漫神态：“他喝醉酒神志不清，原本应该是什么都没看到，但是躲哪儿不好偏偏躲在柜子里，这就跳进黄河也洗不清了。”

薛琼楼眨了眨眼，好似真的只是在跟她探讨情节，和颜悦色：“姑娘说，那酒鬼该不该死？”

白梨这时候还没反应过来，她就笨得无可救药了。

他在试探她装晕还是真晕。

白梨思索了一下，问：“这三人是熟人吗？”

薛琼楼点点头，眼神揶揄：“和妻子偷情的，是那酒鬼的好友。”

“嗐，这样就更简单了。”白梨一拍桌案，“不知道公子有没有听过一句话，是这样说的——一个人，有了喜欢的人，是一份喜悦；有了一生的挚友，又是另一份喜悦。两份喜悦相互重叠，就变成了双重的喜悦，这双重的喜悦还能带来更多更多的喜悦。”

薛琼楼一怔，目光有些扭曲：“什么意思？”

“我的意思是，那个酒鬼应该跳出去，愉快地加入他们！”

薛琼楼：“……”

“不瞒你说，我家乡那边也有类似的奇谈故事，不过断案的不是县太爷，是一个只有七岁的小孩。如果是在那个世界，那个酒鬼只要吞下一粒能够缩小身体的药丸，再往那两人颈后射两箭，把他们迷晕，他就能溜之大吉啦！”

薛琼楼微微睁大眼，看上去好像被带偏了，以至于忘了原本提这事的目的是什么。

白梨拧药罐子的手一顿，迎上他黝黑的眸：“怎么了？我说的有什么不对？”

“没什么。”他这双眼睛好像能说话，一下从风雨如晦，变成了星河万里，“方才的话你忘了吧。”

白梨嘀咕：“叫你不说人话！”

“你说什么？”他笑着看过来。

白梨提高声音：“我是说，我这也有个疑案，想跟你探讨一下。”

薛琼楼轻一点头，漫不经心道：“愿闻其详。”

“一个猎人去森林打猎，最后只剩下两支箭。猎人看到一只猩猩，对其射箭，第一支箭被猩猩用左手接住了，第二支箭被猩猩用右手接住了，但是猩猩还是死了，为什么？”

薛琼楼捏住书页的手顿了顿，眉头缓缓收紧，目光盯着这页不动了，过了约莫半盏茶工夫，他才抬起眼：“为什么？”

白梨笑眯眯道：“因为猩猩太开心了啊。”

他黑眸里还是凝着疑问。

“猩猩太开心就会用小拳拳捶自己的胸，然后它就把自己插死了。”

沉默一瞬，薛琼楼微笑了一下，但笑意并未蔓至眼底：“白姑娘，你似乎很无聊？”

“是啊，我无聊死了，我被人敲了一下，现在还头疼呢。”白梨装模作样地揉了揉一寸伤口都没有的额头，“薛公子，你能不能把书借给我，给我打发时间？”

薛琼楼一怔，明显没想到她会突然提这要求，古怪地看着她：“我还没看完。”

“没关系，我替你看，我还会帮你把凶手标出来。”

薛琼楼将话本合上：“借你可以，不过你要是真把凶手标出来……”他眼里星光漫天，笑起来唇红齿白，“一共十五话，十五种死法，你自己挑一种。”

一股寒意爬上白梨脊背，她打个哈哈：“开玩笑的啦，方才的话你忘了吧，我不是那种喜欢剧透的人。”

薛琼楼低下眼，眼中起伏着微波。

他自诩历经世事，在家族中也能独当一面，谈不上洞悉人心，但窥探一二还绰绰有余，特别是那些毫无城府之人，在他面前便是白纸一张。

但是这个少女的一言一行，从方才起他连一个都没猜对。

她看上去只是个默默无名的小宗弟子，像墙缝里顽强生长的草，浑身上下都散发着纤细的生气。这种无知无畏又无人问津的生物，反而比明艳动人的花朵更想让人捏断纤细的根茎。

薛琼楼屈起指节，紧紧按着书页，将话本推到她面前，还有点恋恋不舍的模样：“借书不还……”

白梨没想到随口一说他还真给，总算是在他的斑斑劣迹中找到了一丝闪光点，立刻接过话：“天打雷劈！”

薛琼楼沉默片刻，道：“我是说，要赔钱。”

“噢……”白梨讪讪地给他发了张好人卡，“薛公子真是大方。”

他当然大方，之后和男女主角同行，但凡碰上钱财的事，他都慷慨解囊毫无怨言。与主角的深厚友谊，始于金钱，陷于人格，毙命于……猝不及防的捅刀。

“师父。”

“师叔。”

厅堂内灵光一闪，多了两道人影，满堂或坐或躺、或聊天或静养的弟子突然都站了起来，分成泾渭分明的三派，恭恭敬敬地齐齐行了个稽首礼，像一阵劲风吹过，麦苗齐刷刷地歪了下去，蔚然壮观。

两个大佬走进来，众人噤若寒蝉，庄严得像升旗现场。姜别寒和绫烟烟也在众人之列，一向嬉皮笑脸的夏轩也敛了神色，不敢随意造次。

那个须发花白、穿墨青色鹤氅的老人便是玉浮宫掌门，绫烟烟和夏轩的师尊。至于那个胡子邋遢、穿一袭短打、身后背着两把巨剑的中年大叔，是巨阙剑宗的断岳真人，姜别寒的师父兼养父。书中说这人脾气比较古怪，但实力不容小觑，堪称如今剑道第一人。

据闻他一剑搬山倒海，山川倒灌，劈分五岳，四方皆惊，一座秘境应运而生，所以就有了“断岳”这个道号。

男主角姜别寒手中的剑名长鲸，取“连弩射海鱼，长鲸正崔嵬”之意，正是断岳真人在劈开的秘境小天地中拾取的法宝炼制而成，传给了自己的养子。

他一条腿受了伤，若仔细看，会发现他走起路来还有些一瘸一拐的模样。书里姜别寒便一直在寻找能将自己师父腿治好的丹药，只可惜一直未果。

两位大佬被众弟子围了起来，一脸严肃地交代着什么，其他人也都是敛气屏息，垂首听训。

下一刻，他们突然朝白梨这边走过来。

就在白梨搜肠刮肚地思索该用什么姿势迎接两位大佬时，薛琼楼早已站了起来，礼貌地行了一个晚辈礼，十分乖顺，很显然对于见家长已经轻车熟路。

绫烟烟的师父、玉浮宫的掌门玉逍子是个和蔼可亲的小老头儿，上来便拍着他的肩膀：“薛小友是一个人从东域过来的？这一路累坏了吧？薛暮桥这人真是，对谁都豁达大度，就是对自己孩子太严厉了。”

“家规如此，不累的，劳掌门师伯关心。”这家伙装乖孩子装得得心应手。

金鳞古城薛氏的家规只有一句话——“不过崔嵬山，不登玉龙台。”

崔嵬山是东域白浪海与中域中洲的分界线，将整个天下一斩为二。中域中洲的宗门星罗棋布，三五成群地挤作一团，抢夺秘境灵脉，只有薛氏退避荒无人烟的东域白浪海，没过几年一座金鳞古城拔地而起，如同一座与世隔绝的蓬莱仙岛。

金鳞薛氏是儒门世家，族中弟子都是知书达理的儒修。玉龙台便建在金鳞之巅，东海之滨，象征着嫡传弟子的身份。“不过崔嵬山，不登玉龙台”就是说，只有游遍了中域中洲的山川海岳，才有资格成为家族嫡传。

作为薛氏嫡子的薛琼楼，这么一路游历过来，除了磋磨历练，还肩负宣传家族形象的使命，得到了长辈与同辈的一致好评。

姜别寒的师父断岳真人是个面色严峻的中年人，向来惜字如金：“许久不通书信，令尊如何了？”

薛琼楼的回答言简意赅：“家父正在闭关破境。”

玉浮宫掌门和断岳真人对视一眼，从彼此眼中看出了震惊，继而笑着摇了摇头。

薛暮桥这个昔日好友，已经很久没有出世了，似乎总是在闭关，也不知道修为到了何种境界。

掌门目光一转，落到安安静静立在一旁的白梨身上：“咦，你这孩子，好像有点面生啊？”

白梨陡然被提及，有些措手不及。

薛琼楼在一旁接过话：“她师承丹鼎门重阳真君，应该是头一回下山吧。”

言下之意：看着挺傻的。

白梨：简直可怕，这人什么时候连我师父是谁都知道了？

“重阳真君？他倒与我有点交情，是个不世出的高人，只不过这几年也在闭关，已经很久没有碰到过他了。”掌门鼓励般拍拍白梨的肩道，“乖孩子，你也是一个人？”

白梨硬着头皮点点头：“我师门没那么多规矩，呃，可能是因为……师兄师姐懒得陪我下山吧。”

丹鼎门确实是个小门小派，都是些与草药打交道的医修，若论渊源，其实与玉浮宫同出一教，所以门下弟子都有些清静无为、淡泊出尘的风韵。

掌门笑容可掬：“你一个小女孩，怎么也一个人在这儿？要不我传讯给重阳真君，让他多派几个弟子陪着你，不然太危险了。”

这样岂不是要偏离剧情线了？这些老年人太热心了！

“不、不用了，我……”白梨摆着手，“我、那个……”

掌门：“怎么了？有什么不方便吗？”

很不方便啊！你们这些退休的NPC（非玩家角色）能不能有一点NPC的觉悟！

“我准备与薛公子同行！”白梨往身旁靠了靠，昧着良心扯谎，“薛公子很可靠，有他在我就什么都不怕！”

薛琼楼目光悠悠地看过来，开口想说话，身旁少女胆大包天地屈肘撞了一下他的手臂，还刚好是受过伤的手臂。

“原来如此，”掌门满意地摸着仙风道骨的胡子，“你们一路上有照应，这样我就放心了。”

两个大佬又指点了片刻，才施施然离去。

薛琼楼坐回椅子上，似笑非笑地看着她：“姑娘扯谎面不改色的吗？”

白梨谦逊地摆着手：“哪里，班门弄斧。”比不上你啊，伪君子。

他眼角眉梢都笼着温柔似水的笑意，故意曲解她的意思：“应付长辈确实无聊了点，扯点小谎也情有可原。”

“无聊？”你刚刚明明是游刃有余、相谈甚欢啊！

薛琼楼懒洋洋地递来一瞥：“若非为了看好戏，面对那些半生不熟又喜欢和你侃侃而谈的长辈，谁都会觉得无聊透顶吧？”

白梨：你这人前一套人后又是一套的“好”孩子，敢当着刚刚两个大佬的面把这番话一字不落地说出来？

“别这么看我。”他旋即笑起来，“刚刚那话骗你的，和方才那两位打好关系，你一个小小药门弟子，说不定往后仙途便能平步青云。”

这人还在三百六十度无死角地下套。

白梨吃一堑长一智：“哦，公子是在教我怎么做人吗？”在这点上你自己还是个半瓶水呢！

“是啊，姑娘你看上去……是活不过三天的人。”他恬不知耻地供认，慢条斯理的嗓音里满是悼念，“这是我那位倾盖之交的原话，我觉得很有道理，现下与白姑娘有缘，所以也想告知于你。”

有道理你个头，明明是我当时怕死随口一说。

白梨还想再针锋相对说几句，就见不远处人群在骚动。众人团团围在一起，掌门和断岳真人面色都不好看，其余人更是面色惴惴，窃窃交耳。

她记得这是个有变故的剧情节点。剑宗的几个弟子又在师祖堂挖到了一具诡秘的尸体，给本已尘埃落定的闻氏一案增加了疑点。

闻氏将死去的、无用的炉鼎杀害后掩埋起来，年龄最小的竟只有七八岁，心肠之毒辣，手段之残忍，在此前已经让众人义愤填膺。没想到作为世族重地、不容亵渎的师祖堂下面，也堆满了皑皑白骨，这更是激起了滔天众怒。

这具尸体，便是挖出的白骨中的一具。

奇怪的是，尸体并无头颅，是成年男子的体形，光看这匀称的身材，生前说不定也是个气宇轩昂的精神小伙。尸身仍未腐朽，而且仍有灵气残余，可见生前修为圆满，至少是中境修士。

众人面面相觑，心头都盘旋着一个疑问：此前找到的都是些弱冠之年的少年少女，容貌姣好，身材纤细，哪个肌肉猛男能当炉鼎？

“闻氏再怎么丧心病狂，也不会这样做吧？”

“就算这样做了，也没人丧心病狂地买下来吧？”

“要是谁敢，我敬他是条好汉！”

“咳咳，说不定有人好这一口，我有个主意，可以先粗略检查一下……”

“好了！都别胡说了！”

“扫黄打非”总指挥断岳真人一声怒喝，打断了众人的窃窃私语，接着看向最先发现这具尸体的姜别寒：“你有话要说？”

姜别寒也不废话，上前将那具尸体拨了个面，露出锁骨下一处暗红色的胎记。

——是一朵浮屠花。

交头接耳声又响了起来，众说纷纭，谁都没个准话。白梨书看了一半，这段剧情的谜团在最后才揭晓，心里也没个准数。

薛琼楼斜靠着椅背，默不作声，散漫而不失逸度，天光如明澈的水流泻在他身上，眉眼在这团天光中模糊胶凝，如水墨晕染。

有一瞬间，白梨看到他轻蔑地笑了一下，好似这满屋子的人都是哗众取宠的优伶，而他是戏台下悠闲品茶的看客。

“白姑娘，我难道比热闹还好看吗？”

白梨连忙收回目光，盯着地砖上一丛正在吐蕊的花卉道：“薛公子也在看我啊，难道我也比热闹好看吗？”

“当然了。”他认真地笑，“白姑娘恰好长成了我能记住的那种类型。”

白梨：你简直……这是有多熟练才能张口就来？！

东方露白，一整晚已经过去，众人漏夜而行，马不停蹄地忙到现在，难免有些心余力绌，除了锁紧眉头沉思冥想的姜别寒，谁都提不起干劲了。最后还是掌门发话，让众人歇息片刻，准备回程，话里的意思，好像并未多加注重这个小变数。

白梨正揉着眼睛伸懒腰，有人在她肩膀上拍了拍，转身见绫烟烟和夏轩站在身后。夏轩无精打采，眼里布满血丝，哈欠连天。绫烟烟比他精神一些，特意来跟她道别：“这里只剩了收尾工作，我们也该走了，阿梨你接下来要去哪儿？”

白梨想起自己还要完成原主的任务线，如实道：“我继续北上蒹葭渡。”

“好巧啊，你也要去琅环秘境啊。”绫烟烟指了指立在不远处正在听师父交代任务的姜别寒，热情地提出邀请，“姜师兄和我一同去，你一个人太危险，要不要和我们一起？”

琅环秘境是处天成秘境，历百年天劫而成，一百年开启一次。最低炼气，最高飞升，只要是个修士都可以进去，门槛很低，且秘境内资源丰饶，灵气充沛，法宝秘籍遍地都是，真正意义上的摔个跤都能捡到金手指。

但正因为不设修为限制，杀人夺宝的事屡见不鲜，大佬们如鱼得水，根本不会给弱者分一杯羹。每回秘境开启，必有一场鱼死网破的厮杀。

几家宗门都对这块大肥肉垂涎三尺，甚至不惜为此大打出手。最后由蒹葭渡的鹿门书院出面，坐镇秘境，约法三章。进入秘境的条件，便是争夺符令，胜者入内，避免修士在秘境这块法外之地大肆屠杀。

这种千载难逢的机会，姜别寒自然不会失之交臂。

他暂时将尸首的事情抛置脑后，恰好和薛琼楼打了照面，点头示意："你接下来有何打算？"

"自然是继续北上蒹葭渡。琅环秘境百年一遇，不去看看可惜了。"薛琼楼说，"听闻今年中境修士只有十个名额。"

"那我们就是对手了。"姜别寒停下脚步，神色正经几分，"昔日虽有同袍之泽，但符令之争，事关道心境界、个人荣辱，我不会手下留情的。"

"彼此。"薛琼楼笑意稍敛，又在电光石火间，并起双指挡在额前。

他有些无奈："姜剑主，别人说你剑痴，此言不假，现在就要与我拔剑相向吗？"

"是我失礼了。"姜别寒面上不见丝毫下手试探被捅穿后的窘迫，反倒是笑了笑，有些棋逢对手的欣慰，"能接下我一剑的，想必也是扶光境以上吧。"

薛琼楼指间一口三寸长的小飞剑，涟漪微动，揭开那层障目术，剑身展露，恰恰好被他捏住了剑尖的位置。他把剑飞还给姜别寒："是不是扶光不重要，路途无聊，姜剑主是想找个人切磋吧？"

"果然被看出来了。"这回姜别寒露出一丝被彻底看破后的尴尬笑意，摸了摸鼻子，"不知薛少主能否赏脸？"

金鳞薛氏独踞浩浩一州，避世不出，有些唯我独尊的傲气，都喜欢独来独往、神出鬼没，很少与人结伴同行，罔论称兄道弟，是以姜别寒提出这个请求的时候没抱太大的希望。

"可以啊。"

"没关系，既如此，那我们就分道……欸？"姜别寒一怔，以为自己出现了幻听。

白衣翩翩的少年站在他身后，隔了一步，眸中狠厉隐现，却在他转身刹那春风漫野。

“我是说，却之不恭。”

薄薄的曦光铺散在光可鉴人的青砖瓦面上，四角坠着鸾铃的马车经过，洒落一地清凌凌的叮叮当当。

晨雾被阳光驱散到墙隅，光鲜亮丽的外衣底下总有藏污纳垢的角落，斑驳的墙根洒着点点泥斑、血印和苔痕，墙缝里艰难地挤着一株野草，草叶上露水浑浊，阳光都弃之不顾。

“这是谁家的孩子，一个人在这里。”

“看着好可怜，过去问问？”

“别管闲事，说不定是昨晚……”

脚步声靠近，脚步声又远去，撑着花伞的世家女郎、打马走犬的五陵少年、携手漫步的贵妇老爷一一从面前经过。

墙角有吃了一半的糖葫芦，满身尘土地躺在地上，带着婴儿肥的小手仔细将上面黏着的枯叶拨开，刚想放进嘴里，身旁出现了第二根糖葫芦。

鲜艳的山楂果洒着雪白的糖霜，糖浆泛着琥珀色的光泽，素白艳红，像污泥残雪里的红杏，殷红的一朵，点亮了一片春光。

女孩带着对尘世小心翼翼的试探，迟疑地抬起目光。先看到的是绣着片片金色鳞纹的衣角，步伐停住时缓缓垂落，走动间一条炫目的金镶玉带在流动。再往上便全是白，像雪后银装素裹的天地，皑皑白雪被日光照得滚烫。不是寡淡的素白，也不是干净的纯白，而是耀目的雪白，亮得扎眼，仿佛天地之间只剩下这一种颜色。

“那个脏了，吃这个好不好？”

糖葫芦泛着令人垂涎三尺的甜香，女孩像只满身伤痕的小兽，警惕地看着，却不接。

少年蹲下来，视线与她齐平：“你叫什么名字？”

她还是不说话。

少年很有耐心，一个个问题缓缓抛出来。

"你是一个人吗？"

"你家在哪儿？"

"你爹娘呢？"

听到这个问题的时候，女孩瞳孔收缩了一下，糖葫芦从手里滚下来，滚到了墙角的泥洼里，彻底不能吃了。

"嗯……你是逃出来的吗？"好听得像碎玉的声音却如平地惊雷。

仿佛一粒石头砸进了结冰的湖面，平静的湖面啪嚓一声裂开，冰冷的湖水泛出来，水中尽是血污与白骨。她浑身战栗，拔腿就想跑，少年伸手轻轻按住她肩膀："你是想一辈子躲躲藏藏，还是……为你爹娘报仇雪恨？"

"报、报仇？"女孩细弱蚊蚋的嗓音满是挣扎和无助，"可、可是阿爹阿娘让我好好活下去，要、要平平安安的……"

"平平安安？"少年轻笑了一下，"丧家之犬无处可躲，过街老鼠人人喊打，小妹妹，你觉得你是哪一类？"

女孩脸色灰败："我、我不知道。"

"连活下去都是难题，还敢奢望平安吗？"少年把她头发上一根带血的杂草拿开，"你也知道自己总有一天会死于非命吧？难道就想这么窝囊地死掉吗？"

"可、可是，爹娘让我不、不要杀人。"女孩垂死挣扎般小声道。

"你不杀人，别人会来杀你。"少年黑漆漆的眸凝视着她，"你还是想引颈就戮的话，那我就不管你了。"

他将糖葫芦塞进女孩手里，站起身提步离开，洋洋洒洒的雪白从面前消失，重又露出街坊那一片色彩斑斓又无情冷漠的烟火人间。

"等……等等。"下一刻，沾满尘土、布满血口的小手抓住他袖角，女孩仰起头，眼瞳萧瑟浑浊，"哥哥你……能教教我吗？"

少年回头俯视着她，黑亮的眼珠藏着一片冰壶秋月："当然可以啊。"

白梨很乐意与绫烟烟同行，原因无他，这一路危机四伏，原主就一小小医修，手无寸铁。也不知道她此前哪来的自信独自上路，遇上危险连个收尸人都没有。

绫烟烟拉了她入伙，姜别寒则拉了薛琼楼，再加上一个非要吵着一起出去见世面的精神小伙夏轩，正好五排，团战无敌。

等一众人各自和同门道别，东方大白，旭日高升，泼墨似的日光将掩月坊每一处角落都填得满满当当。

白玉楼一夜兵荒马乱，大动干戈，白玉楼外的人却丝毫没有受到影响，翌日一早，该干吗仍然干吗。但过不了几日，他们就该从修真界小报上看到闻氏灭门的消息。

至于那具无头尸体，依旧没有任何风吹草动，被草草埋了，无人问津。

从笼州到蒹葭渡有几百里路程，姜别寒是一日行千里的剑修，不过他的飞剑长鲸昨夜磕破了一点剑刃，正拿灵石修补，暂时无法御剑飞行。就算他可以御剑，为了等绫烟烟，他也不会自己先行一步。

所以众人准备乘坐飞舟。

绫烟烟带着白梨买了一大兜零食，途中打发时间。白梨买了五串糖葫芦分给众人，手里还剩两根，回头一看，薛琼楼突然不见了。她往回走了一段距离，才发现他正蹲在墙角，手里也拿着一串糖葫芦，比她买的更红更大更鲜艳，看上去更可口。

墙角还站着一个扎羊角辫的小女孩，玉堆雪砌一般，粉白的脸上沾了点灰，他便拿自己干净雪白的袖子替女孩仔仔细细地擦干净。

禽兽啊！这人渣骗孤寡老人，骗无知少女，现在连八岁小孩都不放过！

小女孩正羞答答地接过糖葫芦，抓着他的袖子要抱抱举高高。少年变戏法似的从掌心变出一只毛茸茸的布偶猫，布偶猫两只溜圆的眼睛像两颗黑葡萄。女孩把布偶猫紧紧抱在怀里，半张脸都埋了进去，小声朝他道谢。

不少路人频频偷偷打量着这个赏心悦目的温馨场景。

白梨黑着脸出现在两人面前，冷酷无情地将这片春水搅浑："薛公子，你掉队了。"

小女孩如惊弓之鸟，半张脏兮兮的小脸都埋进他雪白的衣服里。这洁癖精半点也不嫌人脏，半蹲在地安抚地搂着女孩的肩膀，还体贴地比了个噤声的手势："白姑娘，你吓着人家了。"

白梨：你还装！

其余三人也发现了这里的动静，纷纷围了过来。小女孩被这么多人注视着，更加惶恐无措，抱着薛琼楼的衣摆不松手。

姜别寒歪过头试图去看清女孩的脸：“这女孩是谁？薛兄你认识？”

薛琼楼侧开一步，女孩显然更愿意和他亲近，扭扭捏捏地松开他的衣摆，走上前来，衣襟上一枚新月纹暴露在众人的视线中。

“咦，这个图纹……”绫烟烟若有所思，面色一变，“这是……闻家的人？”后面四个字，她是压低声音说的。

因为昨晚那一场动荡，闻家几乎阖族被灭，只有无辜的老弱妇孺被流放回乡。

笼州闻氏并非起势于笼州，他们老家在遥远的北方苦寒之地，极北之地灵气稀薄，洞天福地屈指可数，更别提常有妖兽出没。将那些人流放回乡，便给他们接下来的修行之路判了死刑。

那是一路哭天喊地、撕心裂肺的生离死别，其他人都在拍手叫好，只有绫烟烟没忍心看下去。

“这孩子应该是昨天晚上偷偷逃出来的，毕竟到了北境苦寒之地，她此生修行便算是废了。”薛琼楼半弯下腰，“小妹妹，你爹娘呢？”

小女孩一手抱着怀里的布偶猫，另一手紧紧抓着他衣角，扁着嘴用力摇了摇头。

“是不知道他们在哪儿，还是……”薛琼楼委婉地换了种说法，“已经被抓走了？”

她大眼睛里蓄起两包眼泪，哇的一声哭出来，哽咽道：“阿爹阿娘，被那些人抓走了……都不见了……”

白梨：“……”

她一转头，只见绫烟烟紧紧握住她的手，动容地擦拭着眼泪。姜别寒目露怜悯之色。

就连一向没心没肺的夏轩也眉眼低沉，恨恨道：“太过分了！闻家那帮人，自己作孽，连累子孙遭殃！”

白梨……白梨无话可说。

绫烟烟哽咽道：“既然发现了，我们不能不管她，要不我把她带回玉浮宫。我师父不是那种迂腐之人，他不介意这孩子出身的。”

“绫姑娘的提议听着可行，不过——”薛琼楼缓缓地说，“掌门师伯不介意，不代表其他人不介意，玉浮宫是道门之首，掌门师伯一举一动，皆为天下表率，怕是有人会借此颠倒是非，口诛笔伐。”

绫烟烟一想，确实有这个可能，问：“那怎么办？”

“那这样吧。”姜别寒一捶手心，“不如我们将她带到一个和善的小宗门，让她隐姓埋名好好活下去？”

夏轩不甘寂寞地举手，进言献策：“欸欸欸，我们不是正好北上去蒹葭渡嘛，就顺道带她一起，若是途中碰到中意的宗门，便让她留下来。以我们几人的身份，再带些阵法、法宝做上门礼拜谢，那些宗主恐怕是不会拒绝这份福缘的吧。”

“小妹妹，你一个人在这里太危险了，你愿意和我们一起走吗？”绫烟烟朝小女孩笑了一下，“我们可能会带你出笼州，那地方比较陌生，但比这里安全。你身上若有什么不舒服可以说，这位姐姐会医术——阿梨？”

“嗯嗯，我会照顾——”白梨点点头，恰好与那小女孩对上目光。

蛰心跗骨的恨意，如一缕血光划过孩童乌黑水亮的眸子，使得她那张粉雕玉琢的小脸一瞬变得狰狞无比。

一瞬之后，她又成了个可怜兮兮、温顺无害的幼童。

“——你的。”白梨忽然头皮发麻，差点咬到自己舌头。

支离破碎的情节在脑海里浮浮沉沉，最后拼接成一个铅云低垂、哀鸿遍野的画面。

她们接下来要乘坐的飞舟会坠落在一片滔天火海，飞舟上的乘客死伤惨重。绫烟烟浑身浴血，被生生挖出金丹；姜别寒为了救人，陪伴他十几载的剑一裂为二。

这一切的起由，是这个女孩擅自动用了禁术，将救她性命的绫烟烟视为谋害族人的罪魁祸首，拉着整船人替她陪葬。

白梨有些不寒而栗。

这么小的孩子哪里学来的禁术？

女孩抓着身旁人的衣摆，像只乖巧又无助的小绵羊。

少年微微垂首，像个温柔可亲的邻家哥哥。不只是在浓黑的夜色里，在日光灼灼、车马如梭的大街上，也依旧卓然出尘，如圭如金，如锡如璧，让这一整条锦绣绮罗堆砌而成的渺渺烟波、花柳阡陌都失了颜色，沦为了单调的背景板。

真像个天上谪仙人。

可这样好看的人，却有一肚子坏水。

这还真是……物以类聚、人以群分。

绫烟烟牵过小女孩的手："那我们就准备出发……"

"等会儿，我反对。"

所有人都朝白梨看来。

绫烟烟一惊："阿梨，怎么了？"

薛琼楼在一旁抱着手，轻笑出声："白姑娘有话想说？"

我捶爆你的头啊信不信！白梨深吸一口气："阿轩说得确实有点道理，但太过理想化了。我们毕竟是去琅环秘境与人比斗，而不是去游山玩水的，路上能否找到合适的地方且不谈，若遇上什么危险，我们自身难保，说不定还会连累她。而且闻家的事正处于敏感期，等上了飞舟，说不定已成人人茶余饭后的谈资，我们就这样大摇大摆地将她带上去，未免太惹人耳目，要是碰上心怀不轨之徒有意将此事闹大，反倒成了我们窝藏私犯。"

一腔肺腑之言掷地有声，众人于是又陷入沉思。

绫烟烟犹疑不决："那依你看，该怎么办，总不能扔下她不管吧？"

白梨伸出两指："我有两个法子。第一个很简单，掩月坊外有一处收容所，风评还不错，我们可以将这孩子送进那个收容所。"

夏轩皱眉："那个收容所里都是凡人……"

"对，就是要凡人。"白梨道，"凡人对修真界的风吹草动一无所知，便不会对此事起疑，这个女孩看上去还没开始修行吧？"

她蹲下来，平视着女孩明亮中带着一丝阴郁的眼睛："我问你，你想不想继续做一个修士？你知道这意味着什么，意味着你得胆战心惊、隐姓埋名，花费十年、五十年一步步修炼上去，前途迷茫却永无止境。你师父偏爱你师兄师姐，你得不到一点资源，只能自己埋头苦练。别人十四五岁云根山谷，你四五十岁还在炼气；别人青春永驻，貌若二八少年，你老态龙钟，一个对象也没有。你好不容易修炼有所起色，还要与他人厮杀夺宝，侥幸活了一命，净捡些他人不要的残羹冷炙。你每天躺在床上睡觉，说不定还会梦回昨夜，但是你怕的不是罪孽加身、冤魂索债，你怕的是被发现真实身份，赶出师门，为天下人追杀唾骂！你——还要不要——修仙？！”

女孩面色惨白，神魂动荡。

薛琼楼笑意冷了下来：“白梨——”

“姓薛的你先闭嘴！”白梨现在没空理他。

薛琼楼面色微不可见地一变。

姓……姓薛的？

白梨吐出一口气，语气温和下来：“当然了，你可以选择做一个凡人，在凡间没人会质疑你的身份，也没人会逼你做什么，你会像普通人一样，读书习字，相夫教子，过短暂但平稳的一生。”

女孩眼中蓄起泪光，泫然欲泣。

白梨摸摸她的脑袋：“是不是感觉后者更好一点？这个修真界啊，没什么可留恋的，你活这么长，却活得生不如死，还不如活得短一些，来世投个好胎。你爹娘也是这么想的吧？”

像是压垮骆驼的最后一根稻草，女孩扑进她怀里号啕大哭。

“白姑娘真是思虑周全，”薛琼楼冷眼看着，非要在这片脉脉温情中横插一脚，“所以你说的第二个方案呢？”

白梨站起身，凝视着他黑漆漆的眼瞳，认真道：“薛少主，你帮人帮到底，干脆认她做干女儿吧！”

她清晰地看到，对方的假笑僵在了嘴角。

主角一行人代表着名门正道行侠仗义，当然不会对这种事甩手不管，最后白梨的提议被采纳了。

她如释重负地叹了口气，东郭先生与狼这种故事真是防不胜防。

掩月坊毗邻渡口，隐约可以嗅到腥咸的海风味。远处堆叠高耸的云层中，露出数艘仙家飞舟的冰山一角。渡口不分昼夜，来访此地的外乡修士多如牛毛，云蒸霞蔚的天际映衬着庞大的飞舟与粟粒般渺小的人影，如一卷天上仙人图。

其余三人在前面租借飞舟，白梨准备跟上去的时候，肩膀被人按住了。

“白姑娘，借一步说话。”薛琼楼双肩披着璀璨云霞，如一把血迹斑斑的金错刀，朝她微微一笑。这一笑，凛冽喋血的金错刀一下化作二月春风杨柳刀。

被搅了一桩好事，他面上也不见任何愠怒之色，一片风融月朗。

白梨没有将书看完，故而不知他与姜别寒到底有什么过节，一路暗算，最后还要捅刀，也不知道他有什么图谋，居然能这样装一路——大概不是每个反派都能让人产生共鸣吧。

她梗着脖子回头：“怎么了？”

薛琼楼站得离她很近，一手按着她肩头倾身靠近，将她整个人笼上一层阴影，二人像一对正在亲密耳语的少年情侣。他眸中似有寒星烁烁，如凝冻了整片夜空的冰雪。

“白姑娘，这一路险象环生，若是碰上什么闲事都要横插一脚的话……”冰凉的雪丝袖袍在耳畔擦过，传来阵阵痒意，“你大概不会全须全尾地出现在蒹葭渡。”

少年修长的手近在咫尺，屈指轻弹，一点炫亮的光瞬间从他指尖绽放。仔细一看才发现，那点炫亮不过是清晨璀璨的霞光。霞光湮灭后露出一枝已经枯萎的桂花，散发着濒死糜烂的芬芳。

“你说呢？”

她这是被黄牌警告了？

“脸那么白，我吓到你了吗？”他黑润的眸像温柔的月下春江，看不出半点残冰碎雪，“方才话说得太重，只是提醒一句，姑娘别放在心上。”

面前少女还是不说话，好像没有听懂他在说什么，一抹浅浅的绯红慢慢爬上玉莹莹的脸庞，像是澄澈的池塘里慢慢映出橙红霞光。

薛琼楼笑意浅淡：“怎么？”

“那个……薛公子，你压着我头发了。”她像湖边窜过的小鹿，眸光闪烁，“能请你把手挪开吗？”

搭在她右肩的手底下果真压了一缕乌发，从鬓角垂下来，笔直地拉成一线。短暂的僵持过后，薛琼楼放下手：“不好意思，是头发自己跑到我手底下来的。”

白梨：“……”

“快出发了，你们在谈什么呀？”正在挑飞舟的绫烟烟回头朝两人招手，见白梨面色有点白，担忧地问，“阿梨，你怎么了，脸这么白？”

“没什么！”白梨大声说，“薛公子刚刚说船钱他来买单，我实在太感动了！”

薛琼楼：“……”

“欸，真的吗？”绫烟烟非常难为情，“这怎么行啊，你真是太客气了。”

这一嗓子把其余两人也吸引了过来。

姜别寒是个囊中羞涩的穷剑修，有道是一文钱难倒英雄汉，他低咳一声：“真是有劳薛兄破费了，姜某感激不尽！”

夏轩是个还没有实现财务自由的未成年，他就耿直多了，抱拳一拱手：“薛公子真是爽快人，君子之交淡如水，小人之交甘若醴，你这兄弟我认定了！”

白梨：你这在骂自己是小人吧？

付钱的人定了，现在该决定选哪艘飞舟。渡口此时还有三艘飞舟，中间这艘最为端庄华丽，分上下两层，做成玲珑楼阁的形状，两侧有振翅遄飞的彩雀，舟身雕刻着巨大的腾蛟舞凤，图腾上漆着土豪金，整条飞舟都闪烁着光芒。

这么炫酷，就决定是你了。白梨一伸手臂：“就选它吧。”

绫烟烟在外人面前比较腼腆，扯扯白梨的袖子，比了一个数字五，一脸为难：“这个数欸，真的可以吗？”

“当然可以。”白梨信誓旦旦。

你们刚刚差点被他坑了，还不快连本带利地讨回来，把他往死里榨，我这龙套都替你们急。

这一艘飞舟的花费大约是五百青蚨币。这个世界的货币还有白蝉币和金蝶币，前者最贵，后者最次，青蚨币居中，换算下来约莫十元人民币。

薛琼楼这下子是真笑了起来，笑得有点咬牙切齿：“白姑娘，我谢谢你。”

"薛公子，不客气。"白梨抿唇一笑。

正准备登船的姜别寒用一脸见鬼的表情打量两人。

飞舟腾空而起，仙鸟与飞鱼一同翱翔，霞光万里。下方是一片无边海域，白鹭洲像一枚镶嵌在碧玉里的银螺。一块巨大的石碑矗立在天地之间，云层堆积在石碑腰际。距离太远，勉强能看清上面有笔走龙蛇的大字，都是古朴大气的上古文字，石碑最上方有一点赤红，像一枚鲜艳的朱砂痣。

白梨在额前搭了个小帐篷："这上面写的是什么？"

"蛟龙潜渊而吐气。"绫烟烟在一旁接过话，"这是上古文字，一般人很少能看懂。"

绫烟烟修为算不上登峰造极，但因自幼拜师名门，耳濡目染，学识渊博，堪称"修真界王语嫣"。

"这地方现在是叫白鹭洲，上古那会儿，叫作潜龙之渊。"她道，"这片海也不叫濯浪海，当时叫盘蛇江。蛇五百年化蛟，千年化龙，一般的妖蛇活不了这么久，就算能撑到如此长的寿命，也要承受无法想象的天劫。古有'走江大蛟，入海为龙'一说，蛇走江为蛟，蛟走江为龙，简而言之，可以抄近路渡天劫。"

"也就是说，这里是……龙的起源地？"

"也可以这么说吧，不过现在这种上古生物已经很少见了。"绫烟烟道，"任何生物都有天敌，龙怕鲸，特别是鲸歌。巧的是，百年前濯浪海孕育了一头巨鲸，鲸群逐渐扩大，因为这些巨鲸的横空出世，这里的龙都被迫背井离乡了。虽说将为祸四方的龙吓跑，巨鲸功不可没，但鲸这种生物，不惹它的时候它温顺无害，一旦受了刺激，会变得嗜血凶残。濯浪海的修士苦之久矣，所以没过多久，这些巨鲸就被众仙门联手镇压在海底，永无出头之日。石碑上的那点红砂，便是阵眼所在，用的是巨鲸的心头血。"

"鲸的心头血？"白梨若有所思，"那是上古良药啊。"

"是啊。"绫烟烟笑眯眯地点点头，指指前面姜别寒的背影，"姜师兄的长鲸剑，就是第一头巨鲸躯壳内孕育出的仙剑。"

姜别寒名头很大，修真界的人可能不知道他是谁，但一定知道长鲸剑剑主的名号。

至于反派……等会儿，反派他人呢？

白梨回头张望了一下，没见着人影。

“你是在找薛兄吗？”恰好经过的姜别寒给她提了个醒，“他早回房歇下了，好像是身体不适。”

白梨：“是因为破产后肝疼吗？”

姜别寒一脸疑惑。

第4章 白鹭洲（一）

“原来你在这里啊，刚刚都找不到你人了。”

底下传来呼唤声，薛琼楼垂下目光。

飞舟是上下两层的构造，一楼宛若一个巨大的银盘，二楼则像精致小巧的高脚杯，站在二楼能将一楼景象一览无余。他清晰地看到少女在下层的栏杆旁踮起脚朝他挥舞手臂，霞光给她的碎发镀上一层瑰丽的色彩。

薛琼楼淡淡地看着她，心底罕见地冒出一点后悔的情绪，后悔那日的拖泥带水，否则现在计划里就不会多出这么个累赘。

楼梯上继而传来嗒嗒的脚步声，她跑上来的速度还挺快。

“薛公子，一个人看晚霞？”他态度有些冷淡，白梨只好先干巴巴地打了个招呼。

他散漫地点了点头，虽然笑着，但笑意并未抵达眼底，带着一丝敷衍。

白梨并不泄气。反派的人设就是这样，面上温文多礼，心底冷漠如冰。对于漠不关心的人，他进退有度；对于有所企图的人，他关怀备至。无论对谁，他都表现得彬彬有礼，至于真正的心思，那就难猜了。譬如他现在应该在后悔那天没有直接拧断她的脖子，有了主角团的庇护，再想下杀手就有点麻烦了。

“从东域到中域这么远，你都是一个人走过来的吗？”白梨主动开口。

她看上去没有表现出来的那么傻乎乎，或许已经发现了什么，现在是想反客为主地试探吗？

“有不少人和我结伴而行，只不过后来都分道扬镳了，”薛琼楼改口，“说生离死别可能更准确一些。”

三句离不开死亡的主题，不愧是你啊大反派。

“我们五个人一定能走到最后吧？”白梨保持着乐观心态。

“既然是朋友，自然会互相关照。”薛琼楼笑了笑，“不过，白姑娘好像不需要特别关照。”

“为什么我不需要特别关照？”明明我是最弱的那一个啊！

“白姑娘逃跑很在行。”

“……”

白梨叹了口气，觉得他就像一块滑溜溜的冰，找不到一丝裂缝，又好像遗世独立的琼枝玉树，枝头缀满了半熟的青果，看着青涩而无害，实则见血封喉。

他这一路的恶行，罄竹难书。原著的后期，他身败名裂，万剑穿心，一生机关算尽，最终积重难返，自食恶果。他现在有多玉树临风，结局便有多凄惨狼狈。

白梨突然有些好奇，金鳞薛氏是世家大族，都说千金之子不垂堂，为何他出来游历却是孤身一人？

姜别寒是剑宗的大师兄顶梁柱，绫烟烟是玉浮宫的团宠小师妹，只有这个人，好像自始至终都没有提起过他的亲友。

他死的时候，也是孤零零一个人。身上的血水和天上的雨水交融在一起，汇成成千上万股潺潺的溪流，朝四面八方流淌，草木根中都浸泡着血水，渗进腥黑的土壤，形成巨大的血色旋涡，像一座简陋而苍凉的坟墓。直到浑身血都流干了，也没人过来给他收尸，只有残阳施舍了最后一缕濒死的余晖。

云海里温暖的风抚弄着长长的冠带，立在风中的少年侧脸看过来，鲜活干净的眉眼像一阵淡淡轻风扫开了那层血色。

“为何这样看着我？”

你死得太惨，稍微有点同情你啊。

“你总是在笑，不会累吗？”

薛琼楼微微一愣，反问道：“难道你喜欢对着整天板着一张脸的人说话？”

没错啊，宁交真小人，莫惹伪君子。

“整天板着脸不会累，整天笑的话就会很累。”白梨试探着说，“你知道真笑和假笑的区别吗？”

薛琼楼安安静静地看着她：“比如？”

“真笑和假笑的区别呢，就是真笑是从嘴角蔓延到眼角，层层递进，像昙花绽放；而假笑是嘴角和眼角一起笑，就像排练了无数次那样，看着完美无缺，实则到处都是破绽，笑多了会抑郁。”

长空万里，落日悬金。飞鱼和彩雀在五光十色的霞光中穿梭而过，整条飞舟像是海底两万里的潜水艇，而非滑翔于高远的苍穹之上，显出几分不真实的梦幻感。

“所以啊，不想笑的时候，还是别强颜欢笑了。”站在这一地霞光里的少女也显得不大真实。

薛琼楼的眼睛像星子闪了一下，欲言又止。

楼下突然而起的一阵吵闹便是在这时传来的。高空长风吹得彩幡猎猎作响，隐隐可以听到下层的喧哗人声，起初白梨以为只是乘客在谈笑风生，结果这喧哗越来越大，伴随着幸灾乐祸的调笑声和细弱蚊蚋的反驳声。

有人在吵架？

白梨伸长脖子往下看，只见一层的栏杆旁立了名弱质盈盈的少女，被一群衣着轻浮的年轻男修围住了，双手紧紧扣着栏杆，指节根根泛白，已经退无可退。

“你阿兄不是很厉害吗？现在怎么都不敢下来？我看别不是被吓得要尿裤子了吧！”

男修们嬉皮笑脸地打趣她，少女一语不发，周遭刁声浪气便愈加轻浮。这几人约莫是世家子弟，周围经过的修士只侧目而视，都不敢上前施以援手，少女的处境着实有点孤苦无依。

云海被烈风吹开了，露出那一块矗立在天地间的巨大石碑，那一抹鲜丽瞩目的“朱砂痣”旁，颤颤巍巍地站着道渺小的灰影，隔得太远，只看得到一张雪白模糊的脸朝着飞舟方向，瑟缩不前。

这大概就是那少女的兄长。

“跳一个跳一个！不然你妹妹就跟我们走了！”那些世家子弟还在大声叫嚣。

那抹灰影迟迟不敢有所动作。下面便是万丈高空，再下面是惊涛骇浪的无边海域，一着不慎便会摔得粉身碎骨。

灰衣少年捂住脸缓缓蹲了下来，少女遥遥相望，泪流满面。

“你去哪儿？”一只手按住白梨的肩膀，阻止了她想离开的脚步。

“当然是去找姜别寒他们啊。”她很识相，自己是个三脚猫，想帮忙得找外援。至于身旁这家伙，他不火上浇油就已经谢天谢地。

“白姑娘，你就别上去凑热闹了。”他漠不关心地袖手旁观，“等着吧，姜别寒他们会来的。”

白梨想问“你怎么知道”，就见下层那世家子袖子上陡然火光大作，来势汹汹的火蛇一路沿着手臂席卷上去，将他半边头发都烧焦了。

“谁！谁坏我好事？！”世家子拍着火气急败坏。

“是我怎么了！”捏着符箓的夏轩一脚踩在石墩上，一手托着脸嚣张地说，“你们哪个宗门的，报上名来，小爷我不揍无名之辈。”

那群纨绔子弟里有个面相稍显稳重的，捡起符箓烧焦的一角仔细看了看，当即面色一变，对自家公子耳语：“公子，他好像是玉浮宫的嫡传。”

“那又怎么了！”

世家子不耐烦地将那人推了个踉跄，再回头时只见少女身旁又站了个着鹅黄留仙裙的仙子。明媚的仙子撞晕了世家子的心脏，他作死地上前拉仙子的袖子：“哟，又来一个……”

绫烟烟头也没抬，一道符箓甩出去，将那人抽得咕噜噜转一圈，啪叽一下倒挂在雅座画壁上，像一根煮烂的面条滑下来。

她拧着手腕冷笑：“小小镜月宗的狗，也敢在这里叫嚣！”

众人目瞪口呆，愣了好半晌才蜂拥而上，哭天喊地地去抢救他们头朝地脚朝天的公子。

主角团还真是阵及时雨，上层的白梨松了口气，锦上添花地扔过去一个小药瓶：“烟烟，接着！”

绫烟烟接了个正着，一个投球，药瓶砸在人堆里，炸开一蓬玫红色的烟雾。那些纨绔被辣得眼睛都睁不开，色厉内荏地抹着眼泪：“你们敢管闲事，有本事就把那臭小子从石碑上救下来！”

话音方落，远处云海长虹挂空，风雷嘈嘈，一抹剑光乘风破浪，如刀切豆腐剑削泥，一路割开云层。姜别寒手里提着个少年，站在那世家子面前，居高临下，眸中如覆寒霜：“你们也是宗门弟子，为何要逼迫别人强闯石碑法阵？”

“我没有！他自己爬上去的！他们诬陷我！”长得一脸恶相的人无论如何解释都是狡辩。

世家子面如土色，手脚并用爬到一边。见夏轩站在一旁走神，早对自己放松了警惕，而且看上去只是个仗势欺人的小毛孩，根本没有任何实战经验，是个最容易下手的突破口，他心一横，恶向胆边生，袖中一片薄刃悄悄探出。

念头刚冒出水面，几乎是同一时刻，他整个人从原地消失，远处发出山峦崩塌般的轰然巨响，那横飞出去的身影接连撞穿三道壁画，一路砰砰砰砸出三个巨洞，最后七窍流血地躺在一堆残砖碎瓦中。

他根本没看清方才发生了什么，只有一柄淬了毒的弯刀甩在脚下。

“下次注意背后。”薛琼楼站在二楼的栏杆旁，那施施然收回手的模样好像不是差点送一个人下地狱，而像接过一杯盛在金杯里的香茗。

夏轩后知后觉地察觉到了方才的危险，拍着胸脯长出一口气，心有余悸地朝上层挥挥手：“薛公子，多谢了。”

“不用谢。”

在外人看来，这是一场极具默契的配合，白梨可不这样想。他分明早就看到了，却故意拖到刀锋差点割破喉咙的最后一刻。

少年从方才起一直面无表情地冷眼旁观，而今才露出一点笑意。

该何时出手，才能让人死心塌地地对你感恩戴德？

不是在危机初显的时候，也不是在鸡飞狗跳的混战中。

而是在眉睫之际，存亡之时。

窗户半开，清朗天光铺洒进来。棋盘上黑白纵深，棋局逐渐扩大，黑子占据了半壁江山，时不时响起棋子与棋盘的清越撞击声。

一派其乐融融的和谐景象。

其他人都看得很认真，只有白梨如观天书，度秒如年。

继昨日“主角团行侠仗义、坏蛋们落荒而逃”的闹剧美满落幕，众人的友谊突飞猛进。难得齐聚一堂，不知是谁先提起靠下棋打发时间，对棋术一窍不通的白梨便被拉过来一起观棋。

她看看左边执白皱眉沉思的姜别寒，又看看右边执黑从容不迫的薛琼楼，在心里长长地叹了口气。

因为读过原著，她轻易认出，这张棋盘叫彩云盘，棋子名琉璃子。如此风雅的名字，自然是源于薛琼楼的手笔。

君子六艺是每个儒门弟子的必备技能，出身儒门豪阀的反派每样都学了个拔尖，都成了他下黑手的资本。

姜别寒眉头紧锁，指间捏着白子，举棋不定，久久没有动作。相较而下，薛琼楼便显得怡然自得，落子如飞。可即便如此，他自始至终一言不发，耐心十足地等着姜别寒下一步棋。

谁都没有说话，室内静若幽谷。

白梨实在熬不下去，突发奇想道：“我们下赌注吧，赌这两人还能走几步！”

两人不约而同地看她一眼，薛琼楼目不斜视：“姜兄别分心，她在激你。”

突然和反派交换剧本的白梨：被看破了。

不过这句话似乎成了压垮骆驼的最后一根稻草，姜别寒的最后几步走得心烦意乱，最终草草收尾。他长长吐出一口气，将两枚棋子放在右下角，沉声道：“自愧不如，我投子认输。”

两人下棋前还设了赌注增添乐趣，所以姜别寒落败后，十分自觉地交出了一枚精心炼制的剑丸，愿赌服输。

“我来替姜师兄下一场吧。”一直默默旁观的绫烟烟坐到对面，将一张上品符箓放到案角，“这是临行前师父亲手画的符箓，我用这个来做赌注吧。”

薛琼楼的案角则放着一枚羊脂白的玉牌，巴掌大小，泛着细腻润泽的光，上面刻着飞鱼浮雕，每一片鱼鳞都一丝不苟，不露锋芒地镀着一层奢华的金。

绫烟烟捏着棋子，忽地腼腆一笑：“薛公子，我棋艺不精，可不可以让我二子？”

姜别寒有些讶异地看她一眼。

薛琼楼微笑道：“当然可以。”

绫烟烟捏着棋子欲落不落，忽然又道：“既然让了，索性让三子吧。”

姜别寒：“……”

薛琼楼神色不变，还是那句话：“当然可以。”

姜别寒、夏轩：“……”

以前没看出来她脸皮这么厚。

绫烟烟最后羞愧地笑了笑：“说错了，让四子可以吧？”

“当然可以。”

姜别寒、夏轩、白梨：“……”

这下连白梨都看出绫烟烟的得寸进尺了，但薛琼楼的笑意像长在脸上一样，纹丝不动。

他也没有因为绫烟烟是女孩便手下留情，节奏和方才比只快不慢。绫烟烟思考的时间也极有规律，不会在一步上浪费太久，也不会不假思索地冲动落子，看着没方才那么压抑无聊了。

然而她下到一半，忽地停了手，挠挠脸颊：“我输了。”

夏轩目瞪口呆地嘟囔：“让四子都输，我师姐的棋艺没那么烂吧。”继而拍案而起，“我也来！我比师姐厉害一点，我来接着下。”

这回更快了，他连自己怎么输的都不知道，掏出两张上品符箓的时候，表情迷茫，脑子里还是混沌的。

白梨的心情也随众人上下起伏，看到最后，她终于琢磨出一丝不对味来。

这大反派哪有这么好的耐性，分明是在借此试探众人。

下棋观心性。

姜别寒起先下得十分稳重，一步三思，落子无悔，但被白梨一打岔，又被薛琼楼当场点明，便有些心浮气躁，最后草草收官，可以说是意气用事的结局了。

绫烟烟呢，看着懦弱胆小，让二子不算还要让四子，脸皮比墙还厚，但胜在有自知之明，谨小慎微，知道自己已无转圜余地、必败无疑之后，干净利落地选择了中盘认输。

至于夏轩，还是长不大的小孩心性，冲动莽撞还盲目自信，唯一的优点是愿意听师姐的话。

直棂窗透入的天光铺散在棋盘上，黑白二色的简单棋子，在光下折射出暖釉般的琉璃净色，纵横交错的棋盘也好似纷纷郁郁，云蒸雾绕，凝成一段瀚海星斗，收束着千山万水，波澜壮阔。

少年堪堪擦着光束而坐，陷在阴影中，白袍在黯淡中散着一片柔柔的光，如愁云后的一轮月，他侧眸笑道："白姑娘，该你了。"

白梨才不中他的套，立刻摆手："我不会下棋。"

薛琼楼拈着棋，棋子在手中发出清脆的碰撞声，如昆山玉碎："没关系，你看了三盘，总该摸得清门路吧。"

白梨回头朝三人眨眨眼。

绫烟烟会意，挨到她身边："你放心，我来帮你看着。"

夏轩朝她比了个必胜的手势，又在脖子上抹了一把，暗示她快刀斩乱麻，硬着头皮上就行，再不济还有他垫底。

白梨：不，我不是这个意思，我就是来滥竽充数的啊。

薛琼楼将棋罐往前一推，棋子上浮光跃金一闪而过，他善解人意道："不介意的话，九星位，四三三，我可以让白姑娘十三子。"

说人话好吗……

绫烟烟凑过来低声道："意思就是把整张棋盘都给你啦。"

白梨：我感觉有被冒犯到。

她沉思半晌，将整个棋罐抱进怀里："既然都这样了，不如索性换种法子。我来摆棋，你来解，若是解开了，就是你赢，我奉上一枚上品青丹，若是没解开……"

她指了指案角，玉牌静静地躺在那儿，像一枚早已熟透等人采摘的蜜桃。

"这个就归我了。"

薛琼楼是不会在众目睽睽之下摒弃翩翩风度的，面不改色地一笑："好。"

满室寂静，一时间只有棋子与棋盘相击的声音，黑白两子逐渐布满棋盘。

“诘棋？”薛琼楼忍不住问，“白姑娘，这是你自己想的？”

“对啊，我自己想的。”白梨头也不抬，落子不间断，仿佛烂熟于心。

薛琼楼的目光越来越奇怪，其余三人也在面面相觑。

没过多久，白梨将棋罐往前轻轻一放：“好了，下一子就可以解开哦。”

他不住蹙眉：“一子？”

“对啊。”白梨笑得讳莫如深，往软绵绵的垫背上一靠，“只要下一子。”

薛琼楼目光凝重地盯着棋盘。虽说此番是为了试探深浅，心怀不轨，但他下棋的时候全神贯注，举手之间行云流水，还挺人模狗样的。

此前三局，对他而言不过形如儿戏，他耐着性子，压着节奏，陪着对方周旋，孰急孰缓，孰难孰易，都从一步步的走棋中展现得淋漓尽致，管中窥豹，可见一斑。

诘棋，又称死活棋。薛琼楼是登过玉龙台的薛氏嫡传，棋艺之道在整个东域内都称得上出类拔萃，让死局起死回生不过是手到拈来的事。

现下他却不能从这棋局中看出一点思路。

绫烟烟也看得摸不着头脑，偷偷戳了戳白梨：“阿梨，能不能给我们透露一二？”

白梨悄悄在她耳边道：“不行，他会偷听到的。”

这家伙耳聪目明，奸诈刁滑，千万不能给他任何作弊的机会。

薛琼楼抬眼，打量着对面拿手指绕着头发、满脸志得意满的少女。察觉到他的目光，她又冲他眯眼一笑，天光流淌在她莹白的脸上，像一口细腻温软的羊奶酪酥。

他没有纠结过久，投子认输了，面上也不见任何落败后的颓色与尴尬，微微笑道：“白姑娘，到底怎么解，望告知。”

“其实很简单，薛公子太拘泥于固定思维了，有时候不用去纠结棋势死活、棋子厮杀，也不用去纠结棋局是否别有洞天。”白梨将一粒白子补在一个毫不起眼的位置，“你看，就是这样。”

玉笋一样的手指，缓缓地沿着白子划了一圈：“这个棋局里的黑子是无用的，只要把白子倒过来看就行。”

薛琼楼移过目光。

他方才执白，白子被黑子围追堵截，四面楚歌，山穷水尽，纵使有千万种力挽狂澜的方法，却仍是在原地作困兽之斗。

只看白子……

他目光亮了亮，柳暗花明一般，豁然开朗。

黑子如乱花迷人眼，簇拥着皎洁无瑕的白子，不是在与它们厮杀，而是相映成趣，互相成就彼此。

他自小便被教导，执棋者需要学会步步紧逼、环环相扣，退一步是为了守株待兔、枕戈待旦，进一步则要摧枯拉朽、斩尽杀绝。

还可以这样吗？

不用去纠结棋势死活、棋子厮杀，而是让黑白两子亲密无间地依偎在一起。因为白色太过浅淡虚无，所以以黑色为底，让它们去烘云托月，烘托出一个工整的字。

这个字是……

薛琼楼怔然出神，眼底轻轻泛起一阵涟漪。

她摆的这个字，居然是……琼。

白梨赢的方式过于剑走偏锋，但反派愿赌服输，她还是如愿以偿地拿到了自己的赌注。

羊脂白的玉牌盈盈润润地透着天光，上面刻着一条栩栩如生的鱼，通身雪白，只有眼珠是一点漆黑。

这是白浪海薛氏的家纹，一尾金鳞。

她心里有些疑惑，掩月坊闻氏家纹是一轮新月挂空，薛氏好歹也是声名显赫的一大仙门，怎么拿一条身娇体弱的鱼当图腾，这鱼怕不是还会吹泡泡吧？

“今晚的天色怎么有点奇怪？”和她一道回屋的绫烟烟抬头看向远天。

白梨将玉牌收起来，也跟着望过去。

夕阳在海平面铺下一片汪洋血色，漫天血光中回荡着凄厉的哀歌，像黄昏下的巨人不知疲倦地撞响暮鼓，透着坟冢般的荒凉。

这歌声听上去是如此的……悲伤又纯洁，悲伤得让人心如死灰，纯洁得能够洗去人所有的欲望。

高空中的风幻化出透明的人形，上半身笼罩着雾蓝色的光辉，下半身仍然是风的形状。这只不知从何而来的精灵拉住她的手，热情地邀她前往未知的极乐世界。

白梨怔了一下，不自觉地跟着走过去。

“阿梨，你要去哪儿？”绫烟烟一声喝问将她的神智拉了回来。

幻象碎了一地，白梨打了个冷战清醒过来，发现自己已经站在船舷边上，再往前走她就得掉下万丈高空。

眼前红光漫天，成千上万的飞鱼彩雀纠缠在一起，宛若一团翻涌的云发出扭曲的嘶叫。这些用于观赏的飞鱼彩雀仿佛鲜花旗帜簇拥着飞舟，像宠物一样温顺可亲，可它们现在仿佛被激发出血液中的兽性，撕咬在一起。

“它们都怎么了？”白梨脸色都白了。

“是这个声音，这个声音在诱导它们互相残杀！”绫烟烟颤抖着说。

这样极具感染力和穿透性的声音仿佛死神的独奏曲，优雅而舒缓地奏响毁灭的盛章。这些飞鱼的下颌撕裂了，尖利的獠牙咬穿彩雀的脖子，喷涌的鲜血中，飞鱼也被爪子抓出肺腑，它们像是凶残的猎食者在互相残杀，空中飘下无数森白轻盈的骨架。

这团血肉横飞的血云在不断逼近，它们不再满足于撕裂同伴的身体，开始攻击船上的人。它们拧成乌泱泱的一团向着飞舟俯冲，仿佛黑色的猎鹰在扑杀柔弱的白鸽。众人尖叫着躲回客房，这个时候在船舷散布的人很多，这样一乱人流便如洪水乱冲，好多身体较弱的老人妇孺摔在地上，被无数双脚踩踏而过。

好疼！白梨的头发被飞鸟的尖爪抓了一下。被诡异的歌声狂化后的仙鸟已经变成嗜血的猎鹰，她刚刚亲眼看到一个人被抓掉了半张脸，那嫩红色的小爪子堪比残暴的熊掌。

飞鸟身上忽然燃起了蓝色的火焰，眨眼间化作烟灰四散。绫烟烟将一叠符箓塞进她手里：“小心，用这个护身！”

“谢、谢谢。”白梨无比感动，她知道绫烟烟身上的符箓也不多了。

凄厉的挽歌在不断逼近，那团遮天蔽日的乌云也在不断逼近，炽白的电光像长蛇游蹿，发出滋滋的嘶声。那团乌云中亮起一道锋利的蓝光，竖着立在半空，仿佛神剑悬于高天。

这道“剑光”动了起来，云层被搅得丝丝漾开，一圈一圈的波纹在飞舟的上空盘旋。磨牙吮血的飞鱼彩雀纷纷收起獠牙利爪，像抢夺猎物的狼群遇到了族群的王，不得不停下饕餮盛宴，俯首相让。

天地静止了，空气中荡漾着血的雾气，波纹在降低，巨大的影子从云海中显露出来。

白梨的眼睛缓缓睁大，她终于看清楚了，那影子……像一条鱼！一条张口就能吞吐天地的鱼，那道“剑光”其实是它的瞳孔。它在高空中游弋，极具压迫感的身躯压下来，遮蔽了天空，惨白的肚子就是天穹。

“有这么大的鱼吗？”白梨难以置信。

“如果我没猜错的话，这不是普通的鱼。”冷汗浸透衣衫，绫烟烟不寒而栗，“这是鲸！被镇压在白鹭洲海底的鲸！”

高空中的风成了一股狂流，那是它两片硕大的鱼鳍在缓缓挥动，它在不断逼近，大到恐怖的眼瞳清晰地倒映出千万张死灰色的脸。它的头部狠狠撞上飞舟栏杆，张嘴将栏杆咬得粉碎。

四周都是惊惶无措的哭叫声，巨大的咬合力产生的气流将飞舟往后推了很远，而这条巨鲸反应似乎很迟钝，它在享用着方才误入口中的飞鱼彩雀的尸体，血雾从嘴的缝隙中弥漫出来。

“为什么……海底的鲸被放出来了？”绫烟烟捏着符箓的手在不易察觉地颤抖。

白梨也在疑惑，她明明已经将那个闻家的小女孩送走了，为什么这段剧情还是发生了。

难道是因为剧情不吻合，系统在自动篡改吗？

“我们今天……是不是都要死在这儿了？”有人带着哭腔问。

这话勾起了众人好不容易压下去的恐惧，绝望笼罩了所有人。

“逃不了了……我到底犯了什么罪，要遇上这活了几百年的怪物……”

“不要啊！我还有妻儿！我不想死！”

“别出声。”绫烟烟压低声音用力咬字，好让每个人都听清她在说些什么，“没看到吗？这条巨鲸的眼睛受了伤，只要我们不主动出击，它不会攻击我们，等它吃完这些飞鱼彩雀，它自会回到海里。”

无论有多残暴，鲸鱼始终都是大海的精灵。因为千百年的镇压，这条巨鲸的眼睛已经完全适应了海底的黑暗，根本承受不住这样的强光刺激，它的瞳孔与其说像一柄利剑，不如说是萎缩成了剑般的纤细。

只要不出声，不刻意去惹恼它，大家都不会死。

所有人都屏住了呼吸，半空的云层都凝滞了，飞鱼彩雀被利齿咬碎的声音像一千一万条蚕啃噬桑叶的声音。假如被它发现了这船人的存在，他们也会像这样被咬得粉身碎骨吧。

绫烟烟缓缓捏紧符箓，冷汗沿着脊背滑落。

这种生物虽然攻击力强大，但反应迟钝，且十分惫懒，相隔十里以上它就无法追上。

飞舟被气流推得缓缓后退，差一点，再差一点，他们就可以逃走……但是突然间，一声响亮的啼哭撕破凝滞的空气，巨鲸咀嚼的声音停了，这片死寂足以令人绝望。

“混蛋！谁出声了！”有人崩溃大喊。

“对、对不起。”一位年轻母亲手忙脚乱捂住孩子的嘴。

但是已经来不及了，狂流搅碎了半空的凝云，酷寒的杀意从天而降！天地间都充斥着这头上古神兽的气息，凡人在它面前就像蝼蚁一般渺小。它无声地低吼，声音已经不再是黄昏中凄厉的挽歌，而是代表杀戮的战鼓声。

人群彻底崩溃，一直压抑在沉默中的恐惧终于爆发出来，白梨和绫烟烟被冲散了，拥挤的人群在将她往船舷的方向推。

开什么玩笑，那里可是有一头怪物，她这不是羊入虎口吗？！白梨使出吃奶的劲往前挤，但是人流仿佛铁板，她找不到缝隙挤进去。

她被人群推了出去，几乎都能感受到背后海潮般的腥味。

“不要！我的孩子！”那名抱着婴儿的妇人披头散发尖叫起来，暴露獠牙的彩雀将她怀里的襁褓叼走了。

无论是被分食吃光还是从这样的高度落下来都是死路一条，但没有人愿意帮她，她必须为那声葬送所有人活路的啼哭付出代价。

炽烈的利光漫天一闪，飞鸟彩雀化作尸山血海纷纷而下。裹着婴儿的襁褓从半空坠下，稳稳地落进一个怀抱。

那道身影如一阵轻烟翩然落地，长衣翻飞如雪，这一切都在瞬间发生，婴儿的小手抓着他的衣襟，甚至都没来得及哭泣。

“我的孩子！”妇人泪流满面地跪地磕头，“谢谢！谢谢公子！”

少年从容不迫地朝她微微一笑，衣袖轻振，翻滚的阴云荡开，众人抓住机会朝着缺口处逃跑，沿路都是道谢声。

白梨感觉自己终于能呼吸了，若不是知道他肯定不会这么单纯地帮助别人，她也会像别人那样感恩戴德。

“白姑娘？”少年不知何时走近了，雪白的长衣漫卷如云。

白梨抚着胸口深呼吸，感觉自己终于缓过气了：“好巧，薛公子也来避难啊。”

她一面说，一面怀着满腹狐疑打量着他。他刚刚一直跟姜别寒在一起，怎么现在突然一个人了？

“为何这样看着我？”

虽然知道这个人从眼神到笑容都写满了玩弄与欺骗，可白梨瞪大了眼，也找不到他面上任何藏掖着谎言的蛛丝马迹。更何况他刚刚救了这么多人，她也无从质问。

“没、没什么，你来得真及时，我们赶紧去找姜别寒他们吧。”白梨理了理自己乱糟糟的头发。

薛琼楼凝视着在血云中搅动的巨鲸，说：“找他没用，当务之急是把这家伙解决掉。”

“欸？你一个人？”白梨有点佩服了，做戏做到搭上自己的命，也是格外罕见。

“总得有人当先，否则我们都得丧命于此。”凝聚着寒意的棋子轻巧地落入手心，他周身张开一片类似于结界的透明气幕，不易察觉的杀机在空气中凝结。

这句话高尚得像圣人之言，只可惜对她没用。白梨这会儿担心的不是他而是三位主角，原著中姜别寒视若挚友的长鲸剑在这里折断，成了他一辈子的遗憾。

飞舟像大海里一条小渔船随着狂风起伏，巨鲸狰狞的眼瞳已经锁定了它。栏杆旁已经没人了，只有薛琼楼还站着。他的长衣被风振开，像仙鹤滑翔时张开的羽翼，长长的冠带像雪白的蝴蝶上下翩飞。

大概是身旁一个人都没有的缘故，漫天乌云下他渺小的背影看着有些寂寥，仿佛在孤零零地和整个世界作对。

第5章 白鹭洲（二）

心里某个角落突然跳了一下，白梨觉得这时候应当做点什么，于是下意识拉住了他的衣角。

薛琼楼转过头，看着她突如其来的举动。

“我、我是想说……”白梨随便想了一个解释，“你千万要小心啊，别把自己的性命也搭上了！”

他似是微微一愣，黑眸中漫出一点困惑。

就在这时鲸歌又响起来了，那样悠长而凄凉，像在为末日奏响挽歌。他面色瞬间雪白如纸，扶住栏杆背过身。

“你没事吧？”白梨连忙上前。虽说这个声音确实很有蛊惑性，但反应应该也不会这么大才对。

他用手背抵住额，摇了摇头，苍白的皮肤显露出青色的血管，他似乎在忍受煎熬。

“喂……”白梨都不敢碰他了。他自己都受伤了，难道这回真不是他在幕后主导？

裙角忽然一紧，有什么东西顺着她裙子爬了上来，超高速的移动使它成了一道模糊的残影，令人头皮发麻的嘶哑欢叫一瞬间就到了耳畔，那是乌鸦发现腐肉的欢叫。

白梨血液都冰凉了，怪物移动得太快，她根本来不及有任何动作。它爬到肩头一跃而起，白梨终于看清了，那是一只已经变成枯骨的飞鸟，它被鲸歌驱使着复活，像蝙蝠一样张开挂满黏糊糊血液的骨翼。

嘶哑的欢叫戛然而止，这具枯骨被一道白光打穿，熊熊火焰席卷了它，它成了一只扑火而死的飞蛾在空中凋零。

“回去。”薛琼楼指间捏着一枚白色的琉璃子，手上的青筋也开始条条暴起。他状态明显不对劲，眼底的光都熄灭了。

“我这会儿扔下你好像不够义气啊，你别逞强了，还是跟我回去躲一下吧。”白梨怕伤了他自尊，还特意加了句，“不丢人的，就当保护我。”

“白姑娘，趁我还有闲心，赶紧逃。”他嘴角似乎有血流下来，很快又被他用指抹去，他语气里带着威胁，“晚了，谁也救不了你。”

“好了好了，我不用你救了，你赶紧跟我回去吧！”白梨感觉自己就像在苦口婆心地劝他浪子回头。

飞舟的底部粉碎了，过不了多久就会被巨鲸完全吞没，白梨一点也不想当它过冬的食物，但她没法放着薛琼楼不管。姜别寒身边有绫烟烟和夏轩，但这里只有他们两个，她一走根本没人来和他并肩而战。

薛琼楼慢慢站直，袖中的短剑无声滑入他手心，寒光在剑刃上一闪，他腰际漫开一大片血迹。

“你、你、你干什么？！”白梨目瞪口呆，他居然把这把剑插进自己腰腹！

他连嘴唇都没有血色了，眼底黑暗无光，可分明有什么在里面苏醒，他像在把自己的生命献祭给邪神。

白梨明白了，巨鲸的歌声蛊惑灵魂，他是想用剧痛让自己清醒，越是致命的痛越能点燃血液里的杀意。

少年转过脸，有一瞬间他瞳孔变得纤细如针，一道流金从中竖着划过，不似人类拥有的颜色。

这只是一刹那，但白梨看清了，可还没等她弄清楚这到底是什么，两条炽烈的电光在半空一闪，他踩着船舷跃起，像白色的飞蛾扑进火海，连翅膀都点燃。

飞鱼彩雀的尸体全都动了起来，密密麻麻地吸附在飞舟上，这条飞舟仿佛成了被骨骸包围的幽灵船。天际传来轰隆作响的万钧雷霆，像天神在酝酿滔天怒火，腥咸的暴雨从天而降，唰唰的雨声犹如万马奔腾，天地间弥漫着来自大海深处的死亡气息。

亿万点雨滴在空中静止，仔细看才发现这根本不是雨滴，而是闪着碎光的琉璃子。它们像亿万道流星倒掠而起，搅碎云海也撕裂苍穹，在雨中熊熊燃烧起来，犹如夜空中怒放的花火。

遍体鳞伤的巨鲸发出了痛苦的咆哮，它整片背脊都淹没在火海中，云层散射出熔金般的光辉。剧痛激起它血液中的狂暴，成年人合抱粗的獠牙刺透船身，尖啸的狂风涌了进来，飞舟像一片羽毛在风中翻卷。

长剑出鞘的光在空中划出一道银色的虹，剑光飞旋，雨滴溅开成圆，獠牙被一斩两段。

飞舟的另一侧，姜别寒站在船舷摆出防御的架势。如若彻底激怒它，整艘飞舟都会葬身鲸腹，他在小心地与这头上古凶兽周旋。

“师兄，不要杀它！这里交给我！”绫烟烟的声音穿透风雨，她手里的符纸簌簌作响，脸颊被风刮出血滴。

姜别寒握紧了长鲸剑，眼中出现片刻的挣扎。

“这都什么时候了，师姐你还让姜师兄手下留情啊？！”夏轩心急如焚。

“不是手下留情。”暴雨声太大了，绫烟烟不得不大声说话以让他听见，“你没看到吗？师兄手里的剑根本没有战意！”

她说得没错，每回迎战，姜别寒还没拔剑，长鲸剑已在鞘中振动，现在它一点动静也没有，甚至是在抗拒。

“长鲸剑之所以叫长鲸，正因为它是第一头巨鲸体内孕育的仙剑。用它斩鲸，就是让孩子举剑刺杀自己的母亲，玉石俱焚。”

“你也知道的吧？师兄。”绫烟烟面白如纸，盯着姜别寒一字一句说，“杀了这条巨鲸，你的剑会碎的。”

姜别寒牙关紧了紧：“你们回去照顾其他人，这里我来想办法。”

“没有办法的，它已经被彻底激怒了，只有杀了它才能结束一切！谁都能杀它，只有师兄你不可以！”绫烟烟手里的符箓已经快撑不住了，她嘴唇血色皆无，“这次就让我来吧，我可以的！”

海面被激起了千层浪，咆哮声震颤天幕，乌云塌陷了，天空缺了一角，黑色的雨水朝着人间奔涌。绫烟烟吐出一口血，也快耗尽体力了。

“哎哎，师姐！”夏轩慌张地扶住她。

“阿轩，带着你师姐走！”姜别寒重新拔剑出鞘，剑刃闪着寒铁的光。

巨鲸硕大的眼瞳直对着姜别寒，瞳孔清晰地倒映出他颀长身影。

手中长剑在咆哮，并非战意昂然的嘶吼，而是困兽挣扎的哀鸣。陪伴自己多年，姜别寒对这把剑了如指掌，正如他现在很清楚长鲸剑在抗拒着出战。

他不能杀这头鲸。

本是同根生，万物相生相克，他若斩杀巨鲸，长鲸便会沦为一把普通庸俗的剑。

名将暮年，美人白头，宝剑蒙尘，都令人扼腕叹息。更何况是陪了他几十年、视若亲友的剑。

绫烟烟心里也清楚，所以她方才宁愿自己死撑，也不愿让他直面这个困境。

“你是巨阙剑宗的姜剑主吧？有你在我们就放心了。”身旁有人大喊。

姜别寒偏过头，看见几道剑光横停在空中，那也是剑修。身为剑修自然知道长鲸剑的大名，他们脸上写满了希望：“你这么厉害，一剑就能把这头大家伙搞定吧？”

一剑封喉吗？

巨鲸狂怒的吼声震耳欲聋，一名修士冲动之下扎了一剑，反倒激怒了巨鲸。它狂暴地摆动长尾，云层掀起滔天巨浪，飞舟宛若浪头上飘摇的小船。它顺势张嘴想直接吞了飞舟，满船人尖叫起来。

“那是巨阙剑宗的姜别寒吗？！他怎么愣着不动！”尖叫声里传来一声质问。

“姜剑主，救救我们！”

“我们都靠你了！”

起初只是一朵浪花，而后质问声越来越多，铺天盖地，犹如山崩海啸将他淹没。

“当初打我的时候不是很厉害吗？怎么现在愣着了？！”说话的是刚结了仇的那世家子，他正扒着栏杆控诉，“恃强凌弱！什么‘长鲸剑剑主逢乱必出，力挽狂澜’，不过如此！”

“你难道要眼睁睁看着这头鲸吞掉这艘飞舟的人吗？！”

“你还算不算个光明磊落的剑修！”

剑修？

剑修者，执杀戮之剑，持济世之心，是为剑心。

这是师父说的话。

姜别寒神魂动荡，这一声声的质问宛若利刃砍在他心头，血雨泼天。

他年少有为，锋芒毕露，剑途一帆风顺，在剑宗内是整躬率物的大师兄，在宗门外是独当一面的年轻剑主，名满天下。

木秀于林风必摧之，堆出于岸流必湍之，没想到有朝一日，双肩虚名竟成了口诛笔伐的枷锁，浑身解数竟成了强其所难的鞭绳。

有时候是他自己砥砺前行，有时候是世界在逼着自己迎刃而上。他剑心何在？

飞舟又剧烈颠簸起来，巨鲸狂暴地甩动尾巴带起毁天灭地的飓风，半空中的剑光犹如被打散的绣花针。这道最后的防线崩溃了，整艘飞舟上的哭喊震破云霄。

突然间，巨鲸的眼中迸出了硕大的血花，云海分崩离析，白色的身影如锋利的刀光横切而过，身后的鲜血一路飙溅。

姜别寒从恍惚中回神。

那个白色的影子，是薛琼楼。

“为何站在这里却不出手？！”少年悬停在半空，语气里有指责的意味，却没有强人所难，“你若受了伤，那就去船上歇息，我一个人来对付。”

“我……”姜别寒脸颊发烫。他当然不可能放着这头怪物让薛琼楼一个人应对，况且他根本没有受伤，他刚刚的犹豫只是……只是……

他低头握紧了手，为这一瞬的犹豫羞愧难当。和光风霁月的薛氏少主比起来，他真是……太优柔寡断了。

他低下头的时候，薛琼楼也在居高临下地俯视着他，猎猎翻飞的长衣如一道在夜幕中凝滞的电光。

他眼底泛起冰冷又玩味的讥笑。

真正的游戏已经开始了。

脚下棋子纵横交错，半空云层自成棋盘。

彩云遥迢铺夜色，琉璃漫天缀星斗。

请君入棋局。

剑碎，还是剑心碎。

亲手杀你的剑，还是眼睁睁看着整条船的人死在你犹豫不决的手上。

你，敢不敢选？

剑声铮鸣，剑光拔地而起，剑气如瀑布飞流直下三千尺。

云破日出。

白梨刚扶着绫烟烟到了个安全的角落，便听天际传来一声绝叫，随后巨鲸尸体在海水中砸出一朵巨大的水花。

血雾散去，露出半空中围剿的几名修士的身影。一阵死寂过后，众人发出死里逃生的欢呼，一下由修罗场变成了狂欢夜。

“不愧是长鲸剑剑主！”

“姜剑主名不虚传！”

“……”

姜别寒捂着胸口，脚步趔趄地从人墙中穿过，沉默寡言地往角落一坐，将手里的长剑轻轻放在地上，雪光凛冽的剑身上出现一张微不可见的蛛网。

剑身蒙尘，黯淡无光。他手指轻抚过去，仿佛能清晰地感受到一位老友的生命力在缓缓流走。

“姜剑主，多谢你！”

“不谢。”他嗓音有些嘶哑。

“辛苦你了！”

“没事。”

“多亏你了，谢谢！”

“哦。”他懒得讲话了。

那些人还簇拥在眼前想说些什么，一双手伸过来，猛地将他们推开，冷声道：“都走开。”

“你谁啊？”

“滚！”绫烟烟一道符箓砸在众人脚下，砸出一条火蛇，迅速环成一个圈。

约莫有人认出了她，识相地闭上嘴，众人一哄而散。

她沉痛地默默看了会儿颓然席地而坐的男人，也在他身边坐了下来，一句话也没说。

“完了，姜师兄果然还是出手了。”夏轩抱住脑袋在原地打转，一边转一边哀号，“他不出手我们会死，他出手剑就碎了，啊啊啊，这不是悖论吗？怎么办怎么办怎么办，怎么跟断岳师叔交代……啊！”

白梨在他胳膊上拧一下：“安静点！”

夏轩讪讪收声，也在姜别寒身侧坐了下来。

谁都没说话，沉默中酝酿着一场凄风苦雨。

白梨半蹲在地上，将芥子袋里的药罐子摆了一地，挨个上药，这三个伤员跟抽了魂似的，一动不动地由她折腾。

白梨：“……”

最后她也变成了双手撑地的模样，无力地跪在地上。

一条血痕拖曳过来，雪白的靴面被血水泡得通红，袍角滴滴答答地往下漏着血水，血迹由下往上依次变浅。

薛琼楼披了一身血衣，扶着栏杆缓缓走过来，看了眼白梨和她身侧琳琅满目的药罐子，微微一顿，目光如清风过湖，平淡地移开。他在离众人四步远处脚步一停，席地而坐。

他眸中一片沉甸甸的黑，脸上血迹点点，随意拿袖子擦了，于是白袖上也蘸了一片彤云。

想到他之前为了保持清醒拿剑戳过自己，白梨连忙把药罐子都抱起来挨过去，说：“我替你包扎吧。”

薛琼楼手指抵住唇低咳几声，仰身靠着栏杆，姿态放松：“不用。”

白梨跪在他身旁左看右看，他视线终于转过来：“你看什么？”

“你不用担心我的包扎技术，我会对你负责的。”她拿起药瓶和纱布晃了晃。

“白姑娘，我没事。”他眼里的笑意像血在水中漫开，勾起嘴角讥笑，“你先去关心一下姜别寒吧。”

每当他这样笑起来的时候，便说明有人要倒霉了。

白梨忽地背后发寒：“你什么意思？”

薛琼楼不回话，闭目养神起来。

不远处突然传来一阵喧嚷。

一对少男少女被推了过来，低着头脸色灰败。先前那世家子拿扇子拍打着手心，愤愤然道：“我之前和这女的交手，她不过才区区二境云根，方才一番试探，她竟一跃而至四境执明，修为大增，这其中肯定有猫腻！”

夏轩动了动僵硬的脖子，目瞪口呆：“三天跃二境？这不跟我一样了吗？”他也才四境执明。

“话说回来，这条巨鲸是从哪里来的……”绫烟烟仿佛三魂六魄重又归位，“濯浪海海底确实有鲸群，但百年来从未现身伤人，为何今日突然有这一遭？”

她能想到的，姜别寒如何想不到，他面色更寒，如覆冰霜。

“结果我发现了什么？！”世家子上前一步，将少女紧紧背在身后的手猛地拽出，将她单薄的身子拽得一个踉跄。

只见她雪白娇嫩的掌心有一枚血红的朱砂痣。

“那天你阿兄上去是去偷心头血的吧？！”

骤然一声暴喝，让她浑身一颤，她早已泪流满面。少年将妹妹挡在身后，直面着那人狰狞的脸：“我一个人做的！你们要杀要剐都冲我来！不关我妹妹……”

话没说完他便被一拳打倒在地：“小杂种！差点害死我们整船人！你拿命来还！”

拳头落在他身上，少年小小的身躯蜷缩成一团，无助而无措。少女合身扑在兄长身上，呜呜咽咽地哭：“兄长是上去给我找药！巨鲸心头血是上古秘药，他只是想取一点点，没想到会惊动海底的怪物，更没有想害诸位……”

“还撒谎！你找死！”

世家子高高抡起的手臂被人攥住，一回头，却见姜别寒冷冰冰的脸出现在身后。他吐出的话也冷如隆冬三月：“住手。”

“哈？”他挑眉讥笑，“我说姜剑主，你多管闲事的毛病也够了吧！当初是你把这小子救下来的，若是让他死在法阵里，今日你我也不会这般狼狈。”

他想了想，又冷笑一声，抽臂挣脱：“当初我再三解释，我没逼他上去，你们偏不听，怎么？我长得轻浮就一定是坏人了？你们这些人自诩名门正道，真本事不一定有，以貌取人倒是有一套！”

姜别寒瞥了那对兄妹一眼：“你们当时为何不说？”

他们心虚地垂下目光。

姜别寒挣扎片刻，偏过头：“放他们走。”

人群里响起窃窃私语声，都是不大乐意的模样。

“这也太便宜他们了……”

“就是啊，差点害死我们呢！”

“姜剑主，你别总是好心办坏事。”

“是啊是啊，这种人你救他们干什么。”

姜别寒蹙起眉，又听人群中有人小声道：“你要是不多管闲事，说不定还没有这出事吧。”

他面色霎时惨白。

绫烟烟心头火起，顾不得什么名门大家的淑女形象，撸起袖子想教训他们一顿。

这时一道明亮的声音突然响起，盖过了嗡嗡喧嚷。

“大家误会了，姜剑主的意思，是现在——就地放他们走。”

说话的是不远处一名白衣少年，他身形不稳地扶着栏杆，看上去身负重伤，但声音稳而不乱，如雾中抽烟，雪里寻梅。

他搁在栏杆上的手往下一指，于是众人的目光也顺着往下看。

巨鲸尸体宛若一座小山，开出一朵巨大的血花，从百尺高空往下看，仿佛一张血盆大口等待鲸吞蚕食。

往日风平浪静的海面，现下怒浪奔腾，卷起千堆雪。

现在——就地放他们走？

意思是说，将这两人直接推入海里吗？

且不论他们会不会摔死，就是这半空中的罡风鞭笞，也足以将他们活生生撕裂。

两人露出惶恐至极的表情，哀求地看向姜别寒，姜别寒看着薛琼楼，对方声色不动，只朝他眨了眨眼睛。

姜别寒心下了然，知道他一定有自己的打算，于是感激地朝他一点头，不再开口，像是默认了。

但还是有人不乐意，吹毛求疵道："他们要是命大，侥幸活下来了呢？我可不想让这种人苟延残喘下去。"

薛琼楼避而不答，而是问了个不相干的问题："诸位都没有生死之忧吧？"

那些人一愣。

敢冲锋陷阵的大都是剑修，现下受了伤默默坐在一旁，一声不吭地看着这场闹剧。这个浑身浴血的少年，方才也是第一个冲上去的。

至于他们躲在船上的，除了被飞鱼彩雀啄了几口，丢了几件法器，还真没这脸装重伤。

真正该讨债的，还没开口呢。

"这、我……"他脸有点红，讷讷地说，"当时是生死攸关之际，我们都以为必死无疑了，当然就……"

"没事就好。"这个琼姿玉貌的少年笑了笑，濯濯如春月柳，"今日诸位若是有受了伤或是丢了法器的，可以折算成白蝉币告知于我，所有损失，我们金鳞薛氏来一力承担。"

白梨在一旁惊呆了：这家伙疯了？！

其他人就不一样了。

本以为这少年是来兴师问罪的，结果没想到是来做散财童子的！

钱欸！不是青蚨币，不是金蝶币，是白花花的白蝉币欸！

换句话说，如果这个人的损失只值一枚金蝶币，他还是能拿到百倍价值的白蝉币。

何乐而不为？

相比之下，两条微不足道的人命又算什么！

只有那世家子咄咄逼人地还想说些什么，就见那前一刻还笑意翩翩的白衣少年转过头来，冷冷盯着他，眼神分明在说：你找死吗？

世家子立刻变成人群中一只鸵鸟，噤若寒蝉。

飞舟上一片快活的气氛，至于那对兄妹如何被推了下去、推下去之后又如何了，他们也没心思去管了。

几名管事擦着冷汗，正在统计众人的损失，本以为这次会亏掉底，正想方设法逃脱追责，没想到居然有好心人主动承担所有损失，真是雪中送炭，千恩万谢都不为过。

姜别寒看着穿梭在人群中的那抹白影，骤然间感觉自己一无是处，一股掺杂着迷茫的意冷心灰感彻头彻尾地笼罩着他。

“薛琼楼。”他抬头喊住从面前经过的人影，动了两下唇才说，“这次多谢你了。”

少年微微一愣，随即笑道：“大家都是朋友，不必客气。”

姜别寒垂下头，抱剑而坐，如同入了定，以往明亮洒然的眼中一片弥天大雾。

他出手相助，从不会有太过的顾虑，弱者楚楚可怜，恶徒咄咄相逼，他便帮助弱者，赶走恶徒。千恩万谢、交口称赞必然是少不了，说没有居功携恩的飘飘然，那也是口是心非的做作谎言。

但是这次的事又该怎么算？以后又该如何做？

难道真的……是他做错了？他不该救那对兄妹吗？

剑修者，命中唯剑而已。心无杂念，一往无前；心生杂念，便会分心。分心便会软弱，软弱便会犯错。

犯错，则剑心不存，道心崩碎。

许多修士破不了境界瓶颈，蹉跎百年，一事无成郁郁而终，便是因为道心蒙尘。

他越想，越觉深陷泥沼。

因而他也没意识到，自己也像一柄蒙尘宝剑，正受尘屑吞噬。

手被人紧紧握住，绫烟烟双眼悲戚而关切：“姜师兄，你别乱想，剑碎了可以补的。”

姜别寒眉头紧锁，心不在焉地应了一声。

剑心碎，则不可补。

心念起，砰一声，剑上的蛛网又扩大了一分。

薛琼楼站得不远不近，将这一幕尽收眼底，嘴角微微挑了挑，笑意嘲弄。

剑碎？剑心碎？

自然是，二者皆碎。

没了引以为傲的长鲸，也没了秉公持正的剑心，你该怎么一路鲜衣怒马、意气风发，去琅环秘境自证其道？！

不对劲。

白梨觉得很不对劲。

这段剧情和原著分毫不差，最终也不偏不倚偃旗息鼓，可她还是觉得哪里不对劲。

夏轩揉着肿胀的手腕，有些自豪地低声道："姜师兄不愧是姜师兄，你看他八方不动的模样，我就知道他肯定没事。"

那一道玄黑的身影凭栏而立，如一柄利剑，在风中发出锵然长鸣。

姜别寒看上去好似并没怎么把长鲸剑碎的事放在心上，正由着绫烟烟仔细地替他包扎伤口，两人低声谈话，海风吹来隐隐约约的轻笑声。

"有师姐在，肯定没事。"夏轩言辞凿凿地又加了一句。

白梨远远看着，终于知道哪里不对劲了。

这抹绽放在名将枪尖的光，由旭日初升，变成了落日依山。绫烟烟抿紧唇，嘴角的笑意也有一丝勉强。

两人明显将心事压在心底，不与外人言罢了。

余光又瞥见一抹背对着她的白影，一手扶着栏杆，肩背上那一片血迹好像更艳烈了，如同天际灼灼燃烧的火烧云。

白梨走过去，拎起裙角蹲下来："给。"

薛琼楼抬起眼。

她手心一枚玫红色的丹丸，衬着雪白的肌肤，像雪地里的梅花。她说："我还是有点不放心你，你先吃了这个吧。"

她没有多做停留，脚步声又远去，像踩在水面的猫步，来时无声，去也无痕。

照顾他，却又不拆穿他，每至关键时刻便装傻，若即若离地在他底线徘徊，她到底有什么企图？

浑身的伤口都在叫嚣着疼痛，薛琼楼犹豫片刻，咽下这枚丹丸，居然有一丝甜味荡漾开来。

这点甜味就像藏在石缝间的花蕊，小心翼翼地拨开，才能窥见污泥间那一点纤细盎然又令人眼前一亮的生命。

薛琼楼垂下眼，甜味一点一点地在舌尖化开了，将他整个人都泡在里面。

皲裂的长鲸剑倚在姜别寒身旁，他面色凝重得甚是反常，凝望着波涛微茫的远天，心事重重。见了白梨，他还是摆出一个笑脸，朝她点点头："这回有劳白姑娘了。"

"都是应该的。"白梨瞥一眼名将暮年的剑，字斟句酌地说，"我修的是医道，治的是活生生的人，不过也曾在医书上看到过如何修补法器这一类的旁门偏方。姜剑主的长鲸剑是绝世名剑，瑕不掩瑜，应当还有补救之法。"

姜别寒笑了笑，只当是安慰的话："让你费心了。"

白梨低头在自己的芥子袋里找了找，在角落里找到一块补剑用的黑精石递过去："姜剑主，这个送给你。"

他一怔，摆手婉拒："太贵重了，我不能收。"

"我不使剑，拿着这块石头也没用啊。"

她嘴里的"这块石头"，是原主师兄师姐们外出游历回来给她带的生辰贺礼，图它长得好看又耐摔，可以垫在下面杵药用。

姜别寒推辞不过，感激地接过来："多谢。"

他眉宇间依旧有些落寞。长鲸剑仅此一把，再怎么补也遮不了那丝裂缝。

白梨感同身受地叹了口气。

她很欣赏这个一腔热血的男主角，像是轻裘快马的江湖游侠，偏坐金鞍调白羽。他不是那些从头强到尾的男主角，而是和绫烟烟相扶相持，一路游历，心境也在成长，历经尘世纷扰，初心不离。

半途夭折那就太可惜了。

白梨心想，也许后面会遇到高人点拨。

姜别寒沉默半晌，忽然开口："白姑娘，你是医修，若有朝一日，你面前有濒死之人，等着你起死回生，手边却无半粒丹丸，届时你该如何做？”

白梨一时有点蒙。

他自嘲地笑了笑，目光盯着远处泰岳般遮蔽视线的云层，嗓音沉郁顿挫：“就好比我，面前有巍巍高山，泱泱大河，手中却无利剑，去劈山斩海。”

话音刚落，姜别寒肩头被人不轻不重地拍了一下，他从愣怔中回过神，见她往身后一指：“你先看那边。”

他迟疑地回过头。

方才跟着他一起冲上去的几名剑修盘腿席地而坐，正让人疗伤，虽然浑身挂了不少彩，却神采奕奕，没有半分颓唐之色，正跟人眉飞色舞地描述方才那惊天地泣鬼神的一战。触上他的目光，他们咧嘴笑着朝他挥了挥手，明明互不相识，却仿佛已是倾盖之交。

绫烟烟和夏轩身前一地杂书，堆得像座小山。他们正在翻找着补剑的方法，平日里咋咋呼呼的夏轩这会儿格外安静专注。

老人抱着婴儿经过，躬着腰朝他千恩万谢。婴儿在她怀里已经睡熟，方才的动荡对他而言仿佛只是一片梦中的浮光掠影。

“姜剑主的剑和我的药一样，都是用来救人的啊。”

姜别寒木愣愣地收回目光，又见她朝另一边一指，见方才那群叫嚣得最厉害的人正闹哄哄地挤成一团。

“姜剑主，那些人不用管。”她压低声音，“还有，刚刚薛公子让我给你带话，这次的钱依旧是他买单呢。”

姜别寒苦中作乐地笑了一下，正要说什么，肩头猛然一痛。这姑娘毫不客气地一巴掌拍在他肩膀，目光烈烈：“所以啊，你换个思路想——手边无药可用，那便亲手去挖百草；不知有毒与否，那便亲自去尝百草。手中无剑，心中当有剑，不以外撼，不以物移。姜剑主，你是剑修，那句话怎么说来着……”她挠挠脸，眼睛一亮，好像又想了起来，“剑气纵横三万里，震烁八荒十九州！”

姜别寒愣住，好似没听懂她在讲什么，又好似没从这番话里走出来。

他先是怔忪片刻，面色茫然，而后渐渐地，眼中绽放出神采，低声重复道：“手中无剑，心中有剑，不以外撼，不以物移……吗？”

锵一声。剑锋一震，尘埃四散，倏忽间，又大放光彩。

孤鸟双翼，缀着湿漉漉的水珠，扑簌簌掠过头顶。

天青青待雨，云澹澹生烟。一线雨珠擦过眼帘，面上有微微凉意。

下起了不大不小的雨，那一堆云雾被雨珠冲散，露出鸭卵青的天穹，又高又远。

三尺剑锋在这片雨中被冲刷得更加明亮。

“剑气纵横三万里，震烁八荒十九州。”姜别寒喃喃自语。

白梨比他先回神，缓缓地、无力地捂住自己的脸。

她到底是哪来的勇气，居然能这么大声地喊出这么中二的台词！

好多人看她啊！好羞耻啊！

她肩膀也陡然一沉，姜别寒一巴掌拍在她肩膀：“白姑娘！”

“啊？”

他开怀大笑：“我们现在就义结金兰吧！你这兄弟我认了！”

白梨：不是，你还真想把我当兄弟？！

“姜师兄。”绫烟烟笑意盈盈地站在他身后，手里抱着一摞秘籍。

方才她去芥子空间翻找修补名剑的秘籍，出来便看到姜别寒要和人做兄弟，她伸手搭在他肩上，笑道：“阿梨是女孩子哦，做不成出生入死的兄弟的。”

白梨有些猝不及防：“烟烟……”

话没说完，她被一把抱住。绫烟烟看着娇弱，手劲大得很，白梨感觉胸闷。

她声音听上去像在笑，又有点哽咽，说道：“还是做我朋友吧。”

白梨搂住她，缓缓笑了起来。

“对了，多亏方才薛兄仗义疏财，那对兄妹才平安下船，我也得去向他道谢……”姜别寒四下环顾，茫然道，“咦，他人呢？”

白梨抬起眼睫，那地方空荡荡没有一丝人影。她朝四下张望着的姜别寒笑了笑：“我去看看吧。”

积石列松一般迎风而立的少年，早已转身走远。

不以外撼，不以物移……

雨水从发梢滴下来，滚落到眼睫。双腿如陷泥沼，每走一步，便越陷越深。

他举步维艰，那一点甜早就消弭在口齿间，涌起苦涩的血腥味。

风是吹面不寒杨柳风，雨是沾衣欲湿杏花雨，于他而言，却冰凉如刀，像一记记耳光抽在脸上。

第6章 白鹭洲（三）

薛琼楼无声地关上门，脸色苍白，脖子上淡青色的血管从皮肤下隐隐露出来，蜿蜒着爬进衣领中。他看上去就像一堆雪，随时都能被风吹散。

他沿着门滑坐下来，在黑暗中无声地低喘，血腥气丝丝缕缕地荡开。

已经到极限了，再继续死撑下去，不知何时就会暴露自己的秘密，况且是当着姜别寒的面，事情会变得非常棘手。

确认门外已经设了禁制没人会进来，他才移开捂住腰间伤口的手，褪下外衣解开了腰带。巴掌长的短剑刺穿了腰腹，剑柄深深没入皮肉中，剑尖甚至隐隐从后腰刺出，整把剑像是长在他身体里。

没有这把剑，他根本无法在歌声中保持清醒的思考。

他缓缓站起身，伤口已经有些结痂了，这样一动又开始流血，他咬着牙拔出剑，细碎的血滴在木门上溅开。剧痛让他眼前漆黑一片，同时又无比清醒，他摇摇晃晃地走了几步跌坐进椅子。

背上的伤果然又裂开了。费尽心思谋算了这么多，长鲸剑却还没从这世上消失，这回可真是得不偿失。

耳畔又响起少女那句意气风发的话，他眸光阴暗下去。

“薛琼楼，你在吗？”敲门声响起，门外晃动着影影绰绰的影子。

薛琼楼闭上眼没有回应，凭她的本事突破不了他的禁制。

房门外一线排开五枚黑白棋子，紧紧锁住房门，白梨被拦住了。

无缘无故拒不见客，他果然有什么见不得人的秘密，或许今天的海难就是他在背后推波助澜。白梨想旁敲侧击地把真相问出来，不然她永远也不会知道到底是系统篡改了剧情，还是他在背后一手策划。

正苦恼着怎么让他开门，衣襟内忽然漏出柔软的白光，她摸出那枚飞鱼纹白玉牌，那一尾金鳞活了过来，“哗啦”一声冲出水面，张开嘴咕咚几声吞了那五粒棋子，那叫一个雷厉风行，隐约还打了个饱嗝。

又是“哗啦”一声，飞鱼一头扎进玉佩，重又变作一尾栩栩如生的金鳞。

你家养的鱼这么自觉的吗？还带自动开锁功能。

白梨轻咳一声：“薛公子，你家鱼把你棋吃了，我进来了啊？”

失算，忘了一时兴起把玉牌输给她了。

薛琼楼探手抓过外衣披在自己身上，里衣早被冷汗打湿，贴在身上让人微微打着寒战。

“我是来帮你看伤的啊，内伤憋着会大出血的，薛公子？薛琼楼？”

白梨挠挠头发，把门推开一条缝。

潮湿浓重的血腥味扑面而来，屋内很昏暗，也没有点灯，少年静静地坐着闭目养神，看上去像睡着了，身上有种令人不忍打碎的静谧。

那柄沾了血的短剑扔在地上，剑刃上的血滴像爬在玻璃窗上的雨珠，白梨轻手轻脚地捡起来放在桌上，连呼吸都屏住了。

“站住。”

没有睡着！白梨倒抽一口冷气停滞在原地。

他不知何时抬起眼帘，湿润的眸子像水中的黑琉璃，少了几分危险性。

薛琼楼静静看她片刻，笑了：“白姑娘不请自来，有何贵干？”

他居然在防备自己。白梨忧心忡忡地皱眉：“当然是因为你受伤了，所以我来帮你看看。”

“我无碍，不劳烦你操心。”薛琼楼半垂着眼睫，淡淡说，“你还是去照顾姜别寒他们。”

都这时候了还不放弃装好人，而且他现在这个样子，好像有哪里不对劲。他的剑伤明明在腰间，可他肩膀上也漫出了血迹，铺在椅子上的白色绒裘被染得血红。

“你背上在流血？”白梨终于反应过来了，“你不处理一下吗？你脸色都这么白了。”

“不用。”他一双眸子在浓密的眼睫下显得极黑，似乎能吞纳一切光影，“白姑娘，你可曾听过鲸是如何在海中捕食？”

白梨一愣。

“只要找到血腥气最浓烈的地方，然后将那里的海水连同猎物，全部吃掉。”他云淡风轻地说，“那么白姑娘你，当真只为了替我治伤，还是——”

他手中的陶瓷茶杯无声崩裂，青褐色的茶水沿着桌面滴落，冒着丝丝的寒气，他却毫无所觉，轻声说出后半句：“循着腥血而来，另有所求？”

一瞬间白梨不寒而栗，所有的心思似乎都暴露在他眼底。

她确实想套话。她想问清楚那对兄妹和他到底有什么关系，否则单凭那两个手无缚鸡之力的人根本无法靠近石碑，背后必定有人指使。

他却一眼瞧出她的意图，轻蔑地笑了：“以己之心度人之腹，想来是我小人之心了，你别放在心上。”

“我想问的是，刚才那对兄妹……”白梨咬着牙问出来，但他根本没给她说下去的机会。

“你说的是被一群世家子弟欺负的那对兄妹？如果你想问他们现在如何，我可以和你保证，他们已经安全着陆了，我还不至于食言自肥。”薛琼楼嘴角的笑写满嘲弄，“现在还有什么想问的吗？”

还能问什么？证据都没了，姜别寒这会儿指不定还十分感激他仗义疏财，大事化小、小事化了地平息事端。

他和主角们关系越是亲密，以后背叛起来越是容易。

只有她一个人在孤零零地怀疑着，明明知道真相却无法说出口，这种感觉真是太压抑、太无力了。

“那样太好了，我得替姜别寒多谢你。”白梨深呼吸，扯出一个明朗的笑容，“你好好休息，我先走了。”

再待下去也无济于事，他是不可能有任何破绽的。

“不送。”薛琼楼微微后仰闭上眼睛。

“我、我真的能爬上去吗？”身穿粗布麻衫的大男孩站在阴影里，衣服的边缘毛毛糙糙地卷着线头，脸颊瘦削得凹陷进去，唯一双眼睛亮得惊人。

面前立着的白衣少年笑道："只要你按我说的方法去做，当然可以爬上去。"

"等一等，哥哥。"躲在哥哥身后一直默不作声的少女怯生生地喊了句，"可是……可是那块石碑是不能爬上去的吧？而且那些血是法阵的阵眼，要是不小心破坏了法阵，我们就惹大麻烦了。"

这对兄妹都只不过十六七岁的年纪，衣着整洁但寒酸，与面前这片冰壶秋月相比，犹如凡尘泥地里打滚的落魄叫花儿。

"这是你们要考虑的事情了。"白衣少年无所谓地眺望着霞光，"我只负责授之以渔，你要是没这个胆子的话……"

他讥讽地笑了笑，刻薄地说："过不了一年，你就等着给你妹妹收尸吧。"

"你！"大男孩双拳猛然攥紧，手背青筋根根突显，望着不远处那块石碑的目光时而踟蹰不决，时而坚定不移。

"哥哥，我们走，别听他的鬼话，无事献殷勤，非奸即盗！"少女拉着他便走，回头瞪了一眼，"飞舟上是有管事的吧？你就不怕我们把你现在说的话告诉管事，让他们把你赶下去！"

一道金光照面劈下，身前五粒小巧的棋子堵住了两人的退路。

"我说了，我只是心血来潮想帮人而已。"那个看上去比他们大不了多少的白衣少年懒洋洋地撑着脸，"我把爬上石碑的方法告诉你们，想不想上去你们自己决定，不过你们要是将我一腔难得的好心宣之于众的话——"

他深邃的目光滑过来，眼底杀机四起："那就劳烦你们永远闭嘴。"

两人面色雪白。

"两只蝼蚁死在船上，应该也没人会管吧？"他看了眼弱质纤纤的少女，展颜一笑，用一种商榷的语气道，"不如先杀你？"

哥哥的目光中满是玉石俱焚的杀意。

"你这么瞪着我，是有什么不满吗？"白衣少年哂笑，"你是舍不得让我来动手？好说，毕竟血浓于水，那你亲自来动手怎么样？杀了你妹妹之后，我再来杀你，让你们黄泉路上好做伴……怎么又瞪我？这么瞪着我，我又不会死。”

两人的眼神看上去要把他碎尸万段。

少年转过身，将刀光剑影都收了回去，好似方才的剑拔弩张只是一个错觉，他面无表情地说：“考虑清楚了，你们就滚吧。”

计划被打乱又如何？没了闻家那条走狗，他还可以再找两条出来。

屋内静谧无声，仰面躺在椅子里的少年因失血脸色苍白，整个人埋在狐裘绒毯里，像一片单薄的宣纸，或是一片触之即碎的脆瓷。

世上再无第二把长鲸，碎了就再也补不全了，至于如何销毁它，以后自可徐徐图之。

他闭上眼缓缓吐出一口气，再睁开时，案头一只又胖又矮的小瓷瓶闯入眼帘。

瓶颈上穿了根红绳，另一端系着一粒红木做的枣核，雪白的底，画了两个小人，一个皱着脸好像在喊苦，另一个将红枣往他嘴里塞，幸灾乐祸地哈哈大笑。

在他面前玩收买人心的小把戏？薛琼楼微微勾起一个冷笑。

唇角有蠕蠕的痒意，他抬手轻轻一抹，手背上一片殷红血迹。

茶水沿着桌角滴落，血水沿着椅角滴落，两股涓涓细流交织在一起，一路蜿蜒至门口，又沿着门缝平铺成一条细线。

陷进椅中的白衣少年一动不动，眼神空洞，仿佛被抽走灵魂。

屋里很暗，门窗关得严严实实，身旁乌沉沉的桌案、碎了一地的茶盏、梨香木的四扇屏风，都淹没在黑暗里。

手里捧着书，但他不喜欢读书；指间捏着棋，但他不喜欢下棋。

背错一个字，他的仆从就会少一个；下错一个子，他的老师便会少一个。

山崖将铅灰的天空切成一条细细的线，漫天霞光像血水倒灌进来，海风咆哮着发出黄钟大吕般的回响。

“能爬上来吗？”白衣男人站在最高处，刺着金色鳞纹的衣角被海风吹得猎猎作响，一把白绸折扇在胸前摇了摇，象牙雕成的扇骨莹润如脂，翡翠扇坠在夕阳光影中掠出一道炫亮的光。

已经快撑不住了，手臂濒临脱臼，但只要一松手，他就会被卷入滔天狂浪之中。

“真可怜哪。”男人似在怜悯地喟叹，“我给你指路吧，抓紧右侧的石头。”

锈迹斑驳的黑岩像从悬崖上探出的巨角，整座山就是一头凶兽。玉白的手带着一点婴儿肥，小心翼翼地抓上去，指甲缝里都是污泥和血迹。

海水咆哮若万马奔腾，手碰到岩石的一刹那它已然崩碎，他仿佛听到山海的讥笑在天地间回荡。

上当了。

身体急速下坠，崖壁上留下五道血痕。少年轻烟似的身体要被狂风扯碎，风像刀子一样往肺腑里灌去。

“好好看着下面。”男人折扇一转，往下一指。

下面……山崖下全都是蛇群，黑色的鳞片泛着铁甲的寒光，犹如林立的刀枪剑戟刺穿弥天大雾，仿佛守着地狱之门的邪祟，磨牙吮血。

衣摆一重，遍地的蛇群里探出一个血肉模糊的人。那人只有半截身体，双眼亮得惊人，像死灰中燃烧的炭火，歇斯底里地迸发出最后一抹回光。

“少主，我们、我们是朋友吧……能不能拉我一把……”

那是陪伴了自己八年的仆从，他伸出手时几乎没有犹豫。

手上一重，一道血影从面前闪过，离他越来越远……很快他发现，不是那血影逃得太快，而是自己在不断下坠，他被当作垫脚石拽了下去。

“拥有同伴，便存在背叛的隐患，你能信任的只有自己。”男人轻轻摇着折扇。

铺天盖地的蛇群将他淹没，尖利的蛇鳞将手脚割得鲜血淋漓，昔日的旧伤被咬开了，那腥甜的血让它们兴奋起来，尖利的嘶叫像手指狠狠划过玻璃镜面，让人牙齿泛酸。

他嘴唇失去血色，像一堆摔碎的白瓷，剧痛让他眼睫颤抖不止：“可是阿娘说……让我多带朋友回去……看望她……”

男人低头俯视着他，眼神居高临下，像执掌生死的神祇俯瞰人世间的蝼蚁。他一格一格地收起折扇：“果然是和那个女人一模一样的，软弱的眼神。”

一道人影被丢了下来，在地上翻滚几圈，不动了。

“杀了这个叛徒。”男人冷声说。

那是……刚刚将自己推下去的、曾经视作同伴的人。

他遍体鳞伤，奄奄一息，全身的经脉都被挑断，现在缺的是结束他生命的一刀。

落日赤红的余晖铺洒在海面，仿佛接天火海，消失在余晖中的海鸟像扑向火炬的蛾子。少年拖着长长的血痕一步步走过去，他看了片刻，却扭过头。

这个年纪的孩子应该还在翻墙爬树，他们带着怜爱折下花枝的时候，他却要亲手结束别人的生命。

“犹豫会给你带来杀身之祸。”男人轻声说，“太阳下山之前，你若还没做出决断，你母亲便又白白等了一天。”

“不，对你来说只是过了一天，对她来说，可能又是一个十年过去了。”

死亡的冰冷与鲜血的炽热，日复一日陪伴着他，已经好久没在阿娘怀里安稳睡一觉了……只要能见到阿娘，他做什么都可以。

一道轻巧巧的血光飘过，头颅随着血液飞向空中，在地面跳动几下，滚进蛇群之中，千万条蚕啃噬桑叶的声音响了起来，那同他一般稚嫩的脸上凝固着惊恐。

“记得把血洗干净，她不会喜欢的。”

男人走了，天地间只剩下他一个人，流云硕大的影子从头顶压过，海风吹过山崖上斑驳的虫洞，发出悲怆的埙音。

比死亡更可怕的事是习惯死亡，比杀戮更可怕的事是习惯杀戮。

他看着自己沾满鲜血的手，面上没什么表情，眼中的黑暗却比万古长夜更深。

待会儿去见阿娘的时候，要想好怎么说谎。连光明都洗刷不了的罪孽，可以用谎言来掩盖。

说谎二字，他早就无师自通。

一觉醒来，云销雨霁。

一滴水从无边暗境中坠落，犹如破开夜色的第一道晨曦。

汹涌的光芒中，先露出一片浅杏色的裙角，再往上，乌发如木，宛若子时的夜空。

“你终于出来了啊。”白梨笑吟吟地转过脸，看着抬手遮挡阳光的少年，他双眼仍有些惺忪，“我过来是想跟你说一声，这艘飞舟受了点损伤，今日会提前降落，你早点收拾一下。”

他随口应一声，好像刚睡醒，带着懒洋洋的鼻音，有些敷衍。

这大概就是他褪下面具后，对待不认识也不想认识的人的真实态度。

薛琼楼姿态放松地倚着栏杆，沉默地立了半晌，一手负后站直了些，开口时声音里那一丝喑哑消弭不见，清亮得如玉石相击：“白姑娘，我记得你也要和我们一起去琅环秘境？”

他微微笑起来，如一缕无害的春风。

来了，又来了，他肚子里的坏水又咕嘟咕嘟冒出来了。

白梨在心里暗骂。

这个人还是不要笑好了，他一笑准没好事，她已经得了“薛琼楼的笑”PTSD（创伤后应激障碍）。

“是啊，怎么了？”

“百年前第一批前辈进入琅环秘境，一共可以进去三十人。其中有五个和你一样是药宗弟子。三十人分为三组分头寻找法宝，这五人也随了不同的队伍。”薛琼楼缓缓道，“你可以猜猜接下来他们发生了什么。”

白梨沉吟道：“每一组队员应该也不一样吧？比如说剑修负责出战，体修负责挡敌，那么这五个医修就是负责救死扶伤？不过他们出力少一些，或许最后分得的法宝也少一些？”

他嘴角有一丝讥笑：“你觉得他们是同舟共济的关系？”

白梨一怔。

想想也是吧。好比一千人参加比赛，胜者可以进入迷宫，迷宫里的金银珠宝任其掠夺，而且这片迷宫无法一个人走完，那么这些人必然得联手合作。

“你算是说对了一半吧，他们确实负责救死扶伤。不过最后从秘境里出来的，只有二十人而已。”

雨后的风带着清香，也裹挟着海水的腥咸，像一只纤纤素手，撩拨着少年长长的冠带。光风霁月的人，吐出的话却料峭淡漠。

“还是不懂吗？那我再讲清楚一点。”他凝视着少女雪白的脸，“没有符令的琅环秘境，是一片屠宰场，一千人进去，可以死一百个，也可以死九百九十九个。有了符令之后，胜者入内，屠宰场便成了斗兽场，这三十个人，可以全部活着出来，也可以全部死在里面。”

凭栏当风而立的少年笑意森然：“毕竟规定里面没有写明，秘境内不准杀人夺宝。”

白梨怔忪地望着他。

为什么这种话从他嘴里说出来平淡得好像在聊天气一样？好像从小到大就经历了无数遍，才能面不改色地接受这样险恶的规则。

所以最后杀姜别寒的时候，这家伙一点心理负担也没有啊！

“听了这些，你还想去吗？”薛琼楼抱起手，侧倚着栏杆，“那地方跟你想的可不一样。”

说这么多，原来是在劝退自己，看来他被搅了两桩好事，坐不住了。

“虽然很可怕，但我还是要去。”白梨粲然一笑，“我去那里不是为了夺宝，只是为了一个人。”

薛琼楼玩笑道：“绫烟烟？姜别寒？还是夏轩？”

“是你啊。”

仿佛有一只手捂住耳朵，耳畔隐隐约约的欸乃水声一下子变得模糊不清。

所有声音都被抹去了，只有少女明媚的声音清晰无比。

静了片刻，薛琼楼轻笑起来：“能让我听听理由吗？”

白梨朝他招招手，示意他附耳过来。

少年犹豫了一下，略略俯身。

大概是嫌他弯得还不够低，她又轻轻扯了扯他的衣襟，将他身体带得前倾一步。甘松、沉香、苏合香……各味药香混杂在一起，却不显凌乱，随着少女清浅柔软的呼吸，极富层次感地递到他耳畔。

她压低了的嗓音，像一把空灵的烟，吹散在耳际：“其实我……”

温热的吐息化作一蓬火烧上来，耳际热热的，像成千上万只蚂蚁爬动。她又轻轻吸了口气，耳畔吹过一阵凉风，冷热交替，如一道电流过身，战栗直达心底。

“喜——欢——你——啊！”她气壮山河地吼了出来。

薛琼楼：“……”

他差点被震聋。

“你是我认识的所有人中，穿白衣服最好看的一个。没错，我就是看脸！智商跟着三观走，三观跟着颜值走！我喜欢你，所以我才想跟着你啊！”

又甜又脆的嗓音，每吐出一个字，便像冰块裂开一道缝隙，又从里面开出一朵小花，春满大地。

她说完，见他愣愣的，没反应，脸上的绯红比天际云霞还要烂漫，恼羞成怒：“你傻不傻，这都没看出来！”

而后她用力推他一把，情难自禁地捂住绯红的脸颊跑远。

薛琼楼被推得一歪身撞在栏杆上，一向波澜不惊的眼微微睁大。

啪嗒，不远处，姜别寒目瞪口呆，手里的瓜都掉了。

“你怎么傻站着！”他前所未有地激动，“快追啊！！”

薛琼楼：“……”

飞舟降落在白鹭洲一处繁华的渡口旁，这里也坐落着一座坊市。和纸醉金迷、夜夜笙歌的掩月坊相比，这座坊市低调但热闹。

“阿梨是个很优秀的姑娘。你和她认识得晚，可能不知道，当初我救她的时候，让她跑她便跑，一点都不拖泥带水，也不给我拖后腿，这说明什么？说明她胆识过人，该逃的时候就逃，该断便断。行走江湖，就该有这样干脆利落的气魄。”姜别寒孜孜不倦地给身旁人“洗脑”。

“……”

“医术也很好，我竟是头一回尝到用蜂蜜调制的丹药，不愧是丹鼎门嫡传弟子。近日她在跟着烟烟她们学厨艺，虽然暂且只会做一个樱桃酪酥，但没有像上回那样让人拉肚子，至少吃了没有性命之忧，话说你吃过她做的酪酥吗？”

“……”

姜别寒觉得有点奇怪，平日里侃侃而谈的薛琼楼今天怎么突然没声了，话语一顿，索性开门见山："所以你答应了吗？"

薛琼楼笑了一下，答非所问："我们还是不要站在这里了。"

锦绣斋卖的是女修的珠钗罗裙，对面是寻欢玩乐之所，两个胭脂水粉气儿十足的地方相得益彰地挨在一块儿。姜别寒闻言一抬头，见对面花浪翻滚，莺声燕语，满楼红袖招。

"好吧，那我们还是进去吧。"

他认命地撩起门口的烟罗珠帘，头一低钻了进去，甜腻的脂粉味、璀璨的珠光霎时封闭了五官。

夏轩更像个孩子，没那么多顾忌，从方才起便一直留在锦绣斋里，摸摸这件首饰，又看看那条裙子，店铺内几个青葱水灵的女侍撑着腮吃吃地笑。

"师姐她们什么时候挑好啊。"夏轩拿起两枚华胜对着夜明珠打量，"你们看这两个，哪个好看一点？"

一点莹光在眼角一闪，薛琼楼鬼使神差地看过去，见那两枚华胜中竟有一枚是娇憨的梨花形状。

"薛公子也觉得这个好看吗？"夏轩反应很快，"那就买这个吧。"

下一刻，华胜被姜别寒抽走。他顶着一张冷酷的脸，挑来拣去，又拿了支金镶玉步摇，在那两个满脸通红的女侍艳羡的目光中走到柜台前结账。

"哇，姜师兄你动作也太快了吧！"夏轩嘟囔道，"我挑了好久才挑到这个，君子不夺人所好！"

"你一个男的挑什么头饰？"

"当然是送给师姐啊！倒是姜师兄你买两支干什么啊？"

姜别寒只哼一声不说话，一边结账一边用余光偷偷瞟着那道白色的身影，心里十分着急：怎么还不来呢？我路都铺好了，还傻站着干什么？

好在薛琼楼一如既往地解了围："姜兄买了两支，一支给绫姑娘，另一支应该是让你借花献佛，给白姑娘吧。"

姜别寒擦了擦急出一头的汗：没错，就是让你借花献佛……不是，等会儿，给谁？

夏轩恍然大悟："原来姜师兄考虑这么周到，姜师兄我误会你了，这钱我就不还了，多谢。”

姜别寒看一眼眉开眼笑的夏轩，又看一眼置身事外的薛琼楼，仿佛自己为他人作嫁衣裳，他人不要又转手给其他人。

姜别寒眼神呆滞，逐渐放弃思考：不，这不对，怎么会这样呢？

内室珠帘一动，大珠小珠落玉盘，磨蹭了一个多时辰的两个少女终于换好衣服出来了。

绫烟烟偏爱俏丽的鹅黄，依旧买了一套鹅黄色留仙裙，像一轮小太阳，裙摆上压了道水银色的边，走动间流水迢迢，如生细皴。白梨的是温暾的杏色，比素淡的梨花白添一分春色。

“咦，这是给我的吗？”绫烟烟爱不释手地抚摸着步摇，对着姜别寒粲然一笑，“谢谢师兄。”

“其实是我先挑的啊，结果姜师兄做了这拦路虎。”夏轩鼓起脸，气呼呼的，继而将另一支递过去，喜笑颜开，“这个是给白姐姐的，多谢飞舟上一路照顾。”

“我也有啊？”白梨喜出望外。

两个女孩各自收到惊喜，很给面子地对着铜镜别出心裁地斜斜插好。

华胜上镂刻着的梨花尖尖晕着浅粉，越往下颜色越浅，最后没入乌黑的鸦鬓中。她梳的是垂鬟分肖髻，一小股燕尾垂在肩头，顶着两簇结鬟，顾盼之间像两只颤颤抖动的兔耳，华胜便是个懒起画蛾眉的闺中小女儿，懒洋洋地斜卧在一旁。

脱兔之灵动与处子之沉静，几近完美地契合在一起。

薛琼楼移开目光一抬头，便见姜别寒在拿一种“哀其不幸，怒其不争”的眼神瞪他。

“姜师兄，那边有好玩的，我们去看看吧！”绫烟烟惊喜交加的声音打破了这片暗流涌动的水深火热。

她指的地方是个画摊，就在锦绣斋旁边，和锦绣斋对面的花楼比起来，称得上门庭冷落，无人问津，只在墙隅支了个简陋架子。架子旁摆着笔墨纸砚，几幅字画散乱地堆叠在一起，门面看着实在不大光鲜，无怪招揽不着顾客。

摊子的主人散发跣足，不修边幅，一副狂放不羁的魏晋名士模样，正靠着墙呼呼大睡，甚至都没察觉众人靠近。

“这位大叔，能给我们画一张画吗？”

姜别寒上前把他推醒，这人仍是眯着眼打盹，扬手一指，囫囵着舌头半醒不醒道：“要我画画？可以，把那诗作填了。”

众人这才发现，原来画架宣纸上写了三行字，看着是首残诗。字是狗刨狂草，约莫是这位落拓大叔亲笔，勉强能看出来写的是什么。

白梨逐字指过去，低声读出来：“我本天上谪仙人，却向水中捞月去，月不来就我……”

她一瞬间想起上高中时被诗词填空支配的恐惧！

“这什么跟什么呀？”夏轩不客气地说出来，“诗非诗，词非词，曲非曲，也不是名家之作。我说这位大叔啊，你不想做这笔生意就直说嘛，何必拿这种谁都看不懂的诗作来为难我们……”

话没说完便被绫烟烟踹一脚，他立刻讪讪闭嘴。

那人晃着脑袋道：“若是名家之作，你们个个都背得出，我摆这首残诗的意义何在？凡事讲究一个缘分，缘分到了我便替你们作画，缘分没有，那就只好请你们好走不送喽！”

众人面面相觑。

白梨心有戚戚焉。

古往今来，这种不好好穿衣服、喜欢在街头裸奔睡觉的文艺工作者脾气果然都很怪。

谈诗作赋这种事，基本与姜别寒和夏轩无关，绫烟烟倒算得上腹有诗书，试探着问了句：“后面一句是……我去就月？”

白梨：山不来就我，我去就山？

摊主嗤笑一声：“虚！”

绫烟烟一愣：“什么意思啊？”

那人故弄玄虚，闭口不答。

方才一直沉默不语的薛琼楼微微一笑，委婉地提醒：“绫姑娘，你理解错意思了。月在水中，月逐水流，望而不得，触之即碎，所以写出这首残诗的人，是想让我们琢磨如何捞取这一轮月。”

也就是说，重在“捞月”这个过程，而非“就月”这个目的。

绫烟烟恍然大悟："所以，我说的是空话。"

好歹也是受过九年义务教育的，白梨一捶掌心："我知道了——我去奔月。"

梨花华胜斜出一抹温亮的光，薛琼楼的笑变成了讥笑："白姑娘，你这不是虚，你这是假。"

白梨不服："为什么？"

他继续讥笑："你又不是嫦娥。"

白梨："……"

"这位前辈，若我没有猜错，这首残诗写的，应该和琴书先生温啸仙有关吧？"姜别寒沉吟道，"据闻温先生也和前辈一样，是个卓尔不群的大雅君子。"

"错是没错，但我写他的作风，不代表我仰慕他的人品。"摊主撇撇嘴，"逼疯了自己的学生，却把自己标榜为大雅君子，罔顾人伦，连人都不是，焉能称真君子？！"

难道这就是修真界版"粉转黑"？

他一下子又往后倒去，拖着长长的语调："所以你们到底行不行啊？不行的话就走，我还要睡觉……"

话没说完，原本贴在画架上的宣纸被风一吹，兜头盖脸。那摊主手忙脚乱地把宣纸扒下来，就见上面的那三句话后又多了一行字，字迹端正，和他那狗刨草体一比，简直就是蓬生麻中、不扶而直。

那句话写的是：我举杯邀月。

"水中月，变成杯中月啊？"摊主眯起眼。

洋洋洒洒的日光将少年的身影融进一团白影中，像山水画中的留白，他正俯身将笔轻轻放下，笑得有礼而谦虚。

"月在我杯中，杯在我手中，我人在何处，月便去何处，明月逐我，非我屈就明月。"

他的笑中有一点隐秘的骄矜，与往常或虚假、或嘲讽的笑不一样。他像一个品学兼优的学生，呈上自己精心完成的作品，自负地等待着一如既往的溢美之词。

"意思是有了，不过……为什么这么一轮大月亮，要屈居在酒杯这种方寸之地？”摊主鸡蛋里挑骨头，“这哪是邀月？分明是不择手段地禁锢月亮，心术不正。”

他看薛琼楼的眼神，和方才谈论起那个逼疯自己徒弟的琴书君时一样。

白梨十分明显地察觉到，身旁人难得温和下来的气场陡然凌厉。

说得是没错，但是……但是……大叔你为什么要这么犀利、这么直白地一针见血啊？！你看他笑得这么好看不觉得背后凉飕飕吗？！

“这位大叔你别岔开话题啊，你刚刚说意思有了，说明勉强能对上是吧？”白梨在他面前一挡，抱起手一脚踩在画架上，像个盛气凌人又莽莽撞撞的大小姐，“那就快给我们画画啊！耍了我们这么久，想卷铺盖就跑，门都没有，呵——”

摊主道：“小姑娘脾气那么大，嫁不出去的。”

“白姑娘，”薛琼楼在她背后道，“你把画架踩塌了，要赔钱的。”

绫烟烟有些丢脸地扯扯她：“阿梨，你冷静点，怎么突然这么暴躁？”

白梨满脸悲痛。

我要捶爆姓薛的！大恶人我来做，老好人你来当！

“行吧，有点意思也算意思，我言出必行——你们几个都是朋友？”

“对！”姜别寒爽朗地笑起来。

几人纷纷找自己的站位，只有薛琼楼疏离地站在一旁，像一道孤寂的影子。

“哎，薛琼楼，你怎么站得那么远？”白梨朝他招招手，指指自己身边，“快来快来，这里还有个位置。”

她站得太偏左，身旁有块空当，好似那块空当应该由另外一个人去填补。

“不了，我……”

胳膊被人抱在怀里，他被连拖带拽地拉了过去，不给任何拒绝的机会。

“别扫大家的兴嘛，也别说你怕自己不上相……再站过来一点，看我干什么？看前面——”

华胜依旧斜卧在发间，从一个懒起画蛾眉的闺中女郎，变作回首嗅青梅的邻家碧玉，倚门低头那一瞬的温柔，是梨花映春水般不胜风情的娇羞。

丹青泼洒，挥墨横姿。

画卷上五人亲密地挨在一起，明媚的鹅黄，俏丽的粉杏，深沉的玄黑，青葱的水绿，还有一块干净的雪白。

白得空空如也。

第7章 鹤烟福地（一）

潺潺溪流自林深处雀跃而来，在岩上哗哗流淌，枯枝败叶堆积在岸边，鹅卵石光滑如蛋。风吹草低，秋叶瑟瑟，天际云层压得极低。

一块矮小的石碑竖立在溪水中，石碑上刻着太极八卦图，黑白二色在叮咚作响的溪流声中仿佛也在缓慢流动、融合。

“这就是鹤烟福地的入口？”夏轩也不介意沾湿衣袍，走进溪水中，绕着石碑转一圈，“所以，我们要去黑面还是白面？”

“黑面是阴寒的玉犀石，白面才是炎阳的玉璧石，”绫烟烟指着八卦图左侧那一块，“所以我们应该去白面，也就是往左走。”

姜别寒正掬了捧溪水净面，闻言将剑匣背起来，踩上溪水中的鹅卵石。

“事不宜迟，我们这便出发。”走到一半想起什么，他回头看着岸边两人，“麻烦你们在这儿等着了，我们去去就来。”

鹤烟福地位处白鹭洲最南端，白鹭洲是座海中小瀛洲，鲜有外来修士造访，故而这块天成福地也是人迹罕至。

光顾者稀少，不代表这块福地没有价值。

毗邻渡口的那座小小坊市中，店铺所贩卖的法器、法宝、秘籍，有一半都是来自鹤烟福地。铺主雇佣山泽野修或是小宗门的修士去鹤烟福地搜罗宝物，再转手卖给别人。

一行人到这里来也不是毫无缘由，为的是寻找玉璧石，治姜别寒他师父的老寒腿。

姜别寒早年为此奔波过不少地方，四处寻求良方妙药，奈何收效甚微，断岳真人的腿伤年复一年，没有半点好转。

原本众人昨日便要离开白鹭洲，直接乘飞舟去往蒹葭渡，结果姜别寒听了一位药铺老板的建议，说鹤烟福地有玉璧石可以治疗阴寒腿伤，他可以到这里碰碰运气。

之所以说是“碰碰运气”，一则，玉璧石是鹤烟福地的镇地之宝，取之不易；二则，正因为玉璧石名气太大，它很可能已被他人捷足先得，成了某位修士的囊中之物。所以，众人对此只抱万分之一的希望。

但万分之一的希望也是希望，众人便多留宿了一夜，次日起早来到这里。现在天还是蒙蒙亮，杳无人烟，林间充斥着湿漉漉的草木清香。

天气很好，运气也很好，没碰上其他修士，不然为了争夺法宝打起来就不美好了。

毕竟鹤烟福地不像有鹿门书院坐镇的环琅秘境，是块无人管辖的无主之地，三教九流皆可进出，若是碰上凶蛮残忍、目无法纪的散修，很可能会被他们纠缠到天涯海角。

现在对岸只剩了两个人。

“听闻福地内有条千年巨蟒守着玉璧石，古往今来修士前仆后继，大都栽在这条巨蟒手里，想得到玉璧石难如登天。此行危险，人多有照应，况且我对这里也有些了解，所以——”薛琼楼将读了一半的话本收回芥子空间，“我也去。”

“我也一样，所以——”无聊得蹲在地上数蚂蚁洞的白梨立刻一跃而起，“我也去！”

姜别寒脚下一滑，差点扑进河里。

他自觉算盘打得很完美——瞧啊，他们三个去鹤烟福地找玉璧石，干正经事，剩下两个等在原地，讲讲情话，拉拉小手。此处景色优美，空气清新，过了一时半刻旭日东升，俩人还能一起赏赏林间日出的美景，更是锦上添花。

多难得的机会！多浪漫的场景啊！

但是为什么？为什么一个都不睬他？！

姜别寒自闭了，他觉得是自己一个人操碎了心，是自己一个人在孤军奋战，是自己一个人皇帝不急那啥急……他琢磨着等过了今天，找个机会和绫烟烟说一下，女孩子法子多，一定比他有主意。

他苦笑着说："那就麻烦你们了。"

"不客气。"

薛琼楼走到河岸边，忽地止步，侧过身子让出一条路："河流湍急，容易摔跤，白姑娘，你先过去吧。"

姜别寒老泪纵横地点点头。

不错，有悟性，很自觉，就该先让着女孩。

白梨拎起裙角，露出一小段白腻的足踝，每走一步便踩出一朵洁白的水花。薛琼楼紧随其后，他的衣服是件品阶极高的法袍，靴子浸在水里，袍缘划过水面，滴水不沾。

走了一半，白梨摸了摸头发，突然半途折返："那个梨花华胜好像掉了。"

小巧的头饰掉在枯黄的杂草丛中，如珠玉落于山石，薛琼楼遥遥看着，说："算了，我替你——"

"不用，我自己捡。"

水花四溅，她提着裙角小步跑着，同他擦肩而过。捡起华胜的时候，她还拿袖角仔细擦了个干净，好似很珍重这枚昂贵且精致的头饰。

大概是因为她第一次收到别人的心意，所以会格外看重。

薛琼楼径自走到岸边，听身后一阵噼里啪啦的水声，她又踩着溪水跑过来。

溪流对面是一片枯蓬断草，走到对岸，满目萧条的景色峰回路转，柳暗花明，成了一片百草权舆、春光明媚的融融春景，袅袅青烟掩着瀑布若隐若现的冲刷声。

摆在众人面前的两条一模一样的岔道，通往迷雾重重的远方。岔道口各自留有一个巨大的足印，据闻这是上古仙人踩下的印记，仙人开辟出了鹤烟福地。

薛琼楼垂眸看着脚下两条岔道，风融日暖，花影重重，光影游弋在他面上，温静如美玉。

不知道的还真以为他是来助一臂之力的，可事情当然没这么简单。

托他下黑手的福，本来安安静静在寒潭内睡觉的巨蟒被激怒，主角团命悬一线，差点沦为盘中餐。

这还不是重点，重点是那块太极八卦石碑早已被动了手脚。

他博闻强识，读的书比绫烟烟多，经历过的世事人情也比绫烟烟多。绫烟烟只知道黑面有玉犀石，白面有玉璧石，而他还知道这块似动似静的太极图可以用特殊的方法扭动。

所以现在众人面前的两条岔道——是反的。

玉犀石与玉璧石如一对双生儿，生得一模一样，个性却截然相反。它们只存在于传闻中，没有任何人见过实物，只知道阴寒的是玉犀石，阳炎的是玉璧石。但真正的玉璧石早已被人先手夺走，福地里剩下的只有一颗玉犀石。也就是说，最后姜别寒拿到的“玉璧石”，其实是玉犀石。

断岳真人的腿受了严重的寒伤，若是再以极阴寒的玉犀石为药佐，不只整条腿会废，整个人都会化为一摊血水。而且这东西邪门得很，不仅会致死，还会致幻。断岳真人惨死之前疯癫入魔，砍死了半个剑宗的弟子，姜别寒的几个同门师弟无一幸免。

所以后来姜别寒满身伤痕，九死一生地从琅环秘境回到剑宗，发现自己恩师服用了自己亲手带回的药物，成了闭关洞府内的一摊血水，自己无辜的师弟们惨死其手，其绝望程度可想而知，他一颗剑心瞬间崩得粉碎。

杀人不过头点地，诛心之痛万万年。最重要的人间接被自己害死，比让他惨死在别人手中更加悔痛难当，甚至成为一辈子都抹不去的烙痕。

“那我们一个个进去吧。”

绫烟烟先迈了一步，踩进巨大的脚印中，身影随之消失，紧接着是夏轩。到姜别寒的时候，他回头朝两人用力眨眨眼，才一步三回头地踩进去。

“白姑娘，你若觉得害怕，不必勉强进去，可以在这儿等我们回来。”薛琼楼漆黑的瞳孔如海面旋涡，意味深长地告诫。

他还真是无时无刻不在劝退她。

“我才不怕。”白梨一副慷慨就义的模样。

薛琼楼不再说什么，随意挥了挥手，入口处散落一地的石头像被一阵风拂散，露出平坦的地面。他站在一旁不急着先走，照例侧身让白梨先过去。在风范礼仪这方面，他真是完美得让人无可指摘。

“突然想起一件事。”白梨握拳在掌心一敲，“通常来讲，问别人害不害怕的人，都是因为自己太害怕，所以想寻找认同感。如果只有他一个人觉得害怕，那么他除了害怕，还会感到孤独，这样一来就更害怕了。”

“所以呢？”薛琼楼倒是很有耐心听她胡扯。

“所以是我乱讲的啦。你比我厉害，怎么会觉得害怕。”白梨摆手，话锋一转，“但是你这样问了，一定是有其他原因吧？”

醉翁之意不在酒，她神神道道地说了那么一大堆话，重点只是最后一句。

薛琼楼不动声色地微笑着，像黑暗里漂亮又致命的血色罂粟：“你想知道？”

“是的，很想，非常想。”白梨无比真诚地说，“如果是难以开口的不愉快的事，请说出来让我开心一下。”

薛琼楼微微阖上眼，看上去有些厌倦和她讲话了，就是难为他还能保持无比得体又稍显僵硬的微笑。

“走吧，别耽误时间。”他特意提醒一句，“入口是左边。”

白梨心说，左右早就被你偷梁换柱了，重复提醒怕不是心怀鬼胎。不过她现在只装作不知道的模样，跟着主角团一起进入左边的入口。

才迈了一步，她身后仿佛有一只无形的大手在将她往右边扯去，那股力量实在太强大了，她就像巨人手指间的小蚂蚁，无从挣脱。

白梨搞不清这股力道是从哪里来的，但她知道要是摔进另一侧的入口，那她真就孤孤单单一个人，叫天天不应叫地地不灵。

千钧一发之际，她眼明手快地拽住了薛琼楼的袖子。

两股力道维持在一个微妙的平衡点上，她甚至感觉周围轻轻吹拂的风都是压垮骆驼的最后一根稻草。

“我……身后有……什么东西……”她说话都小心翼翼，生怕声带的震动打破力的平衡。

“是吗？可你说的那个东西，我却没有看到。”薛琼楼带着嘲弄的笑意，慢慢把袖子抽出来，还略带嫌弃地看了眼被她抓出来的褶皱，继而又换上一副关切的笑脸，“是你太害怕产生的错觉吧？”

白梨手里一空，唯一支撑的力道没了。

是这家伙！

她就知道，一贯部署缜密的薛琼楼怎么会任由她这对世间所有药材都极其敏感的药宗弟子跟着一起去。她要是认出了假的“玉璧石”，他的谋算岂不是又落了空？即便只有万分之一的可能，他也不会容这可能发生，最好的解决办法就是从根源上扼杀它。

到时候姜别寒问起来，他只需随意找个理由搪塞过去，谁都不会怀疑他。

薛琼楼微微歪头，看着快要坠入深渊的少女，漆黑的眸底泛起一丝轻蔑的冷笑。

再见了。

然而下一刻，与预想的相反，他手上不知为何猛然一重，自己整个人也往右侧前倾，拽住他的同样是一股无迹可寻的力道。

薛琼楼瞳孔骤缩。

她身上是……绫烟烟的符箓？！

水声忽远忽近，如天上仙乐，明明是艳阳高照，乳白色的雾气却笼罩了一切。雾气的源头是一座黑漆漆的洞府，毫无征兆地，洞口的空气泛起一阵透明的涟漪。

“砰”的一声，白梨率先摔进草地。即便有缓冲，她还是觉得身体都要散架了。

又是一道透明的涟漪，白衣少年不急不忙地走出来，歪头看着狼狈的白梨，眼里明明白白地写着：真脏。

这家伙，就知道看好戏。白梨用力擦掉脸上的草屑，翻了个身变成仰躺的姿势，一点也没有爬起来的意思。

薛琼楼低下头：“怎么了吗？”

“我脚伤了，走不动了。”白梨伸出一条胳膊，躺在地上装咸鱼，“薛公子，帮忙帮到底，拉我一把吧。”

帮忙帮到底……听着像是反讽。

她手伸得长长的，衣袖滑下来，露出的小臂莹白细腻，像一段明媚春光。

“薛公子，你古道心肠、侠义作风、路见不平拔刀相助，你不会扔下我一个人在这里不管吧？”

薛琼楼漆黑的眸中却照不进一丝春光，他略略弯腰，伸臂拉住她久候多时的手……没拉动。

白梨歉疚地朝他嫣然一笑：“千斤符的功效好像还没过……”

就知道白切黑会嫌她碍事下黑手，所以她之前特地问绫烟烟借了千斤符，触碰到她的人便像身上被绑了块千斤重的石头，挣不脱。果不其然，他被她拉下水了。

害人者，人恒害之。

白梨庆幸自己有先见之明。

薛琼楼半蹲下来，修长素洁的手往她腰间系着的蝴蝶结伸去。

“欸等等！”白梨往旁边一滚，侧撑起身体，“你干什么？”

“面前有一块铁板，怎样才能拎起来？”

白梨被问得一蒙，顶着满头花草既惊且疑。

薛琼楼哂笑：“当然是拎中间。”

白梨的脸瞬间黑了。

“我是个人啊，又不是铁板。”

知道他现在急着去另一边，白梨偏要拖住他，坐在地上仔仔细细地捻走衣服上、头发上的草屑花瓣，说：“薛公子，我腿受伤走不了路了。”

浅杏裙摆铺散在草地上，像铺了一地窈窕春色，香风细细，裙摆上绣着的鱼戏莲叶栩栩如生。

薛琼楼平和地笑了笑，眸中星光聚敛又作雾散：“那你在这儿等着，我去找出口，找到了再来告诉你怎么样？”

不怎么样！你一定想丢下我！

白梨眼明手快地拉住他的衣角：“等、等、等会儿！”

薛琼楼迈了半步，无可奈何地回头：“又怎么了？”

“你就不能陪我一会儿吗？”白梨两只手都抓住他的衣角，仰着脑袋乞求似的看着他，“我、我、我一个人在这儿害怕。”

“别闹了，白姑娘。”薛琼楼的眸光冷下来，“难道你不想和姜别寒他们会合？”

你是急着把那块害死人不偿命的玉犀石塞给一无所知的姜别寒吧！

白梨视死如归：“不想！”

他低头看了一会儿，毫无征兆地半跪下来，将她的裙摆撩起一点：“哪里扭伤了？”

“等等、等等。”她脸上烧红，捂住裙子，“不用你看。”

薛琼楼的目光缓缓移到她面上，目光中有洞悉一切的凉峭讽意：“那你自己处理，你应该带药了吧？”

果然什么都逃不过他的眼睛。

“带了。”白梨瓮声瓮气，“所以你能转过去吗？”

他依言背过身，心如止水。

装出来的伤并不需要处理多久，两人接下来要走进阴风阵阵的山洞里找出口。

被白梨这么一耽搁，另一面的姜别寒几人应当早就找到了藏有“玉犀石”的寒潭。但薛琼楼这个幕后主导看上去一点也不着急，步伐从容不迫，甚至还照顾她“腿伤”在身，脚步放慢了不少。

他越是泰然自若，白梨越觉得情势不妙。

洞穴一眼望不见尽头，前路消失在一片浓郁的黑色瘴气中，洞顶的钟乳石光滑透亮，清晰地倒映出两道徐徐经过的人影。不知何处传来的水声空洞地在洞内回响，除此之外，只剩下两人不紧不慢的脚步声。

角落里随处可见枯草虫尸，充斥着黏腻腐烂的怪味。

“出口真的在这里吗？”白梨对他半信半疑。

这个人身上，仿佛混杂着安全和危险两面。

安全的是，他一个举动、一句言语，都能不动声色地化险为夷，好似他走过的地方，黑暗便主动退避出一条阳关道。

危险的是，道是阳关道，尽头却还是地狱。只是在踏入地狱之前，多看了几眼阳关道旁的鸟语花香，希望的得而复失便是更大的绝望。

“白姑娘，你好像总是不大信任我。”钟乳石反射着琥珀色的光泽，衣袍上也落满琥珀色的光影，他似笑非笑地看过来，“我看上去很不可靠吗？”

白梨：跟着你走我总觉得会掉进陷阱还不自知。

“哪有的事，我只是比较胆小而已。”

“既然知道自己胆小，方才不该在外面等着吗？”薛琼楼挥袖扫去瘴气，白袖如雪亮的刀光劈斩浓雾，“说不定这瘴气里会跳出什么怪物，我可能来不及救你。”

白梨寸步不离，说：“最危险的地方就是最安全的地方嘛。”

“最危险的地方？”他笑着回眸，“你是指这山洞？”

“不然呢？”她圆润的眼眨了眨。

最危险的地方，当然是你，你就是险恶本身。

薛琼楼没有接话，指尖一粒白子拉出一道炫亮的光，如流星破开夜幕。白子飞到半空时轻轻裂开，瘴气一扫而空，露出两侧苔痕密布的逼仄墙面。

“到了。”他四下扫视一圈，“出口应该就在这里。”

绿油油的苔痕遮蔽了整片洞壁，让人根本看不出任何蛛丝马迹。

白梨将求助的目光投向薛琼楼，他抱着手立在一旁，也望了过来。不知何时，他隐去嘴角的笑，面色冷淡。他不笑的时候，眉眼都被一片冰冻住，像带了刃一般地利。

一丝寒意爬上白梨脊背，她问：“你看我做什么？”

“没什么，只是觉得，你很像我一个故人。”他语气稍缓，像是顺口一说，眉眼中的恻恻寒光隐去了。

白梨措手不及。

这种时候提这种私事，很明显不是好事啊！

她干涩地笑道：“是、是吗？不瞒你说，你也长得很像我爷爷啊。”

“……”

“你不是急着要和姜别寒他们会合吗？我们现在还是赶紧找出口，别的出去后再说行不行？”她扭头想走，一道身影遽然欺近，挡住去路，自上而下笼罩着她。白衣蒙了一层荫翳，压迫感兜头笼下。

挡在面前的少年微微笑道：“不行。”

脊背被迫贴上冰冷的墙面，白梨追悔莫及：她就该待在外面的！两个人的世界一点都不浪漫啊！这面墙看上去还这么脏。

他和颜悦色："这里只有我们两个，所以我只想说给你听。"

言下之意：你不听也得听。

谢谢，我一点也不想听！我怕知道太多被灭口！

白梨仰起头："你、你说吧，我听着呢。"

薛琼楼淡声道："没记错的话，她好像叫白林。"

一道晴天霹雳。

白梨如履薄冰："她、她怎么了？"

"她握剑的姿势，看着很滑稽，我从未见过。"

雪白丝缎的袖口微微一动，一柄巴掌大的小剑滑入手心，剑柄处刻着整齐精致的鳞纹。他以一个仿佛满手抓毛笔的极别扭的姿势，将剑握在手里。

"正常人握剑，不该是这样的吗？"

剑在他指尖一转，斜斜地指着地面，雪亮的剑刃映着洞穴顶几根倒垂的钟乳石，剑锋轻鸣涤荡出一片金戈玉石之气，为他温润如玉的眉眼平添一抹峥嵘锋芒。

"然后我发现，白姑娘你，好像也是这样握剑的。"

她什么时候……等等！

白梨幡然醒悟。

那天在飞舟上，她碰了一下那柄小剑，真的只是摸了一下而已。这家伙是有火眼金睛吗？居然能联想得这么深远。

"所以我这几天一直有个猜想。"

一团琥珀色的暖光揉碎了他眼底过于冰寒的万仞霜雪，眼神也变得温软起来，他缓缓道："白梨，你们两个，该不会就是一个人吧？"

叮。

一滴晶莹剔透的水，汇聚到钟乳石尖端，在经过漫长的耳鬓厮磨后，终于脱离了玉石的怀抱，划过一道透亮的线，在地上开出一朵小花。

花瓣绽放的声音，盖过了呼吸。花瓣凋谢后，静若空谷。

"我很高兴你还活着。"薛琼楼专注地凝视着她，明灿如星的黑眸堆积着温存的情意，浓密的长睫又卷又翘，一垂一掀之间说不尽地撩人，“不过，你为什么瞒了我这么久呢？”

还问为什么，刚见面就坑我，你没有一点自知之明的吗？！

白梨掐了自己一下，嘴硬地说：“没有啊，你认错人了吧。我看到过好多不会握剑的人，握起剑来就像你刚刚那样，这并不能说明什么啊。”

薛琼楼轻笑起来：“说谎的时候，眼睛不要看旁边。”

白梨破罐破摔，装傻充愣：“那我该看哪儿啊？”

他眼里星光闪烁：“看我。”

白梨：“……”

“你这个表情，是承认了吗？”

白梨嗓子干涩，一时说不出话，她整个人就像贴在墙壁上的一层薄薄的纸画。

“承认了吗？嗯？”他又问了一遍。

他没有得到回应，对方像是默认了。

“其实呢，我刚刚说的，都是编的。”一缕冰原寒风卷走他眉宇间尽数温柔，残存的笑意带上一分恶劣的讥讽，“那晚夜色太黑，我连脸都记不清，怎么可能记得住一个人握剑的姿势？”

白梨瞪大眼。

“不过，你能承认就好。”他又笑起来，翻脸比翻书还快，“现在我们可以出去了。”

对面那堵洞壁上斑驳的苔痕向两边拂去，露出一块黑白八卦图。他果真没骗人，出口就在这里。

白梨留意着那块已经开始转动的黑白八卦图，生怕走慢一步就会被丢下。可还没迈开脚步，她就感觉自己的手臂被无数条冰冷的绳索紧紧缚住。她缓缓转过头，这才发现那根本不是什么冰凉的绳索，而是一大片爬山虎。汹涌的绿色蔓延上了整条手臂，如有生命般慢慢蠕动。

“薛……”

白梨冷汗直冒，下意识喊薛琼楼，洞府内却不知何时变得空空荡荡，半个人影都没有。更糟糕的是，对面洞壁上的出口图纹也不见了。也就是说，她被困在这里了，而且还是一个人。

刺骨凉意爬上脊骨，一开始蛰伏着的那股不妙预感，终于拨开水面迷人的幻象，露出了凶险的真面目。

白梨的脸色顿时变得奇差。

从一开始诱她进山洞，再到方才说了那么一大通话，都只是为了让她紧紧贴上这堵墙壁而已。至于她到底是谁，他根本就漠不关心。

被爬山虎缠住，她就不能坏他的好事了。

他简直防不胜防。

“阿梨还没来吗？”绫烟烟第三次发问。

目前为止三人还没遇到什么危险，鹤烟福地里的黑蛇了无踪影，沿途秀丽的风景让他们觉得仿佛在游览古迹而不是来这里寻药。

“薛兄也没来。”姜别寒语气轻松，觉得这两人在一块压根不用他来瞎操心。

绫烟烟不知道这两者之间有什么必然的联系，她站在原地不动了，说：“我得回去找阿梨。”

“放心吧，他们两个在一起，一定安然无恙。”

绫烟烟半信半疑：“为什么？”

姜别寒有些尴尬，他总不能说自己先前在飞舟上撞见了什么不该撞见的画面，而且终身大事不能在这种危机四伏的地方就这么潦潦草草地说出来，这样对阿梨太不负责了。

“因为薛兄很可靠，就像我一样。”姜别寒拍着胸脯说。

绫烟烟：“……”

“前面那个是不是他？”一直在左顾右盼的夏轩突然喊道。

落满婆娑树影的白色衣服很好辨认，少年正撩开垂落的藤条走出来，很明显只有他一个人。

姜别寒的脸色一下变得凝重起来：“阿梨没和你在一起吗？”

“她说她害怕遇到那条大黑蛇，所以没有和我一起进来。”薛琼楼不动声色地说，语气里还有一分无奈，“她就在入口处等我们，那边有我设下的法阵，她不会有危险。”

“然后……你真一个人进来了？”姜别寒叹气，“你、你就没有想过留下来吗？”

“鹤烟福地在古籍上有详细记载，每一条我都能一字不落地背下来，所以对于这个地方，我比你们了解得更多一些，由我带路的话，也能尽快找到玉璧石。”

这话倒说得没错，光靠姜别寒一群人在这里兜兜转转，日落之前能否走出去还是个未知数，更别提还要在不被黑蛇发现的情况下找到玉璧石。如果有人带路或者有张地图，无疑能事半功倍。

可这样的话，不就没人陪阿梨了吗？姜别寒可不想因为自己给两人的情感沟通造成障碍。

姜别寒勾着薛琼楼的肩膀将他带到一边的树荫下，压低声音：“这样吧，你把那本古籍给我们吧，只要不是上古的文字，我们都能看懂。”

他觉得自己暗示得够清楚了——地图留下，该做什么应该不用他废话。

薛琼楼惋惜地笑道：“没有带在身边。”

姜别寒沉默了片刻，重重叹一口气：“有一句话，你一定要刻在心头——兄弟如衣服，女人如手足。”

“我听的版本好像不是这样的……”

“这不重要！重要的是你们为什么会变成这样！”姜别寒仅剩的情商在高速运转，突然问道，“你们是不是……吵架了？”

薛琼楼：“……”

“被我说中了对不对？”姜别寒一脸“我懂的”表情，不待他做任何解释，便意味深长地拍拍他的肩，“你们应该多相处一会儿，先处理好自己的事情，不用急着出来找我们。现在你一走，情况会变得更糟糕。不过你也别太着急，女孩子生气，你就该放下面子哄一哄……”

从早上起就发现两人之间气氛不大对，姜别寒思来想去，只能通过亲身经历找到一个理由——两人正在闹别扭，闹别扭的原因根本不重要，重要的是阿梨现在不想搭理薛琼楼，一定是等着他放下身架好言相慰。

“别的忙我帮不上，但是这个我最拿手了！”他满脸自豪，同时又留意着不断往这边张望的绫烟烟。

薛琼楼揉着眉心低叹一声，为了这件蠢事跟这群人耽误这么久，自己也是够蠢的。

“既然都来了，我尽快带你们过去。”他面不改色地加上一句，“免得让她久等。”

姜别寒也不好过多插手两人之间的私事，而且他很清楚薛琼楼的可靠度，速战速决不在话下。

至于白梨，她待在入口处无疑是最安全的，毕竟别看福地山清水秀、处处鸟语花香的，随时随地都能摇身一变成龙潭虎穴，指不定就能和那条大黑蛇来个亲密的照面。她只是个战斗力为零的医修，自保都悬，别提砍蛇。

“可是我觉得，阿梨不会像是这么胆小的人。”走在后面的绫烟烟轻声说。

“到了。”两个字打断了她的话。

好快。

绫烟烟来不及思考为何这么容易就找到了藏着玉璧石的地方，抬起头顺着薛琼楼的目光穿过繁茂的树叶。

面前是一座黑魆魆的洞府，洞府前面的地面像刚经历过一场火灾，变得光秃秃一片。两侧的洞壁爬满枯萎的绿植，叶片已经全部掉光，僵死的根茎犹如坚硬的铁丝缠绕成一团，整座洞府像被铁丝包围住的囚笼。

一行人四下环视着走了进去。

洞府内并非潮湿黏腻，反而十分干燥，姜别寒在洞壁上摸了一下，石砾瞬间碎为齑粉，沾了他满手的灰。触目所及看不到任何绿色，更没有任何生气，死气沉沉的，像暮年老人干枯的肺腔。

“这座洞府就像死了一样。”夏轩嘟囔着，冷不防脚下咔嚓一声踩到什么东西，他低头一看，差点没吓得魂飞魄散。

洞壁下有一条凹槽，很显然是人工开出来的，但这条凹槽不用来通水流，而是堆满了森森白骨，形成一座尸骨堆积而成的小丘。一块骷髅从小丘上滚到夏轩脚下，他方才就是不小心踩掉了骷髅的半张脸。

“这、这、这、这是之前没拿成玉璧石死在这里的先辈吗？！”他捧住脑袋，满脸绝望，“怎么会有这么多！”

“想得到玉璧石的人，古往今来前仆后继，根本数不清。”薛琼楼淡淡地说，“而且比我们厉害的人，也根本数不清。”

也就是说，他们随时随地都会变成一堆枯骨。夏轩更绝望了。

“薛公子，这种时候就别这么现实了好吗？！”

“抱歉，吓到你了。”

夏轩心有余悸。

一贯彬彬有礼的人，吓唬起人来也是“润物细无声”。

“有水声。”绫烟烟捂了捂耳朵，“就在前面。”

水声的源头其实只是洞府深处的一潭池水，池水泛着莹莹的绿色。在这种半死不活的地方看到一汪活水，无疑像荒漠中找到了绿洲。

几人对视一眼——看样子玉璧石就藏在这下面。

“不是说这里有黑蛇守着吗？怎么连蚯蚓的影子都没看到？”姜别寒问。

“说不定是黑蛇消极怠工，懒得搭理我们。我们赶紧拿到玉璧石，然后和白姐姐会合吧。”夏轩鸡皮疙瘩直冒，半刻也不想在这鬼地方待下去了。

“等会儿，我还听到了其他声音。”绫烟烟警觉地竖起耳朵。

这个声音……像是爬行动物的肚子在干燥粗糙的地面摩擦，慢吞吞的，间或伴随着“嗞嗞”吐着信子的声音。

众人僵直地回过头。

背后的黑暗中亮起两点红光，随着声音逐渐放大，一个模糊而巨大的轮廓从黑色的雾气中突显出来。如此之大，犹如一座隐在阴云后的高山，带来同样庞大的压迫感。

夏轩腿肚子打着战，他怀疑洞顶是不是已经被顶破了，而他之所以看不到光线漏进来，是因为这家伙大到把阳光都挡住了。

“怎……怎么办？”他只能用气声交流。

“别妄动。”绫烟烟声音压得更低。

“我喊一二三，咱们撤。”姜别寒索性用口型说话。

离得太近了，而且它把众人的退路都堵了，想逃命只能躲到水潭里。但姜别寒当然不会傻到真的躲水潭，谁知道这稠绿稠绿的水是不是有剧毒，或者水底是不是躲着一条大黑蛇的兄弟，二者来个前后夹击。

所以他准备强行用剑砍开洞顶。

黑影往后撤了一下，像是俯冲前的蓄力，脖颈处的鳞片张到极致，像一片片钢筋铁骨的盾牌，泛着金属般的光泽。姜别寒第一次觉得蛇类的吼声堪比巨鲸的咆哮，甚至能感受到腥咸的狂风呼啸而过，头顶那个猩红色的黑洞应该就是……蛇的嘴？

“一、二……”姜别寒开始数着逃脱的时机。

“慢着，”薛琼楼抬起头，“不用躲。”

“三！”可惜姜别寒没有听到这句被淹没在吼声中的话，“三”字刚落下，他手中长鲸剑拖出的虹光便朝着洞顶而去。

与此同时，另一道虹光却朝着浓雾中的黑影而去，高速破开雾瘴时产生的音爆让姜别寒不得不回头查看情况，只看一眼便给了他不小的冲击。

虹光犹如利剑笔直切了下去，从黑影头顶到尾部，整具身体仿佛被一条闪电劈中，一裂为二。那巨大的裂缝中不断有黑色的浓雾争先恐后地涌进来，洞府的切面成了竖立起来的夜幕，夜幕中有点点碎光闪烁，像晦暗的星辰。这些碎光越来越密集，越来越耀眼，直至铺成一条银河，最后轰然爆炸，整条银河沸腾起来。

成千上万的星辰拖着滚滚浓烟坠入水潭中，像一场烟花暴雨，水潭溅起无数涟漪。

黑雾消失了，黑雾后的影子也消失了，仿佛从未存在过。

“这就……结束了？”姜别寒有些不可置信，说好的守护福地的黑蛇很强呢？

“看你身后的水潭。”薛琼楼把肩上一枚正在燃烧的棋子拂开。

水潭里哪有什么水，早已干涸，甚至露出皲裂的水底。

“这个水潭，包括方才那个黑影，都不过是幻影而已。”

也就是说，这座洞府是空的，甚至已经被废弃了。被废弃的原因只有一个——有人抢先拿走了玉璧石。失去了这颗提供血液的心脏，洞府当然就变为如今这副死气沉沉的模样。

“怎么会这样？”夏轩庆幸又失望，“到底是哪个家伙抢先拿走了玉璧石啊？还一声不吭的，至少吐一点风声出来，我们也就不用这么白费功夫了。”

“大概是不想堕了这座福地的名号，水不在深，有龙则灵嘛。”

绫烟烟转头去安慰姜别寒：“师兄你也别太着急，能治好断岳师叔腿伤的药物，这世上定然也不只玉璧石一个，我们以后慢慢再找。”

姜别寒特意到水潭底部检查一遍，确实没有半点晶体的影子，玉璧石确实已经被人捷足先登。失望定然是在所难免，但更让他欣慰的是至少此行没人受伤。

不，真正的原因是入口反了。

薛琼楼默不作声，脑子在飞速地运转。

黑白两面的景致一模一样，若不是注意到这个水潭是空的，恐怕他会继续以为这里是玉犀石所在的黑面。他之前已经将入口正反颠倒，怎么还会出现这种状况……难道他下手有纰漏？

可六年前第一次来到这里时，扭转此地乾坤也不过是他反掌之间的事。

薛琼楼揉着眉心。不对，他不会犯错的，除非有人又将颠倒的图纹扭转了回去。什么时候的事？

他动作一顿。华胜……捡华胜的时候，只有这一次，他没有回头看。她将自己拉进左边的脚印，又装了那么久的腿伤，其用意根本不是在拖延时间。只是借此让他误认为，那地方是玉璧石所在的白面。

他还自以为是地周旋那么久，原来……

“你怎么了？”姜别寒见他沉默得有些反常，特意问了句。

薛琼楼眼底一片肃杀，却不动声色地一笑：“没事。”

原来……他从一开始就被骗了。

第8章 鹤烟福地（二）

白梨气定神闲地席地而坐，沾沾自喜地翘着嘴角。

哼哼，大招打空了的滋味不好受吧。

她可是有“预知剧情”这根金手指，扭转入口的方法，这世上不止他一个人知道。

衣襟里白光一闪，一条胖鱼艰难地挤到白梨面前。洞府内污浊的空气让它吐息困难，有气无力地耷拉着眼皮，鱼唇一张，吐出五粒黑白棋子，脚下亮起一条金线，形成一道坚不可摧的禁制。

那个做什么都滴水不漏的白切黑，又给她加了道锁。

白梨和那条鱼大眼瞪小眼。金鳞好像被她瞪怕了，委委屈屈地吐出一个泡泡，“啵”的一声在她鼻尖破成细碎的水滴。

白梨劈手把它抓过来，胖鱼软绵绵的，弹性十足，任她泄愤似的搓圆捏扁，成了一摊白花花的鱼饼。她捏住胖嘟嘟的鱼头，恶声恶气：“快帮我解开！不然我炖了你！”

金鳞可怜兮兮地拱了几下，扭扭尾鳍，忽然一动不动，身体僵直，露出青白的肚皮，口角翻着白沫。

竟然被她捏死了？她手劲那么大吗？

白梨连忙松开鱼头，戳戳它肚皮。那圆溜溜的鱼眼里突然闪过一丝诡异的光，然后它趁她松手飞快窜了出去，生龙活虎，哪还有之前奄奄一息的可怜样。

白梨七窍生烟。这鱼居然装死！一条鱼怎么也可以这么坏！这就是近墨者黑吗？！

“这条鱼是你的吗？”

冷不防一道雌雄莫辨的声音自幽绿的洞穴深处飘了出来，留下阵阵回响。金鳞猝不及防被点名，鱼鳍都炸了起来，立马掉头惶惶然撞进白梨怀里，好似身后追着一头洪水猛兽。

白梨将鱼抱紧，警惕地站起身。

那片幽绿光芒掩在黑森森的浓雾后，露出一个朦胧的轮廓，那身影细腰宽胯，双腿修长，头发如浓密的海藻，身后的浓雾便是海水。它歪了歪头，竟有些天真，自顾自问：“我说，这条鱼是你的吗？”

“不、不是。”白梨把鱼抱得更紧，右臂上爬山虎也缠得更紧，几乎将她整条手臂绞断，她只好站着不动，“这是别人的。”

“是吗？”

洞穴内阴风阵阵。

“我是玉灵。”那欲遮还显又风姿卓绝的影子，优雅地跷起腿凭空坐下，“很久没见过白浪海里的金鳞了，我原本想养一条当宠物的。”

白梨：“……”

呃，这你得问姓薛的答不答应。

胖鱼瑟瑟发抖，使劲往她怀里钻。

“这……”白梨想了想，认真道，“前辈，这种鱼是咸水鱼，它们到您这儿可能会水土不服，说不定养了没三天肚皮就翻白了，何必好心做坏事，扼杀一条小生命呢？”

玉灵咯咯娇笑起来：“你真有趣，要不你留下来陪我说说话吧。”

白梨连连摆手：“不、不、不行啊，我有更要紧的事做……”

“是为了刚刚那个小子吗？”不知触动了玉灵哪片逆鳞，它陡然冷笑，“你真傻！你简直和我遇到的那个全天下最傻的女人一样傻！”

白梨：不是，话可以乱讲，戏别给我乱加可以吗？！

玉灵换了个懒洋洋斜卧的姿势，说：“那傻女人求我将右手中的玉璧石施舍给她，然后我开了个条件，要她用她的眼睛——”

白梨悚然一惊：用眼睛来换？太可怕了！

“——里的星光来换。”玉灵不满地哼了声，“想什么呢？我怎么会做挖眼睛这种又血腥又不好看的事？”

玉臂一挥，布满钟乳石的漆黑洞顶，一片迢迢银汉倾泻而下，长空湛然，星河灿烂。

“喜欢一个人，眼里会有星光。”明明灭灭的星斗化作亿万道流光划破万古长空，玉灵仰起头，“可惜啊，星辰都坠落了。”

洞府内漆黑一片，连绿光都淹没在亘古长夜中。

白梨抱着鱼不敢动。

“这是第一次有人愿意听我讲这些。”玉灵幽幽的声音在黑暗中回响，“星光没了，一片黑漆漆的夜空也没什么好看的，送给你吧。你要是碰到那个女人，跟她说早点放手。什么世间最温柔、最强大的男子，都是骗她的谎话。”

一颗漆黑滚圆的珠子掉进白梨掌中，她举到眼前，珠子里是一片小世界。

海上生明月。西风骤起，细波如鳞，亿万枚皎洁的月亮闪烁在片片鳞波上。水蓝色长裙的绝美女子依偎在白衣风流的儒雅男子怀中，面容模糊，唯一双眼亮得惊人。月明星稀，长空没有星辰，星辰都坠进她眼里。

透过这颗珠子，白梨清晰地看到女人乌黑发丝中探出两根莹白的角。

奇怪，这是什么？

她眨眨眼想再看清楚点，整座洞府陡然一震，如地牛翻身。

“想拿走玉犀石？不自量力！”玉灵冷笑一声，一挥衣袖，长夜星河重又变作倒挂着钟乳石的洞顶。琥珀色的光斑东一块西一块散落在地面，如巨树罅隙中落下的日影，满地光斑四下游窜，好似有个庞然大物一头撞上洞府，撞得整座洞顶的钟乳石摇摇欲坠。

血腥味四下扩散。两个人一前一后冲进来。

落在后面的那个穿一身暗红色长袍，从头到脚盖得严严实实，分辨不出年龄和性别。跑在前面的则是个年轻人，表情惊骇，没跑几步便平地摔了个狗啃泥。好在长袍人义薄云天，自顾不暇之余还特意折返扶他。

显然有东西在后面追他们。

白梨一回头，那玉灵不知何时消失了。

有人在你家搞破坏，你个主人翁还跑了！

那两人适应了洞穴的黑暗，终于看到一团漆黑中还有个人影，年轻人大声道："你也是来找玉犀石的吗？快跑吧，那条蛇追来了！"

蛇？那条千年巨蟒？

白梨有一瞬的愣怔。

如今整座福地又被她扭转过来，姜别寒他们在白面如入无人之地，一路畅通无阻地到达潭底，发现真正的玉璧石已被人捷足先登，现下应当是无功而返。

白梨之所以能气定神闲地待在这危机四伏的黑面，便是有理由相信，如果主角不去惹那条大蛇，潜伏的危机便也不会发生，简而言之，她在这里是安全的。

结果惹这条大蛇的另有其人？！

她仔细看了看——怎么看怎么像书里面那两个最后被姜别寒救了的龙套！

我以为你俩是遭受池鱼之殃的无辜群众，原来你俩也野心勃勃地想夺取玉犀石啊！

年轻人话音方落，整座洞府猛一摇晃，洞顶钟乳石再也支撑不住，大块大块地砸了下来，尖端闪着利剑般凛冽的寒光。任何一块砸到头上，要么洞穿整个人，要么砸得人脑袋开花。

一块最大最尖的钟乳石兜头砸向白梨。年轻人自顾不暇，又离她太远，鞭长莫及，只能扬声喊："姑娘小心！"

闪着寒芒的尖端瞬间逼近白梨瞳孔，镜子般光滑的石面甚至能映照出她惨白的脸色。白梨的心跳到了嗓子眼。

骤然间金光一闪，石块于半空碎为齑粉，纷纷扬扬洒落。五枚黑白棋子紧密地簇拥在身侧，既是樊笼，也是庇护所。

她一下子瘫坐在地上，长长地松了口气。

那两人爬起来就跑，不忘喊上白梨："出口就在这里，我们快走！"

白梨倒是也想走，但手臂上这些酷似爬山虎的绿植越缠越紧，几欲将她手臂绞断。

长袍人放慢脚步，想上前来帮她。白梨可不想栽了自己一个又栽第二个，伸手制止他前进："别过来，这些爬山虎碰到人就会缠上来的！"

"这不是爬山虎啊！"那九死一生的年轻人还有时间纠正她的口误，"这是银萝藤，越动会缠得越紧，有些还会吸血呢！"

白梨欲哭无泪："那我该怎么办？"

"姑娘你放轻松。"他两手往下压了压，"银萝藤受了惊才会伤人，你一动不动维持一炷香工夫，它们慢慢平静下来，也就会自动缩回去了。"

白梨："现在这种情况好像没法一动不动地维持一炷香工夫吧！"

说话之间，地面下陷三尺，整个洞窟宛若一座被敲响的巨钟，余威浩荡，震耳欲聋，每晃动一下，手臂上的银萝藤便缠紧一分，有些甚至已经勒进皮肉中，血痕交错。

"姑娘你继续努力！我们得赶紧找出口！"

年轻人在墙上仔细摸索，终于发现了那张亲切至极的太极图，正想伸手按上去，斜里一道黑影快似闪电，将整面洞壁抽得粉碎。他眼睁睁看着那承载着全部希望的太极图纹甩向半空，泯然于茫茫一片的残砖碎瓦中。

年轻人呆若木鸡，面如死灰，在原地发愣。黑影一击不成，再欲出击，他的同伴动作更快，拎起他后领飞身闪退，直接退至白梨身旁。一朵莲花自他手心绽放，与那道削铁如泥的黑影擦出一片飞电流光。

洞壁上一个硕大的窟窿，腥风呼啸，唰地涌进一片刺眼的阳光。紧接着这片光又被一口吞成不见五指的黑暗，一只漆黑硕大的脑袋拱了进来，剑戟般尖利的蛇鳞波涛阵阵，地面被刨出一条汹汹血河。

洞壁发出微弱的碎裂声，是从头顶传来的。

等三人回过神时，洞顶不翼而飞，大片大片银萝藤被连根拔起，触地即死，成了一地枯枝朽木。日光铺天盖地，灼热异常，天空像一座火炉，将滚沸的岩浆倒灌到人间。

巨大的缺口处探入一只金黄色的眼，瞳孔纤细如针。紧接着眼瞳一低，露出黑蛇庞然硕大的脑袋。浑身坚硬的鳞甲在阳光下泛起一片剑戟波涛。

"请问，你们也是从右边出来的吗？"

姜别寒一行人出来不久，便有个头戴幂篱的女子从树丛中走出，白纱挂在帽檐两侧，露出一张清丽的芙蓉面。

众人齐刷刷地看向她。

女子局促地捏着袖子，说："我弟弟进去找玉犀石，过了很久还没出来，所以想问问你们……"

"我们是从左边出来的，可能帮不上你的忙，"夏轩没心没肺道，"不过过了这么久还没出来，该不会是遇上那条大蛇了吧？你弟弟小命可能不保……"

这番话成功让那女子花容失色，也成功让他自己得到了一个栗暴。

绫烟烟收回拳头四下看了看："阿梨呢？从方才起就没见她人，不是说她在这儿吗？"

姜别寒心有惴惴，回头去找薛琼楼，一回头便见身边人已经没了。

"姜师兄，"绫烟烟打量着他的脸色，"你是不是知道什么？"

"阿梨她……好像不小心去了右边……"姜别寒没敢把真正的原因说出来。

没等他把话说完，绫烟烟一拳捶在他胸口，凶巴巴地说："不早说！"

说罢人也没了。

姜别寒觉得胸闷。

顶着一个大包的夏轩从他面前经过，幽幽道："现在你相信我师姐力气有多大了吧。"

金黄中氤氲着血气的竖瞳缓缓转动，像一面赤金的镜子，清晰地倒映出地面瑟瑟发抖的三只"蝼蚁"惨白的面孔。

白梨觉得，自己以后一定会对铜镜产生阴影。

黑蛇抖了抖脖子上的鳞片，哗啦啦的金属相撞声如刀枪相接，整座洞府仿佛一片充斥着刀光剑影的古战场。

它昂起头颅，灵活的脖子以一个曼妙的弧度扭曲着，歪头打量着三人，仿佛在寻找进攻的角度。

这样庞大的身躯，在狭小的洞府内舒展身体时，蛇鳞就会与洞壁剐蹭发出令人牙酸的声音，有好几片蛇鳞刺出了洞外，像麻袋里装了一只不断膨胀的刺猬。

墙壁上的银萝藤被惊动，将白梨的手臂搅得死紧，仿佛将她当成了新的寄生地或是保护盾，她觉得自己整条手臂快要被拧断了。

“姑娘，你怎么会被这么多银萝藤缠上？”年轻人一面忙里偷闲地搭讪，一面贴着墙壁像螃蟹一样缓缓移动，“就算不了解鹤烟福地，也该知道这种地方不该乱摸乱靠啊。”

但愿有朝一日，你刚表白完的对象选了一面长满食人绿藤的墙壁壁咚你的时候，你也能用同样的语气和神态说出这句话。白梨默默心想。

“姑娘，你是孤身前来的吗？没人陪你一起吗？”

“陪我一起来的那个人……已经葬身蛇腹了。”

年轻人满脸惊恐：“节哀顺变。”

“还被嚼成了渣渣。”

年轻人：为什么这一副亲者痛仇者快简称“痛快”的语气啊？！

“你呢？”

“我、我是和姐姐一起来的。”年轻人随即联想到自己的境地也好不到哪儿去，脸色灰败，“她应该还在外面等我，可我……我不知道还能不能见到她了，我、我还有好多话……”

一声响彻洞府的咆哮打断剩下的话。根本没给他留下任何伤春悲秋的时间，黑蛇合抱粗的尾巴便拍飞半座洞府，迎面抽了过来，飞溅的碎石犹如拍打在悬崖上的白浪，瞬间化作粉碎的水沫。

白梨身旁这位四十五度角低头盯着脚尖的小伙，一下子从青春疼痛切换到了杀猪模式。

与此同时，她衣襟内的玉牌金光暴涨，形成一座倒扣的钟罩，无数道凌厉的虹光从里面飞出来，交织成一张锋利的网，将巨蛇的尾巴绞得四分五裂。失掉了半截尾巴的黑蛇从半空重重摔落，痛苦地蜷缩成一团。

“好、好厉害！”躲在白梨身后的年轻人颤颤巍巍地探出头，哪怕是面对死亡的恐惧也阻止不了人慕强的本能，“这东西真的好厉害！姑娘你深藏不露啊，不早说，刚刚吓死我了！”

是啊，真厉害，还能把她锁在这里呢。白梨腹诽。

黑蛇奄奄一息地躺在地上，獠牙闪着烁烁寒光。它犹不死心，抬起软绵绵的尾巴，缠上了钟罩的表面，浓稠的金色仿佛熔铸钢铁的滚沸岩浆，脖颈处的蛇鳞像成熟的松果片片偾张——这大概是被激怒的征兆。

白梨明白了，它想用蛮力直接绞碎钟罩。

钟罩上的裂缝不断扩大，所过之处金光流泻，地面弹跳不止的石砾也被镀上一层浅金色的釉。

“姑娘，快给它最后一击！我们就能逃出去了！”年轻人十分激动。

“我倒是也想。”白梨像对待家里行将就木的老旧电视机那样猛拍手里的白玉牌，“可是这玩意不搭理我了！它这服务是一次性的！”

她还想再研究研究，玉牌忽然从手心横飞出去，像有一根无形的绳子握在看不见的人手中，被他强行拽走。保护着众人的钟罩也随之消散，漫天腥血将三人彻底吞没。

哪有给人的东西又收回去的道理！白梨昏过去之前愤愤然控诉。

泼墨的黑色中，更亮更凶悍的金光一闪，单刀直入，犹如逼退长夜的晓光，将漫天黑云撕开一道狭长裂口。

“赶上了！”姜别寒运起剑光劈开银萝藤的绿浪。

最中间的少女在墙角蜷缩成小小一团，手臂被缠出累累血痕，碎发凌乱，面色白得像纸，已经晕厥过去，梨花华胜歪在一旁，白晃晃地反射出刺眼的光。

薛琼楼的目光被刺得躲闪一下，一团翻涌的黑云挡了道，他随手砸出漫天琉璃，高楼般的云层轰然崩碎，整片云海犹如燃烧的砚台，墨色中夹杂着金橙。

姜别寒紧随其后，数道剑光将墙上的银萝藤斩碎，又将缠在白梨身上的那些扯断。她蜷缩在里面，好像茧蛹里还未成型的幼蝶。

“多亏这位姑娘拖延了好久，不然我们早就被吃了。”那年轻人抽抽噎噎地说。

“没事了，没事就好。”

姜别寒将她半扶起来，突然想到什么，回头对着薛琼楼说：“要不你背她回去吧？”

薛琼楼沉默地立在一旁，好似大梦初醒，略显迟疑地半蹲下来。将要触碰到她肩膀时，她突然翻了个身背对着他，轻薄罗衫下突起的蝴蝶骨就像蝴蝶颤抖的翅膀，他的手便碰了个空。

薛琼楼冷着脸握住她手腕，她紧紧抓着墙上半截枯死的银萝藤，死活不松手，银萝藤都要被她扯断了，她口齿不清地喃喃呓语:“我不要……不要你……”

姜别寒看了眼昏迷不醒的白梨，又看了眼面色阴沉的薛琼楼，感觉自己一个脑袋两个大。

“阿梨，你醒醒，是我们啊。”

姜别寒喊了几声她还是没醒，僵笑着打了个哈哈：“你别急，可能、可能是因为她做噩梦了？”

若不是为了打消姜别寒的疑虑，他何须亲自下场救人。薛琼楼拂袖起身，冷声说：“再不走这里就要塌了。”

他一松开白梨的手腕，她的手就松开了银萝藤，绵软软地垂了下来。她仍处于昏厥的状态，好像真的在做噩梦，梦里的恶人显然就是他。

仿佛又被打了一记耳光，薛琼楼一贯风融月朗的表情有些僵硬。

恰巧绫烟烟和夏轩踩着一柄小桃木剑及时赶到，姜别寒仿佛抓到了救星：“师妹你来得正好，你把阿梨背回去吧。”

“为什么让师姐来背啊？”夏轩狐疑道，“要背也是我这个男人来背吧。”

你不说话没人当你哑巴啊！姜别寒在心里吼。

“放心，我力气也很大的，白姐姐看着也不胖啊。”夏轩说着将白梨背了起来，方才还仿若惊弓之鸟的她这会儿很服帖地趴在他背上，呼吸浅淡而绵长。

姜别寒：“……”

少年沉默地立在一旁打量着他们，面色就像一潭冰冷的死水。

姜别寒欲盖弥彰地重重咳了几声，尽量用若无其事的语气道：“那你们先走，我们把剩下两个送出去吧。”

话音方落，寒潭里传来黑蛇的怒吼，震颤天幕。

“它还没死透。”薛琼楼扔下一句话，“我去拖时间，你将人送出去。”

“欸？你等等——”

一眨眼的工夫，面前便没了人，飞驰的金光一头扎进漫天阴云。

闷雷自碧绿寒潭内炸响，火星犹如烟花暴溅，潭中飞起一条白练，夹带着黑蛇庞大的身躯在半空倾泻而下，整片碧水被冲了出来，仅存的半座洞府应声而碎，化作齑粉四散。

广阔无际的绿草地中便只剩下一块光秃秃的地面和一块见了底的寒潭。

姜别寒突然有点同情那条黑蛇，带着剩下的两人运起剑光冲了出去。

薛琼楼停在半空，衣袖犹如翻卷的雪浪。

原本躲进寒潭中的黑蛇被逼了出来，硕大的眼瞳中倒映出少年纯白的身影。它彻彻底底被激怒，浑身蛇鳞如剑戟林立。

薛琼楼一伸手，月弧状的金光气势汹汹地杀过来。

黑蛇明显对这些“小月亮”产生了巨大的心理阴影，赶紧用残缺的尾巴缠住了脑袋。

千钧一发之际，月弧状的金光被一只笼着绿雾的纤纤素手捏住，堪堪在巨蛇的七寸处平静而温顺地熄灭了，化作两粒光滑圆润的白子躺在手心。吓傻了的巨蛇仿佛被欺负的孩童找到了母亲，立马缩到那人身后。

“手下留情。”清凌凌的声音像两串在风中如胶似漆的铃铛。

薛琼楼侧身静立在半空，面无表情：“凭你？”

又是无数道离弦之箭般的金光从他身后电射而出，绿影的头颅高高抛了起来，海藻般的长发在空中划过流畅的弧线。

“我们玉灵是不死之身哦。”头颅在半空说话，脖子以下的身体却被一道道虹光击穿粉碎，在血花飞溅之中又聚成长腿柳腰的女子身形。

它全无感觉一般，继续轻抚着黑蛇，甚至连姿势也没变动分毫，笑嘻嘻说：“别一上来就动手动脚，没人告诉你，对女孩子要客气一点吗？”

薛琼楼默不作声，金光如一缕飞泉掠回雪白的袖子，他转身离开。

既然杀不死，他就不会白费力气。

“欸，等一等，这个你不要了吗？”半圆状的银光闪烁在玉灵纤细的指尖，现在的它看上去像在拿糖果诱惑小孩的女妖，“为了救那负心郎的性命，女人费尽艰辛拿到了玉璧石，作为交换，她除了给我一片星空，还给了我这个……咦？看来你好像并不知情。”

薛琼楼眼神一凛，停下脚步。

“那片星空已经成了长夜，我便扔了。至于这东西，对我来说也没什么用，不如……也扔了吧。”玉灵作势扬手。

“住手！”方才翻手为云覆手为雨的少年此刻强作镇定，却仍掩不了目光中的慌乱。

玉灵乐不可支地拊掌：“你也会急啊？”

薛琼楼眸光暗沉：“你要什么？”

“如果你长得更像你阿娘一些，我现在便不会与你开条件，可惜你长成了那个负心郎的模样，实在是不讨人喜欢。”玉灵跷起腿，纤纤素指指着自己，“巧的是，我啊，平素最恨天下负心人。”

“听闻古有蛟龙，互食为生，上古遗族的血脉弥足珍贵。”黑蛇在它的抚摸下愈显乖顺，亲昵地蹭着它的腿，它笑盈盈地，“我家笨蛇活了一千年，还只是条蛇。至少，让它蜕变成一条蛟，如何？”

明月别枝，星光疏淡。

草丛中蟋蟀鸣叫，溪水哗哗流过。

一丛篝火静静燃烧，火星点点，憧憧树影被拉得无限长。深山老林里有夜枭呼号，一声接着一声，伴随着夜风萧萧，听着有些瘆人。

福地的时间流逝得比外头慢，等众人安全逃出来时，已经是伸手不见五指的大晚上，几个人累得筋疲力尽，只好就地休整。

姜别寒捡来最后一捆树枝，轻轻放在地上。对面一棵参天大树下，女孩们蜷缩在一起，鹅黄的仙裙即便在夜色中也分外瞩目。她膝盖上罩了件宽大的外袍，外袍底下微微拱起，轻微地起伏着。

剩下几个便歇息在对面。

水绿鹤氅的小少年触地便睡熟，姜别寒走到他身边的时候他还翻了个身，一条胳膊拦在姜别寒脚边，差点将人绊一跤。姜别寒黑着脸将夏轩手臂拨了回去。

至于那个陌生少年，可能在福地里被巨蛇吓出了心病，正在做噩梦，时不时抽搐一下，还抱着树干痛哭流涕。为了不让他打扰众人睡觉，姜别寒只好在他额头上贴了张安眠符——这还是绫烟烟亲手给自己画的符箓，有点心疼。

长袍人睡相最好，盘腿危坐，看上去不在睡觉，而是在念经。

只有一个人和他一样没睡。

衣袍在夜色中笼着一层柔柔的光，好像在这个地方，月光也会多眷顾一些。

少年一个人坐在月影中，屈起一腿靠着树干，一手按着腰间汩汩流血的伤口，正在闭目养神。

“我要不问问阿梨，有什么灵丹妙药可以肉白骨？”

姜别寒在他面前蹲下来，看着那一团血肉模糊的伤，饶是身经百战如他，也不由感到一阵心悸。

幸好那巨蛇没有毒，否则便更麻烦了。

高境修士受了伤，可以自己缓缓修复，但像这种深可见骨的伤，没个三五天痊愈不了，所以姜别寒想求助于白梨。出门在外身边有个药宗弟子的重要性这时候便体现得淋漓尽致。

“不用了。”薛琼楼没有睁眼，月光使他的眉眼都浸在暗影中，他的嗓音有些暗哑。

姜别寒回头看了眼，白梨在绫烟烟膝上睡得正香，压根没有醒过来的意思。他只好悲天悯人地叹口气，走到一旁抱着剑也闭上眼睛。

他顺便打定主意，明天就将此事告诉绫烟烟，她一定比自己主意多。

一个是异姓兄弟，一个是异性兄弟，做大哥的不拉一把过意不去啊。

这么琢磨着，姜别寒安详地入眠了。

更阑人静，四周只剩下火堆燃烧的哔啵声、此起彼伏的呼吸声，等一切声音都平静下来，薛琼楼才缓缓睁开眼，稍稍坐直了些。

他将捂在伤口上的手放置身前，松开紧握的手，一枚银光闪闪的鳞片躺在鲜血淋漓的手心。

这最后的遗物看上去又小又丑，被岁月磨平了光芒和棱角。

“自从星光都坠落之后，这是她留在世间的最后一样东西了吧？”玉灵趾高气扬的声音里有一丝淡淡的愁绪，“想拿回你母亲的遗物，自然可以，不过要拿什么交换，你应当也再清楚不过。”

它轻轻一拍黑蛇的脑袋，黑蛇躲着不敢冒头，怂得尾巴都打了结。它轻笑道：“乖，别怕，现在可以去咬他了。机会难得，一定要狠咬一大口哦。”

巨蛇黑洞洞的嘴，如同黑夜兜头罩下。

起初漆黑不见五指。渐渐地，几点光晕撑起了这片浓郁的夜色。

仔细看，这是灯树上幽幽燃烧的蜡烛。烛泪滂沱而下，臃肿地堆叠在油灯里，像凝固的血块。

周围全是人影，烛光在他们手中的刀刃上燃烧，无数道炫亮血光纵横交错。

“从来没碰到过这种情况啊……”

这群被从各地请来的医修交头接耳。少年背后居然缀着一枚晶莹的鳞，像海妖额前的滴坠，有种惊心动魄的明净。

“是要将这块连着皮肉一起剜掉吗？”

“这样太危险了。”

白发苍苍的老医修看了眼少年死气沉沉的眸，朝着上座拱手一礼，迟疑道：“薛家主，能否让令郎昏迷了再让我们动手？”

“那样不行，就让他醒着吧。”

白衣胜雪的男人惬意地靠在椅子里，合上手里翻了一半的书，似笑非笑地看他一眼：“疼吗？”

他咬紧衣袖，多说一句话，这个男人眼中的鄙夷便会多一分，所以，他索性一言不发。

冷硬的刀刃贴在皮肉上，激起一片锥心刺骨的寒意与战栗，刀刃上的血珠染红了白纱。殿内一片死寂，落针可闻，只有衣袖轻微的摩擦声和书页被轻轻翻过的脆响。

目不能视，口不能言，所以这声音一阵阵地被放大，犹如洪流一波波地冲刷在耳畔。

一只苍老粗糙的手伸过来，捂住他眼睛，老人悄悄在他耳畔道：“小公子，别睁眼，睡一觉。”

他在这一片用手笼住的阴影中努力将眼睛睁大，好像要透过看不穿的黑暗，将烛光里端坐翻书的男人刻成一抹仇杀的血影。

月寒日暖，月升日落，漫长的黑夜与空洞的白昼飞速交替，都成为这片小小烛光中的缩影。

明明只是须臾一瞬，却好像过了千秋万年。

“好了。”

一声声长叹不约而同响起。

“劳烦诸位。”神姿高彻的白衣男人拂袖起身，“还请诸位不要将此事宣之于众——我们出去谈。”

殿门缓缓合上。

殿内的孩子奄奄一息，连黑暗也弃之不顾，血液沿着玉榻滴在精石地面，溅起了一朵小小的血花。

他在这片黑暗中找到了唯一的陪伴，于是开始数血滴落的次数来保持清醒。

一、二、三……三百八十七、三百八十八、三百八十九。

数到第三百八十九滴的时候，有人匆匆走进来，给他盖了层薄毯，又匆匆走出去。

他继续数下去。

三百九十、三百九十一……七百五十五、七百五十六。

第七百五十六滴时，殿门又一次打开。

“今日的功课还是要做的，不过你可以提前去看她。”男人难得破例一回。

可以……去看阿娘了。

他僵硬青紫的手指动了动，强忍着撕裂的剧痛下榻。背后的血还没干，衣物跟伤口黏在一块，他咬牙撕了下来，揉成一团扔在地上，潦草披上干净雪白的外衣。

“记住，是你亲手否决了自己的身份。”男人在身后说，“也是你亲手斩断了自己的归途。”

他往后望了一眼。男人轻摇着折扇，一袭长衣白得刺眼，站在那里，像是操控人心、执掌生死的神。

他想要逃避一般，踉跄着走了几步，而后越走越快，迫切地跑了起来。

天色阴霾，昨夜冬雪未消，白茫茫铺了一地。

玉龙台如一个顶天立地的巨人，高高在上地俯瞰着人间蝼蚁。一片片望不尽的飞檐斗拱殿宇巍峨，道不尽的森严壁垒世家威严，明廊两侧青翠挺拔的雪松盖着残雪，悚然兀立着。

残阳收起了最后一丝光照，如垂垂老矣的暮年老人，拖着残败的身躯走入大海的坟墓。

道门有三十六洞天、七十二福地，白浪海海底，有一片朝暮洞天。

洞天外短短三旬，洞天内已过三十载，滚滚东逝的岁月长河格外眷顾这里，尺璧寸阴，寸阴若岁，那里的生命宛若蚍蜉，命如朝露。

朝暮，是为朝生暮死。

海底漂浮着蚍蜉微弱的光，他像是怕打扰到这些小生物，连脚步也放轻。冰凉的水汽沾湿他的衣衫，伤口的剧痛让他眼前发黑，他缓慢地走过去，尽量让自己的步伐保持正常的平稳。

女人坐在一片柔光中，长发如缎，她日复一日、年复一年地重复着梳发的动作。地上散落的发丝，从纯黑变作银白。满头银丝里探出两根玉莹莹的角，其中一根已经断了，断口支棱着狰狞的刺。

镜中是一张风华绝代的芙蓉面，面容年轻得好似含苞待放的少女，她的眼神纯澈，好似还未开窍的婴儿。

回首已是百年身。

“阿娘！”他扑进女人怀里，像终于回到家的孩子。

她轻轻放下牙梳，在他新换的衣服上嗅了嗅，带着一丝水蓝色的黑眸眨了眨：“你身上是什么味道呀？”

“兰麝。”洒了很多，来遮掩血腥气，阿娘就不会发现了。

“你爹爹也喜欢兰麝香。”她抚弄着银发，发似月光，手似冰雪，在水中交融，“我下回多调制几瓶，你带给他去好不好？”

“好……”

所有带出去的东西，那个男人都扔了。他眼睫低垂下来，却没有说出真相。

“他还在忙吗？”

“是的……”忙着扩大他在东域的势力。

“你要好好听他的话。”

他没再回答，跪下来轻轻伏在女人的膝盖上。她轻轻哼唱起来，柔软的手抚摸着他的头发和脊背。

背上的伤又裂开了，少年的脸色惨白，腥血涌上喉间。女人停下哼唱，问：“怎么了？”

“没事。”彻骨的痛与彻骨的寒，这些都只能他一个人知晓。

他将颤抖的手指攥进手心，紧紧抱住女人：“阿娘，今天我可以多陪你一会儿。”

女人将他搂进怀里，她心智残缺不全，却拥有天下所有母亲共同的本能。纤细的少年蜷缩在她怀里，在她看不见的地方睁开黑而深的眼。

他发誓，终有一日他会用自己的爪牙撕开困囿他们的牢笼。

喀喀喀。

咳嗽声在身旁响起，眼前的光晕重叠出斑驳稀疏的树影。

更深露重，树叶上的露水凝聚成滚圆的一滴，在地上砸出一朵水花，如飞珠溅玉。

薛琼楼轻轻合起手掌，那枚鳞片化作一缕柔光，消弭不见。

“有酒吗？”他对身旁的人说。他知道对方也没睡。

长袍人从阴影中露出一只眼，沉默了很长时间，低声说：“我戒酒。”

“失礼了，当我没说吧……”

可随即，一汪泛着琥珀光泽的清澈酒水呈至面前。红泥酒壶系着一圈绿绳，愁红惨绿的颜色，触目惊心。

“不过，我一位故友给我留了这只酒壶。”长袍人的脸从阴影中挣脱出来，带着一股神秘的气息，“这其中的酒水，取之不尽，用之不竭，你尽管用吧。”

薛琼楼低垂着眼睫。一枚滚烫的月亮映在壶中，闪动着琥珀的光泽。

每次受伤之后，身上总是有挥之不去的血腥味，他会想尽办法用其他的气味掩盖。这仿佛已经成为刻在骨子里的本能了，即便阿娘已经不在身边。

他安静地看了一会儿，执壶的手毫无征兆地一歪，琥珀色的液体悉数浇在鲜血淋漓的伤口。芬芳醇厚的酒香，霎时间掩盖了血腥气。

酒液浇在伤口上，火烧火燎的痛让他无比清醒。

衣襟里有东西在拱来拱去，白梨是被吵醒的。

那条胖胖的金鳞鱼在拿鱼尾巴拍她的脸。

白梨揉着惺忪的睡眼，轻手轻脚地脱下身上外袍，满手将它抓住，并且特地紧紧捏住鱼嘴，谨防它再吐出什么东西。

“你再吵我睡觉，我就把你脑袋做成剁椒鱼头。”她一只手比画着，在胖鱼身上找下刀的地方，“鱼肚炖萝卜汤，鱼尾红烧，再撒点葱蒜……”

白梨把自己说饿了。

胖鱼抖若筛糠，不知哪来的勇气，忽地挣脱她的手，游到身后将她使劲往一个方向推去。

“想找你主人啊？”白梨打着哈欠，漫不经心地挥挥手，“可以啊，你走就是，我又不拦你。”

胖鱼叼住她的衣领往那个方向拖。

这点杯水车薪的力道，怎么能拖得动一个活生生的人。白梨站在原地纹丝不动，拎着鱼尾巴将它倒立过来：“别打扰我睡觉了好不好啊？就这么点路，你自己不会走啊？”

金鳞猛一摆尾，一个鲤鱼打挺高高跃向半空。

白梨耳边终于回归清净，回到原地坐下，靠着树干闭上眼睛。没睡多久，便感觉有东西在啄自己的脸颊，她伸手拂开，不满地嘟囔：“别吵了，你快回去吧。”

鱼尾巴得寸进尺地扫了上来。

“还来！你这条臭鱼……你等着，我找个锅来把你炖了，炖完了给你主人喝……”

话语一顿，白梨仰头愣住。

月华如水，金鳞在月光中游弋，拖曳着一串晶莹剔透的泡泡，在半空组成三个游龙走凤的字。

——不、生、气。

白梨：“……”

一条鱼哪儿学来的这么多？！

一步，两步，三步。

从这棵树到另一棵树，要走三步。

胖鱼游在前头，时不时转头哀怨地瞪着她，好似在说：能不能走快一点啊？

白梨视若无睹，闲庭信步似的，踩着脚下星星点点的枯叶，发出细微的沙沙声。短短一段路程，愣是给她走出了千山万水的错觉。

人未靠近，酒香先近，一条闪烁着琥珀色泽的玉带从脚边流过，溢出满树斑驳的月影。

白梨被熏得眼眶一热。

酒气的源头来自腰间触目惊心的伤口，伤口只草草处理了一下，泛滥的血水混着酒水，将衣袍浸染得通红。血气与酒气交杂，像经年累月的铁锈酒瓶中装着的桂酒椒浆，泛着糜烂的醇香。

听过借酒消愁，没听过借酒消毒啊。

还有，这样不痛吗？

“你来做什么？”半躺在树下的少年并未睁眼，像一抹平静的月光。

居然没有睡着。

白梨半蹲下来，拎起鱼尾巴，说：“我把这家伙还给你。”

他眼睫一动，黑眸中映出万仞霜雪，语气平淡：“输掉的东西，我是不会再要回来的。”

“那我把它炖了？”白梨从善如流，目光移到他腰间那个血淋淋的大豁口，任由手中胖鱼扑腾不止，惊恐的鱼目瞪得如铜铃大，“炖汤给你补补身子。”

薛琼楼闭了闭眼，坐直些许，手腕轻转，一枚光洁的白玉牌悬浮在他手心。白梨手中的金鳞化作一道金光，乳燕投林般扑了进去。

下一瞬，他抬手一扬，白玉牌砸到地上，以边角为支点，倾斜着滴溜溜转了好几圈，往后仰倒，莹润的玉面斜射出一抹炫目的光亮。

“喂，你怎么扔了！”白梨仿佛能听到那条忠心耿耿的鱼在哭泣。

“我说了，输掉的东西，我是不会再要回来的。”薛琼楼眼皮也没抬一下，一句话堵回她，“它现在出不来了，你没法炖汤。”

这家伙病得不轻啊，摊上这么个主人，鱼，我同情你！

他这个人有个病态的癖好，喜欢那种将所有事情都牢牢掌控在手中的感觉，喜欢看着别人因他的谋算或哭或笑、或悲或喜却又不知这天灾人祸从何而来，只能在绝望与后悔的深渊中挣扎。

又有谁会去怀疑这个光风霁月的少年？

没有。

这回他却无功而返，不是他安排得不够缜密，只是因为遇到了具有预知剧情的玩家而已，书里所有浮在水面上的布局，她都知道得一清二楚。

要不然的话，早在被推进左边脚印的那一刹那，她就出局了。

不过，这也是最后一次好运气了。

因为她看到这里的时候就睡了过去，后面的剧情，除了之前随便翻看到的一些内容，大部分剧情对她来讲简直是一团迷雾。

白梨不禁有些后怕。

现在仗着金手指肆意妄为，等到后面没有金手指被打回原形的时候，会不会被反派疯狂报复啊？

她深呼吸一口气，擦去玉牌上沾到的泥尘，把玉牌抛过去："还给你。"

白切黑身上的东西不能要，否则什么时候被下套都不知道。

玉牌砸在衣襟上，薛琼楼没有动，只是瞥了一眼，眸光暗沉沉的，像北境寒风呼啸的冰原。

他一贯以远超于同龄人的城府将一切喜怒哀乐埋藏得严严实实，用温文尔雅的笑筑起层层垒叠的铜墙铁壁，现下却一丝笑意都没有，连装也懒得装，可见是真的动怒了。

僵持了片刻，薛琼楼抬起手，玉牌化作一道扭曲的光线消失在掌心。

总算丢掉一个包袱，白梨露出如释重负的微笑。

但很快她的笑就被逼回去了。

"你还真是鞠躬尽瘁，为了萍水相逢的陌生人，赴汤蹈火也在所不辞吗？"他的语调不咸不淡，却意有所指。

白梨原本是蹲在地上的，现在她霍然站起，仿佛尊严受到侮辱，真心受到质疑。

"当然了。他们之前救过我，滴水之恩，当涌泉相报。"她像要发表演讲一般重重咳了一声，拖长语调，"你也救过我，不过我和你已经两清了，所以我没必要像对待他们一样对待你吧？"

薛琼楼垂下眼睫，破天荒地没有接话，好半晌才道："那你留下来……

也是为了他们？”

“如果我说是的话，你要怎样？”

满树月影忽然晃动起来，像一场淅淅沥沥的雨落了满身。

白梨直视着他的眼，也许是重伤在身的缘故，他眼底凝墨般的黑比平日淡了一些，像一块淋了新雨的黑曜石。

两人从彼此的眼中看到各自的倒影，各自又毫不退让。

一片树叶打着旋儿从中间飘落，切断了这片焦灼的凝滞，视线出现片刻的空缺。

她眼睛实在瞪不动了。要命啊，哪个混蛋说对视十秒会产生浓烈的情愫？那人一定没考虑到什么叫“仇人见面分外眼红”。

树叶飘下的短短一瞬，他低垂了眸，长睫横斜，如一纸纤薄的剪影。

欸，居然是他先移开目光了？

白梨感到十分新奇。

“好吧，我跟你说实话。”她压低声音，“其实是因为我喜——”

“白姑娘，”薛琼楼不留情面地打断，“同样的借口，说两遍就毫无意义了。”

“你不信就算了。”她不生气也不纠缠，嫣然一笑，周身的月光都明亮一瞬，“你就当我是一道影子。”

“影子？”这种说法是第一回耳闻，薛琼楼蹙起眉喃喃重复一遍。

“如影随形嘛。”她拨弄着地上的树叶，“所以我要一直跟着你喽。”

向阳花木，才有影子。

人如花木，向阳而生。

她说自己是一道默默无闻的影子，但其实，她应该是一面明亮的镜子。

一览无余的明镜，将所有细枝末节、藏污纳垢之处都彻彻底底地暴露出来。

她照着的人……

薛琼楼目光闪了闪，视线慢慢地低下去，失神一般，袖中的手不知何时攥紧了。

“你别睡，我给你处理一下伤口。”

她递过来一粒药丸，也许是舌尖甜而不腻的味道挥之不去，薛琼楼并没有拒绝，等含在嘴里才发现——

苦到极致。

那是一种一触即化的苦，迅速地占据了整个口腔，让人浑身都为之一震，仿佛被放进苦涩的胆水中泡了几天几夜。

不用想也知道，那粒药丸的颜色应当也好不到哪里去。

他被呛了一口，向来挂着温存浅笑的脸上这会儿明明白白地写着有苦不能言的错愕。

“谁告诉你这是甜的？”她幸灾乐祸地笑出声，因要留意着不吵到其他人，笑意便像甜水一样，从眼角眉梢溢出来，“我说了以后不会再加蜂蜜，所以以后给你的药都是苦的。”

咳嗽的时候牵扯到腰间的伤口，他默不作声地将喉间翻涌上来的腥血压下去。

“还有，你的消毒方式是错误的。”白梨指着他腰间浸泡着酒液的伤口，“酿酒也很麻烦的啊，你别浪费酒。”

薛琼楼没有回答。

这是他刻在骨子里的习惯。

他没必要跟她解释。

“那我替你处理伤口了？”

白梨低着头，纤细玉白的手指，像一朵玉兰花绽放、闭拢。

“我记得……”她得寸进尺地凑过来，凝视着他的眼，“你之前死活不让我看伤口，这回怎么就答应了呢？”

薛琼楼静静看着她，眸光不躲也不闪。

这是两人的第二次对视。

没有硝烟，没有试探，自然也没有坏事的树叶，有的只是月下风情。

“我还发现，今晚你没有笑。”她为这新奇的发现沾沾自喜，“一丝笑也没有。”

“是吗？”薛琼楼嘴角轻轻一扯，一丝极淡的笑意从嘴角流泻，“那你可能要失望了。”

白梨瞧着他的笑容又不大对劲，心里已经开始打鼓：“你、你又笑什么啊？”

他倦怠地斜靠在树上，周身的沉郁一扫而尽，好似无论何时，这个人的颓唐都十分短暂。他就像一头独行于山野的孤兽，独自舔舐完伤口，又开始新一轮的捕猎。

“你头上的华胜歪了。”

白梨抬手一摸，这枚光洁玉润的头饰都溜到天涯海角去了，还缠着几缕发丝。

她就顶着这么一头乱糟糟的鸟窝晃了这么久！

他故意这么晚才提醒的吧！

薛琼楼看了半晌，露出一抹促狭的浅笑：“我来替你戴吧。”

“不、不、不用——”白梨警惕度极高，简直是杯弓蛇影、风声鹤唳，连声婉拒，“真的不——”

可随即，凝聚了一片皎白月色的袖子凉凉地从脸侧滑过去。

他目光顺势低垂下来，眼睫纤长浓密，弧度卷翘，掩着漆黑的瞳仁。他凝视着一个人的时候，专注而认真，眼里的星辰都在围着那个人旋转，眸光便是流星划破夜空时弥留在人间的昙花一闪。

不只是笑容，连眼神也很具有欺骗性。

华胜戴得半分不差。

白梨有些奇怪：“你怎么知道我原来是怎么戴的？”

“记这个很难吗？”

“因为你说你有脸盲症，夜色太黑的时候，连人脸都记不清，怎么还能记得这种细枝末节？”

“是这样吗？”薛琼楼斜倚在树干上，此刻的少年显得异常柔和，没有一点儿攻击性，还露出淡淡的微笑，“可能是因为今晚月色更亮。”

白梨十分顺口地接茬：“可惜这里没有猹！”

“……”

第9章 风陵园（一）

第一缕晨曦铺散在连绵成荫的树冠上，休息了一整晚的众人精神抖擞地醒了过来。

姜别寒抬头一看，见少年腰间的伤口很明显被仔细处理过，已经好了七七八八，瞬间便露出了然与欣慰的神情。他正想去试探几句，昨天那对在福地遇难的姐弟亲自找了上来。

幂篱雪白的面纱往两侧挑开，面容俏丽若三春桃李，女子敛衽行了一礼："多谢诸位出手相救。"

那少年昨夜被贴了张安眠符，后半夜睡得死沉，这会儿也感激不尽地拱手弯腰。姜别寒连忙扶了两人一把，不敢受这个大礼："举手之劳而已，不敢当。"

白纱后的秋水长眸盯着他背后的剑匣瞧，那女子欲言又止，忍不住问："这位公子可是巨阙剑宗的姜剑主？"

长鲸剑闻名遐迩，连白鹭洲这座小岛上的人都有所耳闻。自小到大，这般带着憧憬的语气姜别寒已经听了无数遍，但转念一想如今的长鲸剑已经带了瑕疵，他心里沉了沉，苦笑道："不敢忝列剑主之名。"

"姐姐，我就跟您说，果然是姜剑主吧。"那少年却神采飞扬，夸张地比画着，"昨天剑主唰的一剑，那些藤蔓便全都被斩断，可厉害了，不愧是大名鼎鼎的长鲸剑。"

少年添油加醋地跟他姐姐描述完那一场惊天地泣鬼神的恶战，炯炯有神地盯着姜别寒：“姜剑主，你救了我，我无以为报，不如就去我们府上做客几日吧！保准比这里的客栈住着舒服！”

姜别寒被这突如其来的请求惊得一愣：“做客？”

“对啊，正好这几天家父出关，他早就想认识你了！”少年说着，忽地摸了摸后脑勺，腼腆地笑起来，“忘记自报家门，真是失礼了。我们都是风陵园樊家的嫡传子弟，虽比不上贵宗名扬四海，但在这白鹭洲小岛上，也是小有名气的。”

风陵园樊家？

姜别寒在脑海中搜刮了一下中域中洲各大豪阀世家……并没有风陵园樊家的印象。

看来还真是个“小有名气”的修真世家。

少年的眼睛闪闪发亮，崇敬而期盼地看着他：“所以，剑主能来吗？”

“多谢，你们的好意我心领了，不过——”姜别寒歉然一笑，回头望了一眼，“我和这几位朋友从笼州来，准备去蒹葭渡参加一旬之后的符令之争，恐怕不能在此停留太久。”

“蒹葭渡？是那个琅环秘境吗？好像最近确实闹得挺火的。”少年有些失望，“不过那还早着吧，稍稍停留几日也没什么，我还想请你教我剑术……哎呀！”

没等他把话说完，他姐姐便不轻不重地拧了下他的胳膊，教训道：“好了，别任性了，剑主有要事忙，再说你练剑总是三天打鱼两天晒网的，师父都气走几个了？剑主就教你短短几天，难道你就能领略要义了？”

少年摸着胳膊蔫巴巴地不说话了。

女子抿唇一笑，白纱拂过眉眼，水波盈盈：“家弟淘气，让公子见笑了。”

“无妨。”

姜别寒正准备同姐弟俩道别，便听一声哀号响彻林间，几只飞鸟扑簌簌被吓走。

“搞什么啊！渡口最后一条飞舟已经飞走了？！不是说好辰时一刻才起行的吗？！”

夏轩拿着一张传音符捶胸顿足：“气死我了！这船家出尔反尔！飞

舟走了也不提醒我们一句！姜师兄，我们去找他讲讲理！”

“怎么回事？”姜别寒走过来。

“是刚刚传来的消息。”绫烟烟一脸凝重，“昨日订好的飞舟被一位富商以十倍的价格整条包了下来，半个时辰前就已经起行了。”

她肩膀也垮下来，说：“白鹭洲渡口本就人烟稀少，这是今日最后一条飞舟了，看来我们得在这儿再逗留一天了。”

“十倍价格？”姜别寒的表情扭曲了一下。

夏轩也是一脸踩到狗屎的表情：“据闻那个富商还带了一名小妾，两人乘着飞舟要去看海景度蜜月，已经扬言要将渡口整整十条飞舟都包下来，做出舳舻旌旗遮天蔽日的盛景，一掷千金只为搏美人一笑。”

“那就是三百倍？！”姜别寒死死抓住这个关键点不放手。

同行的五人中，只有两个是中境巅峰的修士，可以日行千里，剩下三个慢得跟蜗牛爬似的。

姜别寒当然不能扔下他们独自上路，无力地扶了扶额头：“这样就没办法了，我们还是找客栈再住一日吧。”

原先的飞舟因为巨鲸的出现被迫降落在白鹭洲，现下又因为好色富商横空出世，几个人不得不又要在此地逗留数日。

巧合吗？

正在伸着懒腰的白梨动作一顿，下意识侧头看去。

侧倚在树下的少年抱着手，姿态慵懒，那透过树冠罅隙铺在他眉睫上的金橙色朝霞像橘子味的冰激凌融化开来，空气里一下子洋溢着清新芬芳的甜味。

白梨木然转过脸。

不会又是他吧？

这边五人忧心忡忡，只有那少年喜不自胜：“不用找客栈，姜剑主其实可以……”

他姐姐拉了他一把，示意他别多嘴。那少年看上去咋咋呼呼，却意外地很听姐姐的话，只是掩不住眉宇间失望的神色。

没想到她款款上前几步，笑道：“既然如此，姜公子还是在鄙府暂居这三日，权当我们报答诸位救命之恩。”

她又朝一旁看一眼："这位先生也答应一起留下来了。"

姜别寒随之望去，见身着暗红色长袍的男人立在树旁，安静得像块石头，若非衣服鲜艳，几乎要和这片阴沉沉的古林融为一体。

戴着白纱幂篱的女子深深看他一眼，解释道："风陵园所修习的术法与这位先生同出一宗，所以我们才想请先生到府上教习。"

姜别寒还是没打算留下来，毕竟人家有正经理由，他去干什么？难不成还真教人怎么挥剑？

他正要婉拒，夏轩踮起脚一把钩住他，将他钩到一边，压低声音："姜师兄，不住白不住啊，那风陵园好歹也是个有头有脸的世家，吃穿用度定然也差不到哪里去。再说人家是为了报答咱们的恩情，算不上咱们占便宜。"

姜别寒皱眉要说几句，夏轩义正词严："是大床它睡着不舒服，还是鸡腿它啃着不香？你忍心让绫师姐和白姐姐两个女孩子去住又小又乱又吵又脏的客栈？"

姜别寒盯着他："是你自己想睡大床，是你自己想啃鸡腿吧？"

夏轩被拆穿也不见尴尬，挺起胸膛一本正经道："这叫舍我一人的脸皮，换大家的幸福。"

姜别寒："……"

他整理一下表情，回头道："你们……是要住客栈，还是要借住风陵园？"

绫烟烟正对着小镜子补妆，笑靥如花："我听姜师兄的。"

白梨做了几个深呼吸，说："当然是听姜大哥的。"

"我随意，姜兄来决定吧。"薛琼楼微笑着说。

姜别寒："……"

其实吧，他宗门的宿舍就跟狗窝一样，他住哪儿都行。但面前这三人，其中两个是香香软软的女孩，另一个看着就是有洁癖的，他这个小分队队长实在是……不好意思让队友们跟着受苦啊。

姜别寒一脸悲痛："我知道了。"

他转身朝那幂篱女子道："那便麻烦姑娘了。"

少年兴奋得满脸都是光彩，女子则抿唇嫣然一笑："诸位请随我来。"

她在前面带路，来到一块开阔空地，摸出一枚小纸船，挨到唇边轻吹一口气，小纸船乘风飘落在地，变作舟楫大小。青碧色的油纸棚顶，两头尖尖翘起，乌木栏杆雕刻着团簇花纹，船首别有风趣地摆了矮几和蒲团，案首一只釉光润泽的茶壶，白雾袅袅。

“这是代步用的纸舟，不出半日便能抵达鄗府。”她退后一步，伸出一手，“几位请。”

她待人接物落落大方，丝毫没有闺阁女子的忸怩羞涩，众人不由对她产生一分好奇——她好歹也是个世家贵女，为何带着弟弟来鹤烟福地涉险，身边却没有一个仆从？

女子给众人倒了茶，青碧色的茶面浮着一层雪沫，螓首微垂：“其实我亲自来这里，也是为了寻找治我夫君腿伤的药。”

她看着如此年轻，居然是已婚之妇。

姜别寒轻咳一声，往后挪了一寸，许是联想到自家师父的老寒腿，好奇地问了句：“腿伤？”

“是旧伤了，这几年一直在寻觅良方，可惜都见效甚微。”

女子神色落寞，似是被戳到了痛处，众人识相地没有继续问下去，陆续上了她的纸船。

白梨慢吞吞地落在后面，时不时瞥一眼面前那道雪白如玉山般的身影。

这家伙的爹娘知道他出一趟门这么败家吗？他回家的路费还有吗？

仿佛察觉到身后的视线，薛琼楼回头云淡风轻地一笑：“你看我干什么？”

白梨琢磨着问：“你……昨晚睡得还好吗？”有没有偷偷去别的地方搞事情？

他笑意微微一滞：“不好。”

白梨一愣。

坐在船头的姜别寒偷偷竖起了耳朵。

薛琼楼头疼地揉着眉心：“一直和你在一起，所以没睡好。”

白梨：“……”

姜别寒面色麻木地捂住了耳朵。

山下秋色老梧桐，山上桃花始盛开。

乘坐的纸船破开云海，落在一座不高不低的峰峦之上。

这座白鹭洲“小有名气”的世家规模不小，一大片碧瓦朱墙的府邸，襟江带湖，各抱地势。

众人在高处俯瞰，清晰地辨认出这些府邸和长廊组成了一个显眼的符号，看上去仿佛一个巨大的“十”字。

“这是鄙府的法阵。”那个叫樊妙仪的女子在一旁解释，她弟弟樊清和忍不住兴奋地搭腔，“还请先生讲习术法的时候，也能指点一下这法阵该怎么摆才能省钱……”

话没说完他就被戳一记脑袋。

“你是想更方便逃出去玩吧？”

“哎呀，姐姐你别在外人面前拆穿我。”樊清和摸着脑袋嘀咕。

府邸的路面以青石板铺就，泛着一层盈盈水光，经过时能清晰地倒映出人影，走上去像行走在烟波江南的雨巷。

庭院布置得十分精巧，有梯桥架阁、岛屿回环的园林，草木杈舆，风吹过时便翻起一阵碧浪。

内阁庭院外是一片巨大的场地，四周黄幡飘扬，密密麻麻地坐满人，清一色的姜黄法衣，安安静静地打坐，没有一丝声响。众人从洞桥上经过时，只为首那人站了起来，朝着樊妙仪遥遥行了一礼。

“这是风陵园弟子，平日便在这里修行。”她有些羞赧，“小家小户，班门弄斧，让诸位见笑……咦，姜剑主？”

她发现姜别寒目光定定地看着一处。

不只姜别寒，其余几人也在看那个地方。

游廊尽头是一棵枝繁叶茂的树，巨大的树冠宛若一把绿伞，郁郁葱葱，枝叶间缀着星星点点的花朵，往下坠着盛开，像一只只浅黄色的铃铛。

这花的样子，很是眼熟。

樊妙仪奇怪道：“这棵树有什么问题吗？”

“没什么问题。”姜别寒回过神，“就是第一回见到活生生的浮屠花，有些好奇。”

“在中域或许是头一回见，不过，据闻西域光明殿的黄沙中栽植了成千上万棵浮屠树。”薛琼楼从沉思中抬起目光，瞥了一眼樊妙仪，“如果我没猜错的话，这棵浮屠树应该与西域有千丝万缕的关系。”

“公子知道得真多。”樊妙仪坦然承认，“这棵浮屠树正是五十年前家父重金请出光明殿，移植到鄗府来的。”

薛琼楼微笑道：“能让我们过去看看吗？”

樊妙仪没有多问：“自然可以。”

嫩黄的花朵有半只手掌大，素白的花蕊掩藏其中，拿指尖轻轻拨弄，还能看到流连春花的小虫从里面飞出来，一溜儿化作眼角一抹黑点消失。

众人觉得新奇，围在树下逗弄着这些花骨朵。樊妙仪端庄优雅地立在一旁，视线不着痕迹地扫过去，突然之间凝住了，嘴角的笑容也一瞬间隐没。

一道人影从不远处的游廊靠近。

那人约莫凡人而立之年的外貌，满头乌发拿木冠一丝不苟地束起，面庞硬挺瘦削，剑眉入鬓，称得上俊朗，但眼窝凹陷，眼下挂着两团乌黑，面相无端多了几分阴鸷。

等他整个人都从茂盛草木后露出来时，众人不由吃了一惊——他坐的是一张轮椅，两条腿畸形扭曲。

这人大概便是她在纸船上提及的，腿脚受伤卧病在床的夫君叶逍。

男人隔着一片垂满紫藤萝瀑布的游廊，一动不动地望着眼前繁茂的花串，对众人的到来视而不见。

樊妙仪面色微微一变，众人自然知道要回避人家夫妻间的事，立刻或抬头望天，或谈笑风生，转移视线和话题。

樊清和默不作声。自这个男人出现后，他面上的笑意便消退得一干二净，闷闷不乐地站在一旁。

樊妙仪快步上前，弯腰在男人耳边轻声细语，男人敷衍地朝众人点了点头，又一言不发地推着轮椅走了。她松了口气，朝众人歉然道：“夫君自从患上腿疾后，时时会出来晒晒太阳，但他性子孤僻，不大喜欢热闹，还请几位莫要介意。”

众人自然没有不悦。

过了姹紫嫣红的抄手游廊，就是一片素青的矮墙。假山竹林错落有致，曲径通幽，两侧浓郁的绿荫掩着尽头一座飞檐反宇的三层楼阁。

众人畅谈这会儿，白梨斜倚着美人靠翻看话本。薛琼楼坐在对面，手里颠着两三枚圆润如卵的石子，正无所事事地往池里打水漂。

鹅卵石在湖面上接连跳了好几下，咕咚一声沉没，又凭空出现在他手里。

少年坐在光影交错处，铺散在长椅上的袖摆如初冬新雪。湖水碧绿，对岸杨柳如烟，繁花似锦，色彩纷繁，他的存在便让这满眼目不暇接的花红柳绿多了一分写意的留白。

接连打了数十个来回，他无聊地移过目光，盯着白梨手里的话本，问："这好像是我借给你的？"

白梨忙着看故事，头也没抬："是啊。"

"是在看第十三话吗？"

他很少对她主动搭话，现在一反常态，便说明他肚子里的坏水又开始酝酿起来了。

白梨如临大敌，严阵以待："是啊。"

"第十三话讲的是一个牧羊老人，某一日他发现自己羊圈中少了一只羊，第二日又少了一只，第三日也少了一只……一连数日皆是如此，却又找不到缘由，直到某一日有人看到他邻居半夜时分鬼鬼祟祟出入羊圈，于是这人理所当然地被上告公堂，锒铛入狱。"薛琼楼缓缓道，"你觉得，他到底是不是无辜的？"

他总喜欢这么拐弯抹角地探话，旁人稍一放松警惕，就会掉进环伺已久的陷阱。

"当然是无辜的。"白梨合上书，郑重其事地回答。

薛琼楼一手搭在美人靠的边缘，有些懒散："怎么说？"

"很简单啊。"白梨压低声音，"因为羊圈里，有一只假羊。每天晚上咬死一只羊，拖出去偷偷吃了，那个邻居只是不小心进了一次羊圈，便被当作了嫌疑人。"

"假羊？"薛琼楼看着她笑，"羊还能是假的吗？"

她声音压得更低："披着羊皮的狼，就是假的。"

薛琼楼看她半晌，忽地倾身凑近，衣襟上还有昨晚残存的酒香，使得他青涩的眉眼也染上一丝醇厚。

“你觉得，如果你是这里面的羊，会被吃吗？”

他瓷白的脸几乎已经近在咫尺，噙着笑意的目光挑衅又玩味。

白梨不退也不让：“你应该问我，怎么才能不被吃。”

薛琼楼微微一笑：“行啊，那我重新问一遍——如果你是这里面的羊，怎么才能不被吃？”

“谁说我一定要做羊，我做那个牧羊人啊。”她清了清嗓子，一手叉腰，胸有成竹地一挥手，好似真是话本里那个宣布主权的主人翁，“如果那只假羊乖一些，保证以后不吃羊，我就不会把他扫地出门。”

手挥过带起一阵轻风，垂在脸侧的冠带被吹得轻轻晃动一下，薛琼楼眼神微微一晃，打量着她。她这天不怕地不怕的模样，已经和初次见面时天差地别。那个在他面前被吓哭的小姑娘，竟成了只胆大包天的肥羊，三番五次地来试探他的底线。

她三番五次地掉进陷阱，又三番五次地爬起来，明明对他戒备森严，却又若即若离地凑上来，仿佛……和他一样，也是别有所谋。

“白梨，”他眼底漆黑宛若海面旋涡，“你知不知道，逆流而上只会头破血流，急流勇退才是明智之举。”

她不以为意：“我说好了要和姜别寒、绫烟烟他们一起北上蒹葭渡，怎么能半途而废？”

薛琼楼看了眼正和樊氏姐弟相谈甚欢的姜别寒，慢慢往后靠去，笼在白梨头顶的身影也缓缓褪去。阳光像水一般泼到脸上，有些灼眼。

机锋还未荡然出声就已消散。

两人都有些沉默。

白梨下巴搁在书脊上，默不作声。

两次都是男女主角来救她，从现在开始她要抱紧男女主角大腿。白切黑装得彬彬有礼、友善谦虚，不到最后一刻他不会轻举妄动。

薛琼楼垂眼盯着水面，粼粼波光在眼底成了点点碎银，仿佛双目含星。他半晌才出声：“你知道那邻居为何半夜去他家的羊圈吗？”

她拿袖子挡着阳光，露出的一截手腕白得几乎透明。

见她面露疑惑，薛琼楼揶揄一笑：“牧羊人的邻居偷香窃玉，而牧羊人的妻子红杏出墙，两人花前月下……哦，不对，应当是羊前月下。”

白梨恼怒地控诉：“你怎么能剧透！”

他无辜道：“这不叫剧透。”

白梨气呼呼地去翻结局，就见结局写着——那邻居是牧羊人失散多年的儿子。

这和他说的没有半点关系。

白梨傻眼。

“我说了吧。”薛琼楼得逞地笑，“这不叫剧透。”

白梨恨不得把书倒扣在他头上。

叶道费力地将轮椅滑下台阶，他感觉背后有人帮忙推了一把，正在飞速打滑做无用功的小轮子从满是淤泥的缝隙中抬了起来，轻缓地落至地面。

樊妙仪两手按着轮椅站在他身后，轻轻喘了一口气，罗裙的裙摆卡在轮椅底下，也顾不得扯出来，她轻声说：“叶郎。”

轮椅往前挪了一寸，她手里顿时一空。叶逍没有搭理她，一个人艰难地往前挪。任何高大挺拔的男人一旦坐进轮椅，就会变得扭曲而矮小，曾是成名剑修的叶逍也不例外，唯一不同的地方，大概是他的脊背仍然挺得笔直。

“你还在怪我吗？”樊妙仪站在原地，裙摆被轮椅碾过，留下一道脏污的轮印，她以袖掩面低声啜泣起来，“让你的腿变成这个样子是我的错，可我这几年一直在奔波，寻找能给你治伤的药，你别这样一直消沉下去好吗？我……”

“这些我都知道。”叶逍敷衍地说，“我的腿是治不好的，你以后不用白费力气了。”

樊妙仪眼泪滚到腮边，像断线的珠子，把她的袖子都洇湿了。她想辩解却无从说起，只能看着轮椅吱呀吱呀地离她又远了一寸。

即便已经过了好几年，她还是很不习惯两人这样每天只有只言片语的冷漠相处。

明明是青梅竹马的夫妻，如今却形同陌路，一切都是因为她自己。

“阿妙回来了？”

拐角处洋洋泼洒的日光里探出一张明媚的笑靥，衬得墙角一枝红杏娇艳明朗。女人一张鹅蛋脸，双眉弯弯如柳叶，眼角一枚妩媚泪痣，美艳不可方物。她端庄有礼地朝叶逍点了点头，顺势在轮椅上扶了一把，罗衫袖中露出一段白腻的手臂，仿佛只是下意识地擦过，叶逍自然毫无所觉。

樊妙仪却看得清清楚楚，脸色顿时变得奇差。她脸上泪痕未干，悲伤与恼怒的神色夹杂在一起，却又不得不隐忍不发，便显得更加狼狈。她不露声色地抹去泪痕，僵硬地笑着：“小娘不是在陪爹爹吗，怎么有工夫出来闲逛？”

“他歇下了。”女人对她表情里明明白白写着的厌恶视而不见，像姐妹一样亲昵地挽起她的手臂，“身为家主夫人，有贵客莅临，我怎能缺席？快点带我去看看他们。”

琉璃瓦像片片鱼鳞，泛着一溜儿水灵灵的光。风陵园坐落在山头上，秋日太晒，众人将阵地转移到凉亭。四周有透明的纱帐，形成了个阴凉的小空间，十分舒适惬意。自离开掩月坊起，他们鲜少有这么放松的时候了。

姜别寒同那位名叫陆空的阵术师相谈甚欢，据他所言，经过白鹭洲做客风陵园只是偶然，此次北上也并非像姜别寒一行要去往琅环秘境，而是为了寻找自己的大师兄。这位师兄也是他血缘上的兄长，十八年前离开师门游历西域，至今杳无音讯。

师门以为他路遇不测，想方设法取得联系仍旧毫无结果，便派陆空亲自前往西域调查，却依旧一无所获。这或许意味着他的大师兄还没踏出中域中洲，便像凭空蒸发了一样行踪皆无。师门不愿放弃这个天资出众的徒弟，从没停止寻找，自小被兄长照料长大的陆空也找了十八年，同样毫无线索。

几人又谈及各洲见闻，姜别寒听得全神贯注，对于这种德高望重的前辈他总是十分敬仰。绫烟烟在一旁时不时搭几句腔，大部分时间都像个娴静的大家闺秀。夏轩埋头解决水果的同时不忘插科打诨，凉亭里洋溢着快活的气氛。

只有薛琼楼不声不响地坐在一片枯黄的光影中，像老相片中泛白的人，给人一种跨越时间的隔阂感。

他看上去仿佛对众人津津乐道的话题不感兴趣，白梨却注意到，每当话题变成中域中洲那些光怪陆离的见闻时，他便会多递去几瞥，这让白梨想到曾在大马路旁看到过的一个盯着玻璃窗里的玩具迈不动脚步却偏要摆出一脸“我才看不上这种盗版货”的小男孩。

“你一个人坐着不无聊？”白梨把石凳挪过去，膝盖上放着一本书，书里夹着墨笔。油墨味还很新鲜，她方才起便一直在涂涂画画。

薛琼楼偏过脸想看得清楚些，她好似早料到他会趁机偷窥，拿双手严严实实地盖住，说：“画完之前不能看。”

“我看的是你脸上的墨。”

“明明什么都没有！”白梨揉着脸愤愤地说。

她埋头把剩下几笔补完，将手边另一本书推过去：“你借我的话本我看完了，我给话本上了一层蜡保护封皮。”

儒门薛氏说穿了就是书香世家，爱书如命是反派为数不多的优点之一。

薛琼楼轻轻摁住书页。书跟借走前没什么两样，封皮和内页都是崭新的，一处卷脚都没有，手指摸上去的感觉稍显滑腻。

另一本书随之递过来。

“咱俩换着看，这是我上回在白鹭洲的坊市里买的话本。”

封皮上画了个对镜梳妆的美人，镜中的脸却是森森白骨，名字叫《醉翁斋志异》。

“也是讲探案的，你应该喜欢。”只不过探案是次要，这本书主要讲人妖虐恋。

只一眼，书里的内容已经被猜得八九不离十，所以薛琼楼没接。

“我不喜欢看这种。”

白梨心想，果不其然啊，自小只看凶杀案话本的病娇公子哥，长大后才会顺理成章地变成这副凉薄模样。他仿佛游移在有情有义的人类社会之外，满眼皆是阴谋算计，七窍玲珑心都比平常人少一窍，那一窍叫作情义。这是他拍马也赶不上姜别寒的地方。

对他而言，人情冷暖，皆如饮冰。久而久之，他自己也成了一块坚冰。挂着风度翩翩的微笑，于是人又成了一块无法焐热的暖冰——摸上去是暖的，滑溜溜的，找不到任何棱角，但触碰久了，会被冰咬得鲜血淋漓。

白梨指了指话本："你就当解闷嘛。"

或许确实无所事事，又不愿融入姜别寒他们的畅谈，薛琼楼随手翻开第一页，书页角落里一幅简笔画映入眼帘。画风奇奇怪怪，从未见过，眼睛极大，几乎占据大半张脸，鼻子不是鼻子，嘴巴也不是嘴巴，好在能勉强辨认出这是个人。

画的是一个人和一群羊，旁边蹲着一只狼崽的背影。狼崽竖着两只尖尖的耳朵，蓬松的尾巴歪向右侧，乖巧安静。

第二页画得几乎一模一样，人和羊表情动作都不变，只有那头狼崽耳朵折了下去，尾巴歪向左侧。

第三页又和第一页一模一样。

白梨观察到他翻页的手出现片刻的停顿。没有现代人的惯性思维，自然很难搞清楚这么多重复的画有何意义。可自小培养出来的敏锐度和剑走偏锋的习惯让他没有思索太久，他似乎很快摸清了门路，将整本书合拢，捏住书角哗啦啦往下翻。

简笔画动了起来，狼崽毛茸茸的耳朵忽闪忽闪，蓬松的大尾巴左右摇晃，更像一只向主人邀宠的大狼狗，有一股温顺无害的灵气。

"够不着葡萄的狐狸会找借口说葡萄太酸，吃不到肥羊的狼会狡辩说自己是素食主义者，"白梨看着谈笑风生的主角团，"至于那些明明有共同话题却不敢加入的胆小鬼，会安慰自己只是觉得那些人大惊小怪的哄笑很幼稚。"

"胆小鬼？"这样的评价对薛琼楼来说是首次。

"看别人谈得这么欢自己却不敢插嘴，通常是一种逃避心理，所以你在中域中洲干了什么亏心事？"

薛琼楼目光冷下来，下一刻便听她满腔幸灾乐祸："是在那里失恋了吗？"

"……"

她每次讲话总是这么跳脱，明明快触碰到他的底线，偏能悬崖勒马来个背道而驰、离题万里。

也许是秋日晒得人目眩头晕，他有些出神地凝视着手里花花绿绿的话本封面，也懒得否认。

柳枝将阳光揉碎了，金闪闪的光晃动着，两人相对静坐的身影像一对剪纸，其他人的笑声恍如隔世。

花丛间掠过一片色彩斑斓，凉亭外出现十几名婢女，打头的两个袅袅婷婷的身影越过繁花绿柳走过来。浅紫色罗裙、低头垂目落了一步在后面的是樊妙仪，走在前面的女人和她年岁看上去相差无几，步伐款款，蛾眉高昂，像个端坐中宫的皇后娘娘。

她走到众人面前，展颜一笑，媚态百生："诸位贵客莅临鄙府，小宛有失远迎，真是失礼了。"

顶着几位陌生人的目光，她依旧表现得落落大方，毫无后宅小女人的拘谨。这应当就是樊妙仪先前提及的小娘，是风陵园家主的续弦。

寇小宛十七年前被拐卖到掩月坊白玉楼，过的是在烟尘里打滚的凄风苦雨的日子，后来被恰好经过笼州的风陵园家主樊肆所救。樊肆见她孤苦无依，又是弱不胜风的女儿家，动了恻隐之心，允许她留在自己身边。

彼时是他夫人离世的第五年，男儿一世功名离不了红袖添香，寇小宛体贴备至，善解人意，又在从小摸爬滚打、步步惊心的日子里养成了机敏勇慧的性格，一来二去，她便从樊肆最信任的手下，摇身一变成了他最宠爱的夫人。

"古人曲觞流水，引以为雅兴，今日诸位贵客在此畅谈，却少了助兴的雅趣。"她拍拍手，便有一位粉罗轻衫的少女怀抱着琵琶走上前。琵琶上一枝灼灼如华的海棠倾斜着伸展，平添一分春色。

轻衫少女向众人行了一礼，一言不发地跪坐下来，纤细的五指轻轻一拨，一串曼妙乐音潺潺流出。

寇小宛往旁边稍移一步，给身后两列同样穿着粉罗轻衫的少女让路。少女们捧着釉瓷漆盘、提着竹编花篮来到众人面前，宛若一群粉蝶扑动浮花浪蕊，争奇斗艳地簇拥着绿叶。

众人万万没想到竟是这种招待，又不好直言拒绝，一时表情都有些僵硬。

这位夫人真是会玩，风陵园民风如此开放，那位传说中的家主知道吗？

白梨看到樊妙仪脸色尴尬又难看，她好不容易搭建起来的端庄肃穆的招牌瞬间塌了一地。

“公子手里的茶凉了吧？请用这杯吧，这是今岁薄灯草叶尖采下的第一滴露水泡成的茶。”一名圆脸少女从挽着里的花篮中捧出茶盏递到姜别寒面前。

“欸？真的是传说中的薄灯草？”姜别寒接过来闻了闻，“果然好香，绫师妹你看——”

一转头便见绫烟烟面无表情地盯着他，他顿时背后一寒，手里的茶盏顺势递过去：“绫师妹，第一杯给你喝。”

圆脸少女笑吟吟地拿出第二杯：“公子不着急，我们这里多的是。”

“不了不了，我不喝。”姜别寒手都晃出残影了，“我茶叶过敏，喝了会……拉肚子。”

圆脸少女：“……”

绫烟烟象征性喝了一口，往旁边一放，但面色稍稍好看了些。姜别寒擦了擦冷汗，劫后余生般松了口气，喝着冷茶转头一看，一口茶差点喷出来。

对面站了四个娇俏的少女，而且是长得一模一样的四胞胎。少女臂挽间的花篮里桃李杏梨开得正烂漫，薛琼楼坐在四面楚歌之中，像独自坚守领地的一支孤军。

而更让姜别寒既觉得同病相怜又感到幸灾乐祸的是，坐在他对面的白梨同样面无表情地盯着他。直觉告诉姜别寒，接下来的事态会很有趣，他决定暂且按兵不动，继续喝茶观望。

“我们的姓氏和公子很有缘呢，公子猜猜我们姓什么？”少女甜美的嗓音像黄鹂鸟的歌声。

“是白吗？”少年不动声色地微笑着，注视着最中间提着一篮子梨花的少女。

梨花上有一只蚂蚁在爬来爬去，白梨莫名觉得他看少女的眼神跟看四只小蚂蚁没什么区别。

“公子猜得真对啊。”

他谦谦一笑：“那真是很巧了，我有一个朋友也姓白。”

白梨被呛了一口。姜别寒看戏看得更加入神，不由得正襟危坐。

“公子猜得真对。”挎着一篮桃花的少女脸蛋圆润，笑起来唇边两个酒窝。

“我叫白冰。”

“我叫白清。”

“我叫白玉。”

挎着一篮子梨花的少女狡黠地眨眨眼：“公子猜猜我叫什么？”

少年歪了歪头：“白痴？”

“……”

姜别寒默默调整一下坐姿，好在薛琼楼被围殴时及时去劝架。

一阵长久的沉默之后，少女挤出一个委屈又僵硬的笑：“讨厌啦，人家叫白洁啦！”

白梨：“……”

“是‘洁白’的‘洁’，所以人家叫白洁。”少女还在委委屈屈地解释。

女孩们都是十五六岁的年纪，娇嫩得像篮子里的花，特别是这四胞胎，不仅模样毫无差别，连神情举止也仿佛是一个模子里刻出来的，好比流水线上批量生产的洋娃娃。

是受过专业训练的吗？否则白梨实在找不到其他理由来解释她们整齐划一的动作。

“姑娘，这朵花送给你，和你头上的发饰很配呢。”

那个叫白洁的女孩将一朵梨花递到面前来，鲜嫩的花瓣上挂着晶莹的水珠，可白梨分明闻到一股植物濒临枯朽的腐烂香味。一只蚂蚁顺着花瓣爬到了女孩的手上，又沿着她手腕爬进了袖中，而她毫无所觉，笑意盈盈地看着白梨。

有一瞬间，白梨觉得她脸上的笑容也很假，像恐怖片里嘴角夸张地咧到耳边的玩偶。

“姑娘，你不要吗？”

“我……不喜欢花。”白梨憋了好久才憋出一句。

“那真是好可惜，”女孩失落地说，“我还以为会和姑娘很有缘。”

这么随便的缘分我不敢要啊！

白梨扯了个借口溜了，留下女孩一个人站在原地。

“真是好可惜啊……”她说着，将梨花放到鼻尖轻嗅，然后慢慢探出猩红的舌尖，将整朵花卷入口中，饕餮似的囫囵咽下。她像三天三夜没吃饭似的风卷残云，结果吃得太快被呛住，她掩唇咳嗽起来，咳出了小小的黑点。

黑点在她手心爬动，是方才那只蚂蚁。

“白姑娘，你是准备一整天都跟着我吗？”

湖中铺着鹅卵石小道，湖面闪烁着莹莹玉光，正踩着水流的白梨刚抬起的腿就这样停顿在半空，不动了。

这话说得她好像是个死皮赖脸的跟踪狂……好吧，确实有点死皮赖脸。

姜别寒为了安慰生闷气的绫烟烟到现在都没露面，墙头草夏轩哪边风大往哪儿浇油。白梨不敢加入三人的修罗场，正巧薛琼楼突然有“闲情逸致”想游园，两害相较取其轻，她只好转投敌营了。

当然了，她还能刺探一下敌情。

虽然不知道那个包揽了渡口全部飞舟的富商是不是他安排的，但白切黑从不会无的放矢，她无法知晓哪处才是关键转折点，只能做一条寸步不离的尾巴。

“姜别寒他们有自己的事要忙，我一个人又太无聊，只能和你结伴而行，你不会介意吧？”

“我说会的话，白姑娘不会介意？”

“……”

薛琼楼头也不回，和她拉开一长段距离，半点没有等她的意思。白梨艰难地跟紧他的脚步，恨不得自己腿长二米八，脚下打滑差点摔进水里，还能清晰地听到前方传来嗤笑声。

他是背后长了眼睛吗？！白梨气不打一处来，索性不走了。

凌乱的踩水声消失了，薛琼楼回过头，看到少女蹲在湖心的鹅卵石小路上，浸在水流中的两只手像湖中两条白鱼，浅杏与艾绿交织的破色裙摆如同水中荷叶片片铺展。

“喂喂！水里有东西！”她有些大惊小怪地和他分享自己的新发现。

薛琼楼已经习惯了她的跳脱思维，懒得搭理她，这种时候尽管无视，她也不会生气或者难过，反而还能锲而不舍地跳转到下一个她觉得很有趣的话题上。

果不其然，一连串嗒嗒嗒的脚步声夹杂着水花飞溅的声音响了起来，她又从后面追上来了。

“快看快看！”

一抔水花洒过来，碎光点点的水珠四散在空中，像夜空中的星辰。薛琼楼面上微微凉，水花沾到他眉睫上、面颊上，他眼睛慢慢瞪大了一点。

他看着指腹上的透明水痕，感到微微的失神。有一瞬间，他下意识地以为这水被动了手脚，过了片刻他才回过神，带着一点不可置信，好半晌才拿袖子擦干水珠。

“这是洗完手后对最亲近的人必须做的事情！”清脆的声音字正腔圆地解释。

薛琼楼没什么情绪地望过来，盯得白梨有些心虚。

“那个……你要是觉得不公平，也可以拿水泼我。”

“……”

“其实湖水很干净，”白梨投降似的举起双手，“我的手也很干净！”

失策，忘了这家伙有洁癖。他的表情好像沾了一身病原体一样难看，而她就是那个最大的病毒。

“那我先走一步。”

白梨如愿以偿走到他前面，再也不用迈着小短腿隔湖兴叹。

很难想象地图上袖珍得只有指甲盖大小的白鹭洲上，居然有这么一座大到无法形容的仙家宅邸。湖泊尽头是一座假山林立的小园林，草木却疏于打理，荆条横斜，掩着一扇白墙红瓦的月门，白梨放轻脚步走进去。

绿柳如烟，花木葱茏，两道如胶似漆的人影藏在矮墙后。

“欸，赵郎，你的手往哪里去！”一声欲拒还迎的娇斥从矮墙后传出来，听不出丝毫恼怒。

白梨猫着腰的身形立时尴尬地僵在原地。

这声音……不是寇夫人吗？

“师娘，我们已经一个多月没见面了……”相比于女人的从容不迫，男人便显得急不可耐，像饥肠辘辘的鱼饥不择食地扑动鱼钩。

“今日是你师父出关的好日子，你这个大徒弟刚拜见了他就来拜见我，就不怕惹人生疑？”

一身深紫色长裙的寇小宛像花丛间一只色彩艳丽的大蝴蝶，正缓缓张开翅膀，露出上面一对硕大绚丽的眼睛，仿佛看一眼就能让人瞬间沦陷进去。

“师父一直在闭关，哪怕偶尔出关，也常常独自钻研阵术，闭门谢客，连我们这些亲传弟子一年到头也见不了几面，师娘你夜夜独守空闺，岂不是暴殄天物？”

寇小宛咯咯的娇笑声像蝴蝶翅膀下悬挂着的骷髅头在互相碰撞。

“听说今日大小姐带来了一群贵客，师娘如果看不顺眼，我便替师娘给他们一个下马威，把他们——”

“那可不行。他们都是世家宗门的子弟，货真价实的贵客，随便挑一个出来，都是我们惹不起的。”寇小宛的语气听上去却没她说的话那么敬畏，懒洋洋的，像个拙劣的话剧演员。

“别说这个啦，你过来——”

非……非礼勿视，非礼勿听。

白梨大脑一片空白，僵硬地转过身体，同手同脚地走出月门，没走几步迎面撞上一片白得晃眼的衣襟。

“怎么……”

薛琼楼刚说两个字，眼前这个脸红得像煮熟大虾的少女，突然踮起脚一把捂住他的耳朵。耳畔回荡着一股灼热的暖流，还有被放大了无数倍的风声，像海螺里的海风。

“到底怎……”

这回他只说了三个字，她眼睛一下子瞪大，两只手捂住他的嘴，于是那股湿润的暖流又流淌到唇上。

耳畔的风声消失不见，出现片刻冰冷的空白，取而代之的是花木颤动的声音。薛琼楼心思迅捷，片刻间便猜了个七七八八。

不过，这也不是他被人长时间压住的理由。

他眼底浮起一丝冷色，握住白梨的手腕，想强行将她拽开。

没想到她合身扑了过来，几乎是摁着他往后推。矮墙后面是一道铺满枯枝败叶的沟槽，两人一起摔了下去，砰一声灰尘漫天，树叶都砸得飘向半空，像灰蝴蝶慢悠悠晃荡下来，落了满头满脑。

浑身都被灌木丛刺痛了，白梨忍不住倒抽一口凉气，紧接着脑海中又闪过一道白光。

他的伤还没好，这一下不会又崩开了吧？

白梨不自觉抬起手。这些伤都是她亲手包扎的，她闭着眼睛都能知道具体位置。

她像黑暗中举着蜡烛摸索出路的小孩，被前方的一点光吸引过去，殊不知那是海面渔船的孤灯，而她正朝着悬崖越走越近。

越接近真相的地方，越是危险。

就在这个时候，心里有个盘桓已久的疑问微微地一动。

腰间的伤是拜鹤烟福地的守护神灵所赐，那么背上的伤……又是为什么呢？

白梨紧张地盯着少年的眼睛，就在她快要触碰到那个位置的时候，手腕突然被一把扣住，紧接着她在一阵天旋地转中被压下去，两人上下颠倒换了个位置。

金灿灿的阳光被枝叶切割成一块块游弋的光斑，四周弥漫着草木清香，纠缠成一股的呼吸炙热而滚烫。这样近的距离，她甚至能看到阳光中的浮尘栖息在鸦羽般的眼睫上。

被压下去的时候，白梨仍旧是一头雾水，不过直觉告诉她，如果刚刚真的不小心碰到了那个秘密，说不定现在压住肩膀的手就改成掐住喉咙了。

少年眉睫上还挂着湿漉漉的水滴，却并未能柔和他的面色，他仿佛一只被踩了尾巴的猫，一瞬间露出防备的爪牙，眼底一片肃杀的寒芒。泼洒在他脸上的日光都是冷的，苍白的面色像寒江上的浮雪。

他的秘密或许只有坟墓才能知道，但死无葬身之地的人，连最简陋的坟堆也不配拥有，这个秘密便会成为风中的沙土，慢慢地淡忘，了无痕迹。

为什么就算在死的时候也不愿意给人看一下伤口呢？

白梨眸中掠过一丝纯粹的痛惜，不带任何试探追究的意味，像一滴初春融化的冰水，卷走漠然的冰凉。他好似被那滴水烫了一下，眼睫轻轻一动，在面上落下两道柔软的弯弧，他稍稍松开她的手腕。

白梨试探着伸出手，轻轻放在他脊背，他没有动作，那层冰凉的雪丝被阳光融化，泛着薄薄的暖意。

“谁！”

寇小宛沉声低喝，白梨手抖了一下。

这么大的动静，早就惊动了矮墙后的两人。寇小宛染着鲜红豆蔻的手拨开花丛，问：“谁在这里？”

薛琼楼翻身半坐起来，袖口微动，一黑一白两条细细的残影从灌木丛叶隙中掠出，轻巧地跳上墙，化作两团互相抓咬的小绒球。喉咙里发出低低的呼噜，黑色的绒球跳上了白色绒球的背，白色绒球尾巴一卷，勾住对方脖子，将它甩到花丛中，整个过程行云流水，像大画家手中的墨毫肆意挥洒。

原来是两只正在打架的猫。寇小宛半仰着头眯起眼。

“奇怪，阿妙和阿清什么时候开始养猫了？你知道吗？”她转过头，看着身后倒地不起的男人。

那或许已经不能称之为人，只是一张干朽的皮囊，因失水而显得无比松弛，像肥大的麻袋。

“算啦，问你，你也是一问三不知。”寇小宛用纤长的食指挑起皮囊，藏进袖子，袅袅婷婷地走远。

墙上两只猫偃旗息鼓，舔着爪子轻轻柔柔地叫了一声，化作一黑一白两道长虹飞回去，成了薛琼楼手心两堆黑白棋子。

他神色不变地站起身，枯叶从身上簌簌落下，衣物又变得纤尘不染，他垂着眼帘不知在作何想。

白梨没他这种方便的法术，正徒手将身上的枯草拍下来，试探着说：“你背上的伤……”

“不要问。”他冷冷道。

这个人不想说的话，哪怕自己问得口干舌燥也不会问出半点有用的东西，反而还会被他溜一圈。白梨郁闷地闭嘴了。

“就这么点事，有什么值得大惊小怪？”

“我没有大惊小怪，我只是不知道这里有条沟。”白梨狡辩。

“那为什么你的脸这么红？”

“没有啊。”她立刻抬起手给自己扇风，看看云层低垂的天空，又看看凌乱的花草，“太阳好晒啊。”

“没有太阳。”

“紫外线好晒啊！”她磨了一下牙。

又是这种为了转移注意不知所云的话。薛琼楼已经习以为常，懒得搭理。

四周的草木被两人滚了一遍，满地狼藉，惨兮兮地弯着腰匍匐在地上，他随意一挥袖，这片凌乱的草木眨眼间恢复原样。

白梨发现他懂的东西真不算少。

修行贵在专一，姜别寒是个耿直又磊落的剑修，命里唯有一把剑；绫烟烟和夏轩是道门弟子，符箓术法五花八门，但万变不离其宗。只有薛琼楼是儒门弟子，哪怕是手刃人命，也自带一身清贵优雅的书卷气，却半点没有读书人的优柔寡断。

他好像什么都懂一些，不是略懂皮毛的懂，而是精益求精、面面俱到的懂，哪怕是最不起眼的冷门小法术，他也能信手拈来，就像一台容错度被调到最低的精密机器。

“你还记得我们来时走的是哪道门吗？”薛琼楼扫去肩头落花，破天荒向她询问。

白梨转头一看，也有些傻眼。

面前有两道一模一样的月门，连后面那条雕栏玉砌的幽深回廊、月门旁栽种的红杏也长得分毫不差，处处透露着扑朔迷离的诡异感。

“你也不认识这里的路？”白梨下意识觉得，只有他坑别人的份儿，别人想坑他门儿都没有，说不定还会被反将一军。

“我第一回做客风陵园。准确来说，在此之前连风陵园的名号都未曾耳闻。”薛琼楼气定神闲地立在一旁，淡淡扫她一眼，“听你这话的意思，是觉得我来过这里？”

白梨被他这一眼看得有点愧疚。是她多疑了，一点风吹草动便让她风声鹤唳，什么坏事都能往他身上想——这也没办法啊，谁叫她身边站着的人满肚子坏水。

“如果你也不认路，那我们就只能赌一把了。”

“怎么‘赌’？”热衷于赌命的反派好似天生对“赌”这个字眼有着敏锐的嗅觉。

“你等我一下。”白梨从地上捡了朵杏花，藏在手心往后一背，“来猜猜这朵花在我哪只手里，猜对了我们就走右边那扇门，猜错了我们就走左边。”

“……”

这种过家家式的赌法让薛琼楼的笑容又一次凝滞。

把选择权放到他手里，再寸步不离地跟紧他，他没有害人心思的时候，绝大多数的判断精准无误。白梨想得很通透。

奈何薛琼楼没心思纡尊降贵陪她玩这种小把戏，看都没看就往右侧一指，“走这边。”

白梨立时警觉：“你不是没来过吗？这下又是怎么知道的？”

“猜的。”

“喂喂，什么叫猜的？！你负点责任啊！这园子又大又绕的，要是不小心走错了，我们真只能在这儿过夜了！”白梨急眼。

他看上去一点不着急：“我随口一猜，跟你方才随手一赌，也没什么区别。”

“有区别的。”

“哪里？”

“虽然花藏在我手里，但猜的人是你，猜错了就是你背锅，和我没有半点关系！”白梨一本正经地说。

薛琼楼：“……”

第10章 风陵园（二）

白鹭洲多丘陵，风陵园就坐落在山峰上，亭台楼阁大都傍山依水，连绵起伏的青山像是紧贴在青灰色天际的一纸剪影。

游廊尽头是一片从未见过的陌生竹林，两人走得太远了，往后望一眼，已经看不到来时的那扇月门。

“薛公子，你好像选错了门。”白梨停下了脚步。

“既然都来了，何不进去看看。”他轻松的语气里莫名有一股胸有成竹。

白梨被竹林里的萧萧冷风吹起一阵鸡皮疙瘩，胳膊上寒毛直竖：“别吧，好奇心害死猫。”

“我们进的这扇门是错的，那剩下那扇便是对的。你害怕的话，可以自己原路返回。”

这人又用“害怕”这两个字眼来激她。

“如果我回去的路上迷路了怎么办？”

“那你只好祈祷会有人路过。”

白梨眼睁睁看着他从自己面前走过去了，好比出租车司机故意绕了一圈远路后把乘客一个人扔在阴气森森的大马路上，并毫无负罪感地安慰她“不想在这过夜就祈祷会有一架直升机来接你”……这样的司机会被投诉淹没，这样的人为何还没被天打雷劈？！

“你又跟上来了？”没过多久，薛琼楼发现她又出现在了身侧。

“因为我现在不怕了！”白梨脆生生地大声说。

“不怕这片竹林有鬼吗？”

“是不怕你了啊！”白梨没好气地瞪他一眼，步子迈得很大，一粒石子被踢得咕噜噜滚到前面，差点砸到他脚上。

薛琼楼停住脚步，靴尖将石子拨到一边，不急不缓地继续走下去。

曲径通幽，景色豁然开朗，竹林尽头是一座篱笆小屋，木门半掩，门楣上的新漆在阳光下泛着锃亮的光。

自踏入风陵园第一步起，满眼便都是层台累榭、飞阁流丹，仙家宅邸比凡间皇宫更富丽堂皇。骤然间出现这座清雅静谧的篱笆小屋，好似来到了晨兴而起、戴月而归的名士隐居之处。小屋后的山坡上隐约传来鸡犬嬉戏的声音，像一片与世无争的桃源乡。

薛琼楼已经上前叩门。木门从里面打开了，阴影中探出一张明媚的芙蓉面，狭长的水眸像狐狸的眼睛。

白梨心里有些吃惊，这个人居然是寇小宛。

“原来是你们。”寇小宛衣衫鬓发皆是一丝不苟，全无偷香模样，她迟疑地扫视着两人，“两位有何贵干？”

不行，现在一看到这位夫人就好尴尬。白梨抿着嘴一言不发。

“我们游园时迷了路，不慎误入此地，惊扰夫人了。”

薛琼楼便显得自然许多，浑身上下倾泻着儒门弟子的盎然风度，言语之间又有一股初出茅庐不谙世事的青涩，让人心生好感，又不会心怀忌惮。

装得真像，白梨麻木地收回目光。樊家姐弟俩对他的印象，就是个有点见识但很谦虚、家世很好但很低调、少不更事但不会添乱、跟着众人一起出来游山玩水的世家子弟——想必寇小宛也是这样想。

“不惊扰不惊扰，是我招待不周，鄙府地势复杂，府宅密布，之前有客人借住鄙府，也经常迷路。”寇小宛信以为真，扬手指了一条路，“我这便带两位出去吧。”

“不用劳烦夫人，我们自己走就可以了。”薛琼楼礼数齐全，还装作好奇地往屋内看一眼，“这里是……”

“家主闭关的时候不习惯太多人伺候，专门在此处开辟洞府，每日只派一名仆从守着，大部分时候由我来伺候家主。”寇小宛解释。

白梨注意到她说话时目光低垂，不敢和他们对视，肩背微微拱缩，和方才在凉亭露面的那个昂首阔步的寇小宛有些不一样，变得……奴颜婢膝，仿佛和之前的根本不是一个人。

更诡异的是，明明她前一刻还在与人暗度陈仓、颠鸾倒凤，下一刻便立即若无其事地出现在这里，仿佛有两个寇小宛似的。

“夫人也会弹琵琶？”临走前薛琼楼突然问了句。

女人手指发白，问：“怎、怎么了？”

“义甲的痕迹。”他漫不经心地指了指自己的五指关节处。

白梨下意识看过去，可在那之前女人已经将手藏入了袖中。

弹琵琶……她没记错的话，之前确实有个女孩坐在角落里默默弹琵琶，大概是寇小宛培养出来的伎子。

“略懂一二而已，上不了台面。”寇小宛抬起头，朝白梨露出一个客套的微笑，“姑娘这么看着我……我有什么不对劲吗？”

“没什么。”白梨意识到自己这样直愣愣地看着别人有些失礼，收回目光朝她作别。

等两人的身影消失，“寇小宛”才长长吐出一口气，掩上门转身进屋。这具沉鱼落雁的躯体如失了水的老树皮瞬间皱缩，她整个人像一只披着肥大皮囊的骷髅架子，走动之间骨殖在喀啦作响。

她打量着五根手指，可惜现在皮肤已经失水得看不出任何痕迹了，她把手臂伸到脑后，撩开长发，露出干枯如树根的后颈。那里有个硬币大小的黑洞，像啄木鸟啄出来的小树洞，一粒嗡嗡作响的小黑点从洞里飞出来，冲到了窗外。

傍晚风声渐起，深秋凉意料峭，望不见尽头的竹林在青灰色的天穹下呈现出浓郁耸峙的轮廓，与凝墨般倒灌下来的乌云相接，宛若一头蛰伏在天际的嶙峋卧兽。

“很不对劲，一点都不对劲，”白梨一路都在滔滔不绝地发表感想，“那个寇小宛，和之前见过的很不一样。我们一共见过她两面，她给人的印象应该是那种妩媚又奔放的事业型女人，可刚刚她局促得连手都不知道往哪儿放，还说自己一直在伺候家主，简直就是大和抚子式的持家型女人。”

“或许她是装的。”照例是惫懒的、不感兴趣的语气。

“不可能。”白梨继续说着自己的推断，“如果是真的寇小宛，那她露出的马脚应当是‘就算装成白莲花也掩不住女王气场’，方才的她却是‘明明是白莲花却硬要撑出女王气场’。”

“观察得真仔细。”薛琼楼破天荒给了一句赞赏，虽然挺敷衍的。

“过奖，谁叫我身边有块磨刀石。”

天色越来越暗，两人却还没走出去，涛涛竹声宛若丧钟的余音。风声中混入了某种嗡嗡嗡的震颤，像一群马蜂杂乱无章地振动翅膀，而且从振动的频率和音量推测，这群马蜂每一只都至少有两粒黄豆大小。

白梨顿时警觉起来，同时用余光瞥了眼薛琼楼。他仿佛什么都没察觉到，漫步在森然的阴影里，整个人还处在走马观花的状态中，若再配一把白底墨字的纸扇，就是聊斋话本里那些会与狐妖女鬼来一场旷世绝恋的清贵公子。

“磨刀石——你说自己是刀吗？”在这么阴森的氛围下，他还能分心琢磨着无关紧要的事情，“据我所知，刀分很多种，有刺杀所用的短刀，来无影去无踪；也有两军对战用的横刀，力顶千钧，可使人马俱裂；最最险恶的一种，是顶部有弯弧的猎刀，就像一把钩子刺进猎物的喉咙，让它受尽折磨。你说自己是哪一种？”

这种时候就别掉书袋了啊！

嗡嗡嗡的声音越来越近，几乎贴在白梨耳边，她心慌意乱的，根本没心思和他玩文字游戏：“我不知道，你告诉我。”

“杀猪刀。”

白梨磨了一下后槽牙，刚要反唇相讥，就被打断了。

“站住，别再往后退了。”薛琼楼的声音里没了先前的调侃。

竹林里突然刮起一阵飓风，地上的碎竹叶沿着无形的旋涡扶摇而上，在到达最高点时风声骤停，细长的竹叶纷纷扬扬坠了下来，像被海风刮到岸上正在扑腾乱跳的鱼。

白梨立刻停下脚步，不敢乱动。

她终于知道先前听见的古怪声音是什么了，那不是因为恐惧而放大无数倍的错觉，那些东西真真切切就在她身后——嗡嗡嗡，响成一片。

我该怎么办？白梨用口型说。

“别乱动。”薛琼楼抛了抛一对棋子，“然后，护住脸。”

为什么要护住脸？白梨继续用口型问。

少年笑了一下，认真地说：“因为，我只负责杀死它们，不保证精准度。”

“等、等、等会儿！我应该不属于它们中的一员吧？”你别想趁火打劫把我也干掉！正义的主角团不会放过你的！

薛琼楼眼神柔和下来：“我像是那种不懂怜香惜玉的人吗？”没等白梨回答，他又自顾自点头，“是啊，我就是。”

积点人品吧你！

白梨还在提心吊胆担心自己被误伤的时候，令人不安的风又刮了起来。薛琼楼的视线停在半空，被风吹得鼓起的衣袖犹如某种鸟儿雪白的翅膀。他轻轻一扬手，咻——

仿佛烟花爆炸，瓢泼火雨从天而降，空气中弥漫着烧焦的味道。

白梨抱住脑袋急急忙忙地跳开。她身后的地面上掉落着大片大片被透明的火焰灼烧的虫子，长得像蝉，壳甲黑亮，两片透明的羽翅如岔开的花瓣。

它们一边燃烧一边尖叫着，声音令人头皮发麻。

“怎么样？”薛琼楼假惺惺地慰问一句。

“拜你所赐，我背后差点被烧焦。”白梨没好气，他出手的时候居然都不提醒一声，要不是自己反应敏捷，那些火都要烧到身上来了。

不过……算了，他道德水准这么低，肯定也不会道歉。

认清现实放弃幻想，白梨低头打量起地上的虫尸，主动转移话题：“好奇怪，这些是什么生物？长得像蝉，声音又像马蜂。”

“是什么我不清楚，不过——”薛琼楼环视着愈渐幽深的竹林，“我们好像侵犯了它们的领地。”

两侧茂林修竹宛若挺拔厚重的绿墙，不断挤压过来，将脚下的小径和头顶的天穹挤成一条逼仄的线，夜色呈现一片压迫感极强的静谧。

白梨再一次感到不安起来，正想说“那我们赶紧回去”，抬头一看——

人没了。

他为什么总是这么神出鬼没！还能不能好好做朋友了啊！

冷静，她要冷静，这条路她一个人也可以走得完。就算迷路了，绫烟烟她们一定会出来找自己的，她根本不用指望那个心口不一的白切黑。当务之急是要祛除邪祟，以她的菜鸟水平，办法只有一个，那就是——

白梨扯开嗓子："妹妹你大胆地往前——"

第一句还没吼完，少年玉树风清的身影慢悠悠地从竹林里走出来，一只折了翅的麻雀可怜兮兮地睁着豆子眼躺在他手心。

一人一鸟静静地看着她。

白梨脸爆红："你为什么又回来了啊！"

薛琼楼："……"

麻雀鼓着毛茸茸的肚子，两个黑纽扣似的小眼睛好奇地看着两人。

白梨用手扇着通红的脸颊扯开话题："欸，哪里来的小麻雀，好可爱。"

"竹林里找到的。"薛琼楼看上去不像在说谎，"它翅膀断了。"

白梨这才注意到麻雀耷拉下来的右翅显得有些僵硬，沾着星星点点的血斑，不仔细观察便不容易发现。

真是奇怪，这视人命如草芥的大反派什么时候开始怜悯众生了？

"你想把它当宠物吗？"她帮忙规划，"那你得做个窝，最好是那种软乎乎的芦苇梢做成的，然后你还得买笼子，买鸟粮……"

"太麻烦了。"薛琼楼蹙眉，"走出这片竹林之前，它能活下来就放它飞走，活不下来，就扔了。"

那你救它有什么意义啊？！这家伙果然还是没有共情能力的反派人设！

更让白梨差点报警的是，他拿着几粒珍珠大小的果子就要投喂嗷嗷待哺的麻雀。

"你没有常识的吗？！"白梨按住他正在实施谋杀的手，"这样会噎死它的！"

"它不会把果子咬碎吗？"

白梨一时语塞。

某位智者说，你无法与失去理智的人交谈。到了她这里，就是无法与刚愎自用的人讲道理。

他能把古往今来的“刀”说出万花筒来，却不知道该怎么投喂一只麻雀，就像出口成章的大诗人不知道怎么提笔写字。

“你采的果子那么大，麻雀的喉咙又那么细，当然会噎到啊。”白梨慢声细语。

“你怎么知道会噎到它？”

“我……”我评价一只冰箱难道还要会制冷吗？

白梨跟他解释不清，索性笃定地一刀切：“我就是知道啊！我是医修啊，在这方面肯定比你懂得多！你别动，看着我喂。”

也许是药宗弟子的习惯所致，她总是随身带着许多充饥的小零食，比如现下随手便能翻出一包桃花酥。她用手指将桃花酥碾成细细的粉末，弯曲的手指灵活地穿针引线。

薛琼楼打量着全神贯注的少女。她看上去和掌心这只麻雀毫无区别，格外亲和无害，不论多么心浮气躁，都能被悉数抚平。

“好了，可以放走它了。”

如释重负的声音拉回了薛琼楼的神识，他扬手就要把麻雀抛出去。白梨恨铁不成钢地再次摁住他手腕：“你是要摔死它吧？”

薛琼楼怔然缩手，毛茸茸的小麻雀在手心扑腾着翅膀。

“你不知道？”白梨忽然有个猜测，“你……不会没摸过麻雀吧？”

“我当然——”也许是过度的放松使人意乱，向来守口如瓶的薛琼楼差点说漏嘴，他沉默片刻，又恢复了那八方不动的模样，“当然摸过。”

白梨看着他，像发现了什么破绽，得意地笑起来。

薛琼楼面色平静，问：“怎么了？”

这次说谎露出的马脚有点多啊。

“你看好，应该是这样，一、二……”白梨翻转手心盖在他手上，数完三声后才缓缓掀开。

一团扑腾着翅膀的灰影从掌心一闪而出，眷恋不舍地在两人头顶盘旋一圈，身姿矫健地掠入竹林。

他抬目凝望，那点灰影乳燕投林一般，也掠进漆黑的眼瞳深处。

暗淡的宫灯晕着海水的蓝，空气里漂浮着冰麝兰香，甜腻而糜烂。幽蓝的光团跃跃跳动，银白长发拖曳在地上，像一地萧条的水中雪。

“你以后别来看我了。”

女人坐在铜镜前，牙梳一路滑至发尾，那长长的、曳地的银发，宛若一条不断拉长的纽带，连接着洞天内外参差不齐的百年光阴。

少年努力挂起的笑僵住，跪下身趴在她膝头，像乞求垂怜的稚子：“阿娘，我今日赢了，赢了才能来看你的……阿娘是在怪我比平日来得晚吗？”

她置若罔闻。

面前依旧摆着铜镜，但铜镜里不再映出一张风华绝代的脸，而是漫天血光，哀鸿遍野。碧瓦朱甍的学宫朝夕之间轰然倒塌，负箧曳屣的学子、白发苍苍的先生被迫负井离乡，连绵不绝的身影在远天投下巨大的黑色剪影。庞大而冗长的队伍像一条遍体鳞伤的暮年长龙，无声而悲壮地坠进夕阳的坟墓。

“这些都是你做的，对吗？”她轻声质问，“你把你的老师和同学赶出东域，让他们今后无家可归，你为了取胜，就是这么不择手段的吗？”

“阿娘，我……”他脸上的笑宛若冰雕雪砌的琉璃，从顶部开始出现一道裂缝，直至蔓延全身，哗啦一声碎了一地。

被发现了。他像阴暗角落里的怪物被一束强光打中，所有隐藏在黑暗里见不得光的肮脏暴露无遗。

“是父亲，他想排除异己，所以我……”

“住口！”牙梳拍在冰冷的白玉案面，女人看着他，像在看一个陌生人。她面上晃过一丝恍然的残影，恍恍惚惚的双目中浸润着最后一片黯然的光。

“他不可能干出这种事……”她的眼里有两行血滑下来，她的灵力快要枯竭了，流出的只有血没有泪。

“阿娘，你别哭了……”前所未有的酸楚堵塞了胸腔，他跪下来乞求原谅，像渴望着怀抱的幼犬，“我知道错了，我发誓以后不会再这么做了。”

“你现在连阿娘都会骗了。”女人悲伤地看着他，“我有时候在怀疑，你到底是不是我和他的孩子。”

他面上一瞬间失了血色。

女人闭上眼，打散了铜镜里的画面：“回去吧。”

少年浑身湿淋淋地回到地面，忽地膝盖一痛跪倒在地，视野里出现一片绣着金色鳞纹的雪白衣角。

“连至亲都不信任的感觉，是不是不大好受？”

额前碎发在滴水，他置若罔闻。

“可她真的误会你了吗？”男人手中雪一般的扇面像剔透的镜子照出人心，“你分明乐在其中，为什么不承认？”

他狡辩的声音弱了下去：“我没有……”

可是那个藏在阴暗角落里的怪物在不断叫嚣——为什么不承认？为什么不承认看到那些在脚边磕头哀求的可怜人时，心里最初的负罪感在渐渐变作麻木、冷漠甚至享受？说谎与欺骗逐渐变得易如反掌，甚至……他还不满足于此，还需要更多……

“我没有！”像是要着急地否认一般，他用力摇头。

“所以说让你少跟那个女人接触，妇人之仁只会让你的刀锋生锈得更快。”折扇在洁白无瑕的衣襟处摇了摇。

“你不会还在想，这样做是错的吧？”男人看了他一会儿，突然笑起来，“对与错只是借口，权与力才是目的。”

呼啸的海风在天地间扫荡，天际的火烧云投下山岳般巨大的阴影，犹如奔腾燃烧的骏马。海滨的最高处矗立着巍峨煊赫的玉龙台，同时也象征金鳞薛氏的勃勃野心。终有一日，它会出现在中域中洲的领土上，成为他们遥不可及的仰望。

“一开始的时候，我可没想到会教你这么多。”男人的语气不知为何听着有些懊恼，“可你很聪明，出乎我意料。”

传说中猫是虎的老师。可虎终究是虎，凶狠残忍，六亲不认，一旦学有所成，就会把利爪插进老师的喉咙，所以猫没有倾囊相授，上树的技巧就是它最后一条退路。

男人当然不是猫，更没有沦落到想方设法为自己谋求退路的那一步，他只是拿捏着致命的软肋而已。

“你今年几岁了？”

水珠在地上留下椭圆的水痕，不等晕开又堆叠，将地面染成深色，他数着水珠没有回答。

在男人面上的笑消失之前，立在一旁的老奴毕恭毕敬地弯着腰道：“少主今年十二了。”

“十二了啊，可以出门游历了。”男人散漫地说，“刀在鞘中也会生锈，现在就走吧。”

自小照顾到大的老奴颤颤巍巍地跪下来替他求情：“中域凶险，孤身前行恐会遭遇不测……”

“遭遇不测？”男人一格一格地收起折扇，扇坠划过一道金色弧光，“扶不上墙的烂泥合该葬身他乡，废物便没资格上玉龙台。好好认清自己，没了薛氏少主的显赫身份，是你摆布他人，还是任他人摆布？——你现在是不是，很想杀我？”

少年脸上血色褪尽，他冰冷而倔强地看着男人，犹如看着自己不共戴天的仇敌。

“但愿这种幼稚又无能的眼神能吓到别人。”一幅画卷扔到他面前，他听到男人轻描淡写的声音，“在这之前，找到这个人，然后杀了他。”

凉亭内人走茶凉，余下几人收拾着果盘茶具。少女忙里偷闲地倚着石桌，纤纤素手捏着一枝梨花，低头轻嗅，猩红的舌尖舔了一圈下唇，正要张嘴，冷不防一只手按住她肩膀，将她整个人扭转过来。

梨花从手中脱落，她双肩一颤，短促地惊叫一声，看到来人后，惊魂未定地拍着胸脯：“少、少爷，你怎么又回来了呀？”

“我还想问你，谁让你们过来的？”樊清和换了身衣服出来，便看到凉亭里多了几道绰约的身影，而原本坐在这里畅谈的几人杳无踪影。

他拧紧眉毛，斥责道：“这些都是我和姐姐请来的贵客，你们别捣乱。”

“没有、没有捣乱啊。”少女双手捏着衣摆，嗫嚅着说，“是夫人让我们来伺候贵客们的呀。”

樊清和脸色黑了一半。

他不喜欢这个小娘。

哪怕她表现得再贤惠，举止锻炼得再端庄，始终摆脱不了那一丝风尘气儿，所以当初父亲当着姐弟俩的面宣布要娶这个女人作续弦时，他简直不敢相信自己的耳朵，这简直是对母亲的侮辱。

樊清和故意压低声音，背过手："这里不需要你了，你们去伺候父亲吧，这几日少来。"

少女怯怯地抬眼："可是……家主那边已经有夫人了。"

"那你们就去别的地方。"樊清和皱眉又补充一句，"反正别到这里来。"

"奴婢知道了。"

少女低头缩肩，经过樊清和身旁时，罗裙上的飘带缠上了他的手指，像经过山湾的溪水，打了个旋儿继续往前流。

樊清和差点没跳起来，又不好对女孩子动粗，憋着气怒冲冲地往前走，决定让姐姐出面将这些不懂规矩的下人都赶出去。

他将脚下石头踢了出去，石头飞出一条悠远的弧线，砸在墙上，又"砰"一声弹回来，弹到轮椅的椅脚上。

"阿清，你最近脾气怎么越来越坏了？"叶逍推着轮椅从墙角的阴影里现身。

樊清和看都没看他一眼，径直往前走。

"听说进入鹤烟福地的人是你？"

樊清和脚步一顿，没好气："是啊，姐姐为了你一大清早去那种危险的地方，你回来却甩她脸色看！"

叶逍搁在椅把上的手指纹丝不动，道："进去的人是你吧？"

"是又怎样？"他终于察觉出对方话里那一丝阴阳怪气，"你到底想说什么？"

"进入鹤烟福地找玉犀石的人是你，被大蟒困在山洞里危在旦夕的人也是你，你姐姐呢？说得好听点，她在外面帮你守着，其实不过是贪生怕死，让你拿命去涉险，她自己坐享其成。难道她还想让我感激涕零吗？"

随着这番话一个字一个字冷漠无比地往外迸出来，樊清和的眼睛瞪得越来越大，他在原地怔立半晌，好似还不敢相信自己刚刚听到了什么。

“你……你还有没有良心啊！”好半晌，他喉咙里才挤出这句话，“你明明知道姐姐这几年为了你荒废修炼，以她现在的修为，在鹤烟福地根本走不了多远。你让她进去不就是送死吗？”

叶逍冷笑：“那我的腿伤又是为了谁？”

樊清和陡然语塞。

“是谁任劳任怨供她差遣，甚至为了救她摔断双腿？！”叶逍额角青筋暴起，“又是谁一面口口声声说要照顾我一辈子，一面同床异梦思念着其他男人？！”

樊清和无言以对。

那会儿他十岁不到，但他还能清楚地记得那件事。就像话本里那些崇尚婚姻自由的闺阁大小姐一样，姐姐和一个身无分文的落魄男人私奔了。这对亡命天涯的苦鸳鸯逃到悬崖边上时，樊清和也在当场，他迷茫地看着这个熟悉又陌生的女人，不知道她为何要为了一个外人抛弃自己的家族，甚至抛弃自己青梅竹马的未婚夫——至少在那会儿，小小的樊清和还是很喜欢这个每回做客都给自己带见面礼的大哥哥。

更叫他匪夷所思的是，姐姐怀里抱着一个血人，那个人分明已经死了，可姐姐死活不肯松手，和血人一起坠下悬崖的寒潭，碧绿的潭水中升腾起一束血雾。

“拦住她！”他听到父亲暴怒的声音在耳畔炸响。

“阿妙！”准姐夫撕心裂肺地呼唤，紧跟着跳下山崖。

所有人都不要命似的冲了上去，只剩下樊清和一人站在原地，还不能理解刚才发生了什么。他只看到杂乱的人影在面前晃来晃去，交织着暴怒与哀恸的声音在耳畔浮沉。那恰好是个深夜，伴随着荒郊野外的鬼火狐鸣，这一切就像凄厉的噩梦。

叶逍用失去双腿的代价把姐姐救了上来，至于那个血人则了无踪影。

姐姐能够获救，是他唯一能理解得了并由衷为之高兴的事情。樊清和高兴得想上去给姐姐一个拥抱，结果就看见浑身湿透的姐姐狠狠甩了叶逍一巴掌，骂他是卑鄙小人，说若不是他向父亲告密，她的陆郎怎么会死。

陆郎是谁？什么告密？这些樊清和自然都不知道。他只看到叶逍脸上浮现清晰的掌印，通红的眼眶仿佛要燃烧起来。叶逍没有愤怒，没有悲伤，更没有解释什么，表情是死灰般的绝望。

小孩会对厄运有一股天生的感知力。从那一刻起樊清和就知道，从前的三人时光大概再也回不去了。

姐姐依循婚约嫁给了叶逍，并主动照顾他的起居。她开始全心全意地爱护这个为自己失去双腿的男人，仿佛将那个血人忘得一干二净。所有人都觉得姐姐回心转意了，毕竟萍水相逢的惊鸿一面，再怎么惊艳也比不过青梅竹马十几年的情谊，只可惜让她回头的代价太大了。

叶逍却不再是从前心甘情愿为心上人上刀山、下火海的痴情人了。后半生只能在轮椅上勉强度日的他失去了本该拥有的大好前程，他开始变得日渐消沉，脾性大变。他是世家子弟，所以他发起脾气来不会对姐姐大吼大叫，他发脾气的方式是无穷无尽的冷漠——无视她的善意，无视她试图弥补感情裂痕所作的努力。他残废的双腿是冲动的代价，而他现在要连本带利地收回来。

世上所有事都这样，失去了才觉得后悔，得到了却觉得枯燥。

只有樊清和知道，两人之间始终隔着一个人，他阴魂不散的鬼影里埋藏着那晚的兵荒马乱，所以樊清和无比痛恨这个看不清容貌甚至不知道具体名字的血人。他是一切悲剧的导火索，是姐姐心头挥之不去的阴影，是夹在姐姐与姐夫之间一粒硌人的石头，这粒石头磨不成珍珠，只会让两人都变得血肉模糊。

“你还太小了，这件事不用你插手。”

轮椅渐渐远去，樊清和直愣愣地盯着男人缩在轮椅中的渺小背影，好久都没动。

“怎么一个人坐着，你同伴呢？”

绫烟烟转过脸，见樊妙仪站在身后不远处，朝她轻轻点了点头。

“他们……歇下了，我一个人无聊，就来这里坐坐。”

绫烟烟面不改色地扯谎。姜别寒和夏轩哪敢歇下，两人都在各自屋里面壁思过，不总结出自己错在哪里就不准吃晚饭。

可惜他们想了大半天也没想出个所以然。姜别寒怎么也想不通自己只不过接了杯茶而已，为何能让平日里善解人意的师妹念念不忘至此；至于夏轩则更是委屈，他明明只是好心想劝架，根本不是为了看两人的热闹——虽然越劝越乱。

“这棵树能养心精神，不愧是圣物。”绫烟烟再次由衷赞叹。

她坐在了浮屠树底下，满树摇晃的花朵如同倒悬的铃铛，奏动着无声的乐章，使人浮躁的心也变得平静下来。

樊妙仪在她身旁坐下，面色有些尴尬，道：“下午的事是我们唐突了，小娘其实还没适应我们的家规，父亲又常年闭关不出，所以她做事都由着性子来……”

“没关系，我不介意。”绫烟烟倒是不怎么放在心上，当然她也看出这对继母继女之间龃龉不少。

“姜剑主应该很喜欢你吧？”

隐秘的情愫陡然被戳穿，绫烟烟的脸骤然红了起来，她急道：“怎么会？没有的事！没有！我们只是单纯的师兄妹！”

樊妙仪轻轻地笑了笑：“你们也是青梅竹马吧？自小就相识，最后还能走到一起，真是让人羡慕。”

羡慕？绫烟烟后知后觉地想起，这位樊夫人和她的夫君也是青梅竹马。可惜两人的感情好像出现了裂痕，以至于形同陌路。樊妙仪说“让人羡慕”，是在羡慕她和姜别寒像年轻时的她和叶逍吗？

“情深不寿，付出最多的一方永远最卑微，所以我羡慕你和姜剑主两人是势均力敌的。”

绫烟烟心说，哪里势均力敌，明明姜师兄更听她的话。而且爱情为什么要用“势均力敌”来形容？搞得好像两人是注定你死我活的劲敌，一面拿刀尖抵着对方的胸口，一面互相深情表白。

她忍不住想问个清楚，却看到樊妙仪轻轻阖上了眼，发丝在风中轻轻扬起，浮屠花发出的金光像夏夜的萤虫落在她衣袍的边缘。

绫烟烟又听到了厚重的吟唱，仿佛浮屠花发出的声音。她忽然什么事也不想做，什么话也不想说，不由自主地闭上眼，只想沉浸在这声音中。

浮屠花中爬出了一只漆黑的飞虫，栖息在她肩膀上。

樊妙仪睁开了眼睛，面无表情地看着虫子爬进女孩的衣领。

窗缝里摸索着爬进来一只小飞虫，绕着屋内唯一一盏光源盘旋，冷不防被两根白腻的手指捏住。猩红的舌头一卷，将它吞了下去。

趴在窗边打盹的白梨感觉脸上痒痒的，像是有人恶作剧似的用指甲轻轻挠她的脸。

她终于忍不住睁开眼，一双水光盈盈的杏眸猝不及防撞入眼帘，栗色的眼瞳深处亮着一点幽森的烛光，映出她受惊的脸。

面前站着一个陌生女孩，睁大了眼盯着她，眉眼处落下坑坑洼洼的阴影。见白梨被惊醒，女孩挤出一个坑坑洼洼的笑，脸上的阴影更多了："姑娘，你这样睡在窗户底下会着凉的。"

"你怎么进来的？！"

试想一下，大半夜醒来发现有人在对你发出死亡凝视，画风还如此诡异……白梨差点想抄起蜡烛往她面上扔。

女孩指指半掩的门："夫人让我来巡夜，我看到你门没关，怕你出事，就进来看看。"

夫人……寇小宛？某种绿色的记忆又苏醒了，白梨退后好几步，说："我没事，你可以回去了。"

女孩还想说什么，白梨斩钉截铁道："我要睡觉了！"

"那我告退了。"她垂头退出房间，不忘带上门。

白梨立刻环视一圈。屋内布置和先前一模一样，没多出什么东西，只一盏烛火在忽闪跳动。她放下攥在手里的剪刀，长出一口气。

傍晚自己非要和薛琼楼游园，被他溜了一圈，本想等绫烟烟回来和她说一下这里的情况，结果因为筋疲力尽，不知不觉地趴着睡了过去。现在应当是后半夜了。

她轻轻打开窗户，月华流淌进来，照亮了窗台一隅。

众人下榻的客房紧挨在一起，对着一片湖是两个女孩的房间。花木成荫，湖面如镜，白日里阳光宛若碎了一池的金子，晚上便是一湖繁花一湖月。

一道黑影在花木间飞闪而过。白梨揉揉眼睛，确定自己没看错。这个健步如飞的身影……是刚刚那个女孩吗？

拱桥的一半被葱郁的草木遮挡，树影后露出若隐若现的皎白衣角，湖光与月光交相辉映，仿佛天下三分月色都凝聚在这三处。

她用力眨了眨惺忪的眼，这道身影就很好辨认了。

站在月光里的少年像夜色下玻璃窗上的冰花，会随着晨兴而消散。

“你一个人大半夜在这里干什么？”白梨学着他的样子将双臂搁在拱桥的栏杆上，“我猜猜——赏花？可是晚上花儿都在睡觉；赏月？今天晚上多云，没有月亮；看星星，星星也被云挡住了——我知道了！”

她打了个响指：“是在看人吧？”

一上来就被灌了一耳朵的话，薛琼楼却极有耐心地听完了，反问：“所以，你想说什么？”

“我想说你有没有看见一个鬼鬼祟祟的人跑过去？”

“晚了，你已经追不上了。”

“你怎么知道？你不该问我那个人长什么样，那个人刚刚做了什么，那个人往哪个方向跑了吗？逻辑这么跳跃我会怀疑你是不是提前知道了什么！”白梨震惊。

“和你讲话要什么逻辑吗？”他半阖着眼，姿态散漫。

“要是追得上我还用得着在这里套你的话？”白梨嘟囔。

深秋的夜晚寒露料峭，萧瑟的夜风像凉水似的将人包裹其中。她抱起手打了好几个冷战，可惜身旁人无动于衷，没有半点绅士的觉悟。

是想借助寒冷把她赶走吗？白梨才不上当，抱紧胳膊顽强地立在风中自己给自己取暖。

嗡——熟悉的声音忽然又响了起来，只是响动了一下便隐匿在黑暗中。

“你很冷？”薛琼楼好像终于意识到自己的疏漏，关切地问了一句。

“不、不冷。”

声音忽然没了，取而代之的是一阵寒风，白梨抱起手臂再次打了个寒战。她刚刚绝对没有听错，这地方一定藏着什么猫腻。

“你手都青紫了。”

“被风吹的。”白梨留意着四周的动静。

“刚刚不是说不冷吗？”

白梨面不改色地圆谎："刚才的我不是现在的我。"

少女紧抓着栏杆的指尖冻得发紫，或许也是胆战的缘故，指节处泛着青白。她留神着四周的动静，就像他之前在竹林里发现的那只瑟瑟发抖的同时又保持着高度警觉的断翅麻雀。

薛琼楼瞥了她一眼，没有说话。

夜色中亮着一点幽幽的烛光，白梨出门的时候没有把蜡烛吹灭，投射在窗户上的树影犹如张牙舞爪的鬼影。另一侧是绫烟烟的房间，门窗内一片漆黑，她已经歇下了。

一缕黑烟在翠郁的花木间聚拢，悄无声息地挤入窗缝。

白梨一惊，紧接着是巨大的懊恼。发现得太晚了，刚刚那阵嗡嗡声果然不是错觉。

她掉头就往绫烟烟的房间跑，可手腕骤然间被人擒住。她往后缩了一下，挣不脱。

"去哪儿？"站在她身后的少年轻声说，像一句最平淡不过的问话，刺骨的寒意却沿着她的腕骨蔓延至四肢百骸。

她就知道！她刚刚哆嗦了那么久没见他斜一下目光，现在他却突然关切地问她冷不冷，这就是声东击西！

她已经没有剧情金手指了，站在同一起跑线同他交锋，早就落了下乘。

"我看到这里有人。"白梨目光不躲不避。

"是你的错觉。"薛琼楼目不斜视，表情很淡，"我没看到。"

"你！"白梨一阵气闷。

不远处满屋烛影猛然摇晃，一缕黑雾袅袅盘旋至半空，横冲直撞寻找乘虚而入的缝隙，发出沉闷的啪啪声，宛如暴雨斜侵门窗。

来不及了，它要进去了！

"快快快让我走！我回去睡觉还不行吗？！"如果现在手里有一块豆腐，白梨会跳起来把它拍在他脸上，"你抓疼我了！"

她手腕上确实泛起了一层薄红，薛琼楼放轻了力道，但是没有松手。

"贸然上前只会适得其反，我劝你最好静观其变。"

窗户发出扭曲的哀鸣，在夜色下显得无比瘆人，窗户边缘被撞得变形，岌岌可危。

这时候静观其变？恐怕只有死人才静得下来吧！白梨觉得自己快赶不上了。

她像扑腾着翅膀想飞出牢笼的雀鸟，有一瞬间，薛琼楼好似从这双总是如琉璃般干净而坚韧的眼底看出了一抹无助。他的手缓缓松开，似是怜悯：“你现在过去已经没用了。”

白梨一下子挣脱，头也不回地飞奔。这大概是她这辈子最快的速度，运动会的百米冲刺她也没这么拼。

这一路搭上了主角团的顺风车，就是她能苟活到结局的金手指。可主角团对她来讲绝不仅仅只是立于不败之地的大腿这么简单，从闻氏手里救下她的是主角团，让白切黑反派有所顾忌的也是主角团，她不止欠了主角团一条命这么简单！

虽然知道绫烟烟最后一定能安然无恙，但人非草木孰能无情，谁能眼睁睁看着自己的好友一步步走向凶险的陷阱而无动于衷。

皆大欢喜的结局只是一针定心药，并不意味着她能全程作壁上观。

房门前那缕黑烟却突然消失得无影无踪，夜色呈现一股寥廓而空虚的死寂。

没赶上吗？白梨一阵绝望。

“烟烟！绫烟烟！”她用力拍门，“你还醒着吗？你没事吧？！”

冷风割面，隔壁屋里晃动不止的烛光像一头怪兽不断闪烁的眼睛。

门吱呀一声打开。绫烟烟松松垮垮地披了件外袍，表情迷茫：“阿梨，大半夜的怎么了？”

“刚刚有奇怪的东西想进你屋，你……”

白梨余光瞥见门框上被风吹起一角的符纸，话语在喉咙里戛然而止。

这是绫烟烟设下的禁制。她是个细致严谨的女孩，每回入住客栈都会在门内门外各贴两张符纸，作用类似于防盗门上的锁链。若是有人想强行进她屋，门内的符纸便会成为灰烬，现在符纸未损，说明禁制没有遭到破坏，也就是说，她屋里还没有任何人。

但她刚刚明明看见那缕黑烟……完了，是现在！

几乎同时，一股狂烈的阴风扫荡而来，像一片冰凉刺骨的刃从身上刮过去，呼啸着卷入房门。紧贴在门框上的符纸宛如一只枯叶蝶，在半空撕裂。

“什么东西？”

绫烟烟被这阵照面而来的风迷了眼，下意识拿手在眼前挡了一下。

白梨背对着风，魂不守舍地看着她，目光不住地颤抖着，好像经受了巨大的打击。

“阿梨，你怎么了？”绫烟烟在她面前晃了晃手。

白梨努力将神志抽回，整颗心降到了冰点。

“我们方才看到有东西进了你屋子，怕它对你不利，匆忙间才将你喊醒。”薛琼楼站在阶下一汪明澈剔透的月光里，谦谦有礼地一笑，“打扰绫姑娘休息了。”

“欸？有东西进了我的屋子？”绫烟烟吃了一惊，低头去看设了禁制的门框，那张符纸已经完全脱落，龙蛇游走的符文正在逐渐消退，她面色立刻变了。

白梨惨白着脸缓缓回头。

两人站在拱桥上时，因为禁制的存在，那缕黑烟根本无从下手。想让它找到乘虚而入的时机，便只能让绫烟烟自己出来开门。

他是故意的，故意让她将绫烟烟喊出来。如果他不出手阻拦，白梨可能还有冷静思考的余地，但方才那样只会让她产生他在欲盖弥彰的错觉。

一点缥缈的烛火在他黝黑的眼瞳中明晦不定，仿佛在说：刚刚好心提醒让你不要过去，如何？现在是不是追悔莫及？

你不是很想救人吗？那我让你亲手引狼入室，眼睁睁看着自己一时疏忽酿下弥天大错，让你的力挽狂澜变作推波助澜。至少接下来的这一路，这片阴霾将一直笼罩着你，永远不得脱身。

你敢跟我作对，我会让你知道什么叫生不如死。

少年墨玉般的眼底蕴着一丝若有似无的笑，轻慢不逊、目空一切，仿佛一座波谲云诡的迷宫，将人玩弄于股掌之中。

他的笑是金装玉裹的刀鞘，藏着雪光冽冽的刀刃。他捅刀之前，不会亮出刀刃，而是扬起笑脸。

杀人何须见血，道心崩碎足矣。

白梨深吸一口气，冰冷的夜风灌入肺腔，她感觉自己清醒了些。

冷静，她要冷静。她认识这家伙不是一天两天了，江山易改，本性难移，短短一天的和平相处对他来说只是过眼云烟而已。此前他一直在对姜别寒下手，根本没拿自己这个小菜鸟当回事，直到鹤烟福地让他大意失荆州，他才渐渐认真起来。认真的后果就是——不留任何情面地捅刀。

他是什么时候开始谋算的呢？或许是小树林那一晚，又或许是他跟自己提起“狼与牧羊人”那一刻？

从踏入风陵园的第一步——不对，应该说从踏入鹤烟福地的第一步起，主角团就已在劫难逃，随后的应邀下榻，不过是在这片杀机四起的泥沼中越陷越深而已。

原著中绫烟烟陪着姜别寒走到了最后，一定不会在这弹丸之地香消玉殒。没有剧情金手指，幸好还知道原著结局，白梨觉得眼下自己还能破局。

侧面的窗户猛地被风掀翻，那缕形迹可疑的黑烟从窗户缝里溜了出来，像一条黑蛇蜿蜒游去。

绫烟烟还没来得及看清，方才还立在阶下的少年眨眼消失。

白梨心知肚明，他应当装模作样地去追了，接下来应该会随便找个借口说自己没有追上，这件事就这么不明不白地过去了，暗藏在主角之间的凶机却保留了下来。

白梨当机立断，转头往姜别寒住处跑。

“姜别寒！绫烟烟那儿出事了！你快出来！”

姜别寒在床上辗转难眠，还在想着怎么哄好他的绫师妹，陡然听见门外急促的喊声，几乎立时翻身而下，剑光随人影一同掠出，两扇木门应声而碎。

白梨面前刮过一阵风，再回过神时，房间空荡荡的连门都没了。

“师姐怎么了？！”夏轩听到动静也跑了出来，“等等我！我也去！”

轰一声，木门被火符烧成灰烬。

白梨：“……”

绫烟烟简直被今晚的事弄得一头雾水，先是有一缕诡异的黑烟想钻进她房间，然后她被一阵阴风刮得眼睛疼，最后那缕黑烟在她房间逛了一圈，不打自降般逃了出去。

“我真的没事。”她摊开双臂给面前三人看。

三人的表情出现片刻迷茫，上上下下将她扫视一遍。她完好无损，半根头发丝都没断。

姜别寒忧心忡忡：“可是我听阿梨说，那东西冲破了你的禁制，进了你的屋子……”

“可能是因为发现得及时，它没来得及得逞。”绫烟烟拢紧外袍，“方才薛公子已经去追了……”

白梨打量着她。微白的脸色是被夜风吹的，眼瞳清澈不掺杂一丝杂质，腰背笔直，和平日别无二致。

不对，白切黑出手或许不会立竿见影，但绝不会空手而归。

这是一剂慢性毒药，随时随地都会让人毒发身亡，只不过不是现在而已。

水波不兴的湖面突然间飞起一条白练。那缕黑烟拖着一条浓烟滚滚的尾巴，自白练中倒掠而出，犹如一条蟒蛇在半空翻滚扭转，在这一处小小的封闭式宅院内横冲直撞。

姜别寒面色一变，将绫烟烟挡在身后，正要拔剑出鞘，一线雪亮的白光以迅雷之势将这条蟒蛇一斩两段，仿佛要将夜色劈出一道裂缝。

“追到了。”

薛琼楼从草木扶疏的假山后走出来，随手将用废的玉白琉璃子扔到地上，棋子落地即碎，化作一堆齑粉随风飘逝。

两段黑烟自半空坠落，是两截黑色的飞虫，模样像蝉。白梨对它一点也不陌生，下午在竹林碰到过乌泱泱一大堆。

“刚刚……”绫烟烟仔细打量，“就是这东西刚刚在我屋外盘桓？”

薛琼楼点头：“方才和阿梨在桥上赏月，是她先发现不对劲的。”

月华流淌在他眉眼上，瓷白的脸宛若通透而干净的玉，他侧眸与白梨对上：“我说得对吗？”

白梨的心脏仿佛被狠狠攥了一下，没办法否认。他说得半点没错，方才确实一直和她站在一块。

他说要去追这道黑烟，也确实说到做到。每一句都是真话，但每一句都藏着混淆视听的陷阱。

“这东西是什么？”姜别寒拿剑尖戳了戳飞虫的死尸，“蝉吗？”

白梨觉得有必要将竹林里的事和他讲清楚，但有人反应比他更快。

“我见过。”薛琼楼淡淡开口。

姜别寒循声抬头：“你了解这东西？”

“了解谈不上，不过——”他思忖片刻，“傍晚和阿梨游园时在竹林里见过，阿梨还误以为这些是马蜂。”

白梨脊背一僵。他又说出来了。

“难道是风陵园饲养的宠物？”夏轩蹲下来，拿出一根小木签拨了一下，将这东西翻了个面，露出雪白的肚皮和两片薄薄的蝉翼一样的翅膀。

“师姐，你见过吗？”

“没有见过，书上也没有记载。”饱览经书如绫烟烟，这会儿也在犯愁地摇头，“长得倒是像蛊虫。”

她想了想，忽地眼神一亮：“对了，你们还记得刚来的时候看到的那棵树吗？”

“你是说——浮屠树？”姜别寒道。

绫烟烟点点头：“浮屠花里面也有这些蛊虫在飞来飞去。樊妙仪说过，这棵浮屠树是她父亲特意从西域移植过来的，既然是圣物，怎么任由它被蛊虫啃噬？”

“你是说，这些蛊虫与那棵树有关？”

她有些迟疑：“我也只是这样猜测，毕竟那朵浮屠花很眼熟——”

虽然她没说下去，但众人心下了然。闻氏师祖堂挖出来的那具无头尸首上就有一朵浮屠花的印记。几个人都经历过掩月坊大清洗，对此记忆犹新。

姜别寒看到浮屠树的第一眼，便自然而然地联想到了那具尸体。

浮屠树在中域凤毛麟角，百年难得一见，许多人甚至未曾耳闻。那具尸体身上有这样一朵花，生前必定不是等闲之辈，说不定与风陵园樊家有千丝万缕的关系。

乌云蔽月，一片阴影缓缓覆盖庭院中默立着的五人，树木如狰狞的爪牙，在夜风中晃舞。

“之前师兄不是正犯愁找不到关于那具尸体的线索吗？现在好了，线索自己找上了门。”夏轩一点也不觉得庆幸，胆战心惊地出声，“是、是巧合吗？”

“如果是巧合，那也太巧了。”声音来自倚在树下沉吟的少年。

“飞舟被一名富商尽数包揽，我们无船可乘，只能再在白鹭洲滞留一天。我们恰好遇上那对姐弟，他们又力邀我们下榻风陵园，总感觉像是——守株待兔。”薛琼楼点到即止，微微一笑，“我只是猜测，但愿是我多疑了。”

三人脸色不大好看，都开始顺着他的思路产生了怀疑。

白梨面色更白。

他在和盘托出——不对，应该说，他把她知道的和盘托出。她像个东拼西凑的修补匠，好不容易将线索找齐，结果突然有个人过来拎起那些零零散散的东西，轻蔑地说凭这些边角料可凑不出真相来。

她不仅前功尽弃，还被狠狠地嘲讽了。

仿佛察觉到她饱受打击的视线，少年微微侧头。众人站在一片森然的黑暗里，只有他一身白衣醒目昭彰，好像在说：我让你知道什么，你就只能知道什么。你再怎么挣扎，也玩不过我。

冷风侵衣，前路一片迷茫，白梨抱紧手臂缓缓蹲下来。

一旁伸来一只手，轻轻地扶住她。

白梨惊讶地抬起头，正对上少年半隐在月影中的面容，他微微笑着：“阿梨，你很累吗？”

“没、没有，我只是腿酸。”白梨下意识地想把他甩开，但他一用力，又抓紧了她。

表面看他只是虚虚地牵住她的手，却有一股无可抗拒的力道控制着她。他这个样子好像是在温柔地关心她的身体，不远处其他三人都心领神会地移开了目光。

“只是提醒你一句。”少年嘴角勾起，眼底却冰冷一片，“如果撑不住的话，尽早放弃吧。”

“谢谢你的关心。”白梨手一甩，这次终于把他甩开了，“不过你得意得那么早，小心之后败得越惨。”

“垂死挣扎。”薛琼楼表情平淡地扔下一句，转身离开了。

白梨朝他的背影扔石头，低骂：“阴险小人。”

第11章 风陵园·围杀之局（一）

满园纷红骇绿在月光下宛若一个巨大而狰狞的影子。两名婢女站在寇小宛身侧，时不时递一把剪刀或花枝。多余的枝叶被扔进小竹篮里，开得饱满的花朵便被挑出来，插入釉瓷花瓶。瓶身光滑细腻，更衬得她五指上的豆蔻鲜艳如血。

几只黑漆漆的小飞虫爬进花盘中，她长久凝视着，自言自语："是不是少了？"

婢女噤若寒蝉。

左侧的圆脸少女忽地跌坐在地，不断有艳红的血滴子从雪白空洞的面孔渗出，这具鲜嫩美艳的皮囊迅速腐朽，一抹黑色小点自皮囊中飞出来，嗡嗡盘旋一圈后坠落，触地即死。

寇小宛伸手一掐，蛊虫在她指间捏碎，整个过程她都面不改色，仿佛真的只是捏死了一只小虫子而已。

剩下那名婢女吓得几乎站不稳，努力屏住呼吸，却藏不住脸颊的抖动。

"你是说，他们发现了主人的闭关之处？"寇小宛冷声问。

婢女战战兢兢地回答："只、只是不小心走到了那里，没有进去，奴、奴婢披了夫人您的皮囊，给他们指了出路，他们就走了。"

"没用的东西。"寇小宛冷哼一声，眼角泪痣红艳，"你现在就去伺候主人。"

凋败的花枝砸在脚边，少女膝盖一弯砰然砸在地面，如丧考妣："求求夫人不要赶我走！我、我还有用的！"

寇小宛不为所动。

"差不多就够了。"没等婢女露出劫后余生的表情，一条彩练在她面前一扫，头颅咕噜噜滚落。

"父亲今晚出关，这里所有人都没有存在的必要了。"身后的黑暗里缓缓走出一道人影，月光里素白的下巴宛若一截雪亮的刀刃，艳丽的唇脂是刀锋上的血。

寇小宛冷笑："今晚不去假惺惺伺候你家那个残废？"

身后人没有回答。月光一寸寸照亮面容，殷红嘴唇到鹅脂琼鼻，秋水长眸冷冷映着夜色。浅紫色裙摆被夜风吹得肆意鼓胀，宛若两片巨大的蝶翅。

"谁能想到温柔可亲的千金大小姐，背地里却是动辄拧断人脖子的女魔头？"寇小宛继续拨弄她精心培育的花朵，"提醒你一句，主人能否重塑法身，在此一举，当务之急是宰了那五个人，你别想酝酿什么歪心思，比如偷偷想了想你那早死了十几年的老情人。"

樊妙仪席地而坐，裙摆如同绽放的花瓣。

"只要父亲能顺利出关，他就能复活我的陆郎吗？"

"那是自然，家主神通广大，有什么事情是他做不到的？"

"做不做得到和愿不愿意做，是两回事情。"

"省省心吧，我可没听过世上哪个父亲不会拼了命地实现女儿的愿望。"也许见坐在地上的女人痴心得有点傻，早就阅人无数的寇小宛肤浅地安慰了一句。

"你没有父亲，自然不知道。"

"说话小心点！"寇小宛尖利的指甲掐断了花茎。

一阵沉默冲淡了两人之间剑拔弩张的氛围，樊妙仪再度平和地开口："事成之后，你就离开吧。"

"我誓死追随家主。等家主如日中天之时，会有无数比我更有能力的人站在他身后，那时或许不再会有我的位置，我只需做樊家一名敝帚妾就够了。"寇小宛眼里闪动着虔诚的光。

她从不逃避自己的过去，即便倾听的人抱着三分的同情、七分的怀疑。谁会相信一个攀上高枝的风尘女子对一个已婚之夫拥有坚定不移的真爱？

笼州掩月坊对她来说是一段不愿回想的噩梦，一排排梨花木门后的雅间是狰狞的刀俎，包裹在锦衣之中的她们像切好的白鱼片摆上去。被作为炉鼎交易不仅要忍受肉体的折磨，还会遭遇性命之虞，她几乎每天都能看到蒙着白布的尸体像发臭的鱼一样被扔到坊外的乱葬岗。

记忆里那是一个热到空气都扭曲的夏天，蝉声在窗外嘶鸣，她在雅间里等着下一个或许会给自己带来死亡的男人。和平日里那些光鲜亮丽大摇大摆而入的世家子弟不一样，这回的男人是从窗户里跳进来的，他落魄褴褛，须发凌乱，身上有伤口，沾着的血被烈日晒成固体。

他是来逃难的，但他头脑无比清醒地选择了她的雅间，仿佛两人之间注定会有一场生死交易，包括那句话本里已经用烂了的开场白——“答应我一件事，我就带你出去。”

是家道落魄的公子爷，是被仇家追杀的侠士，还是铤而走险的亡命之徒？寇小宛并不清楚，但她只犹豫了一瞬，便镇定地答应了下来。

“然后你真的在我家待了这么多年，”樊妙仪看着女人后颈上皱缩的窟窿和已经变得干枯的脸皮，“但你现在还是躲不过死亡的威胁。”

“我死亡的那一日，家主会登上权力的宝座，届时整个笼州地界也不过是他脚下的一只蝼蚁。那可比我在掩月坊担惊受怕一辈子，有趣多了。”寇小宛抚摸着眼角一点妩媚的泪痣，像美人的手抚摸着鱼肠的刀尖，“我追随的，是唯一的强者。”

桅杆林立的演武场，一道道阴森的影子麻木地挪动脚步站了起来，形成一股庞大的人流，无声地向前方汇聚流动，巨大的剪影宛若巍峨的高山，每个人脖颈后都潜伏着漆黑的蛊虫，透明的羽翅如花瓣合拢，等待着黎明前绽放的那一刻。

“这里真是太古怪了。”夏轩蹲在地上，搓着手臂上的鸡皮疙瘩，“我、我们还是连夜走吧，我一刻也不想再待下去了。”

“当初不是你说要啃鸡腿、睡大床的吗？”姜别寒无情地补了一刀。

夏轩悻悻然垂下脑袋："我错了，我没想到飞舟的事居然是有人故意为之。"

"她这样做又是为了什么？"姜别寒疑窦丛生，"我们和风陵园樊家素未谋面，无冤无仇，和那个寇小宛更是谈不上有任何交集，她为何要这样做？"

"会不会和那个家主有关？"绫烟烟突发奇想，"按理说那个樊肆应该已经听闻有外乡人造访下榻的消息，可为何过了大半天也不见他半点人影，难道他一心研习阵术，一点也不关心家宅里的琐事？就算如此，我们这群造访的人中，还有一个光明殿的大师，他不亲自出面接见，却继续待在闭关的洞府内，起居之事还要夫人照料，你不觉得这很说不过去？"

她一个一个疑问接连抛出来，众人的面色便一点一点地沉下去。过了半晌，姜别寒开口想提议："那我们……"

他还没说完，一直默不作声的薛琼楼忽地抬手制止他的话："出来。"

去势汹汹的白光击穿了不远处一座假山，叠石积翠的假山霎时间炸成一蓬齑粉。

假山后哆哆嗦嗦站着一条纤细的身影，是不久前擅闯白梨房间的那名少女。她攥着蜡烛的五指惨白，蜡烛袅袅升起一缕灰烟，说明她在这里站了很久，很可能从众人到来时起便一直在这儿，因为怕被发现，故而一动不敢动，大气也不敢出。

等等，大气也不敢……姜别寒后背一寒。

这么一个活生生的人在这儿，他们几个居然都没有发现，除非……

"我、我不是故意要偷听的，我只是来巡夜的。"少女泪水涟涟，惊慌失措地后退，"我什么都不知道，你们、你们……"

她鲜嫩青春的面庞像放了气的气球，整张脸扁了下去，红唇一张一合还在说话，声音呲呲地漏出风声："你们别杀……"

她整个人像被踩了一脚，声音也在被挤压，压得又尖又利，像放完气后的那一声尾音："别杀我。"

只短短须臾工夫，少女便成了地上一张腐朽的皮囊。

——除非本来就是死的。

姜别寒在心里补充完了后半句猜测。

皮囊蠕动了一下，有什么东西在里面窸窣爬动。他拔剑出鞘，将皮囊挑起一个角。里面趴着一只半死不活的蛊虫，四肢还在抽搐。

“这些婢女是死人？”绫烟烟面色唰地一白，“难道说，是这些蛊虫在操控她们？”

话音方落，一股摧山撼岳的狂风扫地而起，屋脊上鱼鳞般依次排开的瓦片被风吹得片片掀翻。湖泊内水流激荡，一个黑洞洞的旋涡显露出来，将那一轮平静的月亮都卷了进去，整座庭院仿佛被巨人狠踩一脚，霎时下陷十丈。

白梨被这突如其来的地震震得脚下不稳，想扶住树干却扶了个空。另有一道遮云避月的黑影从她身侧拔地而起，这是一堵白面红瓦的矮墙，墙面惨白，瓦片血红。若不是她躲避及时，恐怕会直接被刀锋般锋利的墙瓦切成两半。

不只右侧这一堵，左侧、后方、前方、更前方，无数堵矮墙雨后春笋般拔地而起。花月相映的庭院眨眼间消失，面前只有这一道道色彩鲜艳又千篇一律的墙，铜墙铁壁一般。

“地势变了！”姜别寒将绫烟烟护在怀里，“我们先赶紧出了这庭院，否则会被困在这里的！”

“姜师兄！你怎么能现在就逃！”绫烟烟无比失望地看着他。

姜别寒一愣，不知自己错在何处。

“你不等等阿梨！”

“哦，这个啊。”姜别寒见怪不怪地往前一指，“她早逃了。”

逃得一路绝尘，连背影都看不见了。

绫烟烟：“……”

“白姐姐，我们真的不用管他们吗？”夏轩在身侧狂奔。

他先前差点被掀进湖里，千钧一发之际白梨拉了他一把，紧接着便莫名其妙和她一起亡命天涯了。他撒腿逃了好远，才想起来姜师兄他们几个人还在后面。

“你觉得自己的武力是什么段位？”白梨循循善诱。

“比你厉害一点吧。”

“有点志气！不是和我比！”白梨给他一记栗暴。

“可是白姐姐你这话听上去比我的更没有志气。”在白梨举起手刀之前，夏轩连忙改口，“我、我、我最弱，谁都比不上！”

“笨鸟先飞，菜鸟先逃。”白梨总结，“不然只会拖后腿。”

夏轩看她的眼神都变了。把临阵脱逃说得这么清新脱俗的人恐怕只有她一个。

“姜师兄是剑修啊白姐姐，我们可以踩着他的剑飞走！”夏轩指出了关键所在。

“想多了夏师弟，我刚才试过，飞不出去。”姜别寒拉着绫烟烟从两人中间跑了过去，像抱着美人策马杀敌的将士。

不愧是男主角，逃都逃得正气凛然！

可是主角团变成了跑酷团！这还怎么玩啊！

白梨身旁一株合抱粗的巨木遽然无端摧折，树干犹如巨人粗壮的胳膊横扫过来。她往旁边躲了一下，烟尘四散后，和她一起跑酷的小伙伴们不见了。

白梨：“……”

她扶着墙壁稳了稳心神，抬起绵软的腿沿着一道墙径直往前走。

乌云散去，月光温柔地泼洒，墙面上缓缓移动的人影分外清晰，嗒嗒脚步声在四面围墙内回响，如空谷余音。白梨摸着墙壁走到月门前，前后左右都有一扇月门。

她没犹豫多久，果断朝右侧月门迈步。

两团鬼火陡然间在白梨面前一跳，陌生的危险气息迎面逼近。鬼火聚拢，才看清是两只血丝密布的眼珠子，像烧红的玻璃球。脸上颧骨高耸，眉毛以下的脸悉数被黑暗吞没。

“找到你了。”嗓音粗哑如铁锯磨朽木，扭曲变音。

白梨勉强辨认出这是之前和寇小宛春风一度的男人。

这真是转角遇惊喜。白梨强作镇定，步步后退：“咯咯，你、你认错人了……”

“找到你了……”他双目呆滞，翻来覆去就这一句话。

白梨欲哭无泪。看到现场的又不是她一个，怎么只抓着她一个人不放！欺软怕硬挑软柿子捏吗？！

男人五指如爪，猛然朝她刺过来。

“等一等，你真的找错人了！”白梨往后一指，视死如归地大声道，“那个穿白衣服的家伙看到了全程！没错他现在就往那边逃了！你不去追他他就要把你的秘密昭告天下！”

两道雪亮的白光交错着当空劈斩，像天神从天而降，十字形的血弧喷溅在墙面，男人保持着疑惑和惊骇表情的头颅，缓缓从脖子上掉下来。

白梨腿一软瘫坐在地，还维持着伸直手臂往后指的动作，僵硬地转过头。

薛琼楼站在身后，神色复杂地看着她。

两堵墙壁靠得极近，像一条鬼气森森的巷子，一眼望过去，两侧月门重重叠叠，不见尽头。两人在这些墙壁之间弯弯绕绕地找出路，差不多有小半个时辰。

白梨感觉自己是在原地打转，走进一扇月门，紧接着又有四扇月门等着选择，再走进一扇月门，又有四扇月门等着选择……月门以次方倍增多，选中的概率以次方倍减少，再这样走下去，到猴年马月他们都走不出来。

薛琼楼不急不缓地在前面带路，两枚琉璃子像两个小月亮缀在头顶，照得少年面容像玻璃上凝结的晨霜，稍纵即逝。

“你是不是在溜我？”白梨忍不住问。

前面悠悠然落下一句：“你猜。”

五个人因这座迷宫分散四地，她没办法确认绫烟烟的情况。想走出迷宫只能借助他的能力，可他这个样子，摆明了要看她的好戏。而且白梨毫不怀疑，就这么漫无目的地走下去，她这条尾巴随时随地会被扔掉。

薛琼楼侧过脸，走在身旁的少女有些黯然神伤，眼睫像烈日下的枯叶，蔫蔫地耷拉下来。他毫不掩饰落井下石的讥讽，笑道：“是不是很想和他们碰面？”

光影在她面上掠过，垂在脸侧的两簇乌发随步伐轻摆，她一声不吭的时候，有一股惹人怜惜的温顺。

“可惜你遇上的不是他们，而是我。”他慢悠悠地说，“不跟着我，会像方才那样遇险；跟着我，或许永远都走不出这座迷宫。白姑娘，你知道自己像什么吗？”

白梨闷着不作声。

“丧家之犬。”这个时候已经无须掩藏獠牙装什么翩翩公子，他的恶劣讥讽显得有些肆意。

“你连剑都不会握，只会躲在朋友的庇护下，可朋友遇难时你只能帮倒忙添乱子，朋友不在时又毫无尊严地投靠对手，这样的人——”薛琼楼转过身，温柔地吐出一句反问，“难道不是很无用吗？”

白梨知道，他觉得她就是个自以为是还没遭受过社会殴打、对一切都抱有可笑希冀的傻白甜。对付傻白甜最好的方式就是让她们意识到自己愚蠢又没用还不甜，你以为自己是驱散黑暗带来光明的太阳，但其实你是一只廉价的劣质灯泡。

他装得了温润如玉，也装得了言笑晏晏，可惜都是虚与委蛇。所有碍路挡道者，他都会不留情面地一一扫除。第一次是警告，第二次是试探，第三次就是痛下杀手。只不过比起杀人，他觉得诛心更有趣。

明明是这样一个心性恶劣的人，却像一团与月色共白的云，温文多礼又不乏倥偬意气。这块暖冰简直毫无死角，想打碎他难如登天。

“这样做你很开心？”白梨加快脚步挡在他面前，“绫烟烟和你有仇吗？只是为了劝退我，你就要拉一个毫不相干的人下水？！”

她眼底好像倒映着两枚燃烧的月亮，照亮了夜幕中的小巷，让少年这身扎眼的白衣黯然失色。

薛琼楼目光闪了一下，缓缓移开，答非所问：“木已成舟，你别想着再救她了。”

“绫烟烟一定会没事的。”白梨像个胜券在握的狂热赌徒，“我还知道，他们到最后都没事。”

薛琼楼看着她。她反应迟钝到不见棺材不掉泪，这时候了还觉得自己能力挽狂澜。更令他感到不解的是，她语气里带着一股不容否认的笃定，仿佛和自己一样都是幕后的操盘手，而且胜算比自己更大。

薛琼楼眼神幽沉：“你就那么笃定？”

“是啊，在某些方面，我知道得比你多。”她胸有成竹地颔首，“譬如你可以想一想，我是怎么知道鹤烟福地的入口可以扭动。”

他好似受到挑衅，目光倏忽间凌厉起来。

“但是我不告诉你。”她卖着关子，“你那么聪明，你自己去猜。”

薛琼楼绕过她继续往前，轻蔑地扔下话：“我不感兴趣。”

“所以你乐衷于摧毁别人心性？”声音远远从背后传来，她站在原地，浓郁的夜色勾勒出纤细而不纤弱的身形，“那你自己的心性呢？”

他轻描淡写：“千疮百孔。”

“喔，你还挺有自知之明。”她踢踢踏踏地跟上来。

“知己知彼而已。”少年翘着嘴角，笑容有得意，也好似有嘲讽。

“你哪儿学来这么多？”她弦外有音，“能不能教教我？我捉弄一下别人也好啊！”

“自学成才。”他面无表情地说，“愧为人师。”

白梨：“……”

一股诡异的沉默在夜色中弥漫，明明摩擦得快要起火，却又生生将这股火苗压了下去，整座天地仿佛一座铁炉，不断受热膨胀，扭曲变形，濒临爆发。

两侧月门忽地涌进一大股冷丝丝的白雾，瞬间将两人笼罩在里面。白梨连忙捂住嘴，还是被呛到了。

“把你的养气丹拿出来。”

面前袖光划过，雾气留下一道半圆状的缺口，很快又如潮水蜂拥而上。白梨依言在芥子袋里摸索，摸了一半突然停下，直愣愣地瞪着他：“你是不是又想下套？”

“这是迷烟，吸多了你就真别想走出这座迷宫了。”

“我不信你。”

薛琼楼怔了一下。

白梨站在墙角一块石头上，一下子比他高了半个头。

他神色复杂：“你干什么？”

白梨煞有介事地清咳一声：“一览众山小。”

“……”

她居高临下地环视一圈，像村干部下乡视察，指着农民伯伯的田埂：

“这地方不错。”

薛琼楼沉默地盯她片刻，问：“你到底想说什么？”

“我想说，这地方很适合做我的坟墓！”白梨一副死猪不怕开水烫的模样，“来吧，你动手吧！真正的勇士，就该直面淋漓的鲜血和险恶的人心。”

她像在给自己盛唱赞歌。

薛琼楼神色越发复杂。

“你呢，是不达目的誓不罢休，我呢，就是不成功便成仁。”她伸直手臂指着他，“咱们理念有冲突，道不同不相为谋。你自己也说过，大道之争，你死我活，斩草除根才能杜绝后患。留着我就是后患无穷，所以你快动手吧。”

她用手指敲了敲惨白的墙面：“这些墙壁还能给你打掩护，姜别寒他们不会怀疑你的。

“机会难得，别犹豫了，犹豫就会败北，果断就是白给。我这么果断地白给，你还犹豫就是败北。”

薛琼楼凝望着她，面色有些怔然。

“你刚刚就不该救我！”她叉起腰，天不怕地不怕似的，“现在是不是很后悔错失良机？”

薛琼楼毫无征兆地一挥袖，白梨脚下石头应声而碎，她差点摔倒，扶着墙壁，一阵晕眩，肺腔里好似灌满了烟雾。

“头晕了吧？”薛琼楼冷眼旁观，“现在信不信我？”

连个放狠话的机会都不给。白梨捂着嘴咳嗽，颤颤巍巍地去摸芥子袋，摸出一枚养气丹递给他。

薛琼楼没动作，说：“我不需要。”

“你不坚持你的原则了？”

他看了过来。

“做戏做全套。”白梨指着掌心的养气丹，“你不服药，怎么装作‘安然无恙’地走出迷阵？遇上姜别寒他们你该怎么解释？”

她知道背后的事跟他有关。和上次在掩月坊一样，这人喜欢玩命，喜欢和主角团一起闯龙潭虎穴，一面化险为夷，一面出其不意下黑手。

从某种意义上讲，这还真算知己知彼，可惜没到百战不殆的高超境界。

薛琼楼审视着药丸，像在检查里面的含毒量。

“没有毒！我又不像你！”白梨仿佛受到冒犯，恼羞成怒。你个热衷于下黑手的反派有必要警惕别人下黑手吗？！我现在下黑手岂不是自寻死路！

白梨深吸一口气，进入了泰山崩于前而色不变的贤者状态。从现在起她要吸取教训紧跟白切黑的脚步，不论接下来会发生什么事，她都不会大惊小怪。

浓雾尽处显露出一扇月门，白梨的脚踝突然被月门旁丛生的杂草荆棘缠住，她扶墙拽了拽腿，一只脚还没拔出来，另一只脚又遭了毒手。冰凉僵硬又带着尖利的刺，紧紧扎进皮肤。

“薛、薛琼楼，这里有危险，别往前了。”四面墙壁回响着她颤抖的声音，没人回应。

果然那家伙指望不上啊！他走得这么快根本没注意自己在后面是死是活吧！

白梨梗着脖子回头一看。

此时恰值月影横斜，满地黑影露出庐山真面目。大摊污血流淌到脚下，铺散的乌发如海藻纠缠，绚烂的彩裙如蝶翅匍匐，少女尖利的五指紧紧抓住她脚踝，如五根坚硬的铁丝。她们都只剩下一口气，濒临死亡。

白梨从她们的衣着认出，这些都是寇小宛身边的婢女。她倒吸一口冷气，无比淡定地一脚踹了过去。

“我想回家……”幽幽的哭泣声从身后传来。

薛琼楼回头，看到蜷缩成一团的人影躲在墙角，抱着膝盖把头埋进双臂，肩膀微微颤抖着。

薛琼楼走到她面前，她似有所觉地仰起脸，泪痕像两条潺潺的小溪流被月光映亮。

“这样做你很开心吗？”

眼眶里蓄着的泪珠摇摇欲坠，那几点碎光落在他眼里，像逐渐沉没的星辰，星辰坠落后只剩下一片黑得压抑的天穹，让人喘不过气来。

——这样做你们满意了吗？！

曾也有白发苍苍的老先生声嘶力竭地指责。苦心孤诣造就的一座学宫顷刻间烟消云散，三千学子狼狈离乡，落水狗一样被赶出东域。他们能做的只有无力的责问，可他们得不到公正的回答，谁叫他们是被锁定目标的猎物，一旦落网绝无生还的可能。

——你自己的心性呢？

薛琼楼盯着惨白的墙面，听着耳畔断断续续的哽咽，眼底泛起一丝嘲讽的冷笑。

他的心性……他自己是什么货色，他自己了如指掌，何须旁人提醒。

他平静地凝视着阶上的少女，看到她眼瞳中的光如风中烛火奄奄一息，和那日被万夫所指的姜别寒一样。这点终将消逝于黑暗的光，他在无数人眼中见过。这面剔透的镜子也不例外，终有一日会在他面前四分五裂。

她还在哭泣，像个被欺负的小女孩，只有在这一刻才卸下浑身伪装，在他面前暴露出最脆弱的一面。她就如同他手中的那只麻雀，折了翅膀后又被他血淋淋地扯了下来，这种可怜的小生物，若是不在他面前四处扑腾，理应被悉心呵护才对。

薛琼楼半蹲着拍了拍她肩膀：“别哭了，我们该走了。”

这句话对他来说并不陌生，他装温柔哄人向来不在话下。

“好了，之前的话都是骗你的。”他又轻轻拍了一下，“我会带你走出去的。”

谎言也是信手拈来，他不会有任何负罪感。他确实会带她走出去，让她亲眼看看自己是怎么葬送好友的性命，而不是一直在这里没用地哭泣。

“真的吗？”她抬起头，湿漉漉的眼睫浓黑如鸦羽。

“当然是真的。不过在这之前，你得保证出去之后立刻回你的宗门，永远不再回来，否则今天的事只是第一次，以后会有第二、第三乃至无穷次。”少年替她擦干眼泪，贴近她耳侧，阴阴地说，“再跟我作对，你会被我折磨到万念俱灰，后悔在世为人。听清楚了吗？”

她忘记了哭泣，战战兢兢地点头。

“至于绫姑娘，你还想去救她吗？”薛琼楼面上笑得儒雅，眼底如覆寒霜，“想清楚再回答。”

“不、不救了。”她这回败得极其彻底，几乎没有任何挣扎。

果然还是服软了。口口声声友情正义，矫情的话说得再响亮，遇到一丁点的威胁，最想保全的还是自己的性命。

真该让绫烟烟过来听一下她的回答，再或者，应该在绫烟烟死之前告知真相——你最珍视的好友好心办坏事间接害死了你，现在她想撂挑子自己逃了。

绫烟烟脸上会是什么表情？姜别寒又是什么表情？一定很精彩吧。

素白的手伸过来，拽住了薛琼楼的衣角，也打断了他的思绪。少女眉目含情地仰起脸，像在乞求他的垂怜：“我想回家，你能……背背我吗？”

薛琼楼仿佛遭受戏弄，霍然起身，眼底一片肃杀。

“薛……”

白梨好不容易摆脱那些女人，跌跌撞撞地摸到这里，正想大声打个招呼，一进来就发现长着自己的脸的脑袋滚在地上，死不瞑目。

少年沉默地面墙而立，雪白的袖袍往下滴血。

白梨腿一软，一把扶住墙。

他是有多恨自己啊？！

头颅咕噜噜滚到白梨脚下，拖曳出一道浓艳的血痕。惨白的面孔上出现一层涟漪，五官像被吸入一个旋涡，陡然间消失得无影无踪。少女半靠在墙上的躯体也迅速腐朽，成了薄薄一张皮囊。

虽然心里清楚这人不是自己，只是披了张和自己一模一样的皮囊，但看到她死得这么惨，白梨未免有一种兔死狐悲之感。

少年站在一团黑暗中看不清表情，扑在衣摆上的血珠像雪地里开出的红梅，簌簌往下倾洒。

白梨指指死不瞑目的头颅：“这、这个……”这个姐妹死得好惨！好歹和我做了这么多天的戏，下手半点情面都不留啊这人！

“假的，怕什么？”

薛琼楼轻轻拧转手腕，墙上血弧如抖开的扇面。他脸上一点笑意也没有了，取而代之的是被戏耍的肃杀。

假的。方才朝着自己哭泣、示弱、退步的人不过是个显而易见的假冒货。他对风陵园樊家的秘密早就了如指掌，刚刚一瞬间却差点被蒙蔽。

“你刚刚去哪儿了？”

白梨得意地叉起腰：“我从那群女人尸体里逃出来了，没有死，也没有受一点伤，活得好好的呢，不好意思辜负了你的期待，你是不是很失望啊薛公子？”

你眼里的败犬完好无损地逃了出来，还到你面前大肆炫耀，气不气气不气？

薛琼楼面色阴沉。她到底哪来的自信，到现在还想以卵击石？

即便言语间时时刻刻如履薄冰，她脸上却好似从没出现过死灰般的绝望。

不过这是迟早的事。

“刚刚那边有点不对劲，我们去看看吧。”私事归私事，该谈公事的时候白梨也不含糊。

迷雾渐浓，仿佛一片浑水，让人举步维艰。五步以外辨不清景物，他们只能摸着墙壁走。等两人到达时，遍地横尸已经不翼而飞，只剩下几个黑漆漆的影子，像人被烧焦后在地面留下的轮廓。

“这就是你说的，不对劲的地方？”薛琼楼潦草地打量着。

“我没骗你，这里原本真的有人。”白梨也觉得奇怪。

四堵墙壁突然像魔方扭转，光影在这些雪白的墙面和血红的瓦片间浮动，墙根与地面发出巨大的摩擦声。某一时刻，流转的光影蓦然停滞，露出一具靠墙而坐的无头尸体。尸体的皮肤犹如失了水的树皮皴裂干朽，头颅滚在一边，已经成了皮包骨的骷髅。

“果然有人欤。”白梨心说，而且还是一开始想杀了自己的那位老哥。

既然看到了他，说明这些会移动的墙壁又让两人回到原点，也就是说，这么多路他们都白走了。

白梨揣着不妙的预感转过头，果然见少年若无其事地倚着墙面，促狭地看着她，好似在说：没错，我就是在溜你，但是你无可奈何。

法阵之内因天黑而格外寂静，四堵高墙投下的阴影仿佛一座穹庐笼罩在头顶，阴云密布的夜空没有一颗星子，像百年难遇的天狗食日。

白梨忽地突发奇想：这些墙这么矮，能不能爬上去？

还没将这个想法说出口，一粒白光像倒坠的雨珠拔地而起，四周墙壁立刻随之拔高，竞相追逐，尖锐的啸声如同刀锋破空突破音障时发出的嘶鸣。最终那粒白光落了下乘，像升了空却没能开花的烟火，耗尽最后一丝余热，笔直地落进薛琼楼手里。

他用实际行动证明：看吧，这样也是不行的哦。

本就为数不多的出路又被堵住一个，他永远不可能放自己出去，他只会让自己看到绫烟烟的尸体。

白梨靠墙蹲坐，苦恼地抱住了脑袋。

“绫师妹，你在哪儿？”

走错一扇月门后，姜别寒再也没找到绫烟烟，只得扶着墙壁在浓雾中摸黑走。他看到不远处有个少女蹲在墙角幽幽哭泣，鹅黄色的裙子在夜色中有些扎眼。

“师妹，你怎么在这儿？”姜别寒松了口气，快步走过去，“你没事吧？我找了你好久！”

她从膝盖间抬起脸，泪盈于睫，像一头在林间迷了路的小鹿。

“我脚崴了，你能背我吗？”

姜别寒自然不会拒绝，正想弯腰，一张火符砸了过来，在夜色中开出一朵绚烂的火花。

“师兄别被这个假冒货骗了！”绫烟烟喘着气及时出现。

蹲坐在墙角的少女立刻瘪下去，变作一张腐朽的皮囊，藏在其中的蛊虫振翅飞起，绕着绫烟烟嗡鸣不已，随即被剑光一切两断。

姜别寒脸色尴尬地收回剑，他刚刚犯了个不容饶恕的错误：居然把其他女人认作了绫师妹，还想弯腰背她。

“绫师妹，你、你听我解释……”

绫烟烟状态很差，嘴唇泛着一片淡淡的青紫，扶着墙壁的五指也是一片乌青。扔完那张符箓已经耗尽了所有体力，她靠墙滑坐了下去：“好冷啊……姜师兄。”

她这个时候不需要解释，而是需要实际行动。姜别寒将她的手焐在自己掌心。他也觉得寒冷，但或许是体魄差异的缘故，还能勉强走一段路。

“我背你吧。”

“我……太冷了……站不起来……”绫烟烟哆嗦着捧出一枚养气丹，“这是之前阿梨给我的……师兄你服下吧……你还要找出路……”

“我能坚持。”姜别寒又推了回去，努力装出神色自若的模样，“你看，我一点事也没有。”

绫烟烟有气无力地笑了笑，慢慢将养气丹塞入口中：“你还是老样子啊，姜师兄。”

一瞬间时光溯回，她好似又看到了那个在小巷口举着剑满脸鲜血的少年。他面前站着一堵人墙，年纪最小的都比他大一轮，每个人手里的武器都散发着一股铁锈般的腥味。这些人是其他宗门里的刺头，专好挑事生非、聚众闹事，若不是绫烟烟为了绕近路，两人也就不会这么不凑巧地碰到他们。

“这不是长鲸剑的剑主姜别寒吗？原来真像传闻中说的，是个毛都没长齐的小屁孩！”

“小孩子就该玩小孩子的玩具，你用这把剑杀过人吗？今天给你个机会，试试看往我这边刺怎么样？”那些人的头头叫嚣着扯开衣襟，嬉皮笑脸地挑衅着他。这是他们一贯的战术，先用言语激怒对方，顺理成章地挑起事端，再仗着人多把他暴揍一顿。如果运气好遇上年轻翘楚，这还能成为他们战绩中最光荣的一笔，而相应的，那个年轻翘楚的声势地位也会因为这场惨败一落千丈。

作为长鲸剑剑主，姜别寒理所当然地成了他们的目标。

“师妹你听好了，待会儿我来迎敌，你找到机会就跑，不要回头！”面前是一堵魁梧的人墙，而姜别寒只有一条影子。

“可是他们人那么多……”

“师父说，剑要开锋，才能杀敌。”少年姜别寒将剑锋直指叫嚣者的心脏位置，“现在就是求之不得的机会。”

“口气那么大，你连挥剑都不会！”暴怒的人潮汹涌而上，宛若惊天骇浪吞没了岸边孤立无援的少男少女。

今天是姜别寒成为长鲸剑剑主的第一年零一个月，刚拿到剑的时候他十分宝贝，舍不得把剑抽出剑鞘，整天背着剑匣也不嫌重。偶尔他拿剑削个苹果讨师父开心，然后立刻跑到河边反反复复将剑清洗七八遍。他从没有杀过人，在他的观念里，剑修的剑是用来斩妖除魔的，而不是砍向人类的脖子，他的师父断岳真人曾一度以为他晕血。

从某种意义上讲，他们说得没错，姜别寒确实不会挥剑。

成千上万道寒芒密不透风地包围住了姜别寒，剑匣的六块暗红色木板被气流震向六方，刻有古老纹路的剑鞘扫开一片透明的扇面，紧接着倒旋进他手心。他用剑鞘挡住攻击，为绫烟烟制造出逃跑的空隙，千钧般的压力让他脚下出现两个尖锥般的坑，来自四面八方的百倍于他的杀气像四堵墙壁挤压过来，他毫无喘息的间隙。

他双手撑住剑鞘，将绫烟烟护在墙角与怀抱的那一片小小的角落，光芒都被他的身体挡住，他像为一朵遭受凄风苦雨的小花徒手撑起巨石，眼瞳闪闪发亮。

“师妹，趁现在，快……走。”

“可是师兄，你流血了。”才七八岁的绫烟烟看着他手腕上挂下来的一条红线。

“那不是血。”姜别寒的腕骨都断了一截，“是你给我做的血糯米团子，我刚刚攥在手里没舍得吃，现在就被我捏碎了。”

“真的吗？”

“真的，回去后你再给我做一个吧。”

姜别寒被人潮淹没了，除了他，谁都没注意到有个女孩偷偷跑了出来。

当绫烟烟带着后援来搭救姜别寒的时候，天际的云霞被地上的鲜血浸红了，人海堆叠得像小山那么高，放眼望去都是胳膊大腿。鼻青脸肿的姜别寒躺在“山”顶，他固执地没有拔剑，而是用剑鞘打晕了这些人。这真是一场最笨的胜利，他有气无力地给绫烟烟比了个“一切安好”的手势，接着便晕了。

还是和以前一样啊师兄。即便已经成了能独当一面的剑宗大弟子，可骨子里的他，还是那个被打得头破血流也要握紧剑笑出八颗白牙，说着“回去给我做糯米团子”的大男孩。

绫烟烟招了招手：“师兄，你过来一点。”

姜别寒不明所以地凑过去，脸颊便被她冰冷的双手捧住，少女香甜的味道洋溢在鼻端，柔软的唇印上来。仿佛有人在耳边放了束烟花，轰一声吞没了所有声音。他脑海里嗡嗡然，像被人拿刀柄狠狠敲了一记，又给塞了一粒蜜饯。

随即，唇齿间多了一粒圆溜溜的东西，带着点青涩的苦味，一路滚到喉咙里，咽了下去。

一盆冰水当头泼下，姜别寒滚烫的脸颊转瞬间被冷冰割面。

抱起双腿蜷缩在墙角的少女已经闭上双眼，雪白的面容好似被一层霜雪覆盖。姜别寒喉咙狠狠地堵了一下，轻轻将她托到背上，一头扎进愁云惨雾。

好冷。

雾气像冰丝往肺腑钻去，寒意顺着脊骨往上爬。白梨像泡在冰水中一般，先是四肢开始变得僵硬，紧接着心脏供血不足，头晕眼花不说还恶心得想吐，两条腿麻木得已经感觉不到了，行走间就像两根木槌凿进冰面，身体的所有机能停止运行，只有大脑还能勉强维持清醒。

传闻人在快被冻死之际会感到难以忍受的炎热，可她现在为什么只是觉得越来越冷？可恶，死之前连温暖的幻觉都吝啬于施舍给她吗？！

“走得这么慢，你什么时候才能找到出口？”风凉话从前方传来。

要你管！白梨在脑海中气壮山河地吼回去。

“要、你、管……”现实里她气若游丝，气场只有指甲盖那么大，“你先走不就行了？”

“那就没有好戏看了。”

狼心狗肺的禽兽！我都这么惨了还想看我的好戏？！

“我不走了！”白梨罢工似的靠墙一坐，“你这么悠闲地想跟着我，那就陪我坐到天明吧！”

“天亮的时候绫烟烟应该已经气绝，届时我会带你出去见她最后一面。”薛琼楼以一种交代后事的语气面不改色地说。

“我走我走……我走还不行吗！”就知道用女主角的性命威胁别人。

白梨转念想到绫烟烟最后安然无恙，而这家伙的谋算会成一场空，她的心情就又变得无比晴朗，感觉在迷宫里赶鸭子似的兜兜转转大半夜也值得了。

可她一站起来便头重脚轻地跌坐回去，灵魂都差点摔出窍。

薛琼楼没听到后面有脚步声，隔着浓雾，看到瘫坐在地的少女扶着墙壁，寂静的夜色里都是她艰难的喘息。

“你没有服养气丹。”薛琼楼走过去，将她的脸从手臂中挖出来，霜花在她眼睫上凝结了透明的一层。

“你的药呢？”

她模模糊糊地说了一句话，薛琼楼没有听清，俯身靠近，听到她口齿不清地呓语：“都给你了。”

薛琼楼直接将她腰间的芥子袋拽了下来，袋中空空如也。

这不奇怪。在飞舟上的时候，她用掉了大半丹药，现在已经所剩无几。方才其实只剩下一枚养气丹，早已是捉襟见肘的境地。

难道就没有其他备用的药了吗？

他低头安静地思考了一会儿，手在空气中轻轻一揽，一只光洁细腻的瓷瓶凭空出现在掌心。

又矮又胖的瓶身上画着两个小人，一个皱着脸有苦不能言，一个往对方嘴里塞着蜜饯，幸灾乐祸地捧腹大笑——这是她在飞舟上给自己的药，仍旧满满当当的一瓶，薛琼楼一粒也没动，他一向不屑接受别人自以为是的馈赠。

原来如此，剩下的药都在他这里，真是一出感人的悲情戏。

可是，她想得太简单了。

没有这些药他照样能毫发无损地走出迷阵，到了这种地步还寄希望于无聊的性命交易，只会适得其反，姜别寒这种家伙才会为了滴水之恩感激不已。

“这样做有什么意义？”

薛琼楼准备将瓷瓶扔向墙角，在瓷瓶成为一堆碎片之前，少女的眼睫忽地微微抬起，眼里有一点濒死之际的回光。她不再是神志不清的模样，冷静得有些异常。

“因为，我得确保你安然无恙地走出法阵。”

摔死在地上的雀鸟如果还有力气，也会不顾一切地啄伤人的手指——即便那不痛不痒。

“然后亲眼看着，你自己是怎么惨败的。”

薛琼楼扬起的手蓦然顿住。

白梨总觉得自己在意识模糊的时候说了什么了不得的狂言，要不然不会惹得那人乐此不疲地打扰自己安眠。她在冰窟窿里眼皮打架，好不容易适应了西伯利亚的寒风，一只带着温度的手伸过来捏起她的脸，丹药抵在她唇边。

“滚。”她不爽地打掉那人的手，自己手心火辣辣地疼。

那人似乎被自己打蒙了，好半晌没再把手伸过来，她像一只鸵鸟，终于找到了松软的沙漠，安详地把脑袋埋进臂间。

“你不想活着走出去？”

原来他还没走啊，白梨刚才就奇怪这只手怎么细皮嫩肉的，原来是养尊处优的薛家少主。

“你的东西，我不要！”她不屈不挠。

“这是你给我的。”

“哦，那我不要你身上放过的东西！”

薛琼楼一怔，冷声说：“我一粒也没碰过。”

“你怎么可以一粒也没碰过？！”白梨突然两手揪住他衣襟摇晃，痛心疾首地质问，“我特意给你准备的！我又没下毒！你以为谁都像你这么黑！你不要小人之心度君子之腹！”

薛琼楼险些被她蛮不讲理的逻辑绕进去，一把扣住她手腕，另一只手贴在她额头。

没有被冻坏脑子。

不管面上装得有多滴水不漏，他始终都不是温良恭俭让的谦谦君子，更不是一个滴水之恩便涌泉相报的好人。他不厌其烦地陪着她在法阵中兜兜转转，不代表他同样有这个耐心伺候别人。

这是最后一次了，最后一次给她喂药，她要是继续这么胡闹下去，那她就会被扔在这里自生自灭。

薛琼楼将药丸抵进她唇内，她终于安分下来，顺从地张嘴将养气丹咕咚一声吞了下去，然后头一歪，顺势靠在他肩膀上。

薛琼楼愣了一下，他一向不喜欢陌生人靠近，所以把她推远了一些。

肩膀上一重，又靠了过来。

“做戏就做全套嘛……别推开我了。”她又嘟嘟囔囔地说着什么。

薛琼楼沉默了一会儿，这次却再没动作。

第12章 风陵园·围杀之局（二）

天上仿佛匍匐着一头吞云吐雾的巨兽，弥天大雾淹没了小镇每一处角落。顶着青油纸棚的牛车缓缓经过，车轱辘上污泥飞溅，整座小镇像一片低到尘埃里的落魄凡尘。再往前可以看到一棵歪脖子老槐树，树底下一座驿站，戴着斗笠的散修来来往往，衣服和这座驿站一样破。

这里灰蒙蒙的一片，不是什么光鲜的好地方，唯有从浓雾中走出的白衣少年如珠玉落于瓦砾，引得路人频频侧目。他将两手负在身后，步伐从容，有一股不属于这个年龄的持重。

少年正低头看着老槐树底下闭目养神的男人。

男人双眼蒙着白纱，看不清面容，因而也无法判断他是否已经睡熟。他身侧摆着的一架琴随意横靠在树干上，琴尾从天青色的琴囊里露出一角，是上品木材所制，且年代久远。因长期演奏振动，琴尾还有一片冰裂断纹，华贵而古意森然。靠在树上小憩的男人仿佛独坐于幽篁中抚琴的君子，绿竹猗猗。

少年歪头思忖片刻，弯腰触向他眼睛上的白纱，还没将这层纱布扯开一个角，男人轻轻抬了抬下巴，竟然醒了过来。

“我的朋友里，好像没有年纪这么小的。”

少年的手腕刹那之间悬停，慢慢将手缩回袖中，直起身扯出一个天真无邪的笑：“打扰了，我问路。”

男人笑了：“你一个人？”

白纱遮住了他的眼睛，却没能隔挡他的目光，哪怕看不见他的眼神，也能想象出那后面如同溪水般清澈明锐的眼睛。

一个瞎子的双眼，怎么能这般干净，仿佛能看穿人心。

“嗯，我一个人。”少年随口承认，清亮的声音如奔跑在巉岩上的泉水，让人轻易想象出他的笑容也如泉水般澄澈。哪怕面前是个死人，他也要装得天衣无缝。

“那真是可惜了。”男人遗憾地说。

“可惜什么？”

“可惜不能见见你爹娘。”

少年面容一僵：“我爹娘？”

“看看是什么样的人……”男人身形在树下消失，几乎同时，三道杀气腾腾的金光从天而降，宛若巨兽利爪将浓雾刨出三条峡谷般的裂隙，枝干虬结的老槐树劈斩为三段。如果他继续坐在树下的话，他的身体也会被斩为三瓣。

老树倾倒时发出嘶哑的哀鸣，少年肩上一沉，整个人被强迫跪在地上，他转头看到男人袖袍在风中飘然而起，尘屑悬浮在周身而琐粒不沾，既有读书人的从容，亦有剑客的雷厉。

“——才会教出你这种心思歹毒的小家伙。”男人摁住他手腕，慢慢说完了后半句话。

这大概是第一回如此迅速地分出胜负，甚至容不得他起任何歪心思，眨眼之间他便成了别人手里的囚徒。少年眼神茫然，好像还没反应过来。

“你现在是想以死明志？”男人看出他所想，从容地微笑着。

伴随着杀气的寒意沿着脊柱猛然蹿上来，冷汗沿着额角滴落，少年目光暗了下去，像困在囚笼中的幼兽，寻找着反杀的时机。

摆布不了别人，就会任人摆布，他的路不能终结在这里。

“你家在哪儿？”男人白纱下的眼睫似是眨了眨。

“……”

“你爹娘叫什么？”

“……”

“你认识我吗？”

“……”

他问了这么多废话，却没有半点想动手的意思。

少年眼中含着刀剑的清光，冷冷地扫过去。头顶一片新抽的绿叶悄无声息地飘落，晃晃悠悠，摇摇荡荡，它的归宿却不是脚下的土地，而是饮血的刀锋。

“你还真是贼心不死，刚刚是不是又想杀我？”

少年瞳孔缩了一下，树叶无声无息地在半空被切成了两半，什么都没发生。那一瞬间的杀念暴露得如此迅速而彻底，他甚至没来得及出手。

男人将半片树叶拈在指间，叶片背后的脉络间嵌着一枚白色的琉璃子，翠绿簇拥着玉白，白色显得更加冰清玉洁，浑然无垢。

“赏心悦目的东西却拿来杀人，真是暴殄天物。”男人将琉璃子放回他手心，拍拍他肩膀，“藏好了。”

肩上的力道卸去了，少年捂着肩膀站起身，警惕而狐疑地望着他：“你……在打什么主意？”

“看样子你不会告诉我是谁派你来的。”男人笑了笑，白纱下的眼底似乎也含着清雅的笑意，“但我又不想就这么放过你，我的命很值钱，至少值一万白蝉币，所以接下来的日子，你就在我身边做牛做马，什么时候还清了，什么时候还你自由。”

呼吸拂在脸侧，他半睁开眼，视野中充斥着浓白的大雾，眼睫上湿漉漉的挂满雾水。

“嘘——”白梨将手指竖在唇前，“我刚刚发现这里有人。”

靠墙而坐的少年单薄得像贴在墙上的一张纸，冰凉的雾水落在他脸颊上，他问：“多久了？”

白梨愣了一下，意识到他在问睡了多久，说：“不算很久吧……我醒过来的时候，看你在睡觉，就等了你一会儿。”

在这种地方打片刻的盹，这让他有些出乎意料，更别提身边还有别人。

“我们赶紧走吧。”她警觉得像一只兔子，竖起耳朵四下环视，森然耸峙的墙壁在浓雾中露出隐隐约约的轮廓，如在天上盘旋捕猎的鹰隼。

薛琼楼靠墙纹丝不动，问：“多少人？在哪儿？”

他看上去压根没当回事，白梨没他这般安之若素，忐忑不安地指了指两人的右前方：“你听。”

凝滞的浓雾流动起来，像一条结冰的河在缓缓融化。流动的幅度逐渐变大，至少有十来人，且已经靠得极近。但是很奇怪，这些人没有一丝呼吸，也没有一声交谈，连衣物的摩擦都整齐划一，像一面庞大的墙壁压过来。

薛琼楼不急不缓地站起身，几声棋子相撞的清击在他手心响起，他周身的浓雾凝固了，悄然落下的杀机宛若弦上箭、鞘中刀，一触即发。

“我们先躲起来。”在他出手之前白梨将他拉进了草丛。

薛琼楼微微一惊。面前是一块半人高的石头，恰好处在难以察觉的死角位置——在他刚刚小憩的这段时间里，她连躲藏的地方都找好了。

他打量着正在强作镇定观望情况的少女。

她如果胆子大一点，可以在方才睡觉的时候就把他了结；胆子小一点，大可以自己先逃，让他在梦中被人砍死。她却选了第三条道路，让人匪夷所思。有时候他搞不明白她到底是来跟自己作对的，还是另有其他目的。

“你之前说我错失良机，可你现在何尝不是错失良机？”少年脸色有些苍白，目光却如岩下电，“让我死于别人之手，也可以免你双手沾血。”

白梨：“……”为什么这家伙总喜欢把事情往阴暗的地方想？该让正道之光照一照了。

“我说了啊，只有活着出去，才能看到你是怎么输得底裤不剩！所以我不能在暗地里对你下杀手。”

“底裤”两个字让薛琼楼面色僵了一下，光风霁月的大少爷精神洁癖看来也不小。

“再说了，你在垃圾堆看到小猫小狗，不管有多脏还是会把它们抱回家洗洗干净吧。”白梨说，“所以我更不能放着你不管了！”

她一副理所当然的语气，明明夜色很黑，可整个人都像在发光。

“当然了，最重要的是你死了我也活——”

“过来。”一道寒芒划破薛琼楼漆黑的眼瞳，映亮他眉眼。

白梨说到一半突然被打断，紧接着她的手腕被扣住一拉，整个人往前扑倒。

两人身侧青苔密布的石头砰然炸裂，一截寒刃从破碎石屑中铮鸣突刺，划破沉沉雾霭，势如破竹地当头一斩。薛琼楼越过她肩膀，伸手一撩，拉出一弧瓢泼血雨。

刀刃擦过石砾发出刺耳的金石之声，血珠如同倒挂的雨幕，在半空汇聚成一股，冲开了浓雾。

雾中乌泱泱一堵人墙将他们围得密不透风，刀剑林立，森然闪烁的寒芒如夜空中晦朔不明的星辰。

白梨后脑拔凉拔凉。

失策了！刚刚忙着胡侃，她完全无视了外面那些行尸走肉，现在他们都聚集到了身后，不用看也能想象出浓雾中亮着的无数双蝙蝠般血红的眼睛。

薛琼楼面无波澜地看向她身后，轻轻弹指，指尖的血沫犹如肥皂泡泡消散在空气中，这般随性的动作让他看上去略显散漫。

“可以放手了吗？”

“啊？”

“你不放手，我就站不起来，”薛琼楼温声说，“所以，可以放手了吗？”

白梨不由自主地抱着他的腰：“可、可是我放手了，我就死定了。”

“是吗？”温柔的语气吐出世上最冷酷的话，“可那又不关我的事。”

白梨不可置信：“不、不是你拉我过来的吗？你怎么出尔反尔？！”

他露出一个肤浅至极的无辜神色：“从未许下承诺，何来出尔反尔？”

看在之前将他叫醒的分上，他救了她一命，剩下的就让她自己苟全性命。白梨毫不怀疑，她一旦松手，他就会把她扒下来扔出去。

“我才不要！”白梨收紧手臂，“我不会放手的，你死心吧！”

“白梨。”他完整地叫出名字，听上去耐心耗尽，“放开。”

“我不。”白梨把脸贴上他冰凉的胸口，从衣料里发出来的声音闷闷的，“我只有你了，我那么相信你，你不能丢下我。”

薛琼楼准备将她拽下来的手僵在半空。

少女温软的身体就这样紧紧贴着他，像溺水者抱着唯一的浮木，不肯撒手。

浓雾中浮现出来的雪白面孔犹如黑水沟上漂浮着的白色泡沫，只要薛琼楼愿意，他随时都能把怀里的少女甩进这群“泡沫”中供他们争相撕咬。他还真是会干出这种事的人。他不喜欢受人恩惠，一旦仁至义尽，接下来便是翻脸无情。

手指按紧了柔软的衣袖。因为被人抱住，他坐在地上微微后倾着身体，垂下眼睫，仿佛在权衡。

脚步声逐渐逼近，像蛇的腹部在地面摩擦，带着阴冷的寒意蜿蜒而来，白梨不由自主地收紧了手臂。

她也没办法啊！危机逼近，身边只有一个最熟悉的人，她当然毫不犹豫地扑过去了。

虽然姿态很亲密，但她知道，这个有洁癖的白切黑一定在想着怎么把她切成片片。

现在就是悔不当初，早知道就该慷慨就义。

“你不想救我也没关系。”白梨闭着眼睛，突然换了一种超脱生死的语气，“我犯了错，死在当下也是一种解脱，这样我就不用面对朋友们质问的目光了。”

她一边说着，一边慢慢地松开手臂。可是下一刻，埋进柔软衣料中的脸颊就被两根冰凉的手指挖了出来。

“你选择死，是因为不敢面对他们？”薛琼楼眼里一片比夜色还深的乌黑，分不清是何种情绪。

“可以……这么说。”白梨有点捉摸不透他那反复无常的心思。

“那好。”他没什么表情，只是垂下手臂，轻轻按在地面，“那就成全你。”

欸？来真的？！

白梨大脑一片空白。

成千上万颗流星般玉白的琉璃子倒掠而起，停滞在半空，仿佛一条倒挂的银河。他一挥袖子，银河砰然炸裂，向四面八方溅射飞掠的星子将浓雾贯穿击碎，宛若疾风骤雨落入平静的湖面，到处是飞溅的水花。

几缕血丝在白雾中晕开了。

不……不是要杀她啊。白梨心有余悸地从对方怀里抬起头，对上那双墨一般黑亮的眼。

少年面无表情地垂下眼睫："现在可以松手了吗？"

满地都是新鲜的尸体，每个人的喉咙口都是一个血肉模糊的洞，他们被直接击碎喉管毙命，看上去像被什么东西扫射了一遍。

血腥气太浓烈了，白梨感觉自己的肺腔灌满了血，呼吸间都是一股铁锈味，她正在从这条堆满死人的血河中淌过去。

无意冒犯，无意冒犯，要杀要剐都冲着反派一人去。

"救……"她裙角忽然被拉住了。

有个年轻人还没死透，喉咙上被打偏的血洞让他得以苟延残喘下去。他双手堵住汩汩涌血的血口，发出细弱蚊蚋的嗬嗬声，像一只破了洞的风箱。

"救……"他腾出一只手拽住她的裙角，"救我……"

这是个正常人。虽然伤口打偏了，但阴差阳错把蛊虫逼了出来，现在的他已经恢复了神智。

可是血流得太多了，大约波及了脖颈处的大动脉，他即便没有立刻死去，但流血而亡是迟早的事。他似乎也意识到自己即将死亡的事实，用尽最后的力气指了个方向。

"那边……"

"那边是出口吗？"白梨俯身问。这些人应该对风陵园十分熟悉，他说不定能知道法阵的出口在哪儿。

眼泪和鲜血一齐从那人眼眶里涌出来，他屈起鲜血淋漓的手指，歪歪扭扭地在地上划出一道血痕——是白梨的右前方。

"我听着呢，你想说什么？"白梨悄悄用裙角将这道血痕挡住，不让任何人发现。

他哆嗦着从怀里摸出一块冰凉坚硬的东西，居然是一把纯金的长命锁——不，应该说是只有半边的长命锁，长命锁的裂口十分尖锐，很明显是用蛮力掰断的。

另一半在谁手中？血亲或者爱人吗？

白梨明白了，他的意思是——往那个方向走可以找到出口，然后把这个东西交给他重视的人。

“你放心，我一定……”

白梨话还没说完，血柱从他脖子里猛然喷溅出来，他的喉管几乎裂成两半，森然的白骨间躺着一枚漆黑的琉璃子。

“喂你干什么！”白梨愤然扭头。

好不容易有个良心尚存的大哥愿意告诉我出路，还没交代完后事就被灭口了，简直丧尽天良！

“我只是觉得，他看上去很痛苦。”薛琼楼正在透过月光打量手指间一枚纯白的琉璃子，忽略身旁的尸山血海，月下的白衣少年像乘兴踏月出游的贵族公子。

恐怖片主角才差不多吧。白梨默默吐槽，而后指着右前方：“我们走这个方向怎么样？”

这是出口的方向。

薛琼楼没有立刻回答。

“欸——你怎么不说话？难道被我误打误撞猜对了出口？你这是不打自招了吗？”

“你带路。”薛琼楼慢悠悠地迈开脚步，“还有，想激我不用那么浮夸。”

白梨：“……”

姜别寒背着绫烟烟已经走了半个多时辰，两腿早已酸软无力，像在搅动沼泽里沉重的淤泥。四周雾气变得越来越浓郁，若不是有丹药支撑，恐怕他现在浑身都已经冻僵了。

绫烟烟已经被冻僵了，她身上披着姜别寒的外袍，但这点温度根本就是杯水车薪，她垂在姜别寒两肩的手臂都开始泛起了青紫。

雪上加霜的是，姜别寒在此刻察觉到了微弱的脚步声，就在前方的浓雾中。不止一个人的脚步声，几乎是一整堵墙壁在朝他们平移过来。

“看来这个法阵是个猎场，我们就是被围杀的猎物对吗？”他对着虚空说话，仿佛那里就是幕后主使所在。

姜别寒五指缓缓握上了剑柄，半寸剑刃在寒夜中闪出锋利的光。

人墙靠得越来越近，浓郁的雾气后露出庞大但模糊的轮廓，夹杂着金石相击之声。这些人身上居然还佩带武器，前后左右四方都有人，猎物早就不知不觉走进了狩猎场。

姜别寒屏息凝神，人墙也在屏息凝神，仿佛各自都在窥伺着对方露出破绽的那一刻。只要人墙有一丝一毫的举动，他腰侧的长鲸便会像离弦的利箭刺穿他们的躯体。

四周的风声也在剑拔弩张的氛围中平息。风声停止的刹那，姜别寒听到有人迈动了脚步，鞋底与地面的摩擦仿佛沙场上一声铿锵的鸣金，千军万马汹涌而上！

长鲸从剑鞘迅疾地掠出，那拉开战幕的第一人也露出了庐山真面目——虽然双目无光，但很明显还是个活人，只不过被蛊虫操控了而已，若是逼出蛊虫他们就还是正常人。

“回来！”姜别寒一惊，赶在剑刃刺穿那人胸膛时召回了长鲸。

居然拿活人当他们的靶子，风陵园疯了吗？他们这样做会遭到千夫所指！

因为还要顾忌着不能滥杀无辜，姜别寒由攻转守，背上又背着人，不免显得有些左支右绌。

“姜师兄，你放我下来吧。”绫烟烟不知何时醒了过来。

“太危险了，你就躲在我身后。”

“师兄，你是傻子吧。”绫烟烟终于忍不住，“因为这些是活生生的人，所以你不会杀掉他们，你只会不断地以守代攻，难道是要像之前那样用剑鞘把他们一个个敲晕吗？”

之前那样？之前哪样？姜别寒在电光石火间回忆了起来，那真是一段宁愿埋藏在角落里的回忆，谁愿意自己心爱的女孩到现在还记得自己被揍得鼻青脸肿的模样？

他有些窘：“我那是……”

“把符箓贴在剑锋上试试。”绫烟烟摸出几张上品符箓，咬破指尖用自己的血在上面一点，“就用你的长鲸剑冲进人群，符箓正好可以把蛊虫逼出来。”

“好主意！”姜别寒目光一亮。

她想出来的，当然是绝妙的主意。绫烟烟默默笑了笑，她也不是当初那个庇护在师兄断裂的臂膀间偷偷摸摸逃跑的小女孩了。

长鲸出鞘，凌厉的剑光犹如一把缠绕着雪白电光的长矛刺破浓雾，霎时间照亮了整条狭长的巷道。浓雾中心火光暴起，燃烧的符纸犹如火蛇游窜，无数股黑烟冉冉升起，烧焦的蛊虫纷纷从半空坠落，婴儿啼哭般尖锐的哀号声此起彼伏。

成功了！姜别寒正想回头，突然听到了墙体与地面摩擦发出的令人头皮发麻的声音。这个声音他在之前就听过一次，意味着法阵开始了变动。果不其然，他面前无数道红墙白瓦仿佛红白相间的波浪起伏翻滚，夜色成了一片汪洋大海。

“师妹，你小心……”他来不及回头，反手想握住身后人的手腕，却握了个空。

姜别寒整颗心一下子降落到谷底，他慢慢地回过头，只见身后空无一人，只剩下几张明黄色的符箓乘风飘落在地。

突变的地势让她在自己面前活生生地消失了！

轰隆隆如山体震荡的摩擦声停了下来，空气中到处飞舞着符箓燃尽后明亮的灰烬，仿佛寿命将近的夏虫在跳最后的舞蹈。

姜别寒大步上前将地上最先苏醒的男孩拽起来，语气可以说得上凶煞：“告诉我法阵怎么解！出口在哪儿？！”

“我、我不知道……”男孩脖子上滑稽地挂着半个长命锁，“我哥哥知道……”

“你哥哥在哪儿？！”

“我、我和他走散了……”

问这些人根本是白费力气！姜别寒拔剑在墙面上砍出一道剑痕，剑锋与墙体擦出一片耀眼的火花。

长鲸剑出鞘时应如流星一样锋利又华美，现在他就像在毫无章法地砍树。他连砍数十剑，剑光在黑夜中交织出眼花缭乱的弧线，墙壁在这猛烈的攻势下竟仍如铁皮一般毫发无损。

如果走不出去就永远都别想找到绫烟烟！

姜别寒手腕被震得发麻。他没有不共戴天之仇的死敌需要击败，也没有眼中钉、肉中刺需要拔除，但他发誓，如果让他找到陷害绫师妹的幕后主使，他势必要将此人碎尸万段！

墙皮因震动脱落些许，露出一个模糊的十字。

“这个标记……快接近阵眼了！”男孩大声说，“只要能毁掉阵眼，法阵就会消失，我们都能出去。”

“毁掉阵眼对吧，我知道了。”姜别寒深吸一口气，朝着墙上的字一剑挥砍。

拔地而起的剑光将死气沉沉的雾海刺了个洞穿，天地一瞬变得无比狭窄。连绵万里的白墙红瓦如一条暮年长龙，长龙的尾部开始腐朽坍塌。

法阵，被强行撕开了一条豁口。

哪来的地震！

扶着墙壁摸黑走夜路的白梨差点一头栽倒。

夜空中突然出现一条极光，透明的光柱直冲云霄，映亮了森然的天穹。这条极光可太具有标志性了，这是长鲸剑的大招，因为波及范围太广，在原著中姜别寒用得极少，这回一定是出现了让他迫不得已使出来的情况，一定和绫烟烟有关！

那岂不是……白梨回头，果然看见大反派眼底一片阴戾。

大反派是打算把姜别寒困死在法阵中，先是身体上的折磨，而后用绫烟烟的死给他最后一击，反正他别想意气风发地抵达蒹葭渡——想想看，先是最宝贝的剑碎了，而后是最心爱的人没了，人家说事业爱情双丰收，到了姜别寒这里就是爱人死别、事业滑铁卢。

可是姜别寒不仅阴差阳错找到突破口，还使出了大招，并且大有一往无前斩开法阵的趋势——主角逆袭开挂才叫主角，每一次的绝地反杀都叫历届反派始料未及。

剑气化成的极光蔓延到了这边，法阵被生生扯开数丈宽的缝隙，剑气如同洪流一般汹涌地冲刷进来。白梨知道这时候上前接触一丁点都能瞬间被涮成肉泥，她连忙自觉到角落里躲好。

薛琼楼没有动，他站在裂缝前伸出手，雪亮的剑气势不可挡地撞进他手心，像凶猛的洪水遭遇拦路的闸门，成吨的水流咆哮着暴溅。

姜别寒做得还不够绝，因为顾忌着法阵中还有其他活人，他不敢将长鲸剑的全部威力都释放出来。既挂心着前路，又不敢斩断后路，所以他只能在一次又一次的犹豫中败北。

薛琼楼推着剑气往前，坚不可摧的墙面肢解爆裂，化作红与白的狂潮席卷而来，他往后翻飞的衣袍如同白色的波浪。

因为他的出手，剑气在这里断了。

而另一边的姜别寒，恐怕还在猜测到底是樊家的哪个人阻碍了他。

澎湃的风声中，白梨又听到了阴影般笼罩在心头的嗡嗡声。一只漏网的蛊虫宛若暴风雨下的苍蝇，急切地寻找着庇护的窗户，最后慌不择路地冲到了少年的背后——而后者看上去一无所知。

虽然蛊虫对他来说根本不成威胁，但他现在正全神贯注地对抗姜别寒全力以赴的一剑，任何一点细微的漏洞都能要他的命。

怎么办？要提醒他吗？

白梨愣住了。

这是个两难的境地。一方面，她可没什么斯德哥尔摩情结，反派虐我千百遍，我却待他如初恋，纯属自找苦吃。况且她已经知道了出口在哪儿，现在根本不用一边小心地和他周旋，一边想着怎么跑路，反派提前领盒饭，意味着她可以和主角团一起喜提结局。

另一方面……这魔鬼是她的攻略对象啊！攻略不成就不准回家的那种！因为她这个龙套的加入，剧情已经产生了微妙的蝴蝶效应，如果这家伙不小心交代在这儿，她岂不是又要从头来过？！她一点也不希望醒来时还要面对绝命马车！

所以——

白梨一个飞奔上前将他扑在墙上，蛊虫被震动的气流扑向半空，完美地和两人擦肩而过。

好险。白梨松了一口气。

下一秒她被掐着脖子摁在了墙上。

“没人告诉你，别人办正事的时候别去打断他吗？”少年秋月般秀气内敛的微笑里是扑面而来的杀气。

白梨这才发现他手心布满了剑痕，正是因为方才阴差阳错的打岔，姜别寒的剑气占了上风，现在法阵已经完全裂开了。

因此薛琼楼功亏一篑。

白梨不指望他因这点小事感恩戴德，但她完全没想到“救他”变成了“激怒他”。一而再再而三地破坏他的计划，他的耐心也到了尽头，现在他懒得玩下去了，想直接掐死她这个消遣了事。

白梨扯起一个比哭还难看的笑：“我说，我刚刚是为了救你，你信吗？”

“信啊。”他嘴角勾起，“怎么不信？”

“那、那你还不放手？”

“信你和杀你，这是两码事。”

完了，他真的很生气。

白梨心头拔凉拔凉，她几乎快要放弃了，但不知触动了哪根神经，一句话鬼使神差地脱口而出：“你是不是觉得没了我，你就能打倒姜别寒了？”

“迟早的事。”这家伙和所有执迷不悟的反派一样拥有谜一般的自信。

“好吧，这是你第三次计谋失败，你觉得没了我这就会是最后一次。那我告诉你你错了，你后面还会有更多更多的失败，而这些都和我无关，是命中注定啊！命中注定你这么背！”白梨佩服自己被捏住咽喉还能这么流利地高分贝说话。

被一个小喽啰当面告知“你不行，你注定会失败”，语气还该死地笃定，好像能预知未来一样，这无疑是对人最大的侮辱。薛琼楼眼底一片阴霾。

她懂什么？

以性命作赌注，赢则生败则死。他和姜别寒不同，师门这片温暖的港湾是姜别寒最后的退路，而他只有一条不归途，不能回头。

失败，无非是死掉罢了，懦弱的人才会在意生死。

“你觉得和击败姜别寒相比，自己这条命不值一提，随时随地都可以舍弃。可是，他有永远支持自己的朋友，他死了，所有人都会知道长鲸剑主陨落，所有人会为之默哀。而你，你什么都没有，你死了，所有人都会觉得痛快，你——”她艰难地说出最后一句，“你不觉得自己可怜吗？”

血色的旋涡又浮现在眼前，万剑穿心的少年犹如被荆棘贯穿的雪燕，身边散落着燃烧的符纸。到最后也没人知道他到底要做什么，似乎只是寒夜中的旅人想燃烧世界温暖自己而已。

薛琼楼怔怔地望着她。

可怜？

“我哪里——”

“其实你很嫉妒吧？”她说，“嫉妒姜别寒有那么多的朋友，而你，你只有伪装出笑容的时候，身边才会聚集起一点人来。可是这些人一旦知道你的真面目，你就完了啊。你那么喜欢玩弄人心，难道不知道，一个人背后什么都没有的时候，就注定会失败的吗？”

一个人背后什么都没有的时候，就注定会失败。

什么都没有……

他什么都没有……吗？

少年乌黑的瞳孔颤抖起来，从未有过的近乎失态的神色从雪白的脸上浮现。

“你闭嘴！我一定会——”

“一定会失败的啊。”叹息一般轻轻飘落的声音，像一记无形的重锤，敲下审判之音。

他眼里的光芒有些破碎。

为什么那么笃定？她的语气中甚至没有为自保而说谎的痕迹，也没有挑衅成功的得意，只有一丝极淡的、令人讨厌的怜悯。

凭什么要怜悯他？他不需要。这些都是无稽之谈！

可是胸腔中好像破了一个洞，风一直在往里面灌，让人无法忽视。似乎有那么几个字眼成了几块锋利的碎片，洒在心口，又有一只脚伸过来狠狠一踩，流出了很久之前潦草止住的脓血。

薛琼楼低下眼睫，沉默了很长时间，然后慢慢地松了手上的力道。

咦？怎么回事，突然不杀自己了？

白梨摸着脖子，倍感疑惑。

“走吧，前面就是出口。”他理了理整齐的衣袖，转过身去，一副若无其事的模样，好像刚才根本没动半点杀心。

“你不会想带我到一个偏僻的地方，再把我解决掉吧？”白梨胆战心惊，毕竟自己刚刚一顿输出，好像彻底把他惹怒了。

“随你信不信。”他好像很不情愿跟她讲话。

什么嘛，该委屈的不是我吗？白梨犹豫了一会儿，还是跟上他的脚步。

很长的时间里，两人都没说话。直到她发现方向不对，她问：“不是往右拐吗，你怎么往左走？”

“这座法阵的形状是十字形，出口就在正中间，刚刚那人告诉你一直往右，是因为我们当时站在昧谷和朔方位，但刚刚法阵发生了变化，想要找到出口只能往反方向走。”

原来如此，白梨都差点忘了相对位置发生了变化，他可真是心细如发。

果然有一扇门和其他门大相径庭，看样子那就是出口。墙面上也有个模糊的十字形，薛琼楼先行一步上前，在上面轻轻按了一下。

地面产生了轻微的震荡，石门落下的声音轰隆作响，锋利的石砾扑面而来，如劈头盖脸的暴雨，打在面上会有尖锐的刺痛感。

砰砰砰！门像巨大的石杵捣进地面。

这是开门的声音？

不……等一等，这好像是……

“白姑娘，一会儿见。”白衣少年站在正在缓缓闭合的石门后，面无表情地朝她道别。

——这分明是关门的声音！

他把她关在里面了！一会儿见？一会儿她就凉了！

“喂喂！”白梨扑上去拍门，“这里都是尸体啊！要是诈尸了怎么办啊？！放我出去！……你还在不在啊？！你不是说好了要带我出去吗？！”

啪嗒一声，他已经扭转出口将门锁死了。

“薛琼楼！”模糊的声音从石门里传出来，“你这个卑鄙无耻的小人！你太过分了！”

光风霁月的少年看上去和“卑鄙无耻”这四个字相隔万里，一旦把他恶劣的心性看穿挑破，这四个字便成了对他的褒奖。

石门里喊完这一句话，再无声响。这片沉默格外漫长，仿佛刽子手落刀前的死寂。

只有过尽千帆，或是心如死灰，才会泯却恩仇。

“你走了吗？”她喉咙里像塞了一团棉花，现在这样的处境下，居然还能镇定地质问他。

“在你眼里，像我们这种人，是随手可以碾死的蝼蚁，还是随手可以一救的麻雀？”

少年将欲离开的脚步瞬时顿住。

暗屋里的孩子拉开弹弓瞄准枝头的麻雀，鸟儿黑亮的眼无知无畏地盯着他，那剔透的目光是映照罪恶的镜子。

我真傻。

白梨得出了这个结论。

反派什么时候说过人话，什么时候懂得感恩图报？从来没有！他就是个两面三刀、睚眦必报的伪君子！曾经天真以为他捡回一点良心的白梨觉得自己傻得无可救药！再信他她就把名字倒过来写！

白梨抱着腿滑坐下来。在鹤烟福地那回有主角团齐心协力寻找自己，而现在的她当真孤身一人了，姜别寒已经被绫烟烟的失踪冲昏了头脑，夏轩还不能独当一面，她只能靠自己逃出生天。

忽然间平地起风沙，白梨被吹得迎风流泪，模糊间看到半空一抹黑影坠落下来。居然又是那只蛊虫，这顽强的小生命还没死！

石门轰隆作响，又开了。

白梨心念一动，飞快地把奄奄一息的虫子捡起来藏进袖中。脚步声从身后靠近，雪白的衣摆很快又停在她面前。

薛琼楼去而复返。

“你、你回来干什么？”

这反复无常的家伙该不会又改主意想直接干掉她吧！

白梨惊悚地想。

薛琼楼低下头看她。她眼眶红得像要滴血，满脸都是泪，泪光闪烁，这回是真实的、在哭泣的她。

薛琼楼伸出手，在靠近她脸颊的前一刻，她突然偏过头躲了过去，像温顺的食草动物本能地躲避挨近颈边的屠刀。

他像是早已预料到对方的反应，面色水波不惊，不动声色地收回手背在身后，说：“安分待着，没人会打你主意。”

白梨敷衍地“哦”一声，然而半个字都不信。

“我是说真的。”

“这句也是真的吗？”她毫不畏惧地直视着他，他连眼神都不可信，谈何言语？

薛琼楼没有再解释，而是摘下腰间的玉牌，放在她怀里。

又是轰隆隆石门移动的巨响。

只剩下白梨一人苦恼地瞪着散发着淡淡金光的玉牌。

这算什么？恩威并施？不行，不能上当，他全身上下就没有可信的地方。

白梨坐直身体，将一直背在身后的右手拿出来，手心的蛊虫只剩下最后一口气了。

这里的出口已经被堵死了，她想出去只能靠姜别寒先前用剑气砍出的裂缝，问题是，她现在已经找不到回去的路了，身边唯一可以求助的只有这只小虫子——它们既然能操控人，那也一定有自己的意识。

如今的办法只有一个。

白梨用手指敲了敲小虫子的壳：“我要和你的主人寇小宛做个交易。”

竹林深处的篱笆小屋里，樊清和跪在地上已经有一个多时辰，头顶是巨大威严的匾额，写着几个他看不懂的上古文字，龙飞凤舞甚是煊赫。

他的正前方跪着姐姐樊妙仪，她垂眸盯着地面，面色平静无波，左前方则是小娘寇小宛。寇小宛打扮得规规矩矩，不敢流露任何轻佻之色，指甲上干干净净一片粉白，没有那刺眼的鲜红豆蔻，发饰衣物也皆换回了朴素端庄的模样。

左侧与他平行的位置是叶逍的轮椅，他双臂搁在把手上，不动如钟，有意无意和樊妙仪隔了很远。剩下都是樊家的婢女，额头紧贴着地面，腰肢弯得如同垂柳。

谁都不敢大声呼吸，只因为匾额下多出了一张龙首木椅。坐在木椅上的人戴一张修罗面具，大半的面容淹没在阴影中。

樊清和年纪最小，生性好动，如此肃穆沉默的气氛让他有些心不在焉，他偷偷将重心在两膝之间移来移去，冷不防一道白光激射在他额头，将他打得往后一仰，他“哎哟”一声，连忙低下头规规矩矩地跪好。

“你先滚吧。”面具后发出的竟是金属般的声音。

说实话樊清和已经足足十年没见到父亲了，这个男人对他来说无比陌生，身上没有一丝一毫亲情的温度。

“是、是。”樊清和莫名对他有一种恐惧，面具后黑漆漆的洞里藏着的好像不是人类的眼而是野兽的眼。他巴不得离这个男人远远的，连滚带爬地“滚”了出去。

“阿清，你失礼了。”樊妙仪示意他给父亲行完礼再“滚”。

樊清和连忙照做，胆战心惊地出了门，忽觉后颈有些瘙痒，用力抓了抓，留下五道血红的抓痕。他一阵风似的跑远，自然也没看到后颈中央一个血洞。

“你身体不适，也出去吧。”面具上那黑漆漆的洞朝叶逍看过去。

这句“身体不适”好像戳到了叶逍的痛处，他眼角抽动了一下，什么也没说，转动轮椅缓缓出门。

“这几年伺候我的都有赏赐，你们也下去吧。”

一群婢女如在鬼门关徘徊一遭，重回人间，紧绷的肩膀纷纷垮下来，不敢抬头，就这样倒退着出去。

于是屋内只剩下了两个女人。

樊妙仪垂下眸子，纤长的指甲里栖息着一只小小的幼年蛊虫。

寇小宛捧着脸颊，努力把一层剥落的脸皮重新贴回去——这具皮囊已经太老了，它不得不重新寻觅新的宿主。

“你们两个事情办得怎么样了？”

“万事俱备。”寇小宛捂着脸皮，娇羞一笑，“主人，成事之后，能否赏妾身一具新的皮囊？妾身想要那个小姑娘。”

蛊虫振动翅膀在前方带路，白梨跌跌撞撞地跟在后面，她没想到有朝一日自己也会像被俘虏的特工那样和敌方谈起交易。

“到了吗？”

蛊虫加快速度冲过去。前方出现一大片光亮，是尾部缀着微光的蛊虫。仿佛一群暗夜的精灵在绕着昏迷在山谷中的女孩起舞，绫烟烟便躺在这一团光芒中不省人事。

白梨连忙跑过去探她的鼻息，呼吸还算平稳，只是浑身太冷了，像一块坚冰。她应该在迷雾中待了太久，而且没有服下任何丹药。

白梨又拨开她后颈的头发，果然找到一个血洞，里面栖息着一只蛊虫。

果真如此，她就说白切黑怎么会做劳而无功的事。那缕黑烟不会无缘无故撞入绫烟烟的房间，当时瞧着安然无恙，好像什么事情都没发生过，其实早就埋下了危险的种子。

当务之急是把蛊虫逼出来。白梨摸索到绫烟烟的芥子袋，可里面的符箓都用完了，她自己身上也是两袖空空。这就难办了。

“师姐师兄扔下我你侬我侬就算了，白姐姐和薛公子也扔下我了，太过分了！他们中间为什么容不下一个我！”少年抱怨的嗓音在夜色里格外清亮。

夏轩灰头土脸，一个人在法阵摸索了半天，其间经历被狂暴活死人千里追杀、被马蜂一样的蛊虫盯得满头是包，还差点被姜别寒的剑气涮成人肉火锅，好在他都活下来了。

“师兄，师姐，白姐姐，薛公子，你——们——在——哪——儿——啊——”

“喂，我在这儿。”有人一巴掌拍在他肩膀。

“大哥我很菜的，大哥别杀我！”夏轩无比熟练地大声求饶。

白梨：“……”

“大哥你是什么铁砂掌的传人吗？我的肩膀都差点碎了，求求别杀我！呜呜呜看到那遥远的远方了吗？那里有我的师兄师姐，他们才是你挑战自我的对象！你千万别跟我一个菜鸟过不去！”

“别号了，我就是想问问，你身上还有符箓吗？”白梨黑着脸，“而且铁砂掌是我告诉你的吧？”

“嗐，白姐姐是你啊。”夏轩活动着手臂，“要符箓干什么？”

“救你师姐。”

夏轩这才发现绫烟烟正昏迷着，他不敢怠慢，连忙在身上摸出一张符箓。可符箓才烧了一个角，火光便莫名其妙熄灭了。

“见鬼！什么情况？！”夏轩又拿了一张，还是熄灭了。

一股阴丝丝的风往手上吹，好像有人故意在恶作剧。符箓接二连三熄灭，夏轩不信邪，还想再试，便听一个娇滴滴的声音从头顶传来：“别白费力气啦，再来我腮帮子都吹酸了。”

斑斓彩裙如蝴蝶收拢翅膀，寇小宛红锦裹身，翩然立在墙头，指甲上尖利的护套在夜色中闪烁着冰冷的光芒，她巧笑嫣然地看着下方少女：“你果然来了呀，真是勇气可嘉。那么，做好准备成为我的傀儡了吗？”

“交易生效。”白梨走上前仰望着她。

虽然不知道中间到底发生了什么，但绫烟烟被害一定也和寇小宛有扯不清的关系。寇小宛看中的是绫烟烟年轻貌美的皮囊，然而白梨也不遑相让，泡药罐子长大的少女，体质不会差到哪里去。不然为何在掩月坊那会儿，原本想抓走绫烟烟的闻氏老祖转而把网撒向了她？

所以她通过身为傀儡的蛊虫联系上了寇小宛，希望自己代替绫烟烟前去赴险，前提是让她先找到绫烟烟。寇小宛果真被说动。只要是漂亮女孩子的皮囊，她来者不拒，想都没想便答应了白梨的条件，将她引到这里来赴鸿门。

“什么叫做好准备成为傀儡？白姐姐你答应了她什么？”夏轩虽然胆小，感官却十分敏锐。

“这你别管，现在去保护好你师姐。”夜光描摹出少女纤细的身形，翻飞的衣裙犹如山鬼的蝉衣。

这一刻，她无比可靠。

“对了，待会儿遇到薛琼楼，你帮我转告他一句话——最无用的人身上还有最值钱的东西，那就是命！”

“哈？”夏轩一愣。

“肉麻的告别该结束了吧？我等得有点久呢。”寇小宛袖中的彩练一扫，将两个少女紧紧绑了起来。

“说好了抓我就不抓她，你怎么出尔反尔？！”

白梨仿佛被一条大蟒缠住。毫无疑问寇小宛食言了，她想把两个人都抓走。这和约定好的根本不一样，言而无信真是反派们的“基本美德”。

“你们两个都在我面前，我当然是两个都要啊。”寇小宛扳着手指，“伺候主人的时候，用你的皮囊，对外接客的时候，就用那个小丫头的皮囊。”

把人皮当换装游戏，这什么病态癖好？！

“你抓我没事，你抓绫烟烟的话，姜别寒肯定不会饶过你的！”

“进了这法阵，任姜别寒有通天的本事，也会被束手缚脚，我有何惧？”寇小宛满不在乎地弹着指甲。对自己认知不足而太过自信也是反派们的“基本美德”。

“你是不是很疑惑，为什么这座法阵好像永远都不会崩溃？”寇小宛笑吟吟道，“找不到阵眼，你们就永远都别想出去，永远只能在这里坐以待毙。”

阵眼。白梨不动声色地记下这两个字。

“废话不多说，你们两个乖乖和我走吧。”寇小宛袖口一抖，彩练骤然绞紧，想先将昏迷的绫烟烟提起来。

未承想她身上忽地金光暴涨，无数道凌厉的月牙形虹光飞出来，被搅碎的彩练成了纷纷扬扬的彩蝶飘落。

“我的脸！”寇小宛一声惨叫，半张脸皮肉剥落，露出狰狞的白骨，“什么东西！”

白梨翘着嘴角。白切黑的玉牌跟他本人一样杀伤力爆表，你当然不可能碰到绫烟烟一根寒毛。

寇小宛神色狰狞地捂着脸颊，她不可能在这里逗留太久，被一剑砍开的法阵也困不了姜别寒多久了，她必须在姜别寒赶来之前撤退！

只能带一个人先走了！她恨恨然一收手，地面遽然崩裂出一张巨大的蛛网，深不见底的沟壑自巨网中裂开，仿佛野兽布满獠牙的嘴将少女一口吞下。

连带着一缕极细的金线也被一同裹挟进去。

姜别寒正在组织人流逃亡，没了蛊虫的操控，这些人也逐渐恢复了意识，三两搀扶着走出法阵的裂口。但即便用长鲸剑撑着，裂口仍在不断缩小，留给他们的时间已经不多了。

绫烟烟依然杳然无踪，姜别寒心绪大乱。长鲸剑被主人的心性影响，不断颤动着，裂口趁机挤压过来，剑身被挤得往上凸起，好似一条拼命躬身的鳝鱼，随时都有被折为两半的风险。

正在撤退的人流还没断，裂口在这个时候闭合，无疑会将他们挤成肉泥。

“快回来！别走了！”姜别寒感觉自己撑不下去了。

没人听他的话，所有人都认为长鲸剑能撑住这道生存的大门，所有人在争先恐后地往外逃跑。

剑锋发出了心力交瘁的哀鸣，姜别寒一条腿已经跪在地上。就在这时，他看到漫天白色的琉璃子流星雨般倒掠而起，墙面出现一条明亮的裂隙，周围的一切都静止了，包括空气。一秒钟之后墙面爆炸般四分五裂，锋利的气流碎片向四面八方扩散，像泼散在纸面的锐利墨点。

人影乘着一道流光落地，手里拿着姜别寒的剑——长鲸飞至半空时被他顺手摘走了。

是薛琼楼！

姜别寒喜出望外，扬手接住他扔来的剑。

“一时心急，下手重了些。”薛琼楼歉然看着地上摔得鼻青脸肿的人。

他们捂着伤处在地上哀号，看来摔得不轻。不过比起被挤成肉泥，这已经是不幸中的万幸。

“你刚刚来，有看到绫师妹吗？”姜别寒现在只能寄希望于他。

可薛琼楼也露出茫然的神色，摇头说：“没有看到绫姑娘。”

“阿梨也没和你在一起吗？”姜别寒这才注意白梨不在他身边。

“我一直都是一个人。”薛琼楼面不改色，“你在找她们？说不定她们两人现下正在一起。”

这座法阵太庞大、太曲折，两人恰巧碰面的概率太小了，姜别寒不敢抱有任何侥幸心理。他心里却隐隐觉得有些不对劲——应该说，从方才起就十分不对劲。

他转过头看向身旁的少年。

薛琼楼正在检查谁摔断了肋骨，谁磕破了下颌，有爬不起来的他还会细致地搭一把手，仿佛有他在，再危险的处境都能被一一破解。

他每回都那么及时。

“我还以为……你会先去找阿梨。”

“我会去找她的，但也不会放着这些人不管。”少年侧过身，眉眼沾了阴影，声音也低下来，“她身上有我的玉牌，一定……不会有事。”

姜别寒一时语噎，终于知道哪里不对劲了——少年太镇定了，不论遇上多大的麻烦，不论情况有多紧急，他永远不会露出惊慌失措的神情。

他太冷静了，那是对万事万物都漠不关心的冷静，切除了能带来冲动的七情六欲，只剩下按部就班的理智。

过分的冷静……就是冷血了吧？姜别寒脑海中念头一闪。

天崩地裂的低吼从远天传来，像鼎立天地间的巨人一拳砸裂大地，火红的浓焰从地底喷溅出来，天际一片彤红。

“那边怎么了？”姜别寒抬头望去。

薛琼楼没有回答，任由眼底摇曳出金红的火光。

过不了多久，姜别寒便会得知绫烟烟被抓走的真相，届时，他半条命都会被凌迟一遍，至于他的剑心……

少年冷冷地笑了。

——也会像灰尘一样被自己踩在脚底。

“你那么喜欢玩弄人心，难道不知道，一个人背后什么都没有的时候，就注定会失败的吗？你不觉得自己可怜吗？”

少女笃定的声音在耳畔回响，不合时宜的回忆让他面色微微一变，好像志得意满之时忽然而来的一盆冷水，从头淋到脚，把威风都浇灭了。

心里有一块无形的石头从很高的地方掉下来，发出空荡荡的回音。

薛琼楼低了低眼睫，突然觉得这一切很无聊。

抓走绫烟烟完全是计划之外的事，如今想来，好像在和人较劲一样。

他本不该冲动行事。

“不如我们先去那边……”姜别寒运起剑光扭头一看，身边已经没了人。

怎么……突然走了？

他一头雾水地摸了摸脑袋。

绘着巨大十字形图腾的石门砰然碎裂，裂缝里露出赤红的火光，四处喷溅的血迹宛若大地狰狞的疤痕。

穿着雪衣的身影从门后走出来。

如此大范围的波及下，她应该会躲在角落里。薛琼楼的目光扫过每一处角落，出乎意料的是，每一处角落都没有人。

他忽然注意到什么，慢慢退后一步。地上有一排显眼的脚印，如一条弯曲的波浪线消隐在浑水中。明明旁边有路，它们却故意出现在草地里，以此来突显自己的存在感，好像知道有人会来，而后明目张胆地告诉那人：没人抓我，也没人逼我，我自己逃了。

薛琼楼长久凝视着，突然间挥袖，两侧的墙壁应声粉碎，他眼底浮现一片抑制不住的怒色。

她又一次脱离了掌控，迈进了未知的死域。

每一次，都是这样。

为什么就不能乖乖受他控制？

举着弹弓瞄准枝头的孩子，有朝一日终于发现麻雀逃出了牢笼，目标不见了，那片苍灰的天穹里只剩下枯爪般的寒枝。

第13章 风陵园·围杀之局（三）

一个美艳的女人盯着你看，会叫人面红耳赤；一个半张脸都成骷髅的美艳女人盯着你看，只会叫人魂不附体——很不幸白梨面对的是后者。

女人正慢条斯理地将自己的脸皮贴回去，动作优美得好像是美人在对镜贴花黄。

这里应该是寇小宛的大本营，与白梨想象中浓妆艳抹的夜店风格不同，反倒是格外素净，甚至算得上寡淡。唯一秾丽的地方便是墙上的彩绘，金烛灼灼燃烧，两侧居然还附庸风雅地挂着数不清的画作，看不出她也是个鉴赏家。

“我还是有点疑惑，你到底为何要这样做？”面孔已经恢复正常的寇小宛转而捏起白梨的脸，尖利的指甲戳进少女嫩嫩的皮肉里，出现两个青白色的小圆涡，“该不会……有什么埋伏吧？”

“大姐，你这个岁数就没有一两个闺密吗？为闺密上刀山下火海，在所不辞！”白梨整个人被绑住动弹不得，只能靠打嘴炮消磨时间。

“这种不都是男人会享受到的特权吗？”寇小宛想到了自己和樊妙仪明里暗里的争锋，“女人之间只有钩心斗角。”

“如果是为了一个男人钩心斗角，那是因为这两个女人不够了解彼此，也不够了解那个男人，盲目的爱恨会毁了自己的。”让自己的女人靠着美貌招揽客户，那这个男人真是既没人品又没担当，如果是反派也是最没品的那一类。

寇小宛擦着自己尖利的指甲护套不作声。她和樊妙仪因为家主的存在保持着一种敌对又合作的关系，樊妙仪绝不承认这个比自己大不了几岁的女人是继母，却又不得不因为父亲的命令与她共同供奉浮屠树。

她身上有一只母蛊，那是她向家主效忠的证明。她跟着男人逃回白鹭洲后，恰值樊家与外男私奔出逃的千金被抓回来。寇小宛第一次见到那位千金，她便将母蛊扔到面前，说如果能撑下来便是风陵园新任的女主人，如果撑不下来那就是乱葬岗一堆白骨。男人站在一旁朝她轻轻点头，目光里有着心照不宣的信任。

和死亡有关的一切，寇小宛从来不陌生。裹尸布下散发的腥臭是死亡，富家子弟身上馥郁的熏香是死亡，掩月坊日夜不断的笙歌也是死亡……数不胜数的近距离死亡将她浸泡在地狱冥河之中，区区蛊虫的折磨不过是冥河中微不足道的浪花。

草芥的生命往往最是顽强，她被母蛊的毒素麻痹全身，昏迷整整三日才苏醒，那之后樊妙仪便再没有表现出任何不满的情绪，仿佛接受了这个名义上的小娘。两人各司其职、有条不紊地打理偌大家族，直到有一日樊妙仪主动开口，让她不要在这里待一辈子。

“你觉得自己逃离了牢笼，可其实这里还是一个牢笼。”樊妙仪说，“父亲没你想象中的那么强大，你只看到他杀了侮辱你的人，把你救出掩月坊，但你没看到他身后的阴影里抵着一把刀，那把刀握在别人手里。”

寇小宛没把这话放在心上，甚至想暴怒地让她闭嘴。

被种下母蛊的她早就无处可去了。但那又如何？只要能逃离那个地方，牺牲一切都是值得的，就像逃离黑夜的飞蛾扑向烛火拥抱光明。风陵园就是她的烛火，哪怕是死亡也带着光明的新生。

白梨看着寇小宛像擦一把即将行凶的刀那般擦自己的指甲，擦着擦着突然暴怒，直接朝她刺了过来。寇小宛没耐心废话，也没耐心听白梨废话，她现在要做的，就是换上一张年轻鲜美的皮囊，而后以最快的速度为即将出关的家主准备好鲜血铺就的红毯。

“等、等、等一下！你这么快就把我撕票了，我的同伴岂不是就能毫无顾忌地向你复仇？你至少把我当个后手让他们有所顾忌嘛！留得青山在不愁没柴烧，这话听没听过？”

“同伴？原来你还对他们抱有幻想啊。”寇小宛色彩斑斓的彩练如同飘满花瓣的河流向两侧伸展，“你刚刚千方百计跟我拖延时间，如果他们真的在乎你，早就来救你了。可是他们没有，这只能说明，你在他们心里远没有你想象的那么重要，你的牺牲不过是自我感动而已。”

从某种意义上讲她说得一点都没错，甚至有人还会为她的死拍手称快。白梨一面用捡来的碎石片割着绳索，一面心想某人现在应该一身轻松。在不弄脏自己手的前提下把麻烦彻底抹杀，这还真是他一贯的风格。

绳子绑得太紧了，石片割伤了手心却没能割开绳子，白梨满手冷汗，汗水浸透了掌心的伤口，痛楚像毒蛇往心底钻。

任何无意义的牺牲都是自我感动，所以在完成任务之前，她还没决定去死，一定不能让那个白切黑反派如愿，就算力量微弱她也要反抗！

白梨把绳子解开了，寇小宛也终于发现了她的小动作，可没等她出手，一道金光迎面袭来，犹如一支咬定目标的离弦之箭，凶猛的力道足以撕碎人半边躯体。如此凶煞的杀机，绝不可能是一个手无缚鸡之力的小姑娘能拥有的。

寇小宛被巨大的冲力打进墙壁，艰难地拔出嵌进墙面的四肢，捂着血淋淋的脸，嗓音阴狠：“你身上是什么东西？！”

白梨没傻到诚实地做出回答，她正在争分夺秒地卸下手腕上的绳子。还有阵眼，她还没找到阵眼。原本被绑来这里的是绫烟烟，阴差阳错发现阵眼的则是姜别寒，现在剧情发生了小小的偏差，寻找阵眼的重担就落在了她的肩上。

面前就是半掩的窗户，大片大片的月光泼洒进来，白梨伸长手臂，努力去够。就在此刻灼热的气流突然舔上了后背，眼前的事物都在灼烤中扭曲变形。她出现片刻的耳鸣，而后是梵音般的暮鼓钟声。

那是……浮屠花？白梨的瞳孔有些涣散。

下一刻，滔天火焰咆哮着席卷整片夜空。

“你确定是这个方向？”姜别寒正在沿着地上的裂缝走。这条裂缝足有一条江流那么宽，滚烫的亮红色光芒仿佛是地心的岩浆。

两侧的墙面显露出了真面目，那上面并非空白无物，实则布满巨大的修罗绘像，亮红色光芒打在墙面，又反射出令人眩晕的赤黄靛蓝，时而庄严，时而邪恶。

姜别寒知道在另外三个方向还有三条一模一样的裂隙，共同组成了十字形，这与他们在纸船上往下俯瞰风陵园时观察到的形状别无二致。这当然不是他自己注意到的，而是去而复返的薛琼楼提醒了他。

说起来，薛琼楼从方才起就一副心事重重的模样。姜别寒忍不住问："有阿梨的线索了吗？"

他沉默地摇了摇头，突然停住脚步。

"怎么了？"姜别寒敏锐地察觉到一股潜伏的敌意。

薛琼楼低下头，一只苍白的手抓住他衣角。仰躺在地的少年七窍流血，脸上布满漆黑的皴裂痕迹，仿佛一只做工精良的花瓶被不慎砸破了。

"樊清和？"姜别寒忙把剑收回去，俯身扶起濒死的少年。

"姐姐，为什么连我也……碍了你的路？"满脸鲜血的少年僵硬地转动眼珠，喉咙里发出破碎的血沫翻涌声，木然呢喃着。

"姐姐？你姐姐把你怎么了？"

在姜别寒的印象里，这对姐弟应当非常要好，樊清和在鹤烟福地被黑蛇困住的时候，樊妙仪心急如焚的模样不像在作假。更何况血浓于水，姐姐不应当是无条件爱护弟弟的吗？可刚刚樊清和说的话是什么意思？

"你们都被骗了。"另一侧的黑暗里传来轮椅碾过枯枝的声音，黑暗中男人一双眼睛亮如鹰隼，竟然是叶道。

"何不想一想，渡口的飞舟怎么会无缘无故被人全部包揽？你们又怎么会恰好在鹤烟福地遇到了樊妙仪？不觉得这场相遇来得太恰合时宜了吗？你们以为的及时雨，其实只是别人守株待兔撒下的网而已。"

所以这一切都是樊妙仪在背后捣鬼。姜别寒心里一惊，握紧剑鞘的五指收紧，质问道："你对这些一清二楚，为何不早说？"

叶道发出几声苍凉的笑，拉开衣襟，只见靠近胸口的皮肤上绽放着一朵姜黄色铃铛模样的小花，这是中蛊后的标志。

一旁的樊清和突然剧烈咳嗽起来，他翻过身去吐血，露出后颈上泉眼般往外渗血的洞。

"她要做什么我不知道，我甚至连自己何时中了蛊都不知道。你们一定以为我是个负心郎吧？你们也一定想不到那个女人比毒蛇还要阴狠，连亲弟弟也下得去手。”多年被折磨的痛苦早已让叶道看淡了自己的生死，他现在更像在冷眼旁观别人的生死。

“你们为什么还不赶紧逃？——哦，差点忘了，你们和同伴走散了，方才那阵地动，说不定是寇小宛出来捕猎呢。”叶道了无生趣地瘫坐在轮椅上，“她也是个不好对付的女人啊……你们这回真是走进了捕猎场，猎手还远远不止一个。”

突如其来的真相揭露让姜别寒有些反应不及，他似乎还没能接受楚楚可怜的樊妙仪会是个弑夫杀弟的疯子。

“姜师兄，是你们在那儿吗？”姜别寒似乎听到有人在呼唤，“师姐和我在一起，但是……”

是夏轩的声音！姜别寒不待他说完便拔剑撞上墙面。

如果夏轩在附近，那绫烟烟和白梨一定也安然无恙。

薛琼楼目光微动。

又让她得逞了吗？

下一刻，他的神色又平静下来。

可是那又如何？他玩得起也耗得起，这些人注定会走进他的陷阱。

如果说整个风陵园的布局是一株大树，那这回的意外不过是一根旁出的小枝丫，虽不在计划之中，但他还能判断野枝生长的轨迹。

估计接下来，她会搂着活生生的绫烟烟还有夏轩一起出现在尘埃后，眼瞳亮晶晶的，告诉他“虽然这回超级危险但还是凭我的智商化险为夷了”。

薛琼楼有些烦躁地闭上眼。早知如此就不该多此一举给她玉牌，这算是他为数不多的几次失误。

但是——

“姜师兄，白姐姐不见了！我们怎么找也找不到！”

事与愿违的回答如一条闪电劈开脑海，他的瞳孔剧烈颤缩了一下。

两个人，安全回来的只有两个人。

没有她。

“到底怎么回事？”姜别寒的面色褪作雪白。

“她、她为了救我们被寇小宛抓走了！……对不起薛公子！我没能帮上忙！是我拖累了她！”

不可能。

她再怎么蠢也不会去送死，更何况身上还带着玉牌。在他的玉牌面前，寇小宛只有乖乖受死的份。

“我给她的玉牌呢？”薛琼楼径直上前，连他自己也不知道何时带上了咄咄逼人的敌意，眼底尽是森然的刀光。

“玉、玉牌？”夏轩缓缓地打了个寒噤，“白姐姐……把它给了我……就是它救了我们……”

薛琼楼一眨不眨地看着夏轩拿出玉牌，那上面还沾着血迹，月光在玉面一闪，如银针刺痛了他的眼。

“她说，哪怕是最没用的人，好歹也还有一条命。”夏轩咬住嘴唇，想起了她临走前说的这一句，“薛公子，这话是她让我带给你的，你知道这是什么意思吗？”

“你呢，是不达目的誓不罢休。我呢，就是不成功便成仁。”

不成功便成仁，就是用他的玉牌保护别人，以命换命。

原来一切都是他自以为是的猜测。

事态彻底脱离了掌控，他无法预知接下来的方向了。

或者说，从一开始的判断就是错的。

他已经很久没有体会过了，这种什么都握不住、什么都无法预料的感觉。

为什么？

仿佛有一千把、一万把刀钻进肺腑搅动，剧烈到连血也吐不出来般地疼痛。

为什么要做到这种地步？她本可以乖乖向他认输换来安稳的生存，却非要以死证道做这无谓的抗争。

这就是朋友？这就是情义？

这就是……他一辈子也无法理解的东西？

不远处传来闷雷般的震动，整片天穹被暴涨的火光映得通红。

“那里发生了什么？！”姜别寒凝望着火光，攥紧长剑。

“那是寇小宛的住处，她要开始了。”叶逍低低地冷笑，“那么大的火势，恐怕除了寇小宛谁都活不了了……你们说的那个女孩，是被寇小宛抓走了吧？寇小宛这个女人，比樊妙仪还要狠。她剥人皮囊的时候，喜欢让这些少女清醒地活着，让她们对着一面大铜镜，眼睁睁看着自己的皮囊从头顶一寸寸褪下，她们叫得越是撕心裂肺，她越是兴奋。”

“你在胡说什么！”姜别寒拎起他的衣领将他拽了起来。

“我没有在胡说，这些都是我亲眼见到的事实。”叶逍转过头看着面色阴沉的少年，“真是可惜，你的女孩要死了吧？她比鲜花还娇嫩的肌肤会成为寇小宛的一部分，她会成为风陵园新任的女主人，顶着那样一张脸去伺候别的男人，那可真是……”

“闭嘴！”姜别寒再也忍不下去了。

彻骨的寒自背后袭来，他忽地打了个冷战，猛地转身：“薛琼楼，别听他胡说！”

——已经来不及了。

叶逍的身体紧紧嵌进墙壁，身后裂开巨大的蛛网，他的轮椅也已经砸得粉碎。

“那真是什么？”咽喉被人扼住，面前的少年翘着嘴角，眼底却杀气重重，浑身散发出可怖狰狞的气息，“继续说啊。”

“那真是……”喉管发出了细微的崩裂声。

“薛琼楼，冷静一点！”

姜别寒剑匣中的长鲸捕捉到毫不遮掩的杀意，剧烈嗡鸣起来，整把剑鞘都在震动。

他还没伸手阻止，少年便冷冷扫来一眼，犹如利剑转过锋芒，眼底阴鸷的杀机令他不寒而栗。

这股杀意凌驾于短短数日的同伴情谊之上，是酝酿已久、呼之欲出的刀光剑影。姜别寒有预感，如果现在试图阻止他，哪怕是面对自己，他也会毫不留情地出手。

有一瞬间他竟怀疑，面前这个人到底是不是薛琼楼……他如芒在背，另一只手不自觉地按上了剑鞘，谨慎地劝阻：“他罪不至死，当务之急是先去救阿梨！”

“薛琼楼！”姜别寒拔高声音。

少年眼底的阴霾终于褪去了，他缓缓松开手。

“我去找阿梨。”

“我和你一起……”

“不用，我一个人去。”脑海已经混沌一片了，但他竟还能听到自己理智地分析着，“你要在这里照顾其他人。”

“不、不，你们两个一起去吧，我和师姐能应付的。”夏轩拍拍自己的胸口。

“阿轩说得对，还是我和你一起去。”

他抬起眼，一一扫过这些人写满关切的脸。那种令人动容的羁绊，就好像如果可以重来的话，他们就愿意代替对方去死一样。

“其实你很嫉妒吧？”埋藏在心底不愿面对的声音，趁机跳出来重新占据脑海，“嫉妒姜别寒有那么多的朋友，而你，你只有伪装出笑容的时候，身边才会聚集起一点人来……你不可怜吗？”

——你不可怜吗？

仿佛山谷中的回音，一遍一遍在耳边回荡，又一点点地放大，放大所有不安与不甘的情绪。

——你真可怜啊。

——真可怜啊。

闭嘴闭嘴，不要再说了。他一点也不羡慕，这种矫情虚伪的关系，只需要一点点的挑拨离间就会分崩离析。

这一次，只是他心软了，下一次，他一定——

——你真可怜啊。

——真可怜啊。

回音还在一遍一遍地响，好像一堵牢固的铜墙铁壁一着不慎破了一个小口子，陌生的水流疯狂地涌进来，占据了这个隐秘的角落，摧毁了孤独坚守的认知。

“闭嘴！”他低喝出声。

一瞬间，仿佛失聪一般，所有的声音都消失了，世界褪作单调的黑白二色。

过了好一会儿，夜的黑与火的红，重新渲染了视野内的画面。

“怎么了？”姜别寒被少年突然的失态惊住。

薛琼楼失神地动了一下眼睫，又缓缓地低落下去。

“有这样的生死之交……”

少年那黑而深的眼浸没在阴影中，犹如万古长夜般无比寂寥。他的声音低哑，带着巨大的不甘承认：“你们……真是走运。”

走运？

姜别寒不知所云，想问清楚，可对方的身影已经消失在黑夜里了。

叶逍捂着脖子剧烈咳嗽。方才他差点被捏碎喉咙而死，刚刚那个少年不是在吓唬他，而是真的要他死。

“你方才不该激怒他的，更不该侮辱阿梨。”姜别寒对他失尽好感。

“我没有激怒他，那才是他本来的面目。”叶逍幽幽地说，“最尖锐的东西一定埋藏在最深处，一旦露出便是决一死战之际。姜剑主，你应该小心他的。”

“你赶紧闭嘴吧。”姜别寒低下头，他的手还紧紧握着长鲸剑，以至于手心已经被冷汗浸湿。

桌椅、床榻、珠帘都燃烧起来，空气里飞舞着明亮的灰烬，像黑夜里一闪而逝的流星。火舌舔上了白梨的裙角，她跪在窗台上不敢下来，往后退是熊熊火海，往前走是蛊虫的海洋。

墙壁上那些根本不是什么画作，而是数不清的皮囊。这些皮囊看着却像美人画一样，身着璀璨罗裙，头戴艳丽花环，环肥燕瘦应有尽有。除了之前在凉亭中看到的那些婢女，白梨甚至在其中看到了自己。

这些都是寇小宛曾经在掩月坊的同僚姐妹，现在她们又在另一种意义上成了姐妹。

人在死亡后半小时会出现僵直症状，想保持皮肤的新鲜度就必须争分夺秒地在半小时内褪下皮囊画上新的五官，所以掩月坊失踪了这么多人，却从没怀疑过远在白鹭洲的风陵园。

白梨看得鸡皮疙瘩都冒出来了。

“你这惊慌无知的模样，让我想到了十几年前还在掩月坊的自己。”寇小宛站在火海中，火舌同样舔上了她的裙角，她却毫无所觉，像一只正在燃烧的彩蝶，“不过那个时候有人来救我，可惜你没有。”

扎心的话说一次就够了啊，怎么还反反复复提？白梨不想继续这个话题了：“外面这么多的蛊虫，还有浮屠花，这里就是阵眼吧？”

“真聪明。”寇小宛嫣然一笑，“不过，你又能怎么办？”

“我……”白梨闭了闭眼，下定决心一般，“我当然是不能任你摆布啊！”

比起被蛊虫操纵，她宁愿烧死在火海里。

话音方落，白梨便向后仰倒。

寇小宛吃了一惊。从方才起，这个女孩一直表现得瞻前顾后，胆小怕事又手无缚鸡之力，可以说是五个人中最弱、最不起眼的那一个，所以她只能靠着瞎扯拖延时间。可她拖延这么久，也没人来救她，就像个小丑一样在自己的舞台上唱着自娱自乐的独角戏。

但是寇小宛没想到，她真的会选择去死。

寇小宛以最快的速度冲了上去，她需要新鲜的皮囊，而不是被火烧焦的残次品。但很快她便察觉到了从天而降的杀气，与之前在少女身上一瞬间爆发出来的一模一样。

刻满繁复图腾的纸窗砰砰炸裂，梨花木碎片向四面八方溅射。金烛在地面拍得粉碎，倾洒的烛油让火势猛蹿数尺。

寇小宛抬起头，什么也来不及看清，只有一条飘逸的线，线的两端各自缀着黑白两色的琉璃子，从面前横扫而来。

面对势不可当的杀气，她来得及察觉，却来不及做出反应。

视野颠倒了，她很快反应过来是自己的脑袋掉了下去。鲜血倾斜着在地面流淌，红潮般的火海多了一道白色的背影，气流的烘烤让他显得有些扭曲。

真是奇怪，寇小宛在意识消失前想着，明明这里是陷阱密布的猎场，为什么会有猎物来去自如？

半空中飞舞的火星犹如淋漓的雨，如此盛大的火势，掉下去会瞬间化作灰烬。

薛琼楼仰起头，望着这些纷飞的火烬。就在上一刻，少女在他面前跳下了火海，就像一条鱼钻入海中，再不见踪影。

晚了一步。这个时候再去找，也只是徒劳。

墙上的画也被火势殃及，弱不禁风的美人们好像在火海中哭泣。薛琼楼目光逐一扫过，找到了最熟悉的一幅画。少女正撑着脸望向画框外，好像在等谁，五官画得有些呆板，因而显露出一股陌生的伤感来。

“犯下不容饶恕的错误，所以死亡也是一种解脱吧。”画上的人在哀叹。

火舌舔上了她的衣角，薛琼楼没什么动作，但是火舌在他的注视下停止了攀爬。

暗屋里那个喜欢用弹弓吓唬麻雀以此取乐的孩子终于发现，麻雀没有飞走，因为世上居然有不会飞的笨鸟，它只会惊慌地躲避着弹弓打出的石头。终于，这回它一脚踩空摔死在冰冷的地面，小小的躯体内摔出大量的血，肝脑涂地的模样狰狞而可怜。

再也不会有叽叽喳喳的声音吵到他了，世界恢复了安静，也恢复了暗无天日。

薛琼楼伫立了半晌，转身离开。

这个地方已经没用了，他也不会在这里浪费太久，计划会继续有条不紊地进行下去，正如机器不会因为一个小零件的损坏而停止运行。

木制品在燃烧时不断发出微小的“哔啵”声，像是火海中浪花扑打海岸的声音。

少年孑然一人的身影投射在墙壁上，他又停下来往后看了一眼，闹剧确实已经结束了。

他慢慢地垂下眼睫，摇曳的火光映射在雪白的衣袍上，他整个人像爬满了鬼影。

这一次，的确不会再发生意料之外的事了。

“咯咯，呛死我了！”一只手从火海里伸出来，攀上窗户。

像黑夜中突然亮起的一盏孤灯，光彩绽然。薛琼楼的眼微微睁大，再一次回头。

脸上黑一块白一块的少女朝他挥舞手臂，胸前的衣襟鼓鼓地挤出一条白鱼，她展颜一笑：“谢谢你的鱼，它没事！”

鱼？

薛琼楼一怔，低头看向腰间，又看一眼笑得得意扬扬的少女，面色一瞬变得复杂。

“其实我一个人也能逃出来的，不用麻烦你跑这么远来看我。”白梨费劲地从一堆木片里出来，擦着脸上的烟灰朝他用力挥手，“不过，还得谢谢你把玉牌借我，帮了我好大忙呢。”

薛琼楼有些发怔。

熟悉的她又回来了，一得空话就倒豆子似的往外蹦。

她把空的玉牌留在绫烟烟身上，把玉牌上的白鱼放在了自己身边。她还是和以前毫无差别，满肚子意想不到的鬼点子。

摔死在地上的麻雀在孩子呆滞的注视下活蹦乱跳起来，贱贱地说：“不好意思，白色的是豆腐花，红色的是番茄酱，请问你要尝一口吗？”

“那个，你能搭把手吗？”白梨的腿被卡住了，只好望向这里唯一双手空空的人。

薛琼楼沉默地站在火海中，雪白的衣袍爬满狰狞的火影。一直以玩弄别人取乐的坏胚终于也被别人玩弄了一把，他看上去随时随地都能将那人重新灭口。

“它什么时候也听你的话了？”这话听上去有些不悦。

“没有啊，这条鱼很乖呢，它一直都听你的话。”白梨捂着衣襟保护自己的盟友，“是不是啊，阿鱼？”

衣襟动了动，白鱼正在瑟瑟发抖地点头。

都说近朱者赤近墨者黑，可这条鱼和反派朝夕相处，居然还能保留一丝良心，实在很难得。白梨好几次都怀疑它是不是被迫从恶，就等着有人来拯救它。

白梨正撑着身体把腿解脱出来，突然间一股莫名的力道将她又压了回去，她两只手被强行往后绞住。

没了玉牌灵力的保护，滚热的火浪立刻将她包围，她像一只拔了毛的鸡正放在架子上烧烤。

“你又做什么？！”白梨被烟呛得直咳嗽。

薛琼楼走到她面前，目光缓缓下移，最终停在她胸口。

“你、你看什么？”白梨气势不足了。

“既然不怕死，那你在这里多待会儿。”薛琼楼轻轻一招手，她衣襟里飞出一条银白色的线，藏在少女胸前的白鱼被他不客气地握在手里，可怜那双又大又呆的鱼眼睛都要被挤出来了。

“你别杀它！”白梨不禁为盟友捏了把汗。

薛琼楼居高临下地看她：“你还有心思关心别人？”

白梨认真地摇头：“这不是人，这是鱼。”

“……”

“那个……你应该放开我了。”白梨弱弱地咳嗽了几声，“我凭自己本事活下来的，还救下了绫烟烟，你输了。输家就得遵守规则，你得放我走！”

少年的身影遮掩在火海后，白得醒目，却又糅杂着数不清的色彩。

“是吗？可我没记得承诺过你什么。”

白梨额角青筋都要暴出了，在快要爆发之前，脑中突然白光一闪。

等一等，这家伙人品虽然一言难尽，但也不太像输了还要赖的流氓。

况且，这里虽然火海滔天，但他不知施了何种法术，火焰完全烧不到她。也就是说，他不想让她死，也不想放她出来。

那么，就只有一种可能。他不想让自己发现某种东西，而这种东西，很大概率上，就是他今晚的最终目的。

白梨慢慢停止挣扎，以百分百确认的语气道：“你是不是也来找阵眼的。”

“你说什么？”薛琼楼果然侧目。

“装什么第一次听说的语气啊？被我猜中了是不是？”戳穿他心思的白梨得意扬扬，“风陵园这么复杂的棋盘，只是为了杀一个绫烟烟，说出去傻子都不信。寇小宛已经承认阵眼就是浮屠树了，你现在又这么匆匆忙忙地离开，还不想我在后面跟着，明摆着此地无银三百两嘛。实话实说，你是不是想一个人独吞阵眼？”

“阿梨，知道太多对你没有好处。”他半跪在面前，与她平视，眼底含着冰冷的笑意，那是触碰到底线的冰冷。

“我继续猜下去的话，说不定会知道更多呢，你会真动杀心吗？”白梨得寸进尺地说，“反正现在的情况对你最有利。我如果死了，你就可以顺理成章地把我的死因嫁祸到寇小宛身上，姜别寒他们根本不会怀疑你，反而还会觉得你痛不欲生吧？”

薛琼楼毫无征兆地在她受伤的脖子上按了一下，白梨瞬间被一阵冰凉刺痛，缩起肩膀皱起脸：“痛痛痛——你干吗？说不过人家还动手动脚！”

“我能救你，当然也可以杀你。”少年面无笑意的时候漠然如霜雪，他最讨厌的就是被别人威胁，“安分点别乱跑，你还能活过今晚。”

又是这句话啊。

“我不。”她眼瞳闪闪发亮，咬着唇得意地笑了，“薛琼楼，你输了，你已经没有理由再禁锢我的人身自由。”

薛琼楼太阳穴跳了两下，他重新拽下玉牌扔进她怀里：“拿着这个去找姜别寒，别出现在我眼前。”

当一个人放弃博弈，只有两种可能，一是他怕了，二是他失去了兴趣。白梨暂时不知道他属于哪种，不过她确定，这回她底气十足。

“我不，我路痴。”她理直气壮地说，“说不定我走着走着，就走到了樊妙仪那边，那样的话——”

薛琼楼：“你到底要怎样？”

“很简单啊，帮我把禁制解开就行了！”白梨举起双手在他面前晃了晃。

薛琼楼当然不会中这激将法，转身就走。

“别走别走！我放宽条件，不帮我解开禁制也行，只要让我跟着你！”她焦急地在他身后喊起来。

薛琼楼回过头，跪在火海中的少女也在看着他。两侧翻涌的气浪使她的身影变得晃动不定，她脸上的笑容却还没有消失，那样朝气蓬勃而光芒四射，一切一切的黑暗都要在她面前退避。

为什么一定要跟着他？或者说，为什么她直到如今都没有显露出一丝退缩之意？

“最后提醒一次，半炷香后禁制会自行解开，届时你自己去找姜别寒，别来烦我。”薛琼楼还是没理会她。

他的良心有保质期，白梨觉得如果继续死缠烂打下去，他会直接失去耐心。

行吧，又只能靠自己了。

就在这时意外陡然降临，炽白的闪电从九天劈落。天空被点亮的瞬间，白梨看到一个巨大的影子飞掠而过，整片火海仿佛草原般在凌厉的风中弯了腰。藏青的天穹下堆积起了墨色的乌云，无数滚滚浓烟拔地而起，地面被犁出刀砍斧凿般的裂痕。

原本拍碎在地上的雕塑不知何时又完完整整地竖立起来，睁开了赤金的眼，庞大的手掌像山岳朝着白梨压下。

被禁制困住动弹不得的白梨呆了。这真是一波未平一波又起，她才刚死里逃生，现在又得命悬一线。救下女主角的代价就是要把所有伤害值都往自己身上揽吗？！

火焰的碎片从天而降，白梨下意识闭上眼，却听到四周响起了崩溃的低吼。她双手一松，禁制被解开了。

“把手给我。”薛琼楼不知何时又回到她面前，阴沉着脸。

这货回来救人怎么还臭着一张脸，不知道的还以为有人用枪抵着他后背逼他救人呢！

白梨一腔感激之情都化作泡影，还是乖乖听他的话赶紧爬了出来。

暴涨的火光让天地间亮如白昼，她终于看清了面前的庞然大物——顶天立地的浮屠树。满树小铃铛剧烈晃动，这些小铃铛是姜黄色的浮屠花，干朽的树皮像一张张尖牙利嘴，正龇牙咧嘴地发出呼噜声，凶狠地警告着不速之客。

“现在开始跟紧我，跟丢了我不会去找你。”无数炽亮的火烬落在薛琼楼肩头，这株婴儿般啼哭不已的地狱之树才是舞台上真正的主角。他终于开始认真起来。

“那我能抓你的袖子吗？”白梨在不触碰他洁癖底线的前提下，小心翼翼地挨过去。

不管此前有多不情愿，如今薛琼楼也只能带着这个累赘一起上路。他目不斜视，也没作答，像是默认了。

“树下面是不是别有洞天？”白梨迅速进入了“腿部挂件”的状态，“我们要砍树吗？”

“退后。”

所有栖息在浮屠花中的蛊虫全部苏醒，包括还未孕育的茧，满树尖啸着俯冲下来的黑影仿佛坍塌的黑云。站在树下即将被吞没的少年没有多余的动作，只是轻描淡写地挥袖，新月状弧光横撞出去，将巨树撞出天堑般的凹槽。

地面寸寸崩裂，浮屠树发出凄厉的嘶鸣，虬结的树干暴起，根须宛若蟒蛇缠作一团，根须下面竟悬着无数骷髅骨殖，地面塌陷后出现漆黑的旋涡，污血如泉眼里的水汹涌喷薄。

他开启阵眼像开启自家宝库的大门一样，轻车熟路。

“果然在这里。”少年笑了起来，带着莫名的意气风发，白衣像雪白的蝴蝶，翻飞在这片白骨与鲜血的接天狂潮里。

火海中的怒浪逐渐平息，皮囊焚烧的古怪气味四处扩散，雕塑的碎片燃烧着几簇小火苗。

寇小宛的身体嵌在墙壁里，头颅掉在地上，艳丽的面容依旧栩栩如生。

一只金光潺潺的蛊虫摸索着爬出来，悄悄攀附上少女翻飞的裙角。

而她一无所知。

“开阵。”樊妙仪下达了指令。

“大小姐，家主还没出关……”仆从有些惶恐地提醒。按照家主的吩咐，只有等所有猎物都被赶到法阵中去，才可以开启阵门。现在樊妙仪却要提前开阵，无疑违背了家主的本愿。

“别让我重复第二遍。”樊妙仪说。

家仆无法，现在只能听从大小姐的命令。

由七名精锐子弟把手的石门缓缓开启，黑色的阴光和黑色的尘埃从石门后潮水般涌出。石门上雕刻着繁复诡异的壁画，那是修罗与恶灵，赤焰与脓浆，白骨与死尸，两侧的石雕是人面蛇身像。

樊妙仪将手放上恶灵铜铃般的眼，自她身侧有七道血柱喷涌出来，溅上五彩纷繁的壁画，画中万象仿佛全都苏醒过来。

那七道血柱来自身后负责开阵的七名弟子。

剩下的家仆惊恐万状地跪下磕头。

“你们都走吧。”樊妙仪没有杀他们。家仆只是普通人，没有能力给父亲通风报信。

虫类翅膀振动的声音从四面八方汇聚而来，很快她身后多了一群乌云般的蛊虫，蛊虫的尾部逐渐亮起了赤黄色的微光，这团乌云也成了赤黄色。蛊虫的数量越来越多，站在中间的女人仿佛山谷中被萤火虫簇拥的精灵。

她似有所觉，低头看了眼指甲盖里那只还未孵化便夭折的幼年蛊虫。这是母蛊的孩子，幼虫死亡意味着母蛊生命也即将走到尽头，也就是说，寇小宛遭遇不测且时日无多了。

“这个蠢货，早跟你说了，这里不是你的家啊。”樊妙仪有些同情这个总是看不顺眼的女人。

石门彻底打开，那里面空无一物，只有一只骷髅头。

樊妙仪轻轻抱起头颅，脸颊轻蹭，好似在对最亲密的情人耳语：“陆郎，我来救你了。”

“我觉得，想弄清真相，这个一直没有露面的樊肆就是关键。”姜别寒抱剑沉思道。

这人从头到尾都没有出现过，保持着十足的神秘感，用阿梨的话来讲，像个深藏不露的黑道老大。唯一不同的是，人家黑道老大身边是文青龙白虎的肌肉男，他身边是两个看着弱柳扶风实则下一秒就能从裙底拔出四十米大刀的女人。

一想到阿梨的话，姜别寒就又担心起她那边的情况来。

猛烈的狂风陡然间从大地的裂隙中冲荡而起，刺眼的白光像瀑布从天而降，姜别寒看到一个白色身影端坐在云海上。它凭空出现在半空中，悄无声息，像个死物。

确实是个死物——准确来说，那是一具巨大的白骨。猎猎作响的金红色长袍上布满蛛网一样皲裂的细缝，犹如一面远古战场的旗帜，而盘坐在云端的白骨便是远古的死神，惶然不可直视。

无数道滚滚黑烟从四面八方汇聚到白骨身上，那些黑烟中传出男女老幼的悲鸣，散发着幽弱莹光的人影被扭曲挤压，成为白骨血肉的一部分。白骨的腿部开始缓慢地凝聚出血管经脉肌肉，空荡荡的长袍下便有了两条腿的实形。

有了血肉的白骨正慢慢从死物变作神灵，那件金红色的长袍熠熠生辉，它看上去像最圣洁的邪神，让人有一股对着它顶礼膜拜的冲动。

“这玩意到底是什么鬼东西？！”夏轩被折腾得都麻木了，忘记了逃跑。

“它是什么鬼东西我不知道，我只清楚不干掉它我们都得完蛋！”姜别寒拔剑劈斩，凌厉的剑光呼啸而出，像巨大的镰刀飞旋着砍下白骨的头颅。

骨骼皴裂声震颤天幕，可没过多久，滚滚而来的黑烟凝成八股粗壮结实的黑绳，再次将那个洞补全。剑光在巨大的骷髅头四周飞驰，不论劈斩得多快，蜂拥而来的黑烟总能将缺口补得密不透风。血肉像不断累叠的高楼，已经筑到了白骨腰际。

“它就是神，人类怎么能弑神呢？”叶道躺在轮椅里幽幽地说，病态苍白的脸显得有些诡异。

“神？”姜别寒觉得今晚发生的一切都超出了自己的认知，果然行走江湖的过程就是不断刷新认知的过程。

“以血肉灌溉骨骸，以死灵筑就不死之身，成为让所有人顶礼膜拜的神，这就是樊肆这么多年来密谋着的事情。”叶道吟唱一般说着。

“他想追求不死之身？他活得不耐烦吗？”夏轩见鬼似的瞪大眼，他真的没有任何骂人的意思。修士的年龄极限能达到好几百岁，甚至可以上千，那样已经很漫长了，他实在想象不出“不老不死”是一种怎样的状态。看着至亲好友在他眼前变老然后死去吗？

“不，他追求的不是不老不死，他追求的，是千万人的膜拜而已。”叶道说，“你们不知道，樊肆这个人以前就是个投机取巧的混子，他可以为了一枚铜钱眼睛也不眨地把尖刀捅进好友的心脏，同样也可以为了一枚铜钱擦干别人吐在他脸上的唾沫。”

端坐于巨云之上的白骨宛若宝相庄严的神明，投下的阴影仿佛能笼罩整座白鹭洲。而这座小岛上的人仍然在安心地酣眠，对这场代表着杀戮的暴风雨的来临一无所觉。

叶道已经麻木了，他的情感早在很久以前就释放干净了，现在的他只是一具躯壳，毁灭一具躯壳像燃烧一张白纸那样简单。

“等一等，白骨身边好像站着人……”夏轩突然说。

叶道的目光随之望去，那高高在上的地方果然站着一个人，淡紫色的长裙在夜空中翩飞，她的身侧飞舞着无数金色的光点，像围绕在圣光中的女神。

不对，那具白骨不是樊肆！叶道回光返照一般，挣扎着从轮椅上直起身。黑色的记忆再次苏醒，如疯长的杂草占据了他的脑海，寂灭多年的情仇再一次喷涌而出。

是那个人！

那个阴魂不散的鬼影！那个横亘在他们之间的血淋淋的疤！

“陆机……”叶道从牙齿间挤出这个名字的时候，名字的主人已经被他在心里凌迟成千上万遍。

壁灯是由白骨制成的，血迹斑斑，白梨小心翼翼从肋骨内掏出油灯照明，仿佛正在掏出对方的心脏，它黑洞洞的眼诉说着阴森森的幽怨。

手里的油灯突然晃了起来，白梨手上凉飕飕的，她把油灯放低，一张幽绿的面孔冷不防闯入眼帘。

“我好想回家……”女孩血红的舌头掉了下来，头顶绿油油的油纸伞、身上艳红色的裙子在她脸上打出了诡异的红绿色光芒，活像某种廉价的鬼屋逃生游戏里的女鬼。

白梨已经练出了条件反射，第一反应就是去拽薛琼楼的袖子。在极度恐惧的情况下她还牢记着对方的洁癖底线，绝不往上逾越半寸。

“我袖子要着火了。”薛琼楼淡淡提醒。

白梨两手抓住他衣袖，另一只手里握着的油灯几乎整个挨上去，旺盛的火苗甚至已经烫到了他的手。

“抱歉。”她讪讪地道歉，身后突然传来吸口水的声音。女孩掉在地上的舌头橡皮糖似的拉长，卷上了她的脚踝。

白梨以一个金鸡独立的姿势呆立在原地，甚至忘记逃跑，要不是薛琼楼一袖子打得女孩灰飞烟灭，那条舌头会把白梨的脚踝绞断。

“你是不是不会逃跑？”

白梨讨好地冲他一笑：“因为有你在啊。”

薛琼楼好像被噎住，游离的目光盯了她一会儿，甩开袖子走了。

“等等我！别丢下我！啊——哪来的手！”她突然大惊小怪地叫起来，地上一只断手抓住她裙角把她往地缝里拖。

薛琼楼没有回头，只是扯下外袍往后扔。他身上只剩一件绑束袖的白色劲装，像一把雪亮的刀脱去了拖泥带水的白金刀鞘。如果这是一幅画，那画风线条应当从静态的优美转变为了动态的凌厉。

白梨正努力地把那只断手踹回去，冷不防一件衣服兜头罩上来。雪丝外袍摸上去冷冷的，上面的熏香也是冰冷的，可它又像一座能焚烧一切的火炉，因为那只断手碰到半片衣角就像雪花碰到篝火，融化得渣也不剩。

“你不穿没问题吗？”白梨裹紧衣服。照这群死魂的密集度，他这块嫩肉岂不得被吃得渣都不剩。

“先管好你自己。”薛琼楼整理着束袖的绑带，还没见他出手，身旁一个面孔惨绿的小孩就自动弹飞到墙上，像贴在平底锅上的煎饼。

接下来的这一路，想靠近她的死魂碰到这件外袍全部像冰激凌那样融化。剩下脑瓜机灵的见接近白梨不成，转头蜂拥向薛琼楼而去，还没靠近他身前就被弹飞出去，所过之处黑影如杂草被拔起又甩飞。

身上披着带自动防御功能的衣服，身旁还有个人形除草机，一开始白梨倒是安枕无忧，可渐渐地她就感觉事态变得棘手起来。

这些死魂实在太多了，不怕死似的前仆后继，像一波又一波的海浪死在海滩上，留下堆积成山的腥腐尸体，很快他们的前路后路都被尸首堵住。

更重要的是，方才那一路的死魂绝大多数都是冲着白梨来的。

薛琼楼停下不走了，看来他也意识到了这个问题。他转身一言不发地盯着白梨，脸上也没什么表情。

“你、你为什么这样看着我啊？”白梨心里毛毛的，“你该不会怀疑是我把它们吸引过来的吧？”

“转过身去。”

以前觉得这家伙笑起来准没好事，现在才意识到他不笑的时候更可怕。

白梨乖乖转身。

“把手伸出来。”

“等一等你下一句该不会是‘双手抱头靠墙蹲好’吧？实话告诉我你是不是干过扫黄打非……好疼！”白梨手臂被反扭过去。

她逻辑跳跃得像青蛙一样，薛琼楼现在已经懒得理她的胡言乱语，他直接将她的袖子撩到手肘。少女素白如生绢的手臂上一点赤红，犹如雪地里的红豆，妖冶而醒目。

那是一粒血珠，很显然刚刚有东西钻了进去。

“好疼……能不能轻点？”白梨感觉手臂要被拧断了，也看不到背后的情况。或许是忽然停下运动的缘故，她感觉周身的温度忽然降到冰点，寒冷如长长的银针扎进骨髓深处，浑身的力气像是忽然被抽走，她连站都站不稳了。

薛琼楼没有作答。一缕金色像一尾鱼从她苍白得几乎透明的肌肤下游过去。

没有其他好解释的了，这东西就是蛊虫，甚至或许是母蛊。

他脸色渐渐严肃起来。路还很长，他没时间在这件事上浪费太多精力，最快的解决方法是将宿主和蛊虫一并消灭，反正出尔反尔的事他也不是第一回做了。

“很严重的话，你就先走吧，我身上有你的衣服，这些东西不会伤害到我。”白梨牙齿打着战，几乎透明的皮肤下露出青色血管的痕迹。

可是等了好一会儿，她也没等到身后的回答。

不会真的很严重吧？

她忐忑地想回头看一眼，可手臂上紧跟着传来的一阵刺痛让她忍不住倒吸一口冷气，腿都软了。

“没什么，你想多了。”薛琼楼指尖用力，那条金色的线像个进退无路的亡命之徒，慌不择路地钻进他的手心。他心脏处微微疼，除此之外没有其他感觉。

白梨的手臂终于能自由活动了，方才那一瞬刺骨的寒冷好似只是错觉。

她甩了甩手臂，却看到薛琼楼站在原地，盯着自己的掌心，脸色有些怔忪。

“怎么不走了？”白梨小心翼翼地问。

“把灯抬起来。”他目光一动，像通了电的机器，整个人又恢复了先前的机警，只是脸色更加苍白，“照两侧的墙。”

他们来到的其实是浮屠树下的秘殿，穹顶很高，两侧的墙壁淹没在大团大团的阴影中。白梨举起枯骨做成的油灯，微弱的灯光照亮了两侧的墙壁，眼前的景象差点让她手抖把灯油倒在自己手腕上。

那或许并不能称之为墙壁，而是无数浮雕般突起的人铺成的人墙。这些人像沙丁鱼罐头那般挤在一块，但无一不面朝同一方向。数不清的骷髅堆积成了灰白的山丘，那世界里的太阳是黑色的，河水里冒着鲜红的血泡，两岸开满猩红的曼陀罗，犹如一幅描绘地狱百态的浮世绘，而这些畸形扭曲的人就是地狱里放出的魂灵。

白梨甚至能听到这堵墙在说话。

“好久没见到活人了……”

“熟悉的气味，是新鲜的祭品吗……”

“他们快去死吧，我不想永远被困在这里……”

这些都是被困在这里的死魂，源源不断地为浮屠树提供养分，浮屠花中孕育出来的蛊虫再去进行新一轮的捕猎。

白梨握紧油灯，说：“我们赶紧走吧，再磨蹭下去他们的舌头都舔到我小腿了。”

然而对方半天都没回应。

她困惑地扭过头，看到薛琼楼脸色惨白，好像在努力克制。

从刚刚开始，他就无比反常。

“你怎么回事？”白梨伸出手，还没靠近就被喝止。

“别碰我。”他走到一旁，扶住墙壁，另一只手紧紧抓住胸口。

心脏处由微疼变成了剧痛，像有无数把利刃在里面搅动，五脏六腑几乎错位。一股腥甜从喉间涌起，他捂住嘴角。

是刚刚那个意外的缘故吗？不过，那种程度的蛊虫，应该对他造不成影响才对。

他眼底流露出一丝困惑，突然抬起眼睫，定定地望着白梨。

“干吗……这么看我？”白梨不自在地摸摸垂在胸前的鬓发。

少年总是冷漠如冰的眼瞳之中好像突然有了一点温度，灼烫的，又带着迷惘。这样的眼神不是嘲弄、不是探究，更谈不上算计，而是一种纯然的、本能的。

“阿梨……”他慢慢地把遮住嘴角的手放下来，但另一只手还是扶着墙面支撑身体。

白梨鸡皮疙瘩都冒出来了，她瞬间如临大敌：“我、我在呢，你要说什么？”

他要……说什么？

他也不知道，只是脑海中有一道声音提醒自己：只有这样，只有这样看着她，才会好受一些。

为什么呢？

他百思不得其解。

就在这时，地底传出了闷雷般的声音，墙面被黑色的洪水冲开，墙壁中伸出两条巨大惨白的手臂，硬生生将墙体撕裂。手臂足有罗马式殿堂中那些顶梁柱那么粗，绘有狰狞的修罗地狱图。墙面发生了不正常的变形突起，看来手臂的主人正努力将自己挤出去。可那道裂口太小了，堪堪只能容纳他两条手臂穿过。

白梨正想着他会不会直接把墙面推倒，下一刻裂口里忽然又伸出两只手，将这些扭曲成一团的死魂与恶灵生生撕开。

这怪物还不止一双手！裂口上出现了整整一排手臂，密密麻麻像蜈蚣的脚，它们一齐用力撕开了死魂与恶灵组成的墙面，暴溅的黑色血浆中露出苍白浮肿的脸——方面阔额，眉心一点赤红的朱砂，低垂的眉眼蕴含慈悲。

光是被他注视着，白梨就感觉自己没法走路了。

她甩甩脑袋让自己清醒一点，对身旁的人说：“我们赶紧走吧！趁他没追上我们。”

他依旧没有回应。

白梨都快抓狂了，这个时候掉链子，可一点都不像反派的作风啊！

她一把把人拽过来，恨不得再甩两个耳光过去：“你怎么回事！撞邪了吗？”

薛琼楼朝她这边踉跄了一下，脸上还是那种迷茫的神色。

他紧紧抓住胸口衣料，像要把心脏抓出来，苍白的面色仿佛寒冬里呼出的一团白气。

被引进自己体内的蛊虫在肆虐，一种撕心裂肺的痛苦席卷了身体的每个角落。

这种蛊虫对他造不成伤害，现在他却感觉一把利剑刺穿了心脏。

为什么？

“你身上是……母蛊？”那只千手怪物居然开口说话了，他口鼻中喷出大股黑气，像地狱深处涌出的黑雾。

母蛊？这是什么？

没等白梨想明白，巨大惨白的手掌朝着两人压过来，磨牙吮血的死魂恶灵带着沾满鲜血的獠牙从牢笼中汹涌而出。白梨明白再不逃他们就要被压成一摊肉泥抹在墙上，灵魂也会被困在这里永世不得超生。

但是这里还有个神游天外的伤员啊！他前一刻还机警得像绷紧的弓，现在连走路的力气都没有，作为三好少女怎么可以见死不救，更何况他俩还是一条绳上的蚂蚱！

“别发呆了，我们赶紧走！”白梨拽住他袖子往自己身上放。

“你干什么？”他终于回了一点神。

“背你啊。”白梨没好气，“干吗拿这种眼神看我，我可是运动会铅球冠军，当然背得动你。”

薛琼楼看了她一会儿，好像处于半是迷乱半是清醒的状态，手指擦去嘴角的血迹，摇了摇头：“我还用不着你救我，赶紧逃吧，死在这里没人会记得你。”

白梨：“……”

她把他手臂一扔：“你说的！不管你了！”

可是一道闪着寒光的白影从背后电射而来，她的身体好像在遵从一种本能，扑上去抱住他。

清甜微苦的药香笼罩上来的那一刻，薛琼楼空洞的眼神中又聚起了清醒的光。一种酥酥麻麻的、又是抗拒又是沉迷的撕裂的感受在全身蔓延开来。

心脏处的疼痛好像消失了，又好像在这一刻到达顶峰，因为痛楚太过强烈所以已经感觉不到了。

他既想像先前那样把她甩开，又像得到解药的病人牢牢抓住她，即便那是一个迟早会破碎的泡影。

气流的冲击让两人都撞到墙上，由于身前有人，白梨免遭一击，同时她感到，刚刚被自己甩开的那只手好像若有似无地揽了她一下。

只是非常不易察觉的一下，很快那温热的触感又消失了，几乎让她以为是错觉。

轰然一声巨响，墙壁坍塌了，石块飞溅。白梨后知后觉地发现，自己正蜷缩在对方怀里。

“我——”她张开嘴刚说一个字，整个人就被推出去。

成千上万的死魂犹如黑色的潮水吞没了少年，它们争先恐后地往潮水中央挤，像嗅到血腥味的猎犬争相撕咬麋鹿的骸骨，抢夺间血肉横飞。

千钧一发之际逃过一劫的白梨看呆了。

明明是间不容发的危机状况，她却似乎花了一个世纪才接受一个事实——反派要成这群死魂的盘中餐了。

骗人的吧，他不是无所不能的吗？不是幕后的下棋者吗？不应该看着棋子们自相残杀自己却风轻云淡吗？这种血肉横飞的场景又是怎么回事？玩脱了把自己的性命也搭进去了吗？

“知道它们为什么一开始对你垂涎三尺，现在却对你不屑一顾吗？”花朵般娇美的声音从头顶传来。白梨抬起头，看到一道彩裙翩翩的人影踏风立于半空。

竟然是寇小宛，她还没死！

“因为一开始你身上有母蛊，这些饿鬼最喜欢母蛊的气味。”寇小宛半张脸已经变形得不能视人，另外半张脸却娇艳若桃李，泛着青春的色泽，她看上去像是妖魔与美人的结合体。

自己身上有母蛊？白梨一愣，眼睛慢慢地睁大了。

怪不得。

怪不得刚刚进来的时候，所有的脏东西都往自己身上扑。

怪不得手臂时不时会有阴冷的刺痛感。

因为母蛊寄居在里面，想趁机将她当作下一个宿主。

所以——

她缓缓地扭过头，看向那团液体般扭曲着涌动的死魂。

所以是他替自己引出了母蛊。那之后反常的表现，恐怕是母蛊带来的影响。

“别看了，现在那些孩子应该在捡骨架上的肉末吃吧，它们早就饿坏了。”寇小宛淡淡地说，“其实比起姜别寒，我倒是更欣赏这位东域的少主呢。姜别寒是正道少侠，只愿意看到光明美好的一面；我们是黑夜中的猎手，看到的只有掩藏在阴影里的鬼蜮人心。他果然另有所图，只不过我没想到你们居然能找到这里。”

“想成为万人之上的王没有错，错就错在他不该打家主的主意。”寇小宛怜悯地望着那个不断蠕动的黑色球状物，它像一团畸形的心脏。

家主？她指的是那个千手千脚的怪物？

白梨抬起头，那个怪物端坐在墙壁中间，神圣而庄严，数不清的手像细长的向日葵花瓣，手臂和肩背浮现密密麻麻的人脸，是亡魂们扭曲的脸。

她掐了自己一把，大脑在飞快运转。

她到这里来，是找阵眼。

这个怪物出现在这里，一定也与阵眼有关。

毁掉阵眼，外面的法阵就会破坏，那这个千手千脚的怪物，恐怕也会受到影响。

当务之急是要找到阵眼，一定就在这里！

白梨注意到自己手里还拿着的油灯，这盏顽强的灯居然到现在还没熄灭。她觉得有点奇怪，这里的灯太多了，千奇百怪，有放置在骷髅头里的，也有悬挂在肋骨内的，除非这里的主人是个喜欢油灯的收藏癖，否则他收集这些灯有什么用？

只有一个解释，那个阵眼也是灯，而且应该是最不起眼的那一盏！最关键的东西，往往伪装得最普通。

白梨扫了一眼，目光锁定在不远处一盏幽幽燃烧的灯上。那灯粗看像悬崖上斜出的树枝，仔细看才发现灯架是由纯银制成，刻有精美繁复的鳞纹，尾部做成了蛇头的形状，曼妙的弧度像美杜莎的头发。它没有灯芯，只有一点淡黄色的幽光，像栖息在草丛中的萤火虫。

她慢慢站起来，而后一个箭步冲过去。

“住手！你敢伤害家主！”寇小宛注意到了这边的情况，面容都扭曲了。

“你让我住手我就住手！我岂不是很没面子啊！”白梨正在吭哧吭哧地把灯架拔出来，寇小宛袖中掠出的蛊虫撞在她衣服上，尖叫着被烫化。也多亏了这件衣服，她没受什么皮肉伤。

白梨最后看了一眼那团扭曲的乌云。他这个时候应该被吃得骨头都不剩了吧，不对，应该是吃得渣都不剩了。

“你安眠吧芝麻汤圆！我会替你把阵眼拿到手然后给你收尸！咱们待会儿掩月坊马车见！”风把她的声音都扯碎了。

阵眼像风中残烛摇晃起来，法相的动作开始出现卡顿，它发出地动山摇的咆哮：“你敢忤逆神！”

在此刻，那团扭曲的乌云突然停止了蠕动，炽白的光自球体中心爆裂，呲呲的声音犹如暴雨夜流窜的闪电，无数条银蛇在乌云中乱舞。

里面的人消失了，取而代之的是一条流星冲出乌云，像银色的刀光高高掠起，朝着那颗神圣的头颅劈斩！

刀光落地时却像银色的蝴蝶，泼天血雨染红了地面，山丘般庞大的身影轰然倒地，撞得粉碎。少年身上蒸腾起鲜艳的血气和白茫茫的雾气，像血雨中一条孤魂。

“你说要给谁收尸？”他一边说，一边擦拭着脸上的血迹。

不得不承认，此刻白梨内心只有一个念头：太棒了！我不用死在这儿了！

她眼里迅速聚起朦胧的雾气，既想哭，又想笑，但目光里明晃晃写着高兴。

“太好了！你没事！”白梨捂着嘴眼泪汪汪的，“我以为你死了。”

他刚刚脸色那么白，像支撑不住似的，又被一群如狼似虎的死魂包围，她差点以为要和他说再见了。

她的反应让薛琼楼微微怔了一下，随即他移开目光。

“别傻了，我怎么可能会死。”他侧首看向一侧的角落，讥笑着说，“倒是这个所谓的神，看上去活不了多久了。”

白梨也随之看过去，顿时愣住了。

那尊巨大的法相消失了，取而代之的竟是一个干瘦的老头。他脸上的面具中央裂开一条缝，面具掉落下来，露出苍老颓败的面容。

别告诉她这就是神通广大的樊家家主。

寇小宛一双总是含情脉脉的秋水长眸此刻也写满震惊：“家主？”

虽然面前这个人老得像百年前的古董，但透过那双机敏狡慧的眼睛，她还是能轻易辨认出，他就是当初跃上自己窗台的男人。当初他用纷飞的刀光绞杀了那些想对自己不轨的豪阀子弟，现在他却在别人纷飞的刀光中惨然落败。

“家主……”她在血水中往前爬，将枯瘦的老人抱进怀里，“是你吗，家主大人……你怎么变成这样了……”

“滚！别碰我！别碰我……”樊肆在血水中摸索着修罗面具，似乎戴上面具就能遮住这张行将就木的脸。

有些人是朗朗乾坤下的圣人、正义的领袖，而有些人生来只能做黑夜中的毒蛇，樊肆是后者。

十几年前的白鹭洲没人听过风陵园樊家的名号，但几乎所有人都听过樊肆这个名字，道上人都知道他“可以为了一枚铜钱眼睛也不眨地把尖刀送进好友心脏，同样也可以为了一枚铜钱擦干别人吐在他脸上的唾沫”。前者半字不假，但后者有些出入，哪怕是权贵世家的老爷也不敢真的往他脸上吐口水，因为第二天就可能被一剑抹了脖子——只要下一个雇主出的钱比他更高。

至少那会儿，没人会将这个腐朽的小老头和杀人如麻的修罗联系起来。

他衰老得太迅速了，就像一夜之间被人抽走了灵魂，此后的十几年只是一具庸碌的行尸走肉。

樊肆颤颤巍巍地将面具戴在脸上，面具上的修罗之脸狰狞地露着獠牙，就像昔日双手沾满鲜血的他。曾经那些看不起他的都被他浑身的血腥气吓跑，但现在他只能靠着面具来吓人了。

“知道你为什么会衰老得这么快吗？”薛琼楼抹掉袖子上的血迹，“因为你觊觎着某种远超过自己承受能力的东西，所以，被反噬了。”

他果然对风陵园了如指掌。白梨闭上嘴，默默倾听其中的秘闻。

“阿梨。”薛琼楼点了她的名。

白梨正色：“有、有事？”

他递来一瞥：“你的手不疼吗？”

什么……疼？白梨缓缓低头看去，映入眼帘的景象让她狠狠打了个寒噤。

灯架上装饰品一般的银色蛇形纹路纷纷活了过来，往她手腕里钻去，像紧紧抓着地面的树根，这盏灯似乎长在了她手上。

巨大的恐惧变为视死如归的平静，她心里流着泪，微笑道：“这是怎么回事？我会死吗？”

这盏灯不就是阵眼吗？难道像他说的一样，触碰到了承受不住的力量，被反噬了？

“不仅会死，还会变成我这副鬼样……”樊肆咳出一口血沫。

他曾经无比渴望着其中蕴藏的巨大力量，现在却被这股力量反噬成这副似鬼非鬼的模样。他已经活不了多久了，这盏强大又邪恶的灯在短短十几年内几乎将他的生命燃成灰烬。

这一切都是拜那个人所赐啊……樊肆眼瞳浑浊泛黄，无数个日夜，只要闭上眼，他就能想起那个晚上。

雨夜，灯影如流，正值壮年的樊肆提着血淋淋的包裹漫步在花街柳巷，包裹里是一颗价值千金的人头。他惬意地计算着这笔钱能买来多少个销金窟的不眠夜，脚步如飞，突然前面有条人影挡住他的去路。一袭白衣在灯红酒绿中出尘不染，他没有打伞，周身却撑起一片透明的气幕，折射着彩色灯光的银白雨丝全部消融在气幕中。

这条巷子很窄，就在两栋花楼之间，樊肆不止一次看到脑满肠肥的大老爷们披着床单半裸着身体从巷子里飞奔而出，惊天动地的女高音在后面紧追不舍，有时甚至伴随着刀光剑影以及各种奇奇怪怪的物件。简而言之，这是条逃生通道。而樊肆之所以从这里经过，是因为他习惯于从后窗翻进姑娘们的房间。

“前面的，让一让成吗？”樊肆今天心情不错，心平气和地提醒那人滚蛋。

那人没有说话，只是隔着模糊的雨幕侧脸瞥他一眼，是那种挑挑拣拣的眼神。

樊肆想起自己每回杀人前去挑拣顺手的刀时，也是这样的眼神。

“没听过好狗不挡道吗？”樊肆脸色阴沉下来，卸下肩头装着人头的包裹，从袖中抽出了两柄短剑。

短剑呈锥形，每一面都是吹毛断发的尖利棱角。这剑最适合藏于袖中，杀机乍起便如银蛇出洞，瞬间刺穿人的咽喉。放眼整个白鹭洲，谁敢不在他双剑下磕头求饶？他就是这里的主宰，任何人进了他的地盘都得遵守他的规矩。

那人充耳不闻，这回连目光都没施舍给他。

“敬酒不吃吃罚酒！”

两柄短剑扑咬上来，雨滴被接二连三刺穿，在半空开出银色的水花，雨幕划出一条裂口。短剑一瞬间便到达了那人的背后，他还是没有动作。

被吓傻了吧？或许从一开始就被吓傻了。樊肆对于自己的震慑力自信满满，毕竟他在这座海中小洲上是地下王者一般的强大存在。

可没等这份自信维持多久，他便听到“叮”一声，其中一柄短剑高速旋转着倒飞出去，另一柄剑捏在那人指间——准确来说，是剑尾捏在他指间。剑尖离太阳穴只有毫厘之际，他周身的气幕霸道地张开，像一片靠近即死的绝对领域。

明明可以躲开却偏要接住这一剑，而且恰是剑尾的位置，这分明就是挑衅！

樊肆几乎暴起，双膝却控制不住地弯下去。他这才注意到自己周身的雨丝消失了，那片透明的气幕不知何时扩张到了他身边。在别人的领域里他浑身解数根本无法施展……膝盖还在强制往下压，快要接触地面。

是要给那人磕头吗？樊肆无比屈辱，从来只有别人给他磕头，何曾他给别人磕头？他咬紧牙关强撑，却听砰砰几声，膝盖粉碎，血花飞溅中他整个人跪趴在地，吃了一嘴土。

“现在可以好好说话了吗？”

十四股折扇唰地打开，在雪色衣襟前三分处摇了摇。扇骨由上等玉石制成，碧绿的扇坠犹如一滴凝固的水，扇面绘着一枝笔墨酣饱的红梅，像一束鲜红的烟。

那人转过身来，居然是个很年轻的男人，长相甚至有些阴柔。清贵而危险，儒雅而诡谲，彬彬有礼而又目空一切，这样矛盾的词汇却在他身上完美地融合了。

“从现在开始，你替我卖命。”男人轻描淡写地左右了他的人生。

“给再多的钱，我也不会替你卖命！”樊肆敏锐地察觉到，如果答应了他，自己极有可能会白白丢掉性命。

有些雇主的任务会涉及性命交易，这是樊肆的底线。至凶至恶之徒最胆小，玩命的人最怕死。他还没来得及享乐，还没来得及向那些曾侮辱过他的人复仇，他怎么能不明不白地去死？

“你是不是误会了？我不是在和你商量。”男人苦恼地拿扇子敲敲额头，“你在我眼里，不过是大一点的蝼蚁，和我谈条件，你还不配啊。”

樊肆虽然受雇杀人，但向来随心所欲，现在他却被人用刀尖抵在腰后被逼着去杀人。他只能被迫接受，反抗就是死路一条。

“我的报酬不是钱，你的钱已经够多了。”

是的，樊肆想起来了，他的报酬是这盏灯，这盏普通而又廉价的灯。他感到无比可笑，又无比屈辱，以前的他若是觉得雇价太低大可扬长而去，如今却只能装作诚惶诚恐地接受这比尘埃还低贱的东西。

然而他接触到那盏灯的刹那，触须一般的灯架便深深扎根于手腕。它像一株纯银打造的树，上部已经枯萎，下部却繁茂如茵，萤火般幽幽跳动的光悬浮在刻着精美纹路的枝丫之间，像挂在树梢的一轮孤月。

“这是神的遗物。”男人收起了一直在手中把玩的折扇，笑容不复，“记好了，你要像供奉神明一样供奉它。”

这团光微小得像米粒，樊肆却从里面听到了某种宏瀚的声音，像一望无际的大海上海水拍打悬崖峭壁的声音。他有一种预感，只要他能挖掘出这里面的奥秘，他就能继承这份凌驾于万人之上的力量。

他一面惶恐着这个神出鬼没的男人会再次出现夺走这盏灯，一面又一心一意地对它投入所拥有的一切。直到很多年以后，那个男人再没有出现过，而樊肆也终于清楚了一件事——那个男人和他一样不知道这盏灯的秘密，所以才敢如此放心地把灯交给自己保管。

那样强大而神秘的人也会有束手无策的时候啊，如果这份力量由自己来掌控，那下一次两人狭路相逢，像蝼蚁一样匍匐在地上的人就是他了吧。

“可是这么多年过去了……这么多年……我还是没能参透这里面的秘密……”樊肆的面具已经戴不住了，皮肤像烂泥一样松弛下来，唯剩一双浑浊的眼像毒蛇吐出阴冷的视线，“你们得到了它，也参不透它的奥秘，而是会变得和我一模一样……”

他的意思是自己也会被反噬成小老太婆？白梨感觉自己的双手被那些小蛇咬住了，无助地望向薛琼楼：“怎么办？”

“疯子的话你也信。”他轻描淡写地招手，光芒像萤火虫一样乖巧地栖息在他指尖。整株灯树犹如没了灯芯的蜡烛，失去了耀眼的色泽，流动的水银凝固成黯淡的一团，唯独那团光依旧熠熠生辉。

这不可能……樊肆无论如何也不相信自己看到的场景。那团金橙色的光栖停在少年的指尖，犹如萤火自愿向着皓月飞去，那般轻易，那般理所当然。

可明明……他花费一辈子都没有结果……

“小鬼，不陪你玩了！”樊肆一拍墙面，身后的墙像旋转门一样翻转过去，一大股黑雾将他吞没，地面发生了九十度的倾斜！

灯忽然黑了，四周也黑了。

“阿梨，接着。”

黑暗里划出一道金色的虹，金橙色的光朝着白梨抛过来。白梨手忙脚乱地接住：“这是什么？”

“带着这个去找姜别寒！”远处的黑暗里传来薛琼楼有些虚幻的声音。

“我路痴啊！我怎么出去？！”白梨大声回应。好事是她现在有灯照明了，坏事是她找不到薛琼楼在哪儿了。

“一直往前。”

“前在哪儿？喂！”白梨悲哀地发现他又不见了。

这样真的好吗？你千方百计搞来的宝贝就这样托付给我了，就不怕我弄丢或是私吞吗？突然间天降大任我很不适应的好吗？！你自己去追樊肆却叫我一个人先跑，你让我跑……我当然就跑了！

白梨毫不犹豫地迈开双腿飞奔，两侧磨牙吮血的亡魂朝她飞扑而来，被她身上的高阶法袍“烫”得骨血不剩。

她不知道自己在往哪个方向跑，反正跑就是了。

前方出现了光亮，那唯一的光源像是地狱的出口。白梨的裙角突然被抓住，差点让她狼狈地摔在地上。

她回过头，吃了一惊：“寇小宛？”

寇小宛匍匐在地上，浸满鲜血的彩裙像蝴蝶翅膀肆意铺开，她下半身隐没在黑暗里——不，那不是黑暗，那是密密麻麻的亡魂。它们蚕食着她的身躯，像蚕吃桑叶般发出沙沙声。

她扯住白梨裙摆的手像被火燃烧着，皮肤泛出炽热的红色，像滚烫的岩浆，并且在不断往手臂蔓延。她没有放手，在拿到这盏灯之前她不会放手，没了这盏灯，家主的野望会成为粉碎的泡沫，他会丧命于此！

“你快放手！再这样下去你整个人都会融化的！”白梨费力地拖着裙摆。这个女人濒死时力气大到无法想象。

“家主的灯……还给我……”她像个怨妇一样紧紧抓着白梨。

“都这时候了你还想着你的家主大人！你这么担心他，可你家主逃的时候为什么没有带你一起！你快被这些东西吃光了啊姐姐！”白梨举起手让光源照亮四周，好让她看清自己下半身。

寇小宛打了个寒噤，缓缓回过头。她追了这么远，只感觉身后越来越重、越来越痛，却不知道那是什么东西，现在她看清了——是家主豢养的亡魂。它们曾对她言听计从，现在却将她视作填饱肚子的鲜肉。

她双腿淹没在黑暗里，间或露出一段死白，让她想起多年以前，掩月坊里那些死掉的姐妹被抬出去时，罩着尸体的白布被风吹开，也是露出这般死白色的松弛的小臂或大腿。

一只正在饱餐的亡魂抬起头，冲她狰狞一笑，露出血红的嘴和灰白的牙，像极了那些对她们施尽虐待的恶魔。

她明明已经逃出掩月坊了，可是为什么……为什么她仿佛还在这片地狱里挣扎，好像从来没有逃出去。

“你觉得自己逃离了牢笼，可其实这里还是一个牢笼。”昔日樊妙仪冰冷的声音回响在耳畔。

寇小宛一直觉得樊妙仪是个傻女人，明明拥有一切，却偏偏为了老情人整日活在痛苦中，矫情得好像全世界都欠了她。现在她却突然惊觉，这个女人其实一直活得很通透。她像个没见过世面的小女人战战兢兢地被樊肆带回风陵园的时候，樊妙仪就已经看透了她的结局，所以说：“这里不是你的家。”

寇小宛摇摇晃晃地站起来，像一根披着衣袍的枯瘦竹竿。白梨不知道她为何突然松开了自己，转瞬间好像对自己一点兴趣也没有了。

“你、你不打我主意的话，可以和我一起逃出去。”白梨指指自己的衣服，“它可以抵挡那些东西。”

逃出去……那里就是地狱的出口……光源的形状方方正正，是一扇窗户，男人持着双剑跃上窗台，抬头时露出与方才截然不同的年轻的脸。

攀附在她裙角上的一只亡魂跳上肩头，猛然窜向了白梨。刮起一阵阴风，白梨手中灯光大晃，几乎快要熄灭。

“不要碰！家主的灯！”寇小宛扑了过去，张开手臂仿佛要拥抱对方。

她扑过来的瞬间，一股凶猛的火焰从裙角窜起，爬上她半是狰狞半是娇美的脸庞。

她整个人笼罩在炽热的金红色中，像扑向烈火的蛾子，翅膀上带着绚烂的火焰。

白梨眼睁睁看着她眨眼间被焚烧成了灰烬，亮眼的灰烬里散落着一枚纯白的琉璃子。

她的身上，什么时候埋下了那家伙的琉璃子？！

白梨心情无比复杂，犹豫了好一会儿，还是决定先逃出去再说。

逃了几步，她又反悔了，走回来从怀里抽了块手帕，盖在那堆灰烬上，而后转身跑进了光源中。

樊肆被狠狠打进墙壁，墙上甚至出现凹陷的人形，他感觉自己浑身的骨骼全部粉碎。

“要找的东西，你已经找到了，非要碾死我这只蝼蚁才罢休吗？”

他满口鲜血，忽地森然一笑，“你追杀我的这段时间里，寇小宛也去追杀你的女孩了。”

“不管有没有把那个假货抢到手，她应该都觉得自己已经尽忠了。”薛琼楼无动于衷地转着手腕，“你觉得这出偷梁换柱很完美，是不是？”

樊肆面色变了。

按照约定，樊妙仪这时候应该快要开阵了，只要法阵开启，他就还有一线生机。不，说不定还能反杀对方。而这一切的前提，都建立在他还手握阵眼的基础上。他怎么可能把阵眼放在那种显眼的地方？那盏古朴诡异的灯树不过是第一层障眼法，一般人会觉得那是真正的阵眼，等他们发觉真相的时候已经来不及了。

所以那个女孩带走的是假货。

“你比我还狠……”樊肆吐着血说，“你知道那是假的，你还让她带走……”

薛琼楼微微一笑：“最后问你一遍，真正的阵眼在哪儿？”

此前的刀光剑影已经消失了，这里空旷得仿佛幽谷，可分明有十倍于前的杀机弥漫开来。某一瞬间，樊肆仿佛看到少年和男人的身影重叠起来。

残留在身体内的恐惧拥有记忆，记忆一旦开闸，恐惧便如洪水淹没了四肢百骸。

樊肆咬紧牙关。不能说，无论如何也不能说出来，只要再坚持片刻，坚持到他的女儿开阵，那时候谁都阻止不了他！

他等了这么多年就是为了这一刻。将曾经把自己踩进土里的人击败，这是他毕生贯彻的准则。他相信这样极端的准则没有错，哪怕为此牺牲一切也没有错！

“有一件事忘了告诉你。”少年轻声说，“你要等的人带着另一具尸骸上了战场，很可惜你也遭受了背叛，被抛弃的人只有死路一条。”

什么……樊肆瞪大眼，腹部传来一阵剧痛。那里不知何时多出一个血洞，他的魂魄好像被撕裂了。多年前的记忆又涌入脑海，抛却杀手的身份，其实还有许多仇恨被他选择性地遗忘了。

“你的家人只有一对儿女是吗？趁着这次机会，不如回去好好看他们一眼。”白衣男人通情达理地这样说道。

樊肆却立刻反应过来——他要自己卖命不够，还打起了阿妙和阿清的主意。

事实上他连这对儿女长什么模样都忘记了。他名义上的妻子是掩月坊的妓子，所以这对孩子的降生完全是意外。他从来没去看望过他们，那个妓子死后一年他才得知消息。

孩子们靠着邻里接济，到了严寒的冬天实在熬不住才会给他写信求助。他躺在销魂窟温暖的狐绒床上一目十行地读着这些信件，心情好的时候会寄一些钱过去，心情不好索性连信都不会看，那意味着两个孩子的冬天将极其难熬。

可即便如此，他们也是自己的骨血，利用骨血至亲替别人卖命……樊肆感觉屈辱感又加了一倍，他悲屈地怒吼：“那不可能！你妄想！”

“那对孩子寄养在白鹭洲的叶家，叶家公子很喜欢你女儿，只不过碍于身份，两人的婚事受到了阻挠。”男人语波不兴地陈述着，“没想到这种小地方也能存在门户之见。所以你看到了吗？拥有再多的金钱、再响亮的名号又有什么用，没人会承认你。只有权力，才能主宰这个世界。”

权力这种东西对他来说太遥远了，所以他才念念不忘着想成神，到那时所有人都会对他俯首称臣，包括那个不可一世的男人。

血从眼角淌到耳根，仰躺在地的樊肆抹了把脸，喃喃说：“那也难怪，我算不上那孩子的爹。”

那个姓陆的男人必须死，樊妙仪不能喜欢上他，她应该喜欢的是叶家公子，这两人才是珠联璧合的一对，只有和叶家联姻，风陵园的地位才能得到承认。

也是从那时候起，他势力不断扩大，直至如今，连叶家也不得不仰他鼻息而活。

所以到最后他还是利用了这份骨血亲情，他们甚至算是仇敌关系。他还记得第一次和这对孩子见面时，他们幼兽一般警惕的眼神，分明不是看一个亲人的眼神。人真是越活越糊涂，越衰老越失去警惕，家主的身份，似乎真的让他产生了“家”的错觉。

“我死了，一切都结束了。”他用力抽着气，“别打那两个孩子的主意了，算是我最后的请求。”

少年的身影模糊起来，他似乎点了点头。

实在太像了，樊肆看着他的身影，就想到雨夜下的男人，他们两个应该也是父子吧，不然他们为何如此相像？少年踏入风陵园的第一步起，他就应当察觉宿命的降临。

“最后一个问题。那个东西——那个神物，既然无法夺取它的力量，你父亲为何要把它给我？”

薛琼楼已经准备离开了，失血到这种程度的樊肆活不了多久，不用再脏他的手。听到这句话他又微微侧身：“很简单，这种危险的东西，需要有人以性命为代价去做尝试。”

所以，他忙活了一辈子，是在替别人作嫁衣吗？

樊肆绝望地抬起头颅，又重重砸下去。

“而你最致命的错误在于，身为蝼蚁却没有蝼蚁的自觉。”少年讥讽地冷笑，“哪怕获得强大的力量，也不过是只大一点的蝼蚁，只能被人踩在脚底。”

白梨大老远就看到半空中盘坐着的巨大白骨，和方才樊肆的法相异曲同工。它正由白骨变作活生生的人，现在只剩下一个骷髅头还没塑完。

这具白骨给她提供了主角团所在的方位，所以她很快便看到——姜别寒正双手执剑摆好对敌的架势，胆小的夏轩捂着眼睛不敢直视，刚从昏迷中醒来的绫烟烟拧着夏轩耳朵教训他没出息。

白梨热泪盈眶，有种回到相亲相爱大家庭的感觉，她三步并两步跑过去，大声说：“姜别寒！绫烟烟！夏轩！我找到阵眼了！我这就扔给你们！”

三人闻声望过来，就在这节骨眼上白梨手里的光突然灭了！

怎么回事？！白梨手忙脚乱，抓萤火虫一样在半空抓着它的残光。它本就是一截烛火，现在早已化作一缕灰烟飘散，无从寻得。

站在半空的樊妙仪将一切都尽收眼底，心底泛起冷笑。父亲这个时候应该还在等着自己开阵的那一刻吧，他一定想不到自己筹谋了这么多年，却只是在为他人作嫁衣。这个男人眼里只有变强、变强、变强，他永远都活在一个人的阴影里，使他从狂妄、蛮横、果决，变得扭曲、消沉、堕落。樊妙仪宁愿他还是从前那个拿着酬金寻欢作乐却不知道还有两个孩子嗷嗷待哺的、不负责任的父亲。

樊妙仪在“陆机”身边坐下，像情窦初开的少女坐在心爱的郎君身边，垂下云层的双腿轻轻晃动。四周是扭曲尖叫着的亡魂，而她却像在赏月。

她又记起了那个烟雨蒙蒙的渡口，天空中有海鸟悠长的啼鸣，她和阿清还有父亲在渡口已经等了一个时辰。她的心情像天气一样不美好，彼时父亲正想把她嫁给叶道以巩固风陵园在白鹭洲的地位，她不想成为父亲的工具，却不敢当面忤逆他。原因很简单，一旦惹父亲不快，她和阿清就会被扫地出门，再过回以前那种饔飧不济的日子。

“听说那位前辈是光明殿年轻一辈的翘楚，没想到这次居然愿意赏脸来我们风陵园。”樊清和期待地用手搭着小帐篷眺望海平面，“真想早点见到那位前辈啊。”

他说的“那位前辈”名叫陆机，据说他奉师门之命去西域游历，中途会路经白鹭洲。得知这个消息的时候，这座岛上小有名气的世家都沸腾了，争相目睹他的风采，精美的请柬雪花似的飘到他的案头，结果谁也没想到这份殊荣落在了樊肆头上。

樊妙仪看着站在渡口准备盛礼相迎的父亲。他的言行举止已经变得像个世家权贵了，但樊妙仪还在襁褓中的时候便看过他杀人的模样，他寄来的钱币沾着血腥气，有时候姐弟俩还会翻到几根手指——这大概是他喝醉酒后搞混的后果。她渐渐从惶恐不安变作习以为常，甚至还会面不改色地将那些断指残骸埋起来，让他们不要纠缠自己，去寻找真正的仇人。

有一回早晨她被哭声惊醒，街上围了好多人，她努力挤进人群，看到白发苍苍的老人抱着半截胳膊哭得眼睛出血。

樊妙仪认识她，在姐弟俩挨不过酷寒严冬的时候只有这个老人愿意接济他们，老人意识不太清醒，常常将姐弟俩当作自己常年奔波在外的儿女。

这截胳膊的断口是被某种不规则的利器斩出来的，她之所以知道得这么清楚，是因为它和父亲寄来的那些手指的断口一模一样。樊妙仪像个罪人一样落荒而逃，从此她再也没有回到那个地方。

“姐姐，前辈的飞舟到了。”

樊妙仪听到一声海鸟的长鸣。她在海边长大，却从未听到如此清澈悠远的声音，像划破漫漫长夜的晨曦。她惊讶地转过头，看到一艘巨大的飞舟降落到渡口，无数彩鸾飞鱼簇拥在两侧，宛如一座繁华的空中楼阁。玉色法袍的青年走下飞舟，步步生莲，带着阵阵檀香，神圣而祥和。

小时候街边的流浪汉给她讲睡前故事，告诉她罪人参拜神明会被打入无间地狱。而现在她有一种预感，这个人会成为救赎自己的神明。

“只有你能宽恕我啊，陆郎。”她轻轻把额头抵在白骨单薄的胸膛，她在地狱挣扎的灵魂仿佛轻盈得要飞起来。

白骨却发出一声凄厉的哀鸣，刚铸成不久的血肉如烂泥般剥落，像血红色的颜料往下流淌。

樊妙仪慌乱地抱着他，如同海中的溺水者抱紧飘摇的浮木。怎么会变成这样？明明就只差一步，只差一步她就能得到解脱！到底是谁在阻碍她？！

樊妙仪往下看去，少女手中的光跳动几下，熄灭了。她霍然站起，面色铁青：“是你！”

然而她的去路被另一人挡住了。

姜别寒早就等候多时，剑光裂开天幕，迎面一斩，白骨从顶部开裂，像被一条闪电劈中身躯。樊妙仪觉得自己的头颅也被劈开了，黑色的绝望从那里涌入。

“不要！”她喊声撕心裂肺，两条彩练从袖中横飞出来，想裹住白骨。

姜别寒不给她弥补的机会，几十米长的剑光横着一抹，仿佛要把整个世界劈成上下两段。粉碎的彩练变作无数彩蝶颓然坠落，樊妙仪也是这些彩蝶中的一只，白骨法身最后只剩下骷髅头掉在地上。

“陆郎，不要怕，还有其他方法的，我能把你救活的……”樊妙仪爬过去将骷髅紧紧搂在怀里，突然望向阴影，“前辈！一定还有其他方法的是不是？！”

难道她还有后手？！姜别寒立刻按住长剑。阴影里的人露出脸来，竟然是今晚不知所终的陆空。他被五花大绑却不动如钟，叹口气：“若师兄在世，他不会希望以这种方式起死回生。”

“你胡说！”樊妙仪声音尖利嘶哑，“他怎么甘心死去？！他还有这么多事情没做，他跟我说过的，在他找到真相之前不会死！”

“可是，师兄是被你害死的啊。”陆空怜悯地看着她，吐出的话却字字扎心，“给他下眉斧蛊的，难道不是你？让他日日夜夜饱受折磨的，难道不是你？选择放弃他与他为敌的，难道不是你？”

樊妙仪停止了挣扎，她想起来了，想起了那个兵荒马乱的夜晚，想起了那段她不愿意面对的噩梦。

陆机来到风陵园并不是偶然，而是为了寻找师门遗失的圣物，这件圣物极有可能阴差阳错地落入了樊肆手中。樊肆当然不可能坐等他上门索要，而是早早布下猎网。从来不敢违逆父亲的樊妙仪连夜带着陆机逃出风陵园，早年的流亡生涯让她对白鹭洲极其熟悉，轻而易举躲过了家仆的追捕。两人在山崖下凑合着过了一晚，第二天醒来她却发现青年不见了，取而代之是铜墙铁壁般的人，前来追捕她的人。阴沉着脸的樊肆像古铜色的雕像，不知站在这里多久了。

“别看了，他早就走了。”父亲冷冷地说，“那个小白脸什么都不做就能把你骗得晕头转向，愚蠢！”

樊妙仪望着远方，地平线上出现了第一缕阳光，天空中依旧有海鸟盘旋，她却再次孤身一人。这也是一场骗局吗？她被抛弃了？明明说好了，这一路他们要不放弃、不抛弃、不背叛，直至死亡将他们分开——现在连这个承诺也成了笑话，低贱的尘泥怎配触摸高洁的白云。

她的怨念成了黑色的地狱之河，河中浮出了笼着赤金色圣光的蛊虫。

蛊曰眉斧，皓齿蛾眉，命曰伐性之斧，是谓女色。

就算失去七情六欲，可只要有半点动心，也逃不过眉斧的折磨。

光明殿弟子修习无情道，眉斧蛊就是陆机天生的克星。

“我会把陆郎复活，他会继续陪着我。”樊妙仪抱着骷髅头喃喃说。

“你该醒了！师兄他没有抛弃你，他从头到尾就没有抛弃你！那天早上他正在被人追杀，他是不想连累你才把那帮人引开了！你以为他如此高深的修为为什么这么容易就中了你的眉斧蛊？！”陆空陡然间提高声音，经过一段漫长的沉默，他轻声说，“不放弃、不抛弃、不背叛，直至死亡才能将你们分开，可放弃他、抛弃他、背叛他、让他赴死的人是你啊！”

樊妙仪面容凝滞了，将信将疑、不可置信、追悔莫及，这三层神色从她面上浮起又沉没，最后交织成一片扭曲的痛苦。

“师兄最后一次给我写信，信里说他替师门做完这最后一件事，就准备还俗了。他对这个道貌岸然的世界没什么好留恋的了，他对自己的信仰产生了怀疑，那段时间里无人替他解惑，他甚至想一死了之。”陆空说，“虽然不知道师兄为何产生这样极端的想法，但我清楚那个时候他把你视作最可信任的人。他在信里说他还不能死，因为这世上还有人需要他，甚至他自己被蛊折磨得痛不欲生的时候，还在担心你……”

“不要说了！”樊妙仪悲泣一声。

这是她不愿承认的真相。

她不愿承认是自己先放弃了曾经矢志不渝的爱人，所以，不惜一切代价，她也要把人复活，那样的话，一切就能从头开始了。

“但是，复活过来的人，还是师兄本人吗？”陆空怜悯地看着她，“如果是他本人，你又该如何面对他剖开的心？”

樊妙仪蜷缩起来，肝肠寸断。

“师兄要找的圣物，兜兜转转还是到了你们樊家，成为杀戮的工具，那是他最不愿意看到的结果。”陆空低下眉眼，“它现在毁了也好。”

“毁了？”樊妙仪望向白梨，就在刚刚，这个女孩手里的灯熄灭了。

“不，没有……”她恍恍惚惚地摇头。

毁灭那东西远远没有想象中的那么简单，恐怕，这个女孩拿到的是假的！

“没有，它还在……”樊妙仪来不及把话说完，陌生的气息就从背后杀来，她无处可躲，只得飞身而起。

她正前方站着的是两个女孩，在旁人眼里像是她恼羞成怒，趁人不备再下杀手。

间不容发之际绫烟烟将自己挡了上去，她离姜别寒有一段距离，只得做好自己牺牲的准备。

斜里却突然飞来一道金光，宛若离弦之箭，将樊妙仪钉死在树上。

喉咙被刺穿，再也发不出一丝声音，接下来的话，当然也说不出了。她凄绝地抬起眼，面前流淌着一片比月华还要明亮的白色。

薛琼楼手往前轻轻一送，将她彻底钉死，微笑道：“你说得够多了。”

第14章 风陵园·围杀之局（四）

一切发生得太迅速了，等所有人反应过来时，樊妙仪像破布一样从树上滑了下来。她已经没有气息了，最后的视线仍旧落在那颗头颅上面。

“她是冲着阿梨来的，是因为你毁了阵眼吗？”绫烟烟只是受了点皮外伤，没有大碍。

白梨却隐隐觉得不大对劲。

樊妙仪刚刚明明还有话没说完，而且并非为了引走她们注意故意含糊其辞，所以不该无缘无故暴起杀人才对。

“大家都没事吧？”薛琼楼整片袖子都被染红了，他随手甩袖，血珠飞洒在草地上犹如猩红的扇面。

夏轩擦着冷汗摆手：“没事没事，薛公子你来得真是太及时了！”

姜别寒收起长剑。方才他站得太远，长鲸一瞬出动，也比不上那女人来得快，要是被她得手，首当其冲的必然是将白梨护在身下的绫烟烟。幸亏薛琼楼及时赶到，否则……后果不堪设想。

“所以这一切都是樊妙仪一个人干的？”夏轩不合时宜地对这个女人产生一点钦佩之情，“她到底有什么图谋？”

“有所图谋的，应该是她的父亲樊肆。”陆空摇头，“当年师兄只身前往西域，途经白鹭洲结识了樊肆。当时的樊肆还只是个声名不显的小人物，他仰慕我师兄才名，千邀万请将他留了下来。樊妙仪与他的相遇也并非偶然，一切都是樊肆早早撒下的猎网。为了逮住猎物，他甚至可以牺牲自己的女儿。”

“可是谁都没想到，最后陆机会死在最信任的人手中吧。”绫烟烟轻轻合上樊妙仪的眼睛。她抱着骷髅而死，诡异而安详。

她觉得自己遭受了背叛，极度绝望之下一心钻研蛊术，拉着心爱的人一起陪她下地狱。美丽而危险的眉斧蛊，就像她对陆机的感情，爱他如生命，又恨他入骨髓。

所有的因爱生恨，都是因为最初的相遇太过美好。

姜别寒沉默片刻，突然想起一件事：“前辈，中了蛊的话，身上是不是有浮屠花的标记？”

陆空点了点头：“怎么了？”

几人对视一眼，最后还是姜别寒正色说：“我们先前在掩月坊，发现了一具尸体，锁骨下方也有一朵浮屠花，经过这么多年，尸体上残留的修为仍旧深不可测，会不会……”

“掩月坊……笼州闻氏？”陆空有些惊讶，沉吟着说，“这么说来，师兄与我最后一次通信，说他已经到了笼州。”

“杀他的会不会另有其人？前辈也说了，区区眉斧蛊对他而言不足以致命，樊肆又只是个散修，彼时风陵园还未发迹，倾其全族之力也无法与之抗衡，除非有人推波助澜。”

“这般说来，师兄东躲西藏的那段日子，确实不大像在躲樊肆，而像是在躲另外一群人。”陆空猜测，“难道就是闻氏？”

“闻氏和他有牵连吗？”姜别寒疑惑，“樊肆觊觎光明殿圣物，妄图飞升成为地仙，才设下一出美人计，但闻氏又有什么图谋？”

“等一等，”夏轩突然插了句话，“你们有没有发现一个共同点啊？”

众人朝他看过来。

他挠挠脸：“就是……这两家之前都是不登大雅之堂的破落户，是在令师兄受害之后，突然像暴发户一样发迹起来。比如掩月坊闻氏吧，靠贩卖炉鼎起家，这半具尸体身上残留的灵力，够他们坐吃几百年。又比如风陵园樊家，虽说没有直接关系，但樊肆能有如今的声望，还差一点成为地仙，眉斧蛊功不可没。”

此刻正值云破月出，满园花木仿佛鬼影乱舞。几人不约而同地背后发寒。

“我乱猜的嘛，你们就当我胡说。”夏轩也被自己的想法吓到了，不断往后倒退，冷不丁踩到一个异物，他吓得面色煞白，回头一看才发现是樊清和。

叶道同样在轮椅里昏迷着，等他醒来后发现妻子已不在人世，不知会不会后悔这几年对她报复般的冷淡态度。

夏轩探了探两人的鼻息，惊讶道：“他们都还活着！”

夜幕被晨曦抹白了一片，已经快天亮了。从法阵里救出来的那些人见风浪平息，纷纷上前道谢，见姜别寒的长剑上残留着血迹，感激之余不禁还有些恐惧，看起来他们都是些不会法术的普通人。

“这里已经没事了，你们能离开就赶紧离开吧。”姜别寒把剑收了起来，以免吓到他们。

人群中又是此起彼伏的道谢声，众人三三两两互相搀扶着离开。有个相貌未及弱冠的少年频频回望，终于鼓足勇气回到众人面前：“请问，你们有看到我哥哥吗？”

“你的哥哥？”少年的样貌有些熟悉，白梨确定今晚一定在哪儿见过这张脸。

“我们本来准备在今晚逃跑，没想到全都失去了意识，我和哥哥也在动乱中分开了。”他语无伦次地描述着，“哥哥比我大不了多少，是往那边走的。”

白梨循着他手指的方向看过去，想起了在临死前给自己指路的年轻人，也是这差不多的年纪，方向也完全符合。

白梨心里一沉，她觉得自己知道这个少年的哥哥在哪儿了，只不过再也见不到他了。

“你们都没有看到他吗？”少年失落地垂下脑袋，“我们说好了要一起逃出去……哥哥的意识比谁都清醒，他不会害人的。”

“这个给你。”

一把银白色的长命锁出现在他眼前——应该说是半把长命锁，因为它只剩下半边，尖锐的断口上残存着血迹。

“这是你哥哥的东西，你……应该还有另外半把吧？”白梨把长命锁放在他手里。

“是的！是的！这是我小时候贪玩弄断的，哥哥没责罚我还把另外半边挂在我脖子上！”少年的眼睛迅速绽放出光彩，从衣领里掏出一个一模一样的长命锁，“你怎么知道……你见过我哥哥对不对？他现在在哪儿？他还好吗？”

白梨没办法面对这样一张充满希冀的脸，心虚地移开目光，却看到不远处薛琼楼倚着檐柱正在闭目养神。

她收回目光，心说：你哥哥已经不在人世了啊，下手之人就在这里，不过你这会儿找他也没什么用，他说不定早就忘了有这号人。

芸芸众生都是蝼蚁，只有大片蝼蚁死去才会引人注目，死掉一两只根本微不足道，就像被风吹走的尘沙，仅此而已。

少年等了好久都没有得到回应，渐渐反应过来。最不愿意相信的事情还是发生了。他脸上的笑容僵硬消失，眼眶迅速通红：“被蛊虫折磨死……一定很痛苦吧？”

确实是不怎么体面的死法，既没有英雄人物赴死时的悲壮，也没有反派领盒饭时的大快人心，就这么平平淡淡地死了，标准的龙套式死法，龙套们的死亡率往往和事件的严重性成正比。

“不，没有……”白梨迟疑着，搜肠刮肚寻找安慰的说辞，“我们能走出法阵，多亏你哥哥指路。他是唯一一个强撑着保持清醒意识的人。”

“真的吗？”少年的眼里亮起一点光芒。

“是真的。”白梨重重点头。

“谢谢！谢谢……”少年哭得更凶了，但是眼里的光芒越发明亮起来。他把眼泪擦干，郑重其事地行了一礼，踏着晨曦走远的背影很快看不见了。

白梨眺望了一会儿，一种惆怅与无力感从心底升起来，她有些泄气地在台阶上坐下。

“一直这么多管闲事，迟早会惹大麻烦。”一道凉凉的声音从一旁传来。

薛琼楼抱着手斜倚檐柱，不知在这里站了多久。

白梨像条风干的咸鱼平铺在台阶上，整晚的兵荒马乱榨干了她的力气，她已经没有半点辩论的欲望，生无可恋地说："是啊是啊，我惹的麻烦够多了，你就是最大的一个。"

薛琼楼打量了她几眼，撩起雪白的衣摆，也在一旁坐下了。

一坐一躺，两人都没有说话。几缕阳光从地平线后漏了出来，薄薄的晨曦给他侧颜镀上一层淡淡的金。他像初夏清晨在街头等车的白衬衫少年，带着阳光下橙子树的清香。

如果忽视他袖子上的血……哦对不起，他袖子上已经没有血了。这家伙杀完人三秒内准能把自己收拾得干干净净，世界上所有的洁癖患者都要对他甘拜下风。

"知道我是怎么逃出法阵的吗？"白梨望着屋檐上跳动着的晨曦，轻声说，"是那个被你随手杀死的人，我利用他身上留下的蛊虫找到了绫烟烟。所以我刚刚才不是多管闲事。那个人死之前给我指路，死之后还给我指路，我不好好谢谢他良心过不去的。"

薛琼楼开始修神养息起来，脸上的神情明明白白写着"你很吵"。

"夏虫不可语冰。这样我就和你没什么好说的啦，你继续觉得我是个多管闲事的傻货，我继续觉得你是个杀人不眨眼的混蛋。"

"可是你不可能一直这样欺瞒下去，迟早有一天你的真面目会被世人发现，到那时你孤身一人，谁都不会相信你，你该怎么办？"她语气里竟流露出怜悯，"谁来救你？"

"闭嘴。"薛琼楼睁开眼，心脏处像被利剑刺中的感觉又回来了。伴随着她喋喋不休的话，千万把利剑仿佛暴雨般刺穿胸口，他像那些被钉在忏悔架上却死不悔改的罪人。

一切无用的感情都是阻挡脚步的软肋，既然做好准备以命相赌，就要将这些软肋彻彻底底地剔除。

自地狱而来，就该往地狱而去，终将一无所有，何苦渴望一切？

"可是有了这些软肋才是人啊。一把刀只有在出鞘的时候才最锋利，刀鞘对它来讲是多余的束缚。可没有了刀鞘，它会卷刃、会生锈，会在无休止的杀戮中失去自我，最终在风霜侵蚀中化作尘沙。敌人的血给不了它新生，只有刀鞘才是它的庇护之地。"

薛琼楼微微阖上眼，随着心脏处传来的阵痛，血潮在胸口涌动。

白梨唠唠叨叨说了这么多，转头一看，他居然听得睡着了，她有些郁闷，在他眼里自己一定像个在念紧箍咒的唐僧。

陷入梦乡的少年像青松一样坐得笔直，他从来没有松懈的时候。两片漆黑的眼睫仿佛黑蝴蝶栖息在眼睑上，日光从侧面照射过来，他看上去像个白瓷做的假人，有种透明的不真实感。

白梨在他面前用力挥了挥手，他也没有动静。

他竟然真的睡着了。

“阿梨，我们快要走啦，你也收拾一下！”绫烟烟探出脑袋朝她挥手。

白梨连忙竖起一根手指，朝她比了个噤声的手势。

一团模糊的光，撑开了无边暗境。

睁开眼睛，漫天鹅毛般的大雪从铅灰色的云层中飘落，每一片上都笼罩着一层梦境般虚幻的光芒，仿佛天空正在羽化。

“你终于醒啦。”大雪中的少女踮起脚伸了个长长的懒腰，纤细修长的身形仿佛正在生长的嫩芽，她双手背在身后，转过头向他扯出一个大大的笑，“姜别寒他们先去渡口了，这里就剩我们两个了，赶紧走吧。”

一片雪花飘到脸上来，毛茸茸的，微痒，摘下来一看，原来是一朵蒲公英，从她身上飞出来的蒲公英。

睡了很久了？

少年在阴霾的光束中半坐起来，头有点疼，心口还有余痛在蔓延。

她却精神奕奕，单脚从青石板砖上跳过去，嘴里还念念有词地数着数。

“你是三岁小孩吗？”薛琼楼被吵得头疼。

“这种话只有我老妈才会说，所以你该不会是个小老头吧？”她踢踢踏踏地跑回来，用力拍了拍他的肩，“振作一点，别总是这么暮气沉沉的！这样下去你会变成秃头少年的！”

暮气沉沉吗……他有些出神，头顶飞掠的白鸟像蚂蚁爬过暗灰色的天穹。总是这片死气沉沉的天，她身后铺洒的阳光却是鲜亮的黄色，两人之间像隔了条泾渭分明的阴阳线。

“欸？你这里是什么？”她突然一惊，抓住了少年的手腕。

那上面是一点红豆般的凝固血滴。

"很正常的小伤，难道你没有见过吗？"莫名地有些不自在，他一把将自己的手臂抽了回来。

"不一样，这个伤有点眼熟。"她凑过来，一下子凑得极近，甚至能在对方瞳孔中看到自己的神色，"寇小宛和绫烟烟中蛊时的伤口就是这个样子的，你是不是——"

"不是你想的那样。"薛琼楼冷漠地将她拂开，"离我远一点。"

"好吧。"她低下头识相地放弃了，"还有一件事，樊清和找我们过去，好像有重要事商量，我们赶紧走了，别让人家等太久。"

薛琼楼撩起衣摆，正准备站起来。她突然一下子扑过来，抓住他的衣襟，一把扯开。

"我没猜错，是浮屠花！"

刚睡醒的少年还没恢复全部的警惕性，猝不及防被推得一歪，撞在身后的栏杆上。

而他锁骨下方雪白的皮肤上开着一朵血红色铃铛模样的花，花朵正在缓慢成形，现在才刚刚长全了所有花瓣。接下来是叶片和藤蔓，颜色也在不断加深，红得惊心动魄，摄人心魂。

"你……"他瞳孔的边缘发白，浑身泻出一股杀机。

可下一刻，浑身又过电般一颤。

少女伏下脑袋，轻轻贴在他胸口："你为什么要替我引走眉斧呢？"

尖锐的痛感如同一根长长的针扎下去，一瞬间，全部的记忆都苏醒了，撕心裂肺的痛从全身的角落传递过来，凝聚成针尖上的一点。

理智让他远离，本能让他靠近。那种撕裂的感觉……又回来了。

这一次，不仅仅只是想看着她，还想要更多。

更多的……什么呢？

强烈的空虚感，以及不知该以何物填满这片空洞的迷茫感，让他手足无措。

胸口突然又传来酥酥麻麻的触感，原来是少女的脸在轻蹭。她蹭了一会儿又抬起头，那双含笑的眼中闪烁着两枚月亮般弯弯的钩子，好像变得和以前不一样了。

到底哪里不一样？

是她落在自己颈间的头发变得轻柔了吗？

还是她刚刚贴在自己胸口时，原本冰冷的心脏突然回暖，暖流汩汩跳动起来？

抑或是……他已经坠入了那朵浮屠花盛开时的地狱？

“想要吻我吗？”她抓起他的一只手，贴在自己脸侧。

薛琼楼目光闪动了一下，手心温热细嫩的触感极其陌生，他好像在被引导着，走进某个从未踏入过的领域。

就这样走下去，也未尝不可……

这一想法如流星般在脑海中一闪而逝。

下一刻，他眼中轻轻翻涌的情绪全都结了一层寒冰。

他抚摸着少女脸侧的手滑下来，转而捏住她的肩膀，慢慢地将她推开。

“你不是阿梨，”他目光微闪，手指慢慢地用力，“你到底是谁？”

“你发现了？”她笑起来，嘴角露出熟悉的梨涡。

心脏处仿佛被人攥住狠狠一拧，四肢百骸痛得麻木起来。

真实而尖锐的疼痛来自左侧胸口，他缓缓低下头，看到雪白的衣襟前一朵鲜红色的血花正在怒放，一如怀中少女的笑靥。

花的中央扎着一把雪光凛凛的刀，而刀握在少女手中。

“你现在一定在想，你这样的人怎么也会被人算计？”她坐在他腰间俯身，两人看上去像在亲密地相拥。

“可这是你自愿的啊，你自愿把蛊虫引到自己身上，现在你的惩罚降临了，爱而不得的人会在地狱最深处挣扎，唯有爱或死亡才是他们的救赎。”

刀插进地面，他像一只被钉住的雪鸟。

“看错玉牌，急着来救我的时候，你就已经输了。”她手里的刀缓缓旋转，嗓音又甜又脆，“你这个坏人。”

晨曦中的少年突然睁开眼，一口血吐了出来，心尖绞痛犹存。

噩梦吗？那么多惨死在他手中的冤魂不找他复仇，一个活得好好的人却差点乱了他的方寸。

薛琼楼扯开自己的衣襟，锁骨下血红色的浮屠花触目惊心，藤蔓几乎爬到了颈部，根部没入皮肤，紧紧绞住了心脏。从秘殿中出来后，他就已经忘了这件事，这才过了短短几个时辰，浮屠花就已经肆意绽放。

薛琼楼双手笼入袖中，轻轻两声骨裂的脆响，袖缘被喷上一圈血雾，最后一只、也是唯一一只金色的眉斧蛊母蛊从他袖中掉下来，化作齑粉四散。

光明殿无情道圣徒冷情冷意，爱慕他的妖女求而不得，爱而生恨，恨不得让他尝尽生、老、病、死、爱别离、怨憎会、求不得。

她要他犯戒，要他入油釜滚烹、鼎石墩身之狱，所以才有了眉斧蛊，惩戒他的薄情寡义，让他爱恨交织，如万箭攒心。

浇灌浮屠花的不是血液，而是七情六欲。

薛琼楼撑着地面想站起来，但浑身力气用尽，瘫坐在地。想到那猝然一刀的绞痛，他眼底布满肃杀的冷意。

哪怕是昔年流离失所的惨淡岁月，他心性也从未撼动分毫，百般折磨又怎样？无家可归又怎样？一路上又何尝不是逍遥恣意，谁能让他如此狼狈？

“爱”这种拖泥带水的感情，只有软弱的人才视若圭臬，而软弱会带来致命的杀祸。

薛琼楼紧紧按住胸口处不存在的刀伤。

只有这一次。

除了这一次，他不会再犯错了。

天光青蒙蒙的，是深秋早晨独有的料峭朦胧，仿佛隔着一层若即若离的雾纱。

少女柔韧无害的脖子折在胸前，小鸡啄米似的往下一点一点。她被动静吵醒，脑袋最后点了一下，迷茫地抬起：“我怎么睡过去了？”

薛琼楼将袖子上的血迹掩好，若无其事地问：“你在这儿多久了？”

“我也不知道自己睡了多久，一觉醒来天就已经这么亮了。”她手掌挡在面前，打了一个哈欠。

“既然觉得累，怎么不回屋休息？”薛琼楼转过头，打量着她眼下略带憔悴的黑眼圈，“为什么一定要睡在这里？”

白梨摸不着头脑，这家伙睡了一觉怎么感觉变了个人——也不算变了个人，应该说又回到了从前那副戒备森严的模样。他看似在关怀她的睡眠质量，但语气不善，连斜来的一瞥里都带了些质疑与探究的意味，像日光下的冰凌，浑身上下写满了生人勿近的疏离。他是在梦中回炉重造了吗？

“我明白了。”白梨神色一转，突然冷笑一声。

薛琼楼盯住她，等她说下去。

“你是我妈！”

薛琼楼：“……”

“只有我妈才会管我在哪儿睡觉。”白梨没好气，恨不得再给他翻一个白眼，“难道你想当我妈？”

少年神色微妙地一动，充满戒备的表情缓和了一些，只不过打量她的目光依旧带着森严的审视。

对两个在独木桥上狭路相逢的人来说，谁先交付了信任就是退让，退让便意味着死路一条。

“哦对了，还有一件事。”白梨的态度又毫无征兆地变好了，她还一个劲往他这边挪过来。

“什么事？”薛琼楼也往旁边移了些。

“就是……你的手……”白梨指指自己的手臂，支支吾吾，“还好吗？”

“我听不懂。”薛琼楼已经贴上柱子了，“别过来了，离我远点。”

白梨只得退远一些，讪讪地对手指：“在秘殿的时候，你不是替我引走了母蛊吗？”

气氛一下子变得肃杀起来！

“你误会了！我是听寇小宛说的！”

干什么突然像被踩了尾巴一样啊？！白梨又往后退了一步，连忙摆手澄清：“我就是想向你道个谢！然后，顺便想问一下，你不会有什么后遗症吧？”

倚在栏杆上的少年抬了抬眼睫，又很快低下去。

“对你才会有影响，对我……”他顿了一下，以一种满不在乎的语气说，“根本不值一提。”

“这样啊。”白梨若有所思地点点头，“想来也是。”

薛琼楼有些失神地盯着一个方向，手不自觉地抚上胸口。那里已经不痛了，但空空荡荡。

樊清和被救醒了。他全身都裹在一件厚实的绒裘里，捧着热茶不断地打着寒噤。到底还只是个未及弱冠的少年，一夜之间祸起萧墙，全家覆灭，他醒来的时候仍不可置信，双眼哭得通红，鼻尖也是红的。

弟子家仆悉数解散，偌大一个风陵园，只能靠他一个人撑下去。他这颗逃过一劫的倾巢之卵，得想办法找到往后的出路。

听说绫烟烟想传信师门接济一二，他连忙受宠若惊地摆着手："之前给你们添了大麻烦，现在怎么敢又劳烦你们，我一个人能撑下去的。"

"我以为这么多年过去，姐姐已经把那个人忘了，没想到姐姐一直在隐瞒我们，为了他竟能做到如此地步。"他愧疚地耷拉着脑袋，满脸灰败，"早知道会这样，我那天应该拦着姐夫。"

"难道说当时告密的人是……"姜别寒听闻樊肆之所以能短短一夜之间找到樊妙仪和陆机的藏身之所，就是因为有人告了密，而这个人是樊妙仪最信任的人，甚至可以将性命托付给他。

樊清和点点头："姐姐当晚去找那位前辈的时候，我看到姐夫在窗外徘徊。因为他们两个是青梅竹马，感情十分深厚，经常见面，我就没怎么在意，没想到他之后为了让姐姐回家会背叛姐姐，让姐姐和前辈之间产生那么深的误会。"

如果没有这件事，那两人之间还能保持纯洁的友谊吧。姜别寒心里有些感慨。

"但他跳下寒潭去救姐姐时，这份心意是赤诚的，没有人会拿自己的前途开玩笑。姐姐和我从小寄养在叶家，和姐夫一起长大，对他不可能毫无感情，这几年替他寻找治腿伤的丹药也不是姐姐随口编造的谎言。"

樊清和坐直身体翻开手掌，一片袖珍的七彩祥云从掌心袅袅而上，悬停在桌面。祥云上有一只淡金色的五足小丹鼎，约莫只有小臂的高度，整个屋子弥漫着奇异的香味。

绫烟烟眼睛亮了亮："这是饕金鼎？！"

"绫姑娘不愧是玉浮宫的嫡传。"樊清和好似一夜之间成长了不少，已经没初见时那般大惊小怪，"这是去年我和姐姐在北境一座小洞天里找到的。姐夫心怀芥蒂，便一直没有碰这只小药鼎，如果他肯好好服药的话，也不至于一辈子都坐在轮椅上……”

他强撑起一个笑，看向姜别寒：“这东西放在我这儿也没什么用了，听说断岳真人也有腿伤，不如就送给你们吧。”

没等姜别寒将婉拒的话说出口，他脸色苍白地摆摆手：“昨晚给你们添了麻烦，我难辞其咎，这个小丹鼎，就当是我的歉礼。”

餮金鼎的确得之不易，是炼丹的万金之物，仅次于鹤烟福地的玉璧石。能治好师父的腿伤，姜别寒说不动心那是不可能的。所以这回他没有推辞，而是坦然接受了。

众人没有耽搁太久，起身告别。白梨看了一圈，发现少了一人。

“你是在找薛兄吗？”姜别寒看出她的疑惑，“他说有事情要离开一会儿，让我们在渡口等他。”

还能有什么事？难道……

残留的阴云仿佛再度笼罩上来，白梨回过头，远处风陵园的残骸在绯红色的霞光中显得妖冶而诡谲。

门窗闭拢，茶香四溢。

樊清和蜷起双腿，整个人缩在椅子里，又裹了一件宽大的绒裘，看上去还真有那么几分大病初愈的孱弱模样。

他把早已冷透的茶盏往桌上一搁，脱下绒裘抱怨：“这天气穿这衣服，热死我了。”

樊清和动作一顿，有所察觉，慢慢将抱怨的神情收敛起来，转头望向不知何时出现在对面那张椅子里的白衣少年，露出一个灿烂的微笑：“东域来的薛少主，这回玩得还开心吗？”

“餮金鼎千金难求，还没在怀里焐热，就要拱手让人，真是让我忍痛割爱啊。”樊清和恋恋不舍地说。

薛琼楼无动于衷，像在神游天外。

樊清和一边倒茶，一边自说自话，也不觉尴尬：“不过那种价值连城的丹鼎，就和拥有阴阳二面的鹤烟福地一样，既能肉白骨起死人，也能让人一命呜呼，不知你选的是哪一种啊？”

“断岳师叔是我长辈，对我多有提点，我怎么忍心让他死于非命？”

薛琼楼这才有了点反应，淡淡一笑，“当然是让他这辈子都握不了剑，走不了路。”

樊清和倒茶的手一顿，滚烫的茶水泼出来，他用茶盖轻轻拨回去。

“听说断岳真人是姜别寒的师父，也是他的养父，待他恩重如山。我真想看一看，他见到自己养父半身不遂时，会是什么样的表情。”樊清和啧啧感叹，“你俩不是情同手足吗？下手可真是半点情面都不留。”

薛琼楼没理会他的废话。

“方才真是吓死我。”樊清和大惊小怪地抚了抚胸口，“我和姜别寒交情不深，无缘无故送他一个药鼎，真怕他会看出我心怀不轨。幸好幸好，我这演技还可以吧？话说回来，少主你自己给不可以吗？何必再让我这个小喽啰转手？你拿出来的时候，我还以为是给我的犒劳。”

他有些委屈，像被塞了把糖果又抢走的小孩。

“难不成是有苦衷？”樊清和随口调笑一句，随即便感受到了他带着警告性的冰冷视线。

薛琼楼面无表情地伸手覆住茶盖：“不想给某人看出端倪而已。”

她已经知道了玉犀石的秘密，此刻再拿出来已经没什么意义了，所以他才准备了饜金鼎，还特意让樊清和交给姜别寒。

樊清和不知所云，但已经识相地闭上嘴，结束了这个一不小心就会使两人翻脸的话题。他凭空招了招手，手心多了一枚流光溢彩的玉石，半个巴掌大小，半月形。

“那日我其实已经找到了玉犀石，这东西其实比饜金鼎更好用。”他将玉石放在桌面推过去，“光杀一人有什么意思，要做就做得更绝一点，让他将自己同门赶尽杀绝，满门覆灭，只留那对师徒苟活，这才是生不如死。”

“用不上了。”薛琼楼看都不看地将那玉石又推回去。

“为什么？”玉石划过一条弧线，飞进了樊清和怀里。他吃了一惊，这个杀人不眨眼的魔头什么时候变得心慈手软了？

白衣少年微微阖上眼，轻声说：“赐人一死和赐人一命，从来不需要理由。”

樊清和一愣。前脚拼了性命取回的东西，后脚就被人弃如敝屣，连一个令人信服的理由都没有。樊清和本该火冒三丈，但他现在甚至没觉得自己被冒犯。从见这位东域少主的第一面起，他就感觉到少年彬彬有礼的表象下其实是目空一切。

在鹤烟福地相遇之前，这一场局就已设好，只等请君入瓮。渡口飞舟自然是他搞的鬼，姐姐这个傻女人，没有这么长远的目光，也没有这么大的胆子，路都给她铺好了，她竟还临阵不决，想放那些人一马。若不是自己在一旁推波助澜，姜别寒几个早就找一家客栈住下了。

姐姐一门心思想复活她那个旧情人，不惜偷天换日，将父亲给自己准备好的法身调包，又将他困在秘殿里，以为这般便可坐收渔翁之利。结果面对姜别寒这些人，还不是以卵击石，自取灭亡罢了。

樊清和大半夜吹着冷风，流着假血，看着这群跳梁小丑照着编排好的剧本按部就班，有些无聊，又有些凄凉。他们——包括自己，都是别人棋盘上的棋子，棋子们只能选择自相残杀，哪怕曾经拥有恋人与亲人的身份。

“老爹的东西，应该在你那里吧？”樊清和问。

薛琼楼打开掌心，一簇火光跳了出来，像被人裁下的一截蜡烛火苗。

“这就是我爹从姐姐的情人身上抢来的东西。”樊清和喝了口茶，缩在椅子里滔滔不绝，“他对我们这些子女也瞒得很紧，谎称是普通的灯。当然，那老家伙的话，我是半句都不会信，也就只有姐姐那个傻女人深信不疑。有一回我偷偷去了秘殿，听到他在那边自言自语，好像说这个是叫……结璘灯？”

火光映在薛琼楼眼底，镕金一般绚烂。

兰膏停室，日安不至，龙衔烛而照之。因生于逆鳞之下，故世人称之结璘灯。

风陵园这么大一个棋盘，只用来对付区区一个姜别寒，实在是明珠弹雀。他志不在此，真正的目的是这盏灯。

樊清和正色问：“斗胆问一句，你找这个到底有什么用？”

薛琼楼抬起头，目光锋利得宛如出鞘的刀刃。樊清和立刻意识到自己又问了不该问的：“那我不问这个，我想知道，那个老家伙死后最后一句话是什么。”

樊清和和老爹真正恢复父子关系的时间远没有他和叶道认识的时间长，记忆里“父亲”这两个字有两层含义，一是钱，二是饥饿，这取决于父亲看信时的心情是好是坏。偶尔父亲的名号还能给他们带来灾难，譬如哪里死了人，通常与父亲有关，这个时候他们就不得不隐姓埋名，否则会遭一顿殴打，严重的甚至有性命之忧。

哪怕后来认祖归宗回到了樊家，他对父亲更多的也是敬畏与揣摩，生怕一不小心惹他不快，自己便会被逐出家门。一旦明确地和樊家断绝干系，那些仇家就会将他视作泄愤对象。

他死之前会不会想到是姐姐出卖了他呢？或者会懊恼他打拼出来的家业最终竟落到两个出身低贱的孩子手里？不管最终结果是哪个，他都不会太好受吧。樊清和有些报复性地想象着。

“他最后的遗言说，他死了，一切就结束了，让我别打你们的主意。”薛琼楼嘲弄地笑了笑，“倒是儿女情长，感天动地。”

樊清和愣了好久，捂住脸又低又短促地笑了几声。这种时候假惺惺地装什么好人，都活了一大把年纪了，说这种话不觉得肉麻得慌吗？他把自己关在秘殿还关出了多愁善感的情绪，怪不得连姐姐的背叛都没察觉。还想成神？这个世界上有这样卑微而愚蠢的神吗？

“你应该答应了吧？”他平静地问。

少年微笑道：“我不答应，岂不显得我太无情。”

“然后你转头就杀了姐姐！以此告慰父亲的在天之灵吗？！”樊清和霍然起身，面容扭曲，“你当初答应我不会伤害姐姐！你出尔反尔！”

茶壶茶杯砰然碎裂，刺骨的杀气在屋内弥漫。

樊清和知道，和面前这个衣冠楚楚的伪君子谈判不会有任何结果，他自始至终都在把自己当傻子耍。小人以利相交，利益相关则维持表面的和谐，一旦利尽就会将矛头指向彼此。

“你从一开始就没安好心！”他痛苦地捂住脑袋，“我居然让你这种人接近姐姐。”

“现在才发现吗？”薛琼楼面上没什么表情，“引狼入室，就是自取灭亡。”

他怀里捂着茶盏，盏中的茶水甚至没有泛起一丝波澜，只不过茶杯里针尖似的茶叶全部竖立起来，犹如开战前两军林立的剑戟。

他浑身上下都是破绽，樊清和却不敢轻举妄动，甚至忘记了自己提前准备好的陷阱。

“既然是合作，就该善始善终，每次都以翻脸收场，我会觉得很麻烦。那就只好——”薛琼楼站起身，长衣如莲蕊中的浮雪，他和气地笑了笑，轻声说出后半句，“都解决掉。”

樊清和缓缓打了个寒噤，喉咙都在轻轻抽搐。

什么合作，分明是……支配，绝对的、不容抵抗的支配。他有些明白老爹为什么想成神了，做了神就可以支配世人，而不是被别人支配，他同样也有些理解了老爹那晚的屈辱感。

他呆立在原地，好半晌才发现屋内已经空无一人，只剩下满地狼藉的瓷片，还有桌上一杯完好无损的茶盏。

伤势更重的叶逍还在昏迷着。樊清和将他的轮椅推到一旁，自己在床边坐下。叶逍身上的蛊虫虽然已被取出，但早就积重难返，身体像竹竿一样瘦成了皮包骨。

姐姐走了之后，樊清和唯一的亲人只剩下他了。

“当年姐夫你和我们姐弟俩第一次见面的时候，脚下踩的是七尺长剑，长剑破空时声势如雷，真的是意气风发啊，哪像现在这样躺在轮椅上。”樊清和垂着脑袋，“当时我在想，为什么我不能成为姐夫你这样神气的人呢？我资质不差，也很刻苦，甚至还有个做杀手的老爹，如果他看得起我，说不定还会赏我几招赖以为生的杀人手法。”

“后来我知道了，我和你之间差的不是什么资质，不是什么刻苦，而是地位啊。”樊清和的手慢慢攥紧，“因为我是姐姐的弟弟，所以你对我也不算差。因为老爹想拉拢你们叶家达成他的目的，所以你需要娶姐姐为妻。当时我们都以为姐姐一定会答应的对不对？你那晚还和我这个小舅子喝得酩酊大醉直接睡在了大街上，可谁知道姐姐居然要和情人私奔呢？她难道不知道这是有违世俗礼法的吗？”

叶逍眼皮颤抖起来，他看上去被说动了，仿佛要挣扎着从混沌中清醒过来。

“如果姐姐和你悔婚的话，老爹一定会和我们断绝关系，我们对老爹的用处也就只有这一个了吧，两个没用的孩子对他来说就像两个死人。”樊清和平静地陈述着，“到时候她和她的情人跑了，那我呢？我的价值就是姐姐的价值，失去了姐姐，你们叶家还会欢迎我吗？父亲还会承认我吗？那天晚上姐姐说让我跟着她一起逃，一起和她重新过回那种躲躲藏藏、饥饱不定的日子吗？”

“所以姐姐和你在一起，才是她最好的选择啊。”樊清和泪光闪烁地望向床榻。

叶道已经醒了，他试图仰起上半身，可每次都狼狈地摔回去。他眼眶通红地瞪着樊清和，额角青筋暴起，脸色狰狞。

“那天晚上我当然没有答应，转头就告诉了老爹，无所不能的老爹果然抓住了姐姐。你得到了姐姐，老爹得到了他想要的结果，我和姐姐得以在樊家继续生存下去。”樊清和站起身伸了一个大大的懒腰，对着叶道露出灿烂的笑脸，“这不是皆大欢喜的结果吗？”

“你！”叶道目眦欲裂，挣扎着去拿剑，“阿妙呢？她在哪儿？让我见她！”

“见不到了，再也见不到了。”樊清和重复了两遍。

叶道还在挣扎着试图拿起剑，但被樊清和劈手夺过。

“我们身上的蛊也不是姐姐下的，所以你这么多年一直恨错人啦。”樊清和横剑在他脖子上一抹，“你这么喜欢她，那就下去陪她吧。”

鲜红的血液喷溅在樊清和脸上，他擦了一把脸，才发现手上湿漉漉的不仅是血，还有泪水。

——未完待续——